초크맨

THE CHALK MAN
by C. J. Tudor

THE CHALK MAN
초크맨
C. J. 튜더 장편소설 | 이은선 옮김

| 차 례 |

두 명의 베티에게 바친다.

프롤로그

한 소녀의 머리가 황갈색 낙엽 더미 위에 놓여 있었다.

아몬드 모양의 눈은 차양처럼 우거진 단풍나무와 너도밤나무와 떡갈나무를 올려다보고 있었지만 나뭇가지 사이를 머뭇머뭇 뚫고 숲속 땅바닥 위로 금가루를 뿌리는 햇살을 쳐다보는 건 아니었다. 검은색으로 반짝이는 딱정벌레들이 동공 위에서 종종걸음 쳐도 눈을 깜빡이지 않았다. 어둠 말고는 더 이상 아무것도 보지 못했다.

그 근처에서는 핏기 없는 한쪽 손이 도움을 청하려는 듯, 그도 아니면 혼자가 아니라는 위안을 얻으려는 듯 낙엽의 장막 밖으로 고개를 내밀고 있었다. 하지만 그 손은 도움도 위안도 찾을 수 없었다. 시신의 나머지 부분은 손이 닿지 않는 숲속의 다른 은밀한 곳에 여기저기 숨겨져 있었다.

바로 옆에서 잔가지가 폭죽처럼 요란하게 정적을 가르며 부러지자 새 떼가 덤불 속에서 후드득 날아올랐다. 누군가가 다가왔다.

그는 아무것도 보지 못하는 소녀의 옆에 무릎을 꿇고 앉았다. 기대감에 손가락을 떨며 그녀의 머리칼을 가만히 어루만지고 차가운 뺨을 쓰다듬었다. 그런 다음 그녀의 머리를 들어서 너덜너덜하게 찢긴 목에 들러붙은 몇 장의 낙엽을 털고, 분필 조각이 몇 개 들어 있는 배낭 안에 조심스럽게 넣었다.

그는 잠깐 고민하다가 손을 넣어서 그녀의 눈을 감겼다. 그런 다음 지퍼를 잠그고 자리에서 일어나 배낭을 들고 사라졌다.

몇 시간 뒤에 경찰과 현장감식반이 등장했다. 그들은 번호를 매기고 사진을 찍고 조사한 다음에서야 소녀의 시신을 시체안치소로 옮겼고, 소녀의 시신은 완성되는 날을 기다리기라도 하듯 몇 주 동안 그곳에 누워 있었다.

그날은 찾아오지 않았다. 광범위한 수사와 신문과 청원이 이루어졌고 이 도시의 모든 형사와 주민들이 최선을 다했지만 소녀의 머리는 영영 자취를 감추었고 숲속에서 발견된 소녀는 다시 합쳐지지 못했다.

2016년

맨 처음에서부터 이야기를 시작하면 좋겠지만.

문제는 뭔가 하면 맨 처음이 정확히 언제인지 우리 모두 의견이 엇갈린다는 것이다. 뚱뚱이 개브가 생일선물로 분필이 담긴 통을 받았을 때일까? 우리가 분필로 사람을 그리기 시작했을 때일까 아니면 초크맨이 저절로 등장하기 시작했을 때일까? 끔찍한 사건이 벌어졌을 때일까? 아니면 첫 번째 시신이 발견됐을 때일까?

맨 처음이라고 할 수 있을 만한 시점이 한두 군데가 아니다. 어느 때건 처음이라고 할 수 있다. 하지만 생각해보면 그 모든 게 지역 축제가 열린 날에 시작되지 않았나 싶다. 나는 그날을 가장 생생하게 기억한다. 물론 댄싱 걸 때문이지만 그날부터 모든 게 비정상의 영역으로 넘어갔기 때문이기도 하다.

만약 이 세상이 스노볼이라면 바로 그날 어떤 신이 다가와서 아무 생각 없이 세게 흔든 다음 다시 내려놓은 거나 다름없었다. 그러고 나면 스티로폼과 눈가루가 가라앉더라도 상황이 전과 달라졌다. 밖에서 보면 똑같아 보일지 몰라도 안에선 모든 게 달라졌다.

그날은 내가 헬로런 씨를 처음 만난 날이기도 했으니 거기서부터 이야기를 시작해도 무방할 거라고 본다.

1986년

“오늘 폭풍이 치겠다, 에디.”

우리 아빠는 텔레비전 아나운서처럼 굵고 권위 넘치는 목소리로 일기예보 하는 것을 좋아했다. 잘 맞추지도 못하면서 말투에서만큼은 확신이 넘쳤다.

나는 창밖으로 구름 한 점 없이 파란 하늘을 흘끗 내다보았다. 하늘이 너무 파래서 살짝 실눈을 떠야 할 정도였다.

“폭풍이 칠 것처럼 보이지 않는데요, 아빠.” 나는 치즈 샌드위치를 우물거리며 말했다.

“폭풍이 칠 리가 없으니까 그렇지.” 닌자처럼 소리 없이 부엌으로 들이닥친 엄마가 말했다. “BBC에서 주말 내내 날이 덥고 화창할 거라고 그랬어…… 그리고 뭐 먹으면서 얘기하지 마라, 에디.”

엄마는 말끝에 덧붙였다.

"흐으으음." 아빠는 엄마와 생각이 다르지만 감히 반박하지 못할 때 이런 소리를 냈다.

엄마한테는 어느 누구도 감히 반박하지 못했다. 엄마는 (지금도 그렇지만) 좀 무서운 분위기를 풍겼다. 키가 컸고 까만 머리를 짧게 잘랐고, 갈색 눈은 장난기로 가득할 때도 있지만 화가 나면 거의 검은색으로 이글거렸다(헐크하고 비슷한 구석이 있어서 화를 돋우고 싶지 않았다).

엄마는 의사였지만 다리를 꿰매거나 주사를 놓는 평범한 의사가 아니었다. 예전에 한번 아빠가 말하기로는 "문제가 생긴 여자들을 돕는" 의사라고 했다. 아빠는 무슨 문제인지 설명하지 않았지만 의사가 필요할 정도면 상당히 심각한 문제인 모양이었다.

아빠도 직업이 있었지만 집에서 하는 일이었다. 잡지와 신문에 글을 기고하는 작가였다. 일감이 늘 있는 건 아니었다. 가끔 원고를 부탁하는 사람이 없다고 넋두리를 늘어놓거나 씁쓸하게 웃으며 이렇게 얘기했다. "이번 달에는 내 글을 읽고 싶다는 사람이 없구나, 에디."

어렸을 때는 아빠가 '제대로 된 일'을 하지 않는 것 같았다. 아빠라는 기준으로 따지자면 그랬다. 아빠라면 양복에 넥타이 차림으로 아침에 출근하고 해가 지면 퇴근해서 저녁을 먹어야 하는 거 아닌가. 우리 아빠는 남는 방으로 출근해 잠옷과 티셔츠 차림으로, 어떨 때는 심지어 머리도 빗지 않은 채 컴퓨터 앞에 앉았다.

우리 아빠는 다른 집 아빠들과 생김새도 달랐다. 덥수룩한 수염을 잔뜩 길렀고 긴 머리는 하나로 묶었다. 겨울에도 구멍이 뚫린 청 반바지에 레드 제플린이나 더 후처럼 구닥다리 밴드 이름이 적힌 빛바랜 티셔츠를 입었다. 가끔 샌들을 신을 때도 있었다.

뚱뚱이 개브는 우리 아빠더러 "우라질 히피"라고 했다. 어쩌면 그 말이 맞았을지 모른다. 하지만 당시에는 욕처럼 느껴져서 개브를 밀쳤다가 개브가 나를 들어서 던지는 바람에 여기저기 멍이 든 채 코피를 흘리며 비틀비틀 집으로 돌아가야 했다.

물론 우리는 나중에 화해했다. 뚱뚱이 개브는 등신처럼 굴 때도 있었지만, 진짜 불량배들에게 괴롭힘을 당하지 않으려고 항상 가장 왁자지껄하게 떠들고 못되게 굴었다, 나의 가장 친한 친구이기도 했고 내 주변에서 가장 의리 있고 인심이 좋았다.

"친구를 잘 챙겨라, 에디 먼스터." 한번은 개브가 내게 진지한 목소리로 이렇게 말한 적도 있다. "친구가 전부거든."

에디 먼스터는 내 별명이다. 내 성이 영화 〈애덤스 패밀리〉와 같은 애덤스이기 때문에 생긴 별명이었다. 물론 〈애덤스 패밀리〉에 나오는 아이 이름은 퍽슬리고 에디 먼스터는 드라마 〈먼스터 패밀리〉에 나오는 아이 이름이지만 당시에는 그럴듯하게 느껴졌고 별명들이 그렇듯 어영부영 그렇게 굳어졌다.

에디 먼스터, 뚱뚱이 개브, 메탈 미키(무지막지한 교정기 때문에 생긴 별명이었다), 호포(데이비드 홉킨스) 그리고 니키. 그게 우리 패거리였다. 니키에게 별명이 없는 이유는 아무리 아닌 척 애를 써도 여자애이기 때문이다. 니키는 남자아이처럼 욕을 하고 남자아이처럼 나무를 타고 여느 남자아이 못지않게 싸움을 잘했다. 그래도 생김새는 영락없는 여자아이였다. 그것도 긴 빨간 머리와 새하얀 피부, 수도 없이 박힌 조그만 갈색 주근깨가 특징인 예쁘장한 여자아이였다. 예쁘다는 걸 내가 알아차리거나 뭐 그런 건 아니었지만.

우리는 그 주 토요일에 다 같이 만나기로 되어 있었다. 우리는 거의 매주 토요일에 만나서 서로의 집에 번갈아 놀러가거나 놀이터에 가거나 가끔 숲에서 놀았다. 하지만 그 주 토요일은 축제 때문에 다른 날과 달랐다. 축제는 해마다 강가의 공원에서 열렸다. 그해 처음으로 어른 없이 우리들끼리 다녀와도 좋다는 허락이 내려졌다.

우리는 포스터가 동네 여기저기 나붙기 시작한 몇 주 전부터 이날을 손꼽아 기다렸다. 범퍼카, 별똥별, 해적선, 회전바구니가 설치된다고 했다. 끝장 재미있을 것 같았다.

나는 최대한 빨리 치즈 샌드위치를 해치웠다. "다른 친구들이랑 공원 앞에서 두시에 만나기로 했어요."

"그래, 거기까지 큰길로 걸어가야 한다." 엄마가 말했다. "샛길로 가거나 모르는 사람이랑 얘기하면 안 돼."

"네."

나는 의자에서 내려와 문 쪽으로 걸음을 옮겼다.

"그리고 벨트가방 메고 가고."

"아, 엄마아아아."

"놀이기구 탈 거잖아. 주머니에 지갑을 넣으면 떨어질 수 있어. 벨트가방 메고 가. 반항해도 소용없어."

나는 입을 벌렸다가 다물었다. 뺨이 화끈거리는 게 느껴졌다. 바보 같은 벨트가방은 질색이었다. 뚱뚱한 관광객들이나 메는 거였다. 그걸 메면 남들 앞에서, 특히 니키 앞에서 멋져 보일 수가 없었다. 하지만 엄마가 이런 식으로 나오면 반항해봐야 소용없다.

"알았어요."

싫었지만 부엌 시계가 두시를 향해가고 있는 게 보였다. 이제 출발해야 했다. 나는 계단을 달려 올라가서 바보 같은 벨트가방을 챙기고 그 안에 돈을 넣었다. 거금 오 파운드를 전부 넣었다. 그런 다음 다시 달려 내려왔다.

"다녀올게요."

"재미있게 놀다 와."

재미있게 놀다 오지 못할 이유가 없었다. 태양은 밝게 빛났다. 나는 가장 좋아하는 티셔츠를 입고 컨버스 운동화를 신었다. 쿵쿵거리는 축제장의 음악 소리가 벌써부터 희미하게 들렸고 햄버거와 솜사탕 냄새가 나는 듯했다. 오늘은 완벽한 하루가 될 예정이었다.

가보니 뚱뚱이 개브, 호포 그리고 메탈 미키가 벌써부터 입구에서 기다리고 있었다.

"야, 에디 먼스터. 궁둥이 가방 멋지다!" 뚱뚱이 개브가 큰 소리로 외쳤다.

나는 시뻘게진 얼굴로 개브를 향해 손가락을 들어 보였다. 호포와 메탈 미키는 뚱뚱이 개브의 농담에 깔깔대고 웃었다. 우리 중에서 제일 착하고 항상 중재자 역할을 했던 호포가 잠시 후 뚱뚱이 개브에게 말했다. "그래도 네가 입은 그 반바지보다는 얌전하잖아, 등신아."

뚱뚱이 개브는 씩 웃으며 반바지 아랫단을 잡고 두툼한 다리를 발레리나처럼 높이 들어서 춤을 췄다. 뚱뚱이 개브는 늘 그런 식이었다. 눈 하나 깜빡하지 않아서 모욕을 줄 수가 없었다. 적어도 겉보기에는 그랬다.

"어차피 계속 메고 있지도 않을 거야." 나는 말했다. 호포가 변호를 해주긴 했지만 벨트가방이 바보처럼 느껴졌다.

나는 벨트가방을 풀고 지갑을 반바지 주머니에 넣은 다음 좌우를 두리번거렸다. 두툼한 산울타리가 공원 바깥쪽을 빙 두르고 있었다. 나는 산울타리를 헤치고, 지나가는 사람들 눈에 띄지는 않지만 나중에 아무 문제 없이 찾아갈 수 있을 만한 위치에 벨트가방을 숨겼다.

"거기 그렇게 둬도 괜찮겠어?" 호포가 물었다.

"그니까. 너희 엄마한테 들키면 어쩌려고?" 메탈 미키가 은근 깔보는 듯한, 특유의 억양 없는 목소리로 물었다.

메탈 미키는 우리 패거리였고 뚱뚱이 개브의 가장 친한 친구였지만 나는 메탈 미키를 별로 좋아하지 않았다. 메탈 미키는 입에 달고 있는 그 교정기만큼 차갑고 추잡한 구석이 있었다. 하긴, 형이 누군지 생각해보면 놀랄 일도 아니었다.

"상관없어." 나는 어깨를 으쓱하며 거짓말을 했다.

"그래, 그래." 뚱뚱이 개브가 안달이 난 목소리로 말했다. "우라질 가방은 잊어버리고 이제 그만 들어가면 안 되겠냐? 나는 회전바구니 먼저 타고 싶은데."

메탈 미키와 호포는 걸음을 옮겼다. 우리는 대개 뚱뚱이 개브가 하자는 대로 했다. 아마 덩치가 제일 우람하고 목소리가 제일 컸기 때문에 그랬을 것이다.

"그런데 니키가 아직 안 왔잖아." 내가 말했다.

"그래서 뭐?" 메탈 미키가 말했다. "걔는 항상 늦잖아. 그냥 가자. 나중에 우리를 찾아오겠지."

메탈 미키 말이 맞았다. 니키는 항상 늦었다. 하지만 중요한 건 그게 아니었다. 우리는 같이 붙어 다녀야 했다. 혼자 축제장을 돌아다니면 위험했다. 여자아이는 특히.

"오 분만 더 기다려보자." 내가 말했다.

"*설마* 진담은 아니겠지!"* 뚱뚱이 개브는 솜씨를 유감없이 발휘하며, 그러니까 아주 어설프게 존 매켄로 흉내를 냈다.

뚱뚱이 개브는 이 사람, 저 사람 흉내를 많이 냈다. 주로 미국인이었다. 번번이 너무 어설퍼서 우리 배꼽을 잡게 만들었다.

메탈 미키는 호포나 나만큼 크게 웃지 않았다. 메탈 미키는 우리 패거리가 자기 말을 듣지 않는다 싶으면 기분 나빠했다. 하지만 그러거나 말거나 상관없었다. 우리가 웃음을 막 그쳤을 때 귀에 익은 목소리가 들렸기 때문이다. "뭐가 그렇게 재밌어?"

우리는 고개를 돌렸다. 니키가 언덕길을 올라오고 있었다. 나는 니키를 마주하자 늘 그렇듯 배 속이 이상하게 울렁거렸다. 갑자기

---

* 미국의 테니스 선수 존 매켄로가 심판에게 항의할 때 자주 했던 말이다.

배가 고파지면서 속이 살짝 메슥거리는 느낌 비슷했다.

오늘은 등 뒤로 마구 풀어 헤쳐놓은 빨간 머리가 너덜너덜하게 처리한 데님 반바지 끝단에 닿을락 말락 했다. 노란색 민소매 블라우스를 입고 있었다. 목 주변에 조그만 파란색 꽃무늬가 있었다. 목에서 뭔가가 은색으로 반짝였다. 조그만 십자가 목걸이였다. 어깨에 큼지막하고 무거워 보이는 삼베 가방을 메고 있었다.

"늦었네." 메탈 미키가 말했다. "기다리고 있었어."

꼭 자기가 그러자고 한 듯한 말투였다.

"가방 안에 뭐 넣어가지고 왔어?" 호포가 물었다.

"아빠가 축제에 온 사람들한테 이 쓰레기를 나눠주라고 해서."

니키는 전단지를 한 장 꺼내서 내밀었다.

세인트토머스 교회에 오셔서 주님을 찬양합시다. 그보다 더 짜릿한 즐거움은 없습니다.

니키의 아빠는 우리 동네 교구 목사였다. 우리 엄마, 아빠가 그럴 타입이 아니라서 나는 교회에 간 적이 한 번도 없었지만 오다가다 본 적은 있었다. 그는 조그맣고 동그란 안경을 쓰고 다녔고 벗어진 정수리는 니키의 콧잔등처럼 주근깨로 뒤덮였다. 늘 웃는 얼굴로 인사를 건넸지만 나는 그가 조금 무섭게 느껴졌다.

"이 무슨 *구리구리한* 개똥구리냐, 맙소사." 개브가 말했다.

'구리구리한 개똥구리' 아니면 '날아다니는 개똥구리'는 뚱뚱이 개브가 애용하던 문구였고 왜 그랬는지 모르겠지만 대개는 그 뒤에 부티 나는 억양으로 '맙소사'를 덧붙였다.

"정말로 나눠주려는 건 아니지?" 나는 물었다. 문득 하루 종일 아무것도 못하고 전단지를 나눠주는 니키만 정처 없이 따라다니는 광경이 그려졌다.

니키가 나를 째려보았다. 우리 엄마를 살짝 닮았다는 생각이 들었다.

"당연히 아니지, 이 바보야." 니키가 말했다. "사람들이 받아서 던진 것처럼 몇 장 여기저기 뿌리고 나머지는 쓰레기통에 버리자."

우리는 다 같이 씩 웃었다. 해서는 안 될 짓을 저지르며 어른을 엿 먹이는 것만큼 짜릿한 일도 없었다.

우리는 전단지를 여기저기 뿌리고 가방을 버린 다음 본격적으로 놀이기구에 달려들었다. 회전바구니(정말 끝장이었다), 뚱뚱이 개브가 나를 하도 세게 들이받는 바람에 등뼈에 금이 간 것처럼 느껴졌던 범퍼카. 우주로켓(작년엔 제법 재밌었는데 이번엔 좀 시시했다), 우주열차, 별똥별 그리고 해적선.

우리는 핫도그를 먹었고, 뚱뚱이 개브와 니키는 오리 낚시를 하다가 상품으로 별로 달갑지 않은 걸 받을 수도 있다는 사실을 힘들게 터득하고는 작고 허접한 봉제인형을 서로에게 던지며 깔깔대고 웃었다.

이쯤 되자 오후가 제법 저물었다. 흥분과 설렘이 잦아들면서 이제 남은 돈으로 놀이기구나 두세 번 더 타면 끝이겠다 싶었다.

나는 지갑을 꺼내려고 주머니 안으로 손을 넣었다. 심장이 철렁 내려앉았다. 지갑이 없었다.

"젠장!"

"왜?" 호포가 물었다.

"지갑을 잃어버렸어."

"확실해?"

"당연히 우라지게 확실하지."

하지만 만일의 경우에 대비해서 다른 주머니도 확인했다. 거기에도 없었다. 망할.

"마지막으로 어디서 지갑을 꺼냈는데?" 니키가 물었다.

나는 열심히 기억을 더듬었다. 마지막으로 놀이기구를 탄 다음에 확인했었는데 그때는 분명히 있었다. 그리고 그 이후에 핫도그를 사 먹었다. 오리 낚시는 하지 않았으니까…….

"핫도그 매점."

핫도그 매점은 축제장의 저쪽 끝, 회전바구니와 별똥별 반대편에 있었다.

"젠장." 나는 다시 중얼거렸다.

"그러지 말고 가서 찾아보자." 호포가 말했다.

"뭐 하러?" 메탈 미키가 말했다. "이미 누가 집어 갔을 텐데."

"내가 좀 빌려줄게." 뚱뚱이 개브가 말했다. "그런데 나도 남은 돈이 얼마 없어서."

그건 거짓말이라고 장담할 수 있었다. 뚱뚱이 개브는 항상 우리보다 돈을 더 많이 들고 다녔다. 원래부터 제일 좋은 장난감과 제일 반짝이는 최신식 자전거는 개브의 차지였다. 개브의 아빠는 '불'이라는 동네 술집 사장이었고 엄마는 에이본 화장품 외판원이었다. 뚱뚱이 개브가 인심이 좋기는 했지만 놀이기구를 몇 개 더 타고 싶을 게 뻔했다.

나는 고개를 저었다. “고맙지만 괜찮아.”

사실은 괜찮지 않았다. 눈시울이 뜨끈해지는 게 느껴졌다. 단순히 돈을 잃어버려서 그런 게 아니었다. 내가 바보가 된 기분이 들면서 즐거웠던 하루를 이런 식으로 망치게 됐다는 생각이 들어서였다. 엄마도 “그러게 내가 뭐랬니?”라고 할 게 뻔했다.

“너희들은 더 타.” 내가 말했다. “나는 가서 찾아볼게. 너희들까지 시간낭비할 필요 없잖아.”

“좋아.” 메탈 미키가 말했다. “자. 가자.”

친구들은 어기적어기적 발걸음을 옮겼다. 다들 다행이라고 생각하는 눈치였다. 자기들 돈을 잃어버린 것도, 자기들 하루를 망친 것도 아니었다. 나는 핫도그 매점 쪽으로 터벅터벅 왔던 길을 되짚기 시작했다. 댄싱 휠 바로 맞은편이었으니 그걸 지표로 삼았다. 그 고전적인 놀이기구는 못 보고 지나칠 수가 없었다. 축제장의 정중앙에 있었으니까.

구닥다리 스피커를 통과하면서 일그러진 음악 소리가 요란하게 울려 퍼졌다. 색색의 조명들이 번쩍거렸고 회전하는 나무판 위에서 나무통이 점점 더 빠르게 돌아가자 사람들이 비명을 질렀다.

점점 가까워지자 나는 좀 더 천천히 걸음을 옮기며 바닥을 훑기 시작했다. 쓰레기와 핫도그 포장지라면 모를까, 지갑은 없었다. 당연한 일이었다. 메탈 미키 말이 맞았다. 누군가가 주워서 내 돈을 꺼내 갔을 것이다.

나는 한숨을 쉬며 고개를 들었다. 내 쪽에서 먼저 페일맨, 그러니까 백색인간을 알아보았다. 물론 그게 그의 이름은 아니었다. 나중에 알게 된 그의 이름은 헬로런이었고 새로 부임한 우리 학교 선생님이었다.

백색인간은 못 보고 지나치기 힘든 인물이었다. 일단 키가 아주 컸고 비쩍 말랐다. 스톤 워시 청바지와 헐렁한 흰색 셔츠를 입었고 큼지막한 밀짚모자를 썼다. 우리 엄마가 좋아하는 1970년대의 옛날 가수를 닮았다. 데이비드 보위.

그 백색인간이 핫도그 매점 근처에 서서 빨대로 파란색 슬러시를 마시며 댄싱 휠을 구경하고 있었다. 뭐, 내 눈엔 그렇게 보였다.

그가 쳐다보는 쪽을 향해 시선을 돌렸을 때 그 소녀를 보았다. 지갑 때문에 계속 씩씩거리고 있긴 했지만 그래도 난 호르몬이 이제 막 부글부글 끓기 시작한 열두 살짜리 남자아이였다. 이제는 매일 밤을 이불을 뒤집어쓰고 손전등 불빛을 비춰가며 만화책을 읽느라 보내지는 않았다.

그녀는 동네에서 오다가다 본 기억이 나는 금발 친구(아빠가 경찰인가 그랬다)와 함께 서 있었지만 내 머릿속에서 그 친구는 당장 저 뒤로 밀려났다. 안타까운 사실이지만 진정한 미녀가 있으면 주변의 모든 사람과 모든 것이 그 미모에 빛을 잃어버린다. 금발 친구도 예뻤지만 댄싱 걸(나는 그녀의 이름을 들은 뒤에도 계속 그렇게 생각할 것이었다)이야말로 명실상부한 미녀였다. 키가 크고 날씬하고 까만 머리를 길게 길렀는데, 그보다 더 긴 구릿빛 다리가 어찌나 반질반질한지 햇빛을 받고 환하게 빛났다. 형광 초록색의 브라톱 위에 'Relax'라고 휘갈겨 쓴 헐렁한 조끼와 펄럭이는 이단 주름치마를 입고 있었다.

이 자리에서 고백하려니 살짝 민망하기는 하지만 처음에는 그녀의 얼굴을 눈여겨보지 않았다. 하지만 금발 친구에게 말을 거느라 고개를 돌렸을 때 나타난 그 얼굴은 나를 실망시키지 않았다. 입술은 도톰하고 아몬드 모양의 두 눈은 끝이 살짝 내려간, 심장이 철렁 내려앉도록 예쁜 얼굴이었다.

그리고 잠시 후에 그 얼굴이 사라졌다.

방금 전까지만 해도 그녀가, 그녀의 얼굴이 내 눈앞에 있었는데, 거대한 짐승이 땅속 깊은 곳에서 포효하듯 귀청을 찢는 끔찍한 소리가 들렸다. 알고 보니 오랜 세월 혹사당하는 동안 관리를 전혀 받지 못한 댄싱 휠의 축에 달린 회전 링이 부러지는 소리였다. 내 눈앞에서 은색의 무언가가 번쩍하며 그녀의 얼굴을 자르자 갈라진 틈새로 연골과 뼈와 피가 보이는 덩어리만 남았다. 피가 쏟아졌다.

몇 분의 일 초 뒤에, 내가 미처 비명을 지르지도 못했을 때 보라색과 검은색으로 이루어진 거대한 무언가가 빠른 속도로 달려왔다. 귀청이 터질 듯한 굉음이 들렸다. 댄싱 휠에서 풀려나온 나무통이 핫도그 매점을 들이받자 쇠붙이와 나뭇조각들이 우박처럼 쏟아졌고, 사람들이 피하느라 비명과 고함을 질렀다. 누군가가 달려드는 바람에 나는 바닥으로 넘어졌다.

다른 사람들이 내 위로 쓰러졌다. 어떤 사람은 발로 내 손목을 밟았다. 또 어떤 사람은 무릎으로 내 머리를 찍었다. 또 어떤 사람은 부츠로 내 갈비뼈를 찼다. 나는 꺅 하고 비명을 지르며 몸을 동그랗게 말아서 굴렀다. 그런 다음 다시 한번 꺅 하고 비명을 질렀다. 댄싱 걸이 내 바로 옆에 쓰러져 있었다. 다행히 머리카락이 얼굴을 덮고 있었지만, 피로 흠뻑 젖었는데도 티셔츠와 형광색 브라톱을 알아볼 수 있었다. 그녀의 다리 위로도 피가 흐르고 있었다. 또 다른 날카로운 쇠붙이가 무릎 바로 밑의 뼈를 가른 것이었다. 무릎 아래쪽 다리가 힘줄 몇 가닥에 간신히 매달려 있다시피 했다.

나는 엉금엉금 기어서 도망치기 시작했다. 그녀는 누가 봐도 죽은 사람이었다. 내가 할 수 있는 일은 아무것도 없었다. 그런데 바로 그때 그녀가 손을 내밀어 내 팔을 잡았다.

그녀가 피로 범벅이 된 너덜너덜한 얼굴을 내 쪽으로 돌렸다. 모든 게 시뻘건 그 안 어딘가에서 갈색 눈동자 하나가 나를 빤히 쳐다보았다. 나머지 하나는 곤죽이 된 뺨 위에 흐물흐물하게 놓여 있었다.

"도와줘." 그녀가 거친 목소리로 말했다. "도와줘."

나는 도망치고 싶었다. 비명을 지르고 울며 토악질을 하고 싶었다. 어쩌면 그 세 가지를 동시에 할 수도 있었겠지만 그때 누군가가 큼지막하고 단단한 손으로 내 어깨를 꽉 붙잡으며 부드러운 목소리로 말했다. "괜찮아. 무섭다는 거 알아. 하지만 내 말 잘 듣고 내가 시키는 대로 해주었으면 좋겠다."

나는 고개를 돌렸다. 백색인간이 나를 내려다보고 있었다. 이제 보니 챙이 넓은 모자로 가려져 있던 얼굴이 거의 셔츠만큼 새하얬다. 심지어 눈마저 흐릿하고 반투명한 회색이었다. 유령 아니면 흡혈귀처럼 보여서 다른 때 같으면 겁에 질렸을 것이다. 하지만 그는 어른이었고 나에게는 지시를 내려줄 어른이 필요했다.

"이름이 뭐니?" 그가 물었다.

"에드, 아니 에디요."

"그래, 에디. 다친 데 있니?"

나는 고개를 저었다.

"다행이네. 하지만 이 아가씨는 다쳤으니까 우리 둘이서 도와줘야 해. 알겠지?"

나는 고개를 끄덕였다.

"네가 어떻게 해주어야 하느냐면…… 다리 이 부분을 세게, 아주 세게 잡고 있어줘."

그는 내 두 손을 잡아서 그녀의 다리를 감싸쥐게 했다. 다리가 뜨끈뜨끈했고 피 때문에 미끈거렸다.

"알겠니?"

나는 다시 고개를 끄덕였다. 공포 때문에 혀에서 씁쓸한 쇠 맛이 느껴졌다. 온 힘을 다해서 세게, 정말 세게 잡고 있는데도 내 손가락 사이로 스며 나오는 피를 느낄 수 있었다.

저 멀리서, 실제보다 더 멀게 느껴지는 곳에서 쿵쾅거리는 음악 소리와 환희의 비명 소리가 들렸다. 그녀는 비명을 그쳤다. 이제는 꼼짝 않고 조용히 누워서 거친 숨소리만 내는데, 그마저도 점점 희미해져가고 있었다.

"에디, 집중해야 한다. 알았지?"

"네."

나는 백색인간을 쳐다보았다. 그는 허리띠를 풀었다. 홀쭉한 허리에 비해 너무 길어서 추가로 구멍을 뚫은 허리띠였다. 황당하게도 끔찍한 순간에는 얼마나 희한한 것들이 눈에 들어오는지 모른다. 나는 이때 댄싱 걸의 한쪽 신발이 벗겨진 것을 알아차렸다. 반짝거리는 분홍색 젤리 슈즈였다. 나는 다리가 거의 두 동강 났으니 어쩌면 평생 한쪽 신발이 없어도 될지 모른다는 생각을 했다.

"계속 정신 바짝 차리고 있지, 에디?"

"네."

"좋았어. 거의 다 끝났다. 잘하고 있어, 에디."

백색인간은 허리띠로 그녀의 위쪽 다리를 감쌌다. 그러고는 세게, 아주 세게 잡아당겼다. 보기보다 힘이 셌다. 콸콸 쏟아지던 피의 속도가 더뎌지는 게 거의 곧바로 느껴졌다.

그는 나를 보고 고개를 끄덕였다. "이제 손 놔도 돼. 내가 동여맸으니까."

나는 손을 뗐다. 긴장이 풀리면서 손이 떨리기 시작했다. 나는 두 손을 겨드랑이 밑에 넣고 내 몸을 감쌌다.

"이 누나 괜찮을까요?"

"나도 잘 모르겠다. 어쩌면 다리를 살릴 수 있을지도 몰라."

"얼굴은요?" 나는 나지막이 속삭였다.

그는 나를 올려다보았다. 그 옅은 회색 눈 속에 나를 입 다물게 만드는 뭔가가 있었다. "사고 전에 이 아이의 얼굴을 쳐다보고 있었니, 에디?"

나는 입을 벌렸지만 뭐라고 대답하면 좋을지 알 수 없었고, 그의 목소리가 이제는 그렇게 냉랭하게 바뀐 이유도 알 수 없었다.

그는 다시 시선을 돌리고 조용히 말했다. "죽지는 않을 거야. 중요한 건 그거지."

그때 하늘을 쩍 하고 가르는 어마어마한 천둥소리에 이어서 빗방울이 떨어지기 시작했다.

그때 나는 처음으로 모든 게 한순간에 달라질 수 있다는 사실을 깨달았던 것 같다. 우리가 당연하게 여겼던 모든 게 한순간에 날아가버릴 수 있다는 걸 말이다. 어쩌면 그래서 나는 그걸 들고 왔는지 모른다. 뭐라도 붙잡고 싶어서. 그걸 안전하게 지키고 싶어서. 아무튼 속으로는 그렇게 중얼거렸다.

하지만 속으로 하는 중얼거림이 그렇듯 어쩌면 구리구리한 개똥구리에 불과했을지 모른다.

지역 일간지에서는 우리더러 영웅이라고 했다. 핼로런 씨와 나를 공원으로 다시 불러서 사진을 찍었다.

놀랍게도 굴러떨어진 통에 타고 있었던 두 사람은 몇 군데 뼈가 부러지고 베이고 멍이 든 게 전부였다. 심하게 찢어져서 꿰맨 행인이 몇 명 있었고, 우르르 도망치다 뼈가 부러지고 갈비뼈에 금이 간 사람이 몇 명 더 있었다.

심지어 댄싱 걸(이름이 일라이저였다)마저 목숨을 부지했다. 병원에서 그녀의 다리를 접합하고 눈을 살리는 데 성공했다. 신문에서는 그걸 가리켜 기적이라고 했다. 얼굴의 나머지 부분에 대해서는 별다른 언급이 없었다.

모든 극적인 사건과 비극이 그렇듯 관심이 서서히 잦아들기 시작했다. 뚱뚱이 개브는 더 이상 혐오스러운 우스갯소리를 늘어놓지 않았고(대개 다리병신 어쩌고 하는 내용이었다) 메탈 미키도 나를 '꼬마 영웅'이라고 부르며 망토 어디 두고 왔느냐고 묻는 데 싫증이 났다. 다른 뉴스와 가십이 그 자리를 채웠다. A36 도로에서 난 교통사고로 우리 학교에 다니는 아이의 사촌이 죽었고, 오학년생 마리 비숍이 임신을 했다. 늘 그렇듯 그런 식으로 시간이 흘렀다.

상관없었다. 나조차도 그 사건에 살짝 신물이 나던 참이었다. 나는 원래 스포트라이트를 좋아하지도 않는 성격이었다. 게다가 이야기를 덜 하면 할수록 댄싱 걸의 날아간 얼굴을 떠올릴 일이 줄었다. 더러워진 침대 시트를 빨래 바구니에 몰래 넣고 오는 횟수가 줄었다.

엄마는 댄싱 걸을 문병 가고 싶으냐고 두세 번 물었다. 나는 늘 아니라고 대답했다. 그녀를 다시 만나고 싶지 않았다. 그녀의 뭉개진 얼굴을 보고 싶지 않았다. 그녀가 그 갈색 눈으로 나무라듯이 나를 쳐다보는 것도 싫었다. *네가 도망치려고 했던 거 알아, 에디. 핼로런 씨가 붙잡지 않았다면 죽거나 말거나 나를 그냥 내버려뒀을 거잖아.*

핼로런 씨는 문병을 갔던 것 같다. 그것도 여러 번이나. 시간이 많았던 모양이다. 그는 구월이 되어서야 우리 학교로 출근할 예정이었다. 여기 생활에 적응하려고 셋집에 몇 달 먼저 들어온 모양이었다.

내가 보기에는 좋은 생각이었다. 덕분에 모든 사람이 그의 존재에 익숙해졌다. 교실에 들어서기 전에 모든 궁금증이 해소됐다.

*피부가 왜 저래요? 선천성 색소 결핍증*이 있어서 그래. 어른들은 찬찬히 설명해주었다. 그러니까 대부분의 사람들과 다르게 피부를 분홍색이나 갈색으로 만들어주는 '색소'라는 게 없다는 뜻이었다. *눈은요?* 그것도. 그냥 색소가 없어서 그래. *그러니까 별종도 괴물도 유령도 아니네요?* 응. 그냥 치료를 받아야 하는 평범한 사람이야.

어른들의 생각은 틀렸다. 핼로런 씨를 두고 이러니저러니 할 수 있을지 몰라도 평범한 사람은 절대 아니었다.

2016년

팡파르도 요란한 광고도 심지어 어떤 예고도 없이 편지가 배달된다. 맥밀런 암 지원센터에서 보낸 기부금 봉투와 새로 개업한 피자가게 전단지 사이에 끼여 있다.

게다가 요즘 같은 때 편지라니. 심지어 일흔여덟 살인 우리 어머니도 이메일과 트위터와 페이스북을 애용하는데. 사실 어머니가 나보다 기계에 대해서 훨씬 더 잘 안다. 나는 과학기술을 살짝 혐오하는 편이다. 학생들은 그런 나를 보고 신기해한다. 학생들이 운운하는 스냅챗, 즐겨찾기, 태그, 인스타그램이 내겐 외국어나 다름없다. *내가 가르치는 과목이 영어 아니었니?* 나는 학생들에게 서글픈 목소리로 종종 이렇게 묻는다. *너희들이 무슨 소리를 하는 건지 날아다니는 개똥구리만큼도 모르겠다.*

봉투에 적힌 글씨가 누구 글씨체인지 알 수 없지만 생각해보면 요즘은 내 글씨체마저 가물가물하다. 모든 게 키보드와 터치스크린으로 해결된다.

나는 식탁에 앉아서 커피를 마시며 봉투를 뜯어서 내용물을 살핀다. 아니다, 그건 정확한 묘사가 아니다. 차갑게 식어가는 커피잔을 옆에 두고 식탁에 앉아서 내용물을 빤히 쳐다보았다고 해야 맞겠다.

"그게 뭐예요?"

나는 화들짝 놀라서 휙 시선을 돌린다. 잠이 덜 깬 클로이가 하품을 하며 부엌으로 터벅터벅 걸어 들어온다. 까맣게 염색한 머리는 풀어 헤쳐졌고 삐죽삐죽한 앞머리가 하늘로 솟았다. 낡은 더 큐어 맨투맨 티셔츠를 입었고 간밤에 했던 화장이 남아 있다.

"이건 말이다." 나는 조심스럽게 접으며 대답한다. "편지라고 하는 거야. 옛날에는 이게 통신수단이었지."

그녀는 사람을 주눅 들게 만드는 눈빛으로 나를 쳐다보며 가운뎃손가락을 들어 보인다. "무슨 얘기를 하고 있다는 건 알겠는데 내 귀에는 옹알이처럼 들리네요."

"요즘 젊은 사람들은 그게 문제야. 남의 말을 듣지 않는 거."

"아저씨, 나이로는 내 아빠뻘도 될까 말까 하면서 왜 우리 할아버지 같은 소리를 늘어놓아요?"

맞는 말이다. 나는 마흔두 살이고 클로이는 이십대 후반이다(아마도 그렇다. 그녀는 나이를 절대 밝히지 않고 나는 신사된 도리로서 물어보지 않는다). 나이 차가 얼마 나지 않지만 수십 년은 되는 것처럼 느껴질 때가 많다.

클로이는 쿨하고 앳돼 보여서 십대라고 해도 믿길 정도다. 나는 연금 생활자가 아니지만 그렇게 보일 가능성이 없지 않다. 좋게 표현해서 '삶에 찌든 얼굴'이라고 할 수 있다. 내 경험에 비춰봤을 때 사람을 찌들게 만드는 것은 삶, 그 자체라기보다 걱정과 후회지만.

내 머리칼은 여전히 숱이 많고 대부분 검은색이지만 웃으면 생긴다는 팔자 주름은 웃음기를 잃은 지 오래다. 키가 큰 사람들이 대개 그렇듯 나도 등이 구부정하고, 내가 좋아하는 색을 가리켜 클로이는 '재활용품 전문점의 세련미'를 갖추었다고 표현한다. 양복, 조끼, 번듯한 구두. 청바지도 몇 벌 있지만 집 서재에 틀어박혀 있을 때라면 모를까 일을 할 때는 입지 않는데, 나는 노상 일을 하고 종종 공휴일에도 개인 지도를 한다.

가르치는 걸 워낙 좋아해서 그렇다고 얘기하고 싶지만 자기 일을 그 정도로 사랑하는 사람은 없다. 내가 그러는 이유는 돈이 필요하기 때문이다. 클로이가 이 집에서 사는 이유도 그 때문이다. 그녀는, 내 입장에서는 친구라고 생각하고 싶은 하숙인이다.

솔직히 우리는 안 어울리는 한 쌍이다. 클로이는 내가 방을 빌려줄 만한 타입이 아니다. 하지만 들어오겠다던 하숙인에게 또다시 배신을 당했을 때 지인의 딸이 방을 급하게 구하는 '어떤 아가씨'가 있다고 했다. 괜찮은 판단이었던 듯하고 월세도 생활에 도움이 된다. 그녀와의 동거 생활도 마찬가지다.

내게 월세가 필요하다고 하면 의아하게 느껴질 수도 있겠다. 나는 연봉이 비교적 많고 지금 이 집은 어머니에게 물려받았으니 대부분의 사람들은 대출 걱정 없이 아늑하게 살 수 있겠거니 생각할 것이다.

하지만 슬픈 진실을 공개하자면 이 집은 금리가 두 자리 숫자일 때 산 집이고, 보수 비용을 충당하느라 두 번 대출을 받았고, 아빠의 상태가 집에서 돌볼 수 없을 만큼 나빠지자 시설로 옮기면서 그 비용을 충당하느라 삼차로 대출을 받았다.

오 년 전까지만 해도 엄마와 내가 이 집에서 같이 살았지만, 엄마가 만난 제리라는 명랑한 전직 은행원이 모든 걸 정리하고 윌트셔 시외에 직접 시공한 에코하우스에서 자급자족 생활을 하겠다는 결단을 내렸다.

나는 제리에게 나쁜 감정이 전혀 없다. 사실 좋은 감정도 전혀 없지만 덕분에 엄마가 행복하게 지내는 것 같으니 우리가 입버릇처럼 반복하는 거짓말을 빌리자면 그것으로 충분하다. 내 나이가 마흔둘인데도 불구하고 엄마가 아빠 아닌 다른 남자와 행복하게 지내는 걸 못마땅하게 여기는 마음이 있는 듯하다. 유치하고 이기적이며 어린애 같은 발상이다. 내가 원래 그런 데 재주가 있다.

일흔여덟인 엄마는 사실 내가 어떻게 생각하건 말건 쥐똥만큼도 신경 쓰지 않는다. 엄마가 제리와 함께 살기로 결정했다고 얘기했을 때 우리 사이에서 정확히 다음과 같은 대화가 오간 것은 아니었지만 대충 이런 식이었다.

"난 여기서 탈출해야겠다, 에드. 추억이 너무 많아."

"집을 파시려고요?"

"아니. 너한테 줄게, 에드. 사랑만 약간 보태면 온 가족이 함께

지내는 아늑한 보금자리로 만들 수 있어."

"엄마, 저는 가족은커녕 애인도 없는걸요."

"아직 늦지 않았어."

나는 아무 대꾸도 하지 않았다.

"이 집 갖기 싫으면 팔아도 돼."

"아니에요. 저는 그냥…… 그냥 엄마가 행복했으면 좋겠다는 마음뿐이에요."

"누구한테서 온 편지예요?" 클로이가 커피메이커 앞으로 가서 머그잔에 커피를 따르며 묻는다.

나는 편지를 가운 주머니에 넣는다. "별로 중요한 사람 아니야."

"우우우. 궁금해지는데요?"

"궁금해할 것도 없어. 그냥…… 예전에 알고 지내던 사람이니까."

그녀는 한쪽 눈썹을 추켜세운다. "또요? 갑자기 여기저기서 튀어나오네요? 아저씨가 그렇게 인기가 많았는지 몰랐어요."

나는 미간을 찌푸린다. 그러다 오늘 저녁을 먹으러 오는 손님에 대해서 뭐라고 설명했는지 기억한다.

"별로 놀라는 목소리도 아니구만."

"놀랐어요. 아저씨처럼 폐쇄적인 사람한테 친구가 있다는 사실 자체가 놀라워요."

"나도 여기 앤더베리에 친구들 있다. 너도 알잖아. 개브하고 호포."

"그 두 사람은 예외죠."

"어째서?"

"진짜 친구가 아니니까요. 그냥 어렸을 때부터 알고 지낸 사이라면 모를까."

"그게 친구의 정의 아니니?"

"아뇨, 한동네 주민의 정의죠. 진심으로 만나고 싶다기보다 습관적으로, 그동안 쌓인 정 때문에 어울리는 사이니까요."

일리가 있다. 조금은.

"아무튼." 난 화제를 바꾼다. "이제 가서 옷 갈아입어야겠다. 오늘 학교에 나가봐야 하는 날이라."

"요즘 방학 아니에요?"

"대개 여름방학 동안 학교는 안녕이면 선생도 하는 일이 없는 줄 알지만 실상은 그렇지가 않거든."

"아저씨가 앨리스 쿠퍼 팬일 줄이야."*

"앨리스 쿠퍼 노래 좋아해." 나는 진지한 표정으로 얘기한다.

클로이가 특유의 엉뚱하고 비딱한 미소를 짓자 다소 평범했던 얼굴이 눈부시게 바뀐다. 그런 여자들이 있다. 첫눈에는 특이하고 심지어 이상해 보이지만 미소를 짓거나 한쪽 눈썹을 살짝 추켜세우기만 해도 분위기가 달라진다.

아무래도 내가 클로이에게 조금 반한 것 같지만 그걸 실토할 일은 절대 없을 것이다. 그녀에게 나는 미래의 남자친구감이라기보다 든든한 아저씨에 가깝다는 걸 안다. 내가 부성애가 아닌 다른

---

* 〈스쿨스 아웃〉이라는 앨리스 쿠퍼의 노래에 '여름방학 동안 학교는 안녕'이라는 가사가 있다.

감정을 품고 있다는 사실을 들키는 바람에 그녀를 불편하게 만들고 싶은 마음은 추호도 없다. 게다가 이 손바닥만 한 마을에서 나 같은 위치의 사람이 나이 차가 아주 많이 나는 어린 여자와 만났다가는 오해를 사기 십상이다.

"그 또 다른 '예전부터 알고 지내던 사람'은 언제 오는데요?" 그녀는 커피를 들고 식탁 쪽으로 걸어오며 묻는다.

나는 의자를 뒤로 밀고 자리에서 일어선다. "일곱시쯤." 나는 말을 잠깐 멈춘다. "너도 같이 만나도 돼."

"사양하는 게 좋겠어요. 두 분이서 오붓하게 밀린 얘기 나눌 수 있게."

"알았다."

"하지만 다음을 기약할게요. 아저씨 얘길 들어보면 재미있는 분인 것 같으니까."

"그래." 나는 억지로 미소를 지어 보인다. "재미있겠다니 참신한 해석이네."

학교는 집에서 빠른 걸음으로 십오 분 거리에 있다. 오늘 같은 날, 얇은 구름 사이로 언뜻 파란색이 손짓하는, 기분 좋게 따스한 여름날에는 그 길을 느긋하게 걸어간다. 일을 시작하기 전에 생각을 정리하는 하나의 방편이다.

학기 중에는 이런 방법이 도움이 된다. 내가 앤더베리 학교에서 가르치는 아이들은 대부분 이른바 '문제아'다. 우리 때라면 '쓰레기 같은 새끼들'이라고 불렸을 것이다. 어떤 날은 마음의 준비를 단단히 해야 상대할 수 있다. 또 어떤 날은 모닝커피에 보드카를 섞어서 마시는 게 유일한 대비책이다.

대다수의 소도시들이 그렇듯 지나가는 사람들 눈에는 앤더베리가 그림 같은 풍경을 자랑하는 살기 좋은 마을처럼 보인다. 고풍스러운 자갈길과 찻집과 조금 유명한 성당. 일주일에 두 번 장이 서고 예쁘장한 공원과 강변 산책로도 많다. 차를 타고 가면 금세 본머스의 모래사장과 뉴포레스트의 뻥 뚫린 황야 지대가 나온다.

하지만 뚜껑을 열어보면 관광객을 유혹하는 번드르르한 면모는 그걸로 끝이다. 대부분의 일거리가 계절을 타고 실업률이 높다. 할 일 없는 청년들이 상점가와 공원에 모여 있다. 십대 엄마들이 악을 쓰는 아이들을 유모차에 태우고 번화가를 왔다 갔다 한다. 이것이 요즘 들어 새롭게 등장한 현상은 아니지만 점점 유행하는 느낌이다. 어쩌면 나만 그렇게 느끼는 것일 수도 있다. 나이를 먹으면 대개 지혜로워지는 게 아니라 시야가 좁아진다.

올드메도스 공원 입구가 나온다. 나의 십대가 묻혀 있는 곳이다. 우리 때에 비해 많이 달라졌다. 그건 나만의 느낌이 아니다. 스케이트보드장이 새로 생겼고 우리 패거리의 아지트였던 놀이터는 공원 저편에 새롭게 등장한 현대적인 '레크리에이션 시설'에 자리를 빼앗겼다. 거기엔 로프 스윙, 큼지막한 터널 미끄럼틀, 짚와이어 등 우리 어린 시절엔 꿈도 꾸지 못했던 온갖 근사한 기구들이 있다.

희한하게 예전의 놀이터도 방치된 채 그대로 남아 있다. 정글짐은 녹이 슬었고, 그네는 봉 꼭대기에 칭칭 감겨 있고, 밝은색으로 칠해져 있던 뺑뺑이는 칠에 기포가 생기고 벗겨졌고 오래된 낙서들이 덕지덕지 적혀 있다. 이제는 다들 *헬렌이 나쁜* 년인 이유와 *앤디 W*를 *사모*하는 이유를 잊어버렸을 것이다.

그 자리에 서서 잠깐 놀이터를 쳐다보는데 기억이 되살아난다.

희미하게 삐걱거리던 유아용 그네, 살을 엘 듯이 차가웠던 새벽 공기, 까만 아스팔트와 하얀 분필의 선명한 대조. 또 다른 메시지. 하지만 이번 메시지는 달랐다. 초크맨이 아니라…… 다른 거였다.

나는 홱 하니 몸을 돌린다. 지금 이러면 안 된다. 다시 이러면 안 된다. 두 번 다시 끌려 들어가지 않을 것이다.

학교에서 업무를 처리하는 데 걸린 시간은 얼마 되지 않는다. 점심시간 때쯤 끝이 난다. 책을 챙기고 사무실 문을 잠그고 시내까지 걸어간다.

시내 중심가 모퉁이에 자리 잡은 불이 마지막 남은 '로컬' 술집이다. 예전에는 드래건과 위트시프도 있었지만 체인점에 밀려났다. 기존의 로컬 술집들은 문을 닫았고 개브의 부모님은 생존을 위해 가격을 낮추고, 레이디스 나이트를 만들고, 해피 아워와 '패밀리' 아워를 운영해야 했다.

하지만 결국에는 이런 생활에 염증을 느꼈다. 그들은 마요르카로 거처를 옮겨 현지에서 브리츠라는 술집을 한다. 불은 열여섯 살 때부터 거기서 아르바이트를 했던 개브가 넘겨받아서 계속 영업을 하고 있다.

나는 묵직하고 오래된 나무 문을 열고 안으로 들어간다. 호포와 개브가 우리 지정석인 창가 구석자리에 앉아 있다. 개브는 별명이 왜 뚱뚱이 개브였는지 알 수 있을 만큼 아직까지 상체가 건장하고 우람하다. 하지만 군살이 많다기보다 근육질이다. 팔뚝은 나무둥치 같고 불룩 튀어나온 핏줄은 팽팽한 파란색 전선 같다. 얼굴은 조각 같고 짧게 친 머리는 희끗희끗하고 듬성듬성하다.

호포는 달라진 게 거의 없다. 배관공 작업복을 입고 있는데, 아직도 언뜻 보면 역할놀이를 하는 열두 살짜리로 착각할 수 있을 정도다.

그 둘은 열띤 대화를 나누고 있다. 테이블에 놓인 잔은 거의 건드리지도 않았다. 호포의 몫은 기네스고 술을 거의 마시지 않는 개브는 다이어트 콜라다.

나는 뚱한 표정으로 바를 지키고 있는 아가씨에게 테일러스 마일드를 주문한다. 그녀는 나를 보고 인상을 쓰더니 이번에는 엄청난 모욕이라도 당한 듯이 맥주 탭을 향해 인상을 쓴다.

"통을 교체해야 해요." 그녀가 중얼거린다.

"알았어요."

나는 기다린다. 그녀는 눈을 부라린다.

"자리로 갖다드릴게요."

"고마워요."

나는 몸을 돌려서 발걸음을 옮긴다. 뒤를 흘끗 돌아보니 그녀는 계속 그 자리에 서서 지키고 있다.

나는 호포의 옆으로 가서 흔들거리는 의자에 앉는다.

"안녕."

그들은 고개를 들고 나는 이상한 분위기를 한눈에 알아차린다.

뭔지 몰라도 문제가 생겼다. 개브가 바퀴를 굴려서 테이블을 돌아 나온다. 근육질의 팔뚝이 휠체어에 하릴없이 놓여 있는 다리와 선명한 대조를 이룬다.

나는 의자에 앉은 채로 고개를 돌린다. "개브? 왜 그―?"

그의 주먹이 내 얼굴을 향해 날아오자 왼쪽 빰에 통증이 작렬하고 나는 바닥으로 나자빠진다.

그가 위에서 나를 노려본다. "언제부터 알고 있었던 거냐?"

1986년

뚱뚱이 개브는 덩치가 가장 컸고 암묵적으로 우리 패거리의 대장이었지만 따지고 보면 제일 막내였다.

개브의 생일은 학교 방학이 시작되는 팔월 초였다. 우리 모두 개브의 생일을 상당히 부러워했다. 그중에서도 내가 가장 부러워했다. 나는 제일 형이었다. 내 생일도 방학이긴 했지만 크리스마스 삼 일 전이었다. 그래서 양쪽 선물을 제대로 챙겨 받기보다 거의 해마다 '큼지막한' 한 개나 그저 그런 두 개를 받곤 했다.

뚱뚱이 개브는 항상 선물을 산더미처럼 받았다. 엄마와 아빠가 잔뜩 안겨주기도 했지만 친척들이 워낙 많았다. 이모와 삼촌과 사촌과 할아버지, 할머니와 증조할아버지, 증조할머니가 넘쳐났다.

나는 그것도 조금 부러웠다. 나에게는 엄마와 아빠뿐이었고 할머니도 있었지만 멀리 사는 데다 아빠의 표현에 따르면 '살짝 맛이 간' 상태였기 때문에 자주 만나지 못했다. 사실 난 할머니네 집으로 놀러가는 걸 좋아하지 않았다. 거실이 너무 덥고 냄새가 났고 텔레비전에서는 항상 한심한 영화가 나왔다.

"줄리 앤드루스 참 예쁘지 않았니?" 할머니가 촉촉해진 눈으로 한숨을 쉬며 물으면 우리는 고개를 끄덕이며 그렇다고 대답하고, 춤추는 루돌프가 사방에 그려진 녹슨 깡통에 담겨 있던 눅눅한 다이제스티브 비스킷을 먹어야 했다.

뚱뚱이 개브의 엄마와 아빠는 해마다 으리으리한 생일파티를 열어주었다. 올해는 바비큐 파티였다. 마술사를 불렀고 심지어 끝난 뒤에 디스코 타임도 벌일 예정이었다.

우리 엄마는 초대장을 보더니 눈을 부라렸다. 나는 엄마가 뚱뚱이 개브의 부모님을 좋아하지 않는다는 걸 알았다. 한번은 엄마가 아빠에게 그들을 가리켜서 '과식적'이라고 하는 걸 들은 적이 있었다. 나중에 나이를 먹고 나서 사실 엄마가 쓴 단어는 '가식적'이었다는 걸 깨달았지만 한동안 온 식구가 너무 많이 먹는다고 한 줄 알고 지냈다.

"디스코 타임이 있대, 여보." 엄마가 아빠에게 묘한 말투로 얘기했다. 나로서는 좋은 징조인지 나쁜 징조인지 알 수가 없었다. "어떻게 생각해?"

아빠는 설거지를 하다 말고 건너와서 초대장을 흘끗 들여다보았다. "재미있겠네."

"아빠는 못 와요." 내가 말했다. "애들끼리 하는 파티예요. 엄마,

아빠는 초대하지 않고."

"아니야, 초대한대." 엄마가 초대장을 가리키며 말했다. "'부모님들도 환영합니다. 소시지 들고 오세요.'"

나는 초대장을 다시 확인하고 미간을 찌푸렸다. 우리 파티에 엄마, 아빠를 부른다고? 내가 보기에는 좋은 생각이 아니었다. 전혀 좋은 생각이 아니었다.

"뚱뚱이 개브 생일 때 뭐 선물할 거야?" 호포가 물었다.

우리는 공원 정글짐에 앉아서 다리를 흔들며 콜라맛 아이스바를 빨아 먹고 있었다. 호포네 집에서 키우는 나이 많은 검은색 래브라도 머피가 우리 발밑의 그늘에 앉아서 꾸벅꾸벅 졸고 있었다.

때는 칠월 말, 축제장에서 끔찍한 사고가 벌어지고 두 달 가까이 지났고 뚱뚱이 개브의 생일 일주일 전이었다. 모든 게 다시 평소 모습을 되찾기 시작했고 그래서 기뻤다. 나는 자극이나 뜻밖의 극적인 사건을 좋아하지 않는 아이였다. 나는 예나 지금이나 반복적인 일상을 좋아한다. 심지어 열두 살인 그때에도 내 양말서랍은 항상 깔끔하게 정리가 되어 있었고 책과 카세트테이프는 알파벳 순서로 꽂혀 있었다.

어쩌면 집 안의 다른 모든 부분은 난장판이었기 때문에 그랬을 수도 있었다. 무엇보다 집이 아직 공사 중이었다. 그게 바로 우리 엄마, 아빠와 내가 아는 다른 부모님들의 차이점이었다. 오래된 연립주택에서 엄마와 함께 사는 호포만 예외일 뿐, 학교 아이들은 대개 깔끔하고 네모반듯한 마당이 있고 전부 똑같이 생긴 근사한 현대식 주택에 살았다.

우리는 계속 비계로 둘러싸인 것처럼 느껴지는 흉측하고 오래된 빅토리아 시대풍의 주택에서 살았다. 널찍한 뒷마당은 잡초로 뒤덮여 있어서 끝까지 걸어가본 적이 없었고 이층으로 올라가면 천장 사이로 하늘이 보이는 방이 최소 두 개였다.

엄마와 아빠는 내가 아주 어렸을 때 그 집을 '개조'해서 쓰겠다고 장만했다. 그게 팔 년 전 일이었는데 내가 보기에는 개조가 끝나려면 한참 멀었다. 방들은 그럭저럭 쓸 만했지만 복도와 부엌은 벽에 회반죽만 칠한 채 그대로 방치했고 카펫이 깔린 곳이 한 군데도 없었다.

이층에는 구식 화장실도 남아 있었다. 거미가 둥지를 튼 선사시대 에나멜 욕조, 물이 새는 세면대, 기다란 체인을 당겨서 물을 내리는 구닥다리 변기가 딸린 화장실이었다. 샤워기는 없었다.

열두 살의 내가 느끼기에 그 집은 끔찍하리만치 당혹스러운 곳이었다. 우리 집에는 심지어 전깃불도 없었다. 아빠가 밖에서 패어온 장작을 때야 했다. 우라질 암흑시대처럼 말이다.

"언제쯤 공사를 끝내실 거예요?" 나는 어쩌다 한번씩 물었다.

"글쎄다. 공사를 하려면 시간과 돈이 들거든." 아빠는 이렇게 대답했다.

"우리 돈 없어요? 엄마가 의사잖아요. 뚱뚱이 개브 말로는 의사들이 돈을 많이 번다던데."

아빠는 한숨을 쉬었다. "전에도 이미 했던 얘기잖니, 에디. 뚱—개빈이 뭐든 다 아는 건 아니라고. 그리고 내가 하는 일이 남들만큼 보수가 많지도 않고 정규직도 아니잖아."

나는 이런 말이 튀어나올 뻔한 걸 참은 적이 한두 번이 아니었다. "그럼 아빠도 나가서 제대로 된 일을 하면 안 돼요?" 하지만 그러면 아빠가 속상해할 테고 그건 싫었다.

나는 아빠가 엄마만큼 돈을 벌지 못해서 미안해할 때가 많다는 걸 알았다. 아빠는 잡지 기사를 쓰는 틈틈이 책을 쓰려고 했다.

"내가 베스트셀러 작가가 되면 상황이 달라질 거야." 아빠는 웃음을 터뜨리고 윙크하며 입버릇처럼 이렇게 얘기했다. 농담인 척 했지만 언젠가는 그렇게 될 거라고 진심으로 믿었던 것 같다.

하지만 그런 일은 벌어지지 않았다. 거의 이루어질 뻔하기는 했다. 아빠가 여러 에이전트에게 원고를 보냈을 때 그중 한 명이 잠깐 관심을 보인 적이 있었다. 하지만 왜 그랬는지 몰라도 그 뒤로 감감무소식이었다. 아빠가 아프지만 않았다면 결국엔 성공했을지 모른다. 하지만 병이 아빠의 머릿속을 갉아먹기 시작했을 때 가장 먼저 삼킨 것은 아빠가 가장 사랑했던 것이었다. 말이었다.

나는 아이스바를 좀 더 열심히 빨았다. "선물 뭐 할지 생각해본 적 없는데." 나는 호포에게 말했다.

하지만 거짓말이었다. 오래전부터 열심히 고민하고 있었다. 그게 뚱뚱이 개브의 문제였다. 거의 모든 걸 가지고 있어서 녀석이 좋아할 만한 선물을 생각해내기가 여간 어려운 게 아니었다.

"너는?" 내가 물었다.

호포는 어깨를 으쓱했다. "아직 모르겠어."

나는 화제를 바꿨다. "너희 엄마도 파티에 오셔?"

호포는 인상을 찡그렸다. "잘 모르겠어. 일을 하실 수도 있거든."

호포의 엄마는 청소부였다. 오래돼서 녹이 슨 릴라이언트 로빈 자동차의 트렁크 가득 걸레와 양동이를 싣고 길거리를 느릿느릿 지나가는 모습을 어디에서나 종종 볼 수 있었다.

메탈 미키는 호포가 없으면 호포의 엄마를 '집시 거지'라고 불렀다. 좀 잔인한 표현이었지만 희끗희끗한 머리를 산발하고 후줄근한 원피스를 입고 다녀서 살짝 그 비슷한 분위기를 풍기긴 했다.

호포의 아빠는 어디 갔는지 모르겠다. 호포는 아빠 얘기를 한 적이 없었지만 호포가 어렸을 때 그들 곁을 떠난 듯했다. 호포에게는 형도 있었지만 군대인가 어딘가에 가고 없었다. 이제 와 생각해보면 우리가 어울려 다녔던 건 '정상적'이라고 할 만한 가족이 없었기 때문이기도 했던 것 같다.

"너희 엄마, 아빠는 오셔?" 호포가 물었다.

"아마도. 엄마, 아빠가 분위기에 초나 치지 않았으면 좋겠다."

호포는 어깨를 으쓱했다. "괜찮을 거야. 마술사도 온다잖아."

"그러게."

우리는 씩 웃었다. 잠시 후에 호포가 말했다. "지금 상점가에 가서 뚱뚱이 개브한테 선물할 만한 게 있는지 찾아볼래?"

나는 머뭇거렸다. 나는 호포와 노는 게 좋았다. 호포 앞에서는 똑똑한 척할 필요가 없었다. 계속 긴장할 필요도 없었다. 그냥 편안하게 있으면 됐다.

호포는 어마어마하게 머리가 좋지는 않았지만 어떻게 하면 머리가 좋아 보이는지 알았다. 뚱뚱이 개브처럼 모두의 환심을 사려고 하지 않았고 메탈 미키처럼 주변의 인정을 받으려고 가면을 쓰고 다니지 않았다. 나는 그런 점에서 호포를 존경했다.

그래서 이렇게 대답했던 게 조금 미안해졌다. "미안, 집에 가야 해. 아빠를 도와서 할 일이 있거든."

내가 도망치고 싶을 때 주로 동원하는 수법이었다. 우리 집에 '할 일'이 많다는 건 의심의 여지가 없었으니까.

호포는 고개를 끄덕였고, 아이스바를 다 먹어치우고 포장지를 바닥에 던졌다. "알았어. 뭐, 그럼 난 머피 산책이나 시켜야겠다."

"그래. 안녕."

"안녕."

호포는 옆에서 천천히 달리는 머피를 데리고 앞머리를 휘날리며 느릿느릿 멀어졌다. 나는 아이스바 포장지를 휴지통에 버리고 우리 집이 있는 반대 방향으로 걸음을 옮겼다. 그러다 시야에서 벗어났다고 확신할 수 있는 지점이 되자 유턴을 해서 다시 시내 쪽으로 걸어갔다.

호포에게 거짓말을 하기는 싫었지만 아무리 친한 친구라도 공유할 수 없는 게 있기 마련이다. 아이들에게도 비밀이 있다. 어른들보다 더 많을 때도 있다.

우리 패거리에서 나는 꺼벙이 역할이었다. 공부를 열심히 했고 조금 고지식했다. 나는 잡동사니를 수집할 만한 성격의 아이였다. 우표, 동전, 자동차 모형. 그리고 조개껍데기, 숲에서 주운 새 머리

뻐, 열쇠. 열쇠를 잃어버리는 사람들이 얼마나 많은지 모른다. 어느 집 열쇠인지, 잃어버린 사람들이 어디 사는지 알 수 없었지만 그래도 남의 집에 몰래 들어가는 상상을 하면 재미있었다.

나는 수집한 잡동사니들을 애지중지했다. 꽁꽁 숨겨서 안전하게 보관했다. 뭔가를 내 마음대로 할 수 있다는 느낌이 좋았던 것 같다. 아이들은 마음대로 할 수 있는 일이 별로 없는데, 나는 그 상자 안에 뭐가 들었는지 알았고 오직 나만이 뭘 새로 넣거나 뺄 수 있었다.

축제 이후로 내가 수집하는 잡동사니는 점점 늘었다. 내가 주운 것들, 누가 흘리고 간 것들(나는 사람들이 얼마나 칠칠치 못한지 이때부터 알아차렸다. 다들 물건을 잘 챙기지 않으면 영영 없어질 수 있다는 걸 모르는 듯했다).

그리고 가끔은, 도저히 그냥 두고 갈 수 없는 물건이 보이면 돈을 내고 사야 하는 물건을 집어가기도 했다.

앤더베리는 그리 크지 않은 도시였지만 여름이 되면 관광객들이 떼로 몰려와서 정신없이 바빠졌다. 대부분 미국인이었는데 꽃무늬 원피스와 헐렁한 반바지 차림으로 좁은 인도를 가득 메우고, 실눈을 뜨고 지도를 쳐다보았다가 건물들을 가리키며 절뚝절뚝 걸어 다녔다.

우리 도시에는 대성당뿐 아니라 널찍한 데번햄스 백화점을 갖춘 상점가도 있었고 근사한 호텔도 있었고 조그만 찻집은 아주 많았다. 번화가에는 슈퍼마켓이나 약국이나 서점처럼 따분한 가게들이 줄줄이 이어졌다. 하지만 거대한 울워스 백화점이 있었다.

어렸을 때 우리는 울워스(다들 '울리스'라고 불렀지만)를 가장 좋아했다. 거기에는 없는 게 없었다. 큼지막하고 비싼 것에서부터 싸구려 플라스틱에 이르기까지 장난감들이 끝도 없이 이어졌다. 싸구려 플라스틱 장난감은 수십 개를 사도 젤리 코너에서 쓸 수 있는 돈이 남았다.

거기에는 우리들이 전부 무서워했던 짐보라는 못된 경비원도 있었다. 짐보는 스킨헤드족이었고 소문에 따르면 등에 커다랗게 새긴 나치 상징을 비롯해 온몸이 문신이라고 했다.

다행히 짐보는 자기가 맡은 일에는 영 쓸모가 없었다. 거의 하루 종일 밖에서 어슬렁거리며 담배를 피우거나 지나가는 여자들을 훌끗거렸다. 그러니까 영리하고 잽싸기만 하면 짐보가 딴 데 한눈팔 때까지 기다렸다가 얼마든지 안으로 들어갈 수 있었다.

오늘은 운이 따랐다. 바로 옆 공중전화부스 근처에서 십대 여학생들 무리가 노닥거리고 있었다. 날이 따뜻해서 다들 미니스커트 아니면 반바지를 입고 있었다. 짐보는 손가락 사이에 담배 한 가치를 대롱대롱 매달고 백화점 모퉁이에 기대고 서서 혀를 바닥에 쓸릴 만큼 내밀고 있었다. 여학생들은 나보다 기껏해야 두세 살 정도 많았고 그는 서른 살인가 그쯤 됐는데 말이다.

나는 길을 총총히 건너서 곧바로 정문을 통과했다. 백화점이 내 앞에 펼쳐졌다. 왼쪽으로 과자와 젤리 코너가 이어졌다. 오른쪽에는 카세트테이프와 음반이 있었다. 정면이 장난감 코너였다. 기대감으로 심장이 두근거리는 게 느껴졌다. 하지만 그걸 음미할 겨를

이 없었다. 꾸물거릴 겨를도 없었다. 직원한테 들킬 수 있었다.

나는 단호하게 장난감 코너로 다가가 진열대를 훑으며 뭐가 좋을지 살폈다. 너무 비싸. 너무 커. 너무 싸. 너무 별로야. 그때 내 눈에 들어온 게 있었다. 매직 8볼*이었다. 스티븐 겜멜이 이걸 가지고 있었다. 한 번 학교에 들고 온 적이 있었는데 그때 보고 짱이라고 생각했던 기억이 났다. 뚱뚱이 개브한테는 없을 게 분명했다. 그것만으로도 특별하게 느껴졌다. 그리고 진열대에 딱 한 개밖에 남지 않았다는 것도.

나는 그걸 집고서 좌우를 흘끗 확인했다. 그런 다음 단숨에 배낭 속에 넣었다.

어슬렁어슬렁 과자 코너 쪽으로 다시 돌아갔다. 이다음 단계에선 배짱이 필요했다. 내 등을 두드리는 훔친 장난감의 무게를 느낄 수 있었다. 봉지를 들고 젤리 코너에서 애써 느릿느릿 흰쥐와 비행접시와 콜라맛이 나는 병 모양 젤리를 담았다. 그런 다음 계산대로 들고 갔다.

머리를 어마어마하게 곱슬곱슬하고 풍성하게 파마한 뚱뚱한 여자가 무게를 재고 나를 향해 웃으며 말했다. "사십삼 페니야."

"고맙습니다."

나는 주머니에 있는 잔돈을 세서 그녀에게 건넸다.

그녀는 동전을 금전 등록기 서랍에 넣다 말고 얼굴을 찡그렸다. "일 페니 부족하네."

* 운세나 조언을 알려주는 까만 공 모양의 장난감.

"아."

젠장. 나는 다시 주머니를 뒤졌다. 그게 전부였다.

"어, 저기, 몇 개를 뺄게요." 얼굴이 화끈거렸고 손에서 땀이 났고 등에 짊어진 배낭이 그 어느 때보다 무겁게 느껴졌다.

파마 아주머니는 나를 잠깐 쳐다보더니 몸을 앞으로 내밀고 눈을 찡긋거렸다. "걱정 마. 내가 잘못 셌나보다 할 테니까."

나는 젤리 봉지를 움켜쥐었다. "고맙습니다."

"그래. 얼른 가."

두말하면 잔소리였다. 나는 환한 햇볕 속으로 총총히 다시 나와서 짐보를 지나쳤다. 그는 이제 막 담배를 다 피웠고 나를 두 번 쳐다보지도 않았다. 나는 걷는 속도를 점점 높이다 흥분과 희열과 성취감이 고조되자 정신병자처럼 싱글벙글 웃으며 집까지 거의 달려가다시피 했다.

성공이었다. 그리고 이번이 처음도 아니었다. 내가 다른 면에서는 착한 아이였다고 자부한다. 남들에게 친절하게 대하려고 했고 친구를 배신하거나 뒤에서 흉보지 않으려고 했다. 심지어 엄마, 아빠 말씀도 잘 들으려고 했다. 그리고 변명을 하자면 내가 돈을 훔친 적은 없었다. 누가 흘리고 간 지갑을 주웠다면 현금에 손도 대지 않고 돌려주었을 것이다(가족사진이나 그런 건 슬쩍할지 모르지만).

잘못된 일이라는 건 알았지만 앞에서도 얘기했다시피 누구에게나 비밀이 있는 법이고, 하면 안 된다는 걸 알면서도 저지르는 일이 있기 마련이다. 내게는 그것이 남의 물건을 슬쩍하는 것, 수집하는 것이었다. 그런데 엿같게도 그걸 원래 있었던 자리에 갖다놓으려고 할 때만 꼭 탈이 났다.

생일파티가 열린 날은 더웠다. 그해 여름은 덥지 않은 날이 없는 것 같았다. 그럴 리는 없었을 것이다. 기상 캐스터, 우리 아빠 같은 사람 말고 진짜 전문가에게 물어보면 비가 오고 흐리고 누가 봐도 우중충한 날도 많았다고 할 것이다. 하지만 기억은 묘한 법이고 어렸을 때는 시간이 다르게 흘러간다. 무더위가 삼 일 연속 계속되면 어른들 기준으로 한 달 연속인 것과 같아진다.

뚱뚱이 개브의 생일날은 분명 더웠다. 옷이 몸에 들러붙고, 자동차 시트에 닿은 다리가 익고, 뜨거운 도로 위에서는 아스팔트가 녹았다.

"이 정도 날씨면 불이 없어도 음식을 익혀 먹을 수 있겠어." 집을 나섰을 때 아빠가 농담을 했다.

"당신이 우비 챙기라고 하지 않다니 의외지 뭐야." 엄마는 이렇게 얘기하며 문을 잠그고, 제대로 잠겼는지 확인하느라 몇 번 잡아당겼다.

엄마는 그날 예뻤다. 아무 무늬가 없는 파란색 원피스에 샌들을 신고 있었다. 파란색이 잘 어울렸고 까만 앞머리를 옆으로 걷어서 조그만 반짝이 머리핀을 꽂았다.

아빠는 뭐, 평소하고 비슷했다. 밑단이 풀린 청 반바지와 가슴팍에 'Grateful Dead'라고 적힌 티셔츠를 입고 가죽 샌들을 신었다. 그래도 엄마 덕에 수염을 다듬기는 했다.

뚱뚱이 개브의 집은 앤더베리의 신개발지에 있었다. 그래봐야 작년에 이사 간 집이었다. 그 전에는 술집 이층에서 살았다. 신축 건물이나 다름없었는데도 뚱뚱이 개브의 아빠가 증축공사를 해서 고대 그리스 사진에서나 볼 수 있는 큼지막하고 하얀 기둥을 대문 옆에 세우는 등, 원래 있었던 본채와 어울리지 않는 부분들이 여기저기 많이 생겼다.

오늘은 곳곳에 '12'라고 적힌 풍선을 잔뜩 매달아놓았고 대문에는 'Happy Birthday, Gavin'이라고 적힌 반짝이는 대형 현수막을 걸었다.

엄마가 뭐라고 한마디 하거나 코웃음을 웃거나 심지어 초인종을 누르기도 전에 문이 열리면서 하와이풍 반바지와 형광초록색 티셔츠를 화려하게 차려입고 해적 모자를 쓴 뚱뚱이 개브가 등장했다. "안녕하세요, 애덤스 아저씨, 아주머니. 안녕, 에디."

"생일 축하해, 개빈." 우리는 한목소리로 외쳤고 나는 '뚱뚱이 개브'라는 말이 나오려는 걸 참아야 했다.

"바비큐는 뒷마당에 준비돼 있어요." 뚱뚱이 개브는 엄마와 아빠에게 이렇게 얘기하고 내 팔을 잡았다. "마술 구경하러 가자. 완전 *끝내줘*."

뚱뚱이 개브 말이 맞았다. 정말 끝내줬다. 바비큐도 훌륭했다. 게임도 많았고 큼지막한 양동이 두 개에 물과 물총이 잔뜩 들어 있었다. 뚱뚱이 개브가 선물을 개봉한 뒤에(매직 8볼을 보고 짱이라고 했다) 학교 친구들과 함께 대규모 물총 싸움을 벌였다. 날이 워낙 더워서 옷이 젖어도 금세 말랐다.

중간에 소변이 마려워졌다. 나는 물을 조금 뚝뚝 흘리며 뒷마당에 모여 있는 어른들 옆을 지나갔다. 다들 접시를 들고 삼삼오오 모여서 병맥주나 플라스틱 잔에 담긴 와인을 마시고 있었다.

놀랍게도 니키의 아빠가 그 자리에 있었다. 목사님은 파티에 참석하거나 재미있게 놀거나 그러지 않는 줄 알았더니. 그는 평소처럼 하얀 깃이 달긴 사제복을 입고 있었다. 깃이 햇빛에 반짝여 멀리서도 그를 알아볼 수 있었다. 엄청 덥겠다는 생각이 들었던 기억이 난다. 그래서 그가 와인을 그렇게 많이 마셨는지도 모른다.

그는 우리 엄마, 아빠와 이야기를 나누고 있었다. 우리 부모님은 종교에 별로 관심이 없었으니 그것 역시 놀라운 사실이었다. 엄마가 나를 보고 미소를 지었다. "잘 놀고 있니, 에디?"

"네, 엄마. 엄청 재밌어요."

엄마는 고개를 끄덕였지만 표정이 별로 좋지 않았다. 지나가는데 아빠가 이렇게 얘기하는 소리가 들렸다. "이건 아이들 생일파티에 어울리는 주제가 아닌 것 같은데요."

마틴 목사의 대답이 내 귓가에서 멀어졌다. "하지만 아이들 인생이 걸린 문제잖습니까."

무슨 소린지 알 수 없었다. 그냥 어른들끼리 하는 얘기였다. 게다가 나는 이미 다른 데 정신이 팔렸다. 낯익은 얼굴이 한 명 더 있었다. 이 찜통더위에도 불구하고 시커먼 옷을 입고 챙이 넓은 큼지막한 모자를 쓴, 키가 크고 훌쭉한 사람. 핼로런 씨였다. 그가 뒷마당 저쪽 끝, 새 물통에 대고 오줌을 싸는 남자아이 석상 옆에 서서 다른 엄마, 아빠들과 잡담을 나누고 있었다.

선생님을, 그것도 아직 정식으로 부임하지도 않은 선생님을 아이 생일파티에 초대하다니 좀 특이하다는 생각이 들었지만 환영의 뜻을 전하려는 것일 수도 있었다. 뚱뚱이 개브의 부모님이 그런 성격이었다. 게다가 개브가 예전에 이런 말을 하기도 했다. "우리 엄마는 모르는 사람이 없는 걸 좋아해. 그래야 모르는 일이 없거든."

누가 나를 쳐다보고 있으면 신기하게도 항상 느낌이 온다. 아니나 다를까, 핼로런 씨가 주변을 두리번거리다 나를 보고 손을 들었다. 나도 손을 살짝 들었다. 좀 어색했다. 우리 둘이서 댄싱 걸의 목숨을 구하긴 했지만 그는 선생님이었고, 선생님에게 손을 흔들다 친구들에게 들키는 건 영 난감했다.

핼로런 씨는 내 생각을 읽기라도 한 듯이 살짝 고개를 끄덕이고 다시 시선을 돌렸다. 나는 다행스러워하며(터질 듯한 방광 때문만은 아니었다) 얼른 테라스를 지나서 현관 유리문 안으로 들어갔다.

거실은 서늘하고 어두컴컴했다. 나는 눈이 적응할 때까지 기다렸다. 온 사방에 선물들이 흩뿌려져 있었다. 장난감이 수십 개였다. *내* 생일 때 선물로 받고 싶지만 절대 그럴 일이 없을 장난감들이었다. 나는 부러운 눈빛으로 두리번거리다…… 그걸 보았다. 트랜스포머 포장지를 두르고 거실 한가운데 놓여 있는 중간 크기의 상자였다. 개봉 전인 걸로 보아 늦게 온 손님이 거기다 둔 모양이었다. 그렇지 않고서야 뚱뚱이 개브가 선물을 열어보지 않고 그냥 내버려둘 리 없었다.

나는 화장실에 가서 볼일을 해결한 다음 거실로 돌아가서 그 선물을 다시 한번 쳐다보았다. 잠깐 망설이다 집어서 밖으로 들고 나갔다.

아이들이 여기저기 흩어져 있었다. 뚱뚱이 개브, 니키, 메탈 미키, 호포는 잔디밭에 반원 모양으로 앉아서 시뻘게진 얼굴로 땀을 흘리며 행복한 표정으로 탄산수를 마시고 있었다. 니키는 머리칼이 아직 살짝 젖었고 헝클어져 있었다. 니키는 오늘 원피스를 입었다. 잘 어울렸다. 꽃무늬가 있는 긴 원피스였다. 그래서 다리의 멍이 몇 개 가려졌다. 니키는 멍을 달고 다녔다. 어딘가에 갈색이나 보라색 자국이 남지 않은 걸 본 적이 없었다. 한번은 눈에 시꺼멓게 멍이 든 적도 있었다.

"야, 먼스터!" 뚱뚱이 개브가 외쳤다.

"야, 무슨 일이 있었게?"

"드디어 고자 짓거리를 때려치우기로 했냐?"

"하하. 네가 아직 열어보지 않은 선물을 발견했지."

"말도 안 돼. 전부 다 열어봤는데."

나는 상자를 내밀었다.

뚱뚱이 개브는 상자를 집었다. "짱이다!"

"누구 선물이야?" 니키가 물었다.

뚱뚱이 개브는 상자를 흔들어보고 포장지를 살폈다. 이름표가 없었다.

"뭔 상관이야." 개브는 포장지를 찢다가 실망한 표정을 지었다. "이게 뭐냐?"

우리는 선물을 빤히 쳐다봤다. 큼지막한 통에 여러 색깔의 분필이 들어 있었다.

"분필?" 메탈 미키는 킥킥거렸다. "누가 분필을 사준 거야?"

"몰라. 바보냐? 이름이 없다니까." 뚱뚱이 개브가 말했다. 개브는 뚜껑을 열어서 분필을 몇 개 꺼냈다. "이 쓰레기로 뭘 하라는 거지?"

"쓰레기는 아니다." 호포가 반박하려고 했다.

"구리구리한 개똥구리야."

내가 보기에는 좀 너무한 반응이었다. 선물을 사서 포장까지 한 사람의 성의도 생각해야 하는 것 아닌가. 하지만 그 무렵 뚱뚱이 개브는 폭염과 당분에 취해 있었다. 우리 모두 그랬다.

개브는 넌더리를 내며 분필을 내동댕이쳤다. "됐어. 가서 물총이나 들고 오자."

다들 일어섰다. 나는 다른 친구들이 앞장설 때까지 기다렸다가 허리를 숙였고 분필 한 자루를 집어서 슬그머니 주머니에 챙겼다.

내가 허리를 막 폈을 때 와장창하는 소리와 함께 비명이 들렸다. 나는 홱 하니 몸을 돌렸다. 어떤 광경을 예상했는지는 잘 모르겠다. 누가 뭘 떨어뜨렸거나 넘어졌나보다고 생각하지 않았을까?

나는 내 눈앞에 펼쳐진 광경을 이해하기까지 시간이 좀 걸렸다. 마틴 목사가 사방으로 쏟아진 컵, 접시, 깨진 소스병, 렐리시 사이에 똑바로 누워 있었다. 코를 잡고 희한하게 끙끙거리는 소리를 내고 있었다. 반바지와 찢어진 티셔츠를 입은, 키가 크고 머리는 산발한 남자가 한쪽 주먹을 들고 서서 그를 내려다보고 있었다. 우리 아빠였다.

맙소사. *우리 아빠*가 마틴 목사를 때려눕힌 거였다.

충격으로 꼼짝 않고 서 있는 내 앞에서 아빠가 거친 목소리로 으르렁거렸다. "다시 한번 내 아내한테 그 따위로 말하면 내가 아주 그냥……."

뚱뚱이 개브의 아빠가 끌고 가는 바람에 뒷부분은 들리지 않았다. 누군가가 마틴 목사를 일으켜 세웠다. 그는 얼굴이 시뻘겠고 코피를 흘리고 있었다. 하얀 옷깃에 점점이 피가 묻었다.

목사는 우리 엄마와 아빠를 가리켰다. "하느님이 저들을 심판할 겁니다."

아빠가 다시 달려들려고 했지만 뚱뚱이 개브의 아빠가 단단히 잡고 놓지 않았다. "참아요, 제프."

노란색이 내 눈앞을 휙 지나갔다. 니키가 나를 지나서 마틴 목사한테 달려간 거였다. 니키가 그의 팔을 잡았다. "가요, 아빠. 집에 가요."

그가 어찌나 거칠게 뿌리쳤던지 니키가 살짝 비틀거리는 게 보일 정도였다. 그는 화장지를 꺼내서 코를 토닥이고 뚱뚱이 개브의 엄마에게 말했다. "초대해주셔서 감사했습니다." 그러고는 뻣뻣하게 다시 집 안으로 들어갔다.

니키는 마당 쪽을 흘긋 돌아보았다. 나는 니키의 초록색 눈이 내 눈과 마주쳤고 우리 둘이 서로 교감을 나누었다고 생각하고 싶지만 니키는 이 소동을 누가 목격했는지 확인하느라 돌아봤을 것이다. 두말하면 잔소리지만 *전원*이었다. 니키는 다시 고개를 돌려서 자기 아빠를 따라 들어갔다.

잠깐 동안 모든 게 멈춘 듯이 느껴졌다. 움직임도, 대화도. 잠시 후에 뚱뚱이 개브의 아빠가 손뼉을 치며 우렁찬 목소리로 크게 외쳤다. "대왕 소시지 더 드실 분?"

아무도 그럴 생각이 없었겠지만 다들 고개를 끄덕이며 미소를 지었고 뚱뚱이 개브의 엄마는 음악 소리를 아주 조금 더 높였다.

누군가가 내 등을 두드렸다. 나는 화들짝 놀랐다. 메탈 미키였다. "와우. 너희 아빠가 목사님한테 주먹을 날렸다니 믿기지가 않는다."

나도 마찬가지였다. 얼굴이 시뻘겋게 달아오르는 게 느껴졌다. 나는 뚱뚱이 개브를 쳐다봤다. "정말 미안해."

개브는 씩 웃었다. "장난하냐? 짱이었어. 이렇게 재미있는 생일파티는 처음이야!"

"에디." 엄마가 다가와서 나를 보며 묘하고 어색한 미소를 지었다. "아빠하고 나는 이제 집에 가려고 하는데."

"알았어요."

"더 놀고 싶으면 있다가 와도 돼."

사실 더 놀고 싶었지만 다른 아이들이 변태 대하듯 나를 쳐다보는 것도 싫었고 메탈 미키가 똑같은 말을 수없이 반복하는 것도 싫었다. 그래서 뚱하니 대답했다. "아니에요. 괜찮아요." 사실은 괜찮지 않았지만 "저도 같이 갈게요"라고 했다.

"그래." 엄마는 고개를 끄덕였다.

나는 그전까지 우리 부모님이 미안하다고 하는 걸 한 번도 들어본 적이 없었다. 그럴 수밖에 없다. 늘 자식 쪽에서 미안하다고 얘기하게 되어 있으니 말이다. 하지만 그날 오후에는 두 분다 뚱뚱이 개브의 엄마, 아빠에게 미안하다는 말을 수없이 반복했다. 뚱뚱이 개브의 엄마, 아빠는 쿨하게 그럴 것 없다고 했지만 살짝 화가 났다는 걸 나도 알 수 있었다. 그래도 개브의 엄마는 케이크와 후바부바 테이프 껌과 다른 사탕들이 든 답례품 봉지를 내게 주었다.

대문이 등 뒤에서 닫히자마자 나는 아빠를 돌아보았다. "무슨 일이에요, 아빠? 왜 목사님을 때렸어요? 목사님이 엄마한테 뭐라고 했길래요?"

아빠는 한 팔로 내 어깨를 감쌌다. "나중에 얘기하자, 에디."

나는 싫다고 소리를 지르고 싶었다. 아빠가 *내 친구*의 생일파티를 망친 것 아닌가. 하지만 아무 소리도 하지 않았다. 나는 기본적으로 엄마와 아빠를 사랑했고 두 분의 표정을 보면 지금은 때가 아니라는 것을 알 수 있었다.

그래서 나는 아빠에게 내 어깨를 맡겼고 엄마가 내 다른 쪽 팔짱을 꼈다. 우리 셋은 그런 채로 같이 길을 걸어갔다. 잠시 후에 엄마가 "저녁으로 감자튀김 먹을까?" 하고 물었고 나는 억지 미소를 지으며 "네. 짱이에요"라고 대답했다.

아빠는 내게 이유를 설명하지 않았다. 하지만 나는 결국 알아냈다. 경찰이 살인미수 혐의로 아빠를 체포하러 온 이후에 말이다.

2016년

"이 주 됐어." 내가 얘기한다. "이메일을 보냈더라고. 미안하다."

호포가 내게 손을 내민다. 나는 그 손을 잡고 일어나서 의자에 털썩 주저앉는다. "고마워."

미키가 앤더베리로 돌아왔다고 개브와 호포에게 알렸어야 하는 거였다. 제일 먼저 그랬어야 하는 거였다. 그런데 왜 그러지 않았는지 모르겠다. 아마 호기심 때문이었을 것이다. 아니면 미키가 알리지 말아달라고 부탁했기 때문이었을 수도 있다. 아니면 나 혼자서 미키의 꿍꿍이속을 알아내고 싶었던 것일 수도 있고.

나는 예전 친구의 과거를 이미 조금 알고 있다. 몇 년 전에 검색한 적이 있기 때문이다. 심심한데 와인을 너무 많이 마셨을 때였다. 구글 검색창에 입력한 이름이 그것 말고도 많았지만 소득이 있었던 게 그 이름뿐이었다.

미키는 상당히 잘나가고 있었다. 이름에 쓸데없이 점을 찍고 대문자를 질색하는 그런 광고회사에서 일을 하고 있었다. 제품 출시 기념식에서 샴페인 잔을 들고 치과의사의 편안한 은퇴를 보장하는 미소를 지으며 고객들과 함께 찍은 사진도 있었다.

전혀 놀랍지는 않았다. 미키는 예전부터 머리로 먹고살겠다 싶은 아이였다. 게다가 창의적인 일에도 소질이 있었다. 특히 진실을 창의적으로 조작하는 데 소질이 있었다. 그런 직종의 일을 할 때 유용하게 쓰일 재주였다.

미키는 이메일에서 현재 진행 중인 프로젝트를 운운했다. "누이 좋고 매부 좋을 수"도 있는 일이라고 했다. 동창회는 아닌 게 분명하다. 사실 미키가 이제 와서 나에게 연락한 이유는 내가 생각하기에 딱 하나뿐이다. 녹슬고 찌그러지고 안에서 벌레들이 썩어가는 깡통을 뭉툭한 칼로 찌르려는 이유는 그것 때문일 수밖에 없다.

개브와 호포에게 이런 말을 하지는 않는다. 나는 욱신거리는 뺨을 문지르며 술집을 둘러본다. 안이 사 분의 일밖에 안 찼다. 몇 명 안 되는 단골손님들이 맥주잔과 신문 쪽으로 얼른 시선을 돌린다. 뭐, 누구한테 투덜거릴 수 있겠는가. 시끄럽게 군다고 개브가 자기 술집에서 자기를 내쫓을 리도 없을 테고.

"어떻게 알았어?" 나는 묻는다.

"호포가 봤대." 개브가 말한다. "시내에서, 시뻘건 대낮에."

"그래. 그렇군."

“뻔뻔하게 인사까지 하더래. 너를 만나러 온 길이라고, 네가 얘기하지 않았다니 놀랍다고 하면서.”

화가 나서 속이 부글거리는 게 느껴진다. 아! 이런 식으로 분란을 일으키다니 미키답다.

여직원이 내 잔을 들고 와서 아무렇게나 테이블에 내려놓는다. 술이 옆으로 튄다.

“직원 참 잘 뽑았어.” 나는 개브에게 말한다. “성격이 어쩌나 사근사근한지.”

개브는 마지못한 듯 웃는다.

“미안해.” 나는 개브에게 다시 사과한다. “얘기했어야 하는 건데.”

“쓰펄, 두말하면 잔소리지.” 개브는 중얼거린다. “우리, 친구 아니냐?”

“왜 얘기 안 했어?” 호포가 묻는다.

“미키가 입 다물고 있어달라고 했어. 우리 둘이서 얘기가 다 끝날 때까지.”

“그리고 너는 알겠다고 했고?”

“미심쩍지만 믿어보자고 생각했던 것 같아.”

“괜히 널 때렸네.” 개브는 말하고 다이어트 콜라를 한 모금 마신다. “내가 이성을 잃었다. 그냥, 그 자식이 여기 있다는 생각을 하니까 예전 기억이 전부 되살아나잖아.”

나는 개브를 빤히 쳐다본다. 우리 모두 미키 쿠퍼의 팬이라고 볼 수는 없다. 하지만 개브가 미키를 제일 싫어한다.

그때 우리는 열일곱 살이었다. 파티가 열렸다. 나는 가지 않았다. 아니면 초대받지 못했을 수도 있다. 기억이 나지 않는다. 호포와 만나던 여자아이가 미키와 눈이 맞았다. 말싸움이 벌어졌다. 잠시 후에 개브가 술이 떡이 되자 주변의 설득에 넘어간 미키가 개브를 차에 태우고 집까지 데려다주러 나섰는데…… 완벽한 일직선 도로에서 벗어나 나무를 들이받았다.

놀랍게도 미키는 뇌진탕을 일으키고 몇 군데 긁히고 멍이 든 게 전부였다. 뚱뚱이 개브는 중요한 척추뼈 몇 개가 으스러졌다. 고칠 수 없는 수준으로. 그래서 그 뒤로 휠체어를 타고 다닌다.

본인의 주장으로는 밤새 다이어트 콜라밖에 안 마셨다고 했지만 미키의 혈중 알코올 농도가 허용치를 한참 벗어났던 걸로 밝혀졌다. 뚱뚱이 개브와 미키는 이후로 두 번 다시 말을 섞지 않았다. 그리고 호포와 나는 그때 얘기를 꺼내는 바보 같은 짓을 저지르지 않는다.

살다보면 고칠 수 있는 것도 있지만(몸무게, 외모, 심지어 이름까지 그렇다) 아무리 기도하고 애를 쓰고 열심히 노력해도 안 되는 것도 있다. 그런 것들이 우리를 규정한다. 바꿀 수 있는 게 아니라 바꿀 수 없는 것들이.

"그래서." 개브가 말한다. "뭐 하러 왔대?"

"정확하게는 얘기 안 했어."

"그럼 무슨 얘길 했는데?"

"무슨 프로젝트를 진행 중이래."

"그걸로 끝이야?" 호포가 묻는다.

"응."

"아무튼 중요한 문제는 그게 아니잖아. 안 그래?" 개브가 묻는다. 파란 눈을 이글거리며 우리 둘을 쳐다본다. "중요한 건 앞으로 우리가 어떤 식으로 대처할 거냐는 거지."

돌아가보니 집에 아무도 없다. 클로이가 친구를 만나러 나갔거나 출근한 모양이다. 살짝 헷갈린다. 클로이는 시내의 얼터너티브 의상 전문점이라는 데서 일을 하고 쉬는 날이 일정하지가 않다. 나한테 미리 얘기했을 수도 있는데 요즘 내 기억력이 예전만 못하다. 그래서 필요 이상으로 걱정이 된다.

우리 아빠는 사십대 후반부터 기억력이 나빠지기 시작했다. 다들 대수롭지 않게 생각하는 사소한 부분에서 증상이 나타나기 시작했다. 열쇠를 어디 두었는지 깜빡하거나, 리모컨을 냉장고에 넣고 바나나를 리모컨 두는 테이블에 둔다든지 하는 식으로 물건을 엉뚱한 데 놓았다. 말을 하던 중간에 무슨 말을 하고 있었는지 잊어버리거나 단어를 헷갈려 했다. 알맞은 단어를 생각해내려고 애를 쓰다 결국엔 비슷한 단어로 대체하던 아빠의 모습이 요즘도 가끔 떠오른다.

알츠하이머가 심해지면서 요일을 헷갈렸고 결국에는 아빠를 공포로 몰아넣은 증상이 생겼다. 목요일 다음은 무슨 요일인지 기억하지 못하게 된 것이었다. 주중의 맨 마지막 날이 그런 식으로 깡그리 지워져버렸다. 나는 아빠가 지었던 공포의 눈빛을 지금도 기억한다. 이렇게 기본적인 것을, 누구나 어렸을 때부터 알고 있었던 것을 생각하지 못하는 지경에 이른 다음에서야 아빠는 단순한 건망증이 아니라고 인정하는 수밖에 없었다. 그보다 훨씬 심각한 병이었다.

내가 조금 지나치게 걱정하는 것일 수도 있다. 나는 두뇌 운동 차원에서 글을 많이 읽고 별로 좋아하지도 않는 스도쿠를 푼다. 사실 알츠하이머는 유전되는 경우가 많다. 나는 미래에 닥칠 상황을 미리 경험했다. 그런 운명을 피할 수만 있다면 내 수명을 단축시키는 일이라도 마다하지 않을 것이다.

나는 오래돼서 흔들거리는 현관 앞 테이블 위로 열쇠를 던지고 그 위에 달린 먼지투성이의 조그만 거울을 흘끗 쳐다본다. 얼굴 왼쪽으로 희미한 멍이 점점 피어나고 있지만 움푹 꺼진 뺨의 그늘에 대부분 가려졌다. 다행이다. 휠체어를 탄 남자한테 한 대 맞았다고 설명하지 않아도 되겠다.

나는 부엌으로 들어가서 커피를 끓일까 고민하다 점심때 마신 맥주 때문에 아직 물배가 부르다는 결론을 내린다. 그래서 이층으로 올라간다.

부모님이 쓰던 방이 이제는 클로이의 방이고 나는 뒤편에 있는 예전의 내 방을 쓴다. 그곳에는 아빠의 서재도 있고 여러 가지 물건들을 보관해놓는 창고방도 있다. 거기엔 들어 있는 물건이 정말 많다.

나를 저장 강박증 환자라고 생각하고 싶지는 않다. 내 '수집품'들은 상자에 깔끔하게 담아서 꼼꼼하게 라벨을 붙이고 선반에 차곡차곡 쌓아놓았다. 하지만 그 상자들이 이층의 공간을 거의 대부분 차지하고 있는 게 사실이고 라벨이 없으면 내가 뭘 쟁여놓았는지 기억하지 못할 것이다.

라벨 몇 개를 손가락으로 훑는다. 귀고리. 사기그릇. 장난감. 장난감은 여러 상자다. 1980년대에서 건너온 복고풍인데, 내가 어렸을 때 가지고 놀았던 것도 있고 이베이에서 어처구니없는 가격에 산 것도 있다. 또 다른 선반에는 '사진'이라고 된 상자가 두어 개 있다. 전부 우리 가족사진은 아니다. 또 다른 상자에는 신발이 들어 있다. 반짝거리는 여성용 신발이다. 대여섯 개의 상자에는 그림이 들어 있다. 벼룩시장에서 건진 수채화와 파스텔화다. 대충 '잡동사니'라고 라벨을 붙여놓은 상자도 여럿이다. 나는 추궁을 당하더라도 안에 뭐가 들었는지 대답하지 못할 것이다. 뭐가 들었는지 속속들이 아는 상자는 하나뿐이다. 타자기로 친 종이 뭉치, 낡은 샌들 두 짝, 지저분한 티셔츠, 쓰지 않은 전기면도기. 그냥 '아빠'라고 되어 있는 상자다.

나는 책상 앞에 앉는다. 클로이가 나갔고 어느 정도 시간이 지난 뒤에야 들어올 게 분명하지만 그래도 문을 잠가놓았다. 오늘 아침에 받은 봉투를 열어서 그 안에 든 종이를 다시 한번 꺼낸다. 글씨는 없다. 하지만 메시지는 아주 분명하다. 막대행맨*이 목에 올가미를 두르고 있다.

크레용으로 그려졌다는 게 잘못된 부분이다. 그래서일까, 편지

* 행맨hangman은 원래 상대방이 생각하는 단어를 맞히는 게임이다. 한 번 틀릴 때마다 한 획씩 그려서 교수대에 매달린 막대인간이 완성되면 게임이 종료된다. (오른쪽 그림 참고)

를 보낸 사람이 기억을 환기하려는 듯 추가로 뭘 하나 더 넣었다. 내가 봉투를 기울이자 그것이 조그만 먼지구름을 일으키며 책상 위로 떨어진다. 흰색 분필 조각이다.

1986년

나는 축제, 그러니까 내 기억 속에는 '끔찍했던 축제의 그날'로 남은 그때 이후로 핼로런 씨를 제대로 본 적이 없었다. 물론 그를 *만나기*는 했다. 신문사에서 우리 사진을 찍어 갔을 때, 길거리에서, 뚱뚱이 개브의 생일파티에서. 하지만 제대로 대화를 나눈 적은 없었다.

그날 벌어졌던 일을 감안하면 조금 이상하게 느껴질 수도 있겠다. 하지만 끔찍한 사건에 같이 휘말렸다고 해서 느닷없이 엄청나게 가까워질 수 있는 건 아니었다. 적어도 그 당시에 내가 생각하기에는 그랬다.

나는 친구들을 만나러 숲으로 가는 길에 자전거를 타고 공원을 가로지르다 그를 보았다. 스케치북을 무릎에 얹고 연필 아니면 다른 뭔가가 담긴 조그맣고 납작한 상자를 옆에 두고 벤치에 앉아 있었다. 블랙진에 투박한 부츠를 신고 하늘하늘한 흰색 셔츠에 얇은 검은색 넥타이를 매고 있었다. 늘 그렇듯 큼지막한 모자로 햇볕을 가리고 있었다. 그런데도 쪄 죽지 않는다니 신기했다. 나는 러닝셔츠와 반바지, 낡은 운동화 차림인데도 더워 죽을 것 같았다.

나는 근처에서 잠깐 머뭇거렸다. 뭐라고 인사를 건네면 좋을지 알 수 없었지만 모르는 척 그냥 지나갈 수도 없었다. 내가 뭉그적대는 동안 그가 고개를 들어서 나를 보았다.

"안녕, 에디."

"안녕하세요, 핼로런 선생님."

"어떻게 지내니?"

"어, 잘 지내요."

"그래."

대화가 끊겼다. 무슨 말이라도 해야 할 것 같았기에 "뭐 그리세요?" 하고 물었다.

"사람들." 그는 미소를 지었다. 얼굴이 워낙 하얘서 이가 항상 살짝 누레 보였다. "보여줄까?"

나는 관심이 없었지만 솔직하게 대답했다가는 예의 없게 들릴 것 같아 "네"라고 했다.

나는 자전거를 눕혀놓고 벤치로 걸어가서 그의 옆에 앉았다. 그가 뭘 그리고 있었는지 잘 보이도록 내 쪽으로 스케치북을 돌려주었다. 나는 살짝 탄성을 내뱉었다.

"우와. 진짜 잘 그리시네요."

그냥 하는 말이 아니었다(별로더라도 잘 그린다고 해야 할 것 같은 느낌이 들긴 했지만). 그가 얘기했던 것처럼 공원에 있는 사람들을 스케치한 그림이었다. 근처 벤치에 앉아 있는 나이 많은 커플, 개와 함께 나온 남자, 풀밭에 앉아 있는 두어 명의 여자아이. 소재는 별것 아닌데 작품이 어딘지 모르게 아주 근사했다. 어린 나조차 헬로런 씨의 재능이 얼마나 특출한지 느낄 수 있었다. 재능 있는 화가가 그린 작품 같았다. 대상을 똑같이 재현하는 건 누구라도 할 수 있지만 어떤 장면이나 사람들에게 생기를 불어넣는 건 아무나 할 수 없는 일이다.

"고맙다. 다른 그림도 보여줄까?"

나는 고개를 끄덕였다. 헬로런 씨는 스케치북을 몇 장 뒤로 넘겼다. 우비를 입고 담배를 피우는 할아버지(부연 회색의 꼬불꼬불한 담배 연기에서 풍기는 냄새가 느껴지는 듯했다). 대성당 근처 자갈길에서 수다를 떠는 여자들. 대성당을 그린 그림도 있었지만 그보다는 사람들을 그린 작품이 더 좋았고…….

"재미없을 텐데 미안." 헬로런 씨가 이렇게 말하면서 갑자기 스케치북을 치우는 바람에 다음 그림은 제대로 보지 못했다. 길고 까만 머리와 갈색인 한쪽 눈만 언뜻 볼 수 있었다.

"아니에요." 내가 말했다. "재밌었어요. 미술 선생님이세요?"

"아니. 영어. 그림은 그냥 취미로 그리는 거야."

"그렇구나." 나는 어차피 그림 그리는 걸 별로 좋아하지도 않았다. 좋아하는 만화 주인공을 몇 번 그린 적이 있었지만 그냥 그랬다. 하지만 글은 잘 썼다. 영어 성적이 제일 좋았다.

"그림은 뭘로 그리세요?"

"이걸로." 그는 분필처럼 생긴 게 담긴 상자를 들어 보였다. "파스텔이라는 거야."

"분필처럼 생겼네요?"

"뭐, 둘이 서로 같은 거긴 하지."

"뚱뚱이 개브가 생일선물로 분필을 받았는데 어이없어했어요."

묘한 표정이 그의 얼굴을 스치고 지나갔다. "그래?"

나는 왠지 모르게 말실수를 한 것 같은 기분이 들었다.

"하지만 뚱뚱이 개브가 좀—"

"싸가지가 없다고?"

친구를 배신하는 느낌이었지만 그래도 나는 고개를 끄덕였다. "조금 그렇죠."

그는 생각에 잠겼다. "나는 어렸을 때 분필을 가지고 논 기억이 나는데. 집 앞 길바닥에다가 그림을 그렸지."

"진짜요?"

"응? 너는 그런 적 없니?"

기억을 더듬어보았다. 그런 적이 없는 듯했다. 좀 전에도 얘기했던 것처럼 나는 그림 그리는 걸 별로 좋아하지 않았다.

"또 어떤 식으로 놀았는지 아니? 친구들이랑 나랑 비밀 기호를 만들어서 우리만 아는 메시지를 온 사방에 적어놓았어. 공원에 가고 싶으면 친구가 알 수 있게 그 집 앞에 거기에 해당하는 기호를 분필로 그려놓는 거야."

"그냥 집으로 찾아가면 되잖아요."

"뭐, 그럴 수도 있지만 그러면 재미가 없잖아."

나는 곰곰이 생각해보았다. 그 놀이가 어떤 점에서 매력적인지 알 수 있었다. 보물찾기의 단서 비슷했다. 암호 같기도 했다.

"아무튼." 잠시 후에 핼로런 씨가 말했다. 나중에 생각해보면 그 놀이가 내 머릿속에 자리 잡을 정도는 되지만 부질없는 짓으로 일축할 정도의 시간은 지나지 않았을 때였다. 그는 스케치북을 덮고 파스텔 상자 뚜껑을 닫았다. "이제 그만 가야겠다. 만날 사람이 있거든."

"네. 저도 이제 그만 가야 해요. 친구들을 만나기로 했거든요."

"다시 만나서 반가웠다, 에디. 계속 용감한 아이로 자라주기 바란다."

그가 축제가 열렸던 그날의 이야기를 꺼낸 건 그때가 처음이었다. 그래서 나는 고마웠다. 다른 어른들 같았으면 만나자마자 그 소리부터 계속 늘어놓았을 것이다. *어떻게 지내니? 괜찮니?* 이런 식으로 말이다.

"선생님도요."

그는 다시 누런 이를 드러내며 미소를 지었다. "난 용감한 사람이 아니야, 에디. 그냥 바보지."

그는 어리둥절한 내 표정을 보고 고개를 옆으로 꼬았다. "바보들은 천사들이 발을 디디기 두려워하는 곳으로 달려들거든.* 그런 속담 못 들어봤니?"

---

* '하룻강아지 범 무서운 줄 모른다'는 속담과 비슷한 뜻이다.

"네. 그게 무슨 뜻이에요?"

"글쎄, 내가 생각하기에는 천사보다는 바보가 되는 게 더 낫다는 뜻인 것 같은데?"

나는 곰곰이 생각해보았다. 어째서 그렇다는 건지 알 수가 없었다. 그는 나를 향해 모자를 기울였다. "잘 가라, 에디."

"안녕히 가세요."

나는 벤치에서 뛰어내려 자전거에 올라탔다. 나는 핼로런 씨가 좋았지만 확실히 특이한 사람이라는 생각이 들었다. *천사보다는 바보가 되는 게 더 낫다니.* 특이하고 조금 무서웠다.

근교가 농경지와 벌판으로 연결되는 앤더베리의 가장자리를 숲이 감싸고 있었다. 하지만 그럴 날도 얼마 남지 않았다. 도시가 그쪽으로 점점 확대되고 있었다. 상당한 면적이 이미 벌채돼서 자갈과 흙으로 바뀌었다. 벽돌과 시멘트와 비계가 하늘로 솟았다.

팻말에 큼지막하고 명랑한 글씨체로 '새먼 홈스'라고 적혀 있었다. '삼십 년 동안 주택 시장에서 소비자들의 마음을 사로잡아온 기업.' 높은 철조망이 공사 현장을 빙 둘렀다. 그 뒤로 거대한 공룡 같은 큼지막한 기계들이 보였지만 지금은 작동 정지 상태였다. 주황색 조끼와 청바지를 입은 덩치 좋은 남자들이 우두커니 서서 담배를 피우고 머그잔에 담긴 음료를 마시고 있었다. 라디오에서는 셰이킹 스티븐스의 노래가 요란하게 흘러나왔다. 팻말 몇 개가 철조망에 달려 있었다. 접근 금지. 위험.

나는 공사 현장을 빙 돌아서 벌판 옆으로 난 오솔길을 달렸다.

마침내 계단이 달린 조그만 나무 울타리가 나왔다. 나는 자전거에서 내려 먼저 자전거를 울타리 저쪽으로 옮긴 다음 숲의 서늘한 품속으로 들어섰다.

숲은 넓지는 않았지만 빽빽하고 어두컴컴했다. 오목한 땅에 조성된 숲이라 제멋대로 자란 나무들이 점점 아래로 꺼지다 오르막을 타고 점점 올라가서 가장자리에 이르면 얕은 관목과 분필처럼 하얀 바위로 바뀌었다. 나는 자전거를 탔다가 그냥 끌고 갔다가 하며 점점 깊숙이 들어갔다. 시냇물이 졸졸 흐르는 소리가 들렸다. 머리 위를 덮은 나뭇잎 사이로 햇살이 비쳤다.

조금 더 들어가자 웅얼웅얼하는 목소리가 들렸다. 파란색과 초록색이 언뜻 보였다. 은색 바퀴살이 눈앞에서 번쩍였다. 뚱뚱이 개브, 메탈 미키, 호포가 나뭇잎과 관목 숲으로 둘러싸인 조그만 공터에 쭈그리고 앉아 있었다. 부러져서 아래로 쳐진 나뭇가지 주변으로 잔가지를 얼기설기 엮어서 제법 그럴듯한 아지트를 이미 반쯤 완성했다.

"야!" 뚱뚱이 개브가 외쳤다. "에디 먼스터가 왔군, 그 아버지는 싸움꾼."

이번 주에 뚱뚱이 개브가 새롭게 시작한 장난이 이런 식으로 라임을 맞춰 말하는 거였다.

호포가 고개를 들고 손을 흔들었다. 메탈 미키는 본체만체했다. 나는 덤불을 뚫고 다가가 친구들 자전거 옆으로 내 자전거를 풀썩 내려놓았다. 그중에서 내 자전거가 제일 오래됐고 제일 녹이 많이 슬었다.

"니키는?" 내가 물었다.

메탈 미키가 어깨를 으쓱했다. "난들 알겠냐? 인형놀이 하고 있는 모양이지." 메탈 미키는 자기가 얘기해놓고 자기가 킬킬거렸다.

"올지 안 올지 모르겠어." 호포가 말했다.

"아."

나는 생일파티 이후로 니키를 만난 적이 없었지만, 그녀가 호포와 메탈 미키와 함께 상점가에 다녀왔다는 건 알았다. 나를 피하는 걸지 모른다는 생각이 들기 시작했다. 오늘은 그녀를 볼 수 있길, 모든 게 다시 괜찮아질 수 있길 바랐건만.

"아빠가 심부름을 시킨 모양이지." 내 생각을 읽기라도 한 듯이 호포가 이렇게 얘기했다.

"맞아. 아니면 너희 아빠가 자기 아빠를 때려눕혀서 아직까지 화가 안 풀렸을 수도 있고. *퍽!*" 이번에도 메탈 미키였다. 녀석은 남의 속을 긁을 기회가 생기면 놓치는 법이 없었다.

"뭐, 맞을 만한 잘못을 저질렀을지 모르잖아." 내가 말했다.

"맞아." 호포가 말했다. "그리고 엄청 취한 것 같더라고."

"목사들은 술 안 마시는 줄 알았는데." 내가 말했다.

"어쩌면 남들 모르게 마시는 술꾼일지 몰라." 뚱뚱이 개브는 고개를 뒤로 젖히고 꿀꺽, 꿀꺽 술을 마시는 흉내를 내더니 눈을 부라리며 혀 꼬부라진 소리를 냈다. "나는 마틴 목사. 주님을 찬양하라. 딸꾹."

누가 뭐라고 대꾸할 겨를도 없이 덤불이 부스럭거리더니 새 떼가 나무 밑에서 퍼드덕 날아올랐다. 우린 놀란 토끼처럼 움찔했다.

니키가 자전거 손잡이를 잡고 숲 가장자리에 서 있었다. 나는 왠지 모르겠지만 니키가 한참 전부터 거기 서 있었을 것 같은 예감이 들었다.

니키가 우리를 둘러보았다. "그렇게들 앉아서 뭐 하는 거야? 우리, 아지트 만들기로 한 거 아니었어?"

다섯 명이 달려들자 아지트가 금방 완성됐다. 제법 근사했다. 조금 몸을 움츠려야 하긴 했지만 우리 다섯이 전부 들어갈 수 있을 만큼 넓었다. 우리는 심지어 나뭇잎이 잔뜩 달린 나뭇가지로 문을 만들어서 입구까지 덮었다. 무엇보다 압권은 바로 앞까지 다가가기 전에는 잘 보이지 않는다는 거였다.

우리는 아지트 앞에 책상다리를 하고 앉았다. 더웠고 여기저기 긁혔지만 기분이 좋았다. 그리고 배가 고팠다. 샌드위치를 꺼냈다. 니키가 생일파티에 대해서 아무 말도 하지 않기에 나도 아무 소리 하지 않았다. 그냥 평소처럼 행동했다. 어린 나이에는 그럴 수 있다. 그냥 흘러가는 대로 내버려둘 수 있다. 나이를 먹을수록 그러기가 힘들어진다.

"아빠가 아무것도 안 싸줬어?" 뚱뚱이 개브가 니키에게 물었다.

"나 여기 있는 줄 모르셔. 몰래 빠져나왔어."

"자." 호포가 말하며, 랩으로 싼 샌드위치를 두어 개 꺼내서 건넸다.

나는 호포를 좋아했지만 그 순간만큼은 선수를 친 그 녀석이 정말이지 미웠다.

"내 바나나도 먹어도 돼." 뚱뚱이 개브가 말했다. "나는 바나나 별로 안 좋아하거든."

"그리고 내 주스 같이 마시자." 나는 소외되기 싫어서 얼른 거들었다.

메탈 미키는 땅콩버터 샌드위치를 입안 가득 쑤셔 넣었다. 메탈 미키는 니키에게 아무것도 권하지 않았다.

"고마워." 니키는 이렇게 얘기하면서 고개를 저었다. "이제 그만 가야 해. 점심시간에 내가 안 보이면 아빠가 알아차리실 거야."

"하지만 이제 막 아지트를 만들었잖아." 내가 말했다.

"미안. 안 돼."

니키는 소매를 걷어 올리고 어깨를 문질렀다. 나는 그제야 니키의 어깨에 큼지막한 멍 자국이 있다는 걸 알아차렸다.

"어깨 왜 그래?"

니키는 소매를 다시 내렸다. "아무것도 아니야. 문에 부딪쳤어." 니키는 후다닥 일어섰다. "이제 가야겠다."

나도 따라서 일어났다. "생일파티 때 있었던 일 때문에 이러는 거야?" 내가 물었다.

니키는 어깨를 으쓱했다. "아빠는 아직도 꽁해 있어. 하지만 풀리겠지."

"미안." 내가 말했다.

"그럴 필요 없어. 아빠가 자초한 일이었어."

무슨 말이라도 하고 싶었지만 뭐라고 하면 좋을지 알 수가 없었다. 나는 입을 벌렸다.

그때 무언가가 내 옆통수를 때렸다. 그것도 아주 세게 때렸다. 눈앞이 흔들렸다. 다리에서 힘이 풀렸다. 나는 무릎을 꿇으며 주저앉았다. 머리를 감쌌다. 손가락에 끈적끈적하게 뭐가 묻어 나왔다.

쌩하고 허공을 가른 무언가가 니키의 머리 바로 옆을 스치고 지나갔다. 니키는 비명을 지르며 고개를 숙였다. 다시 날아온 돌멩이가 호포와 메탈 미키의 앞 땅바닥을 때리자 땅콩버터와 빵이 사방으로 튀었다. 친구들은 꽥꽥거리며 허둥지둥 숲 쪽으로 뒷걸음질을 쳤다.

미사일이 계속 쏟아졌다. 돌멩이와 벽돌 조각이었다. 숲으로 뒤덮인 우묵한 지점 옆쪽의 가파른 오르막에서 고함과 함성이 들렸다. 올려다보니 오르막 꼭대기에 나이가 우리보다 많은 남학생 셋이 서 있었다. 두 명은 까만 머리였다. 한 명은 그 둘보다 키가 크고 금발이었다. 나는 그들의 정체를 한눈에 알아차렸다.

메탈 미키의 형인 션과 그의 친구 던컨과 키스였다.

뚱뚱이 개브가 내 팔을 잡았다. "괜찮아?"

나는 어지럽고 속이 살짝 메슥거렸다. 하지만 고개를 끄덕였다. 개브가 나를 나무 밑으로 밀쳤다. "숨어."

메탈 미키가 형들을 돌아보며 고함을 질렀다. "우리 건드리지 마!"

"우리 건드리지 마. 우리 건드리지 마." 금발(그의 형이었다)이 계집애처럼 높고 날카로운 목소리로 똑같이 외쳤다. "왜? 울려고? 집에 가서 엄마한테 이르려고?"

"그럴지도 모르지."

"그래. 코뼈 부러지고 가서 일러봐라, 똥멍청아!" 던컨이 고함을 질렀다.

"너희는 우리 숲을 침범했어!" 션이 외쳤다.

"여기가 무슨 너네 숲이냐!" 뚱뚱이 개브가 맞받아쳤다.

"그래? 그럼 전쟁이다."

"젠장." 뚱뚱이 개브가 중얼거렸다.

"가자. 무찌르자!" 키스가 소리쳤다.

그들은 미사일을 계속 던지며 비탈을 내려오기 시작했다.

큼지막한 돌덩이가 허공을 가르고 날아와 우드득 하는 소리와 함께 니키의 자전거를 때렸다.

니키는 악을 썼다. "내 자전거잖아, 이 병신들아!"

"야, 빨간 머리다."

"빨간 머리야, 잠지에 아직 빨간 털 안 났냐?"

"꺼져, 이 호모 새끼들아."

"웃기는 년이네."

나뭇잎을 뚫고 날아온 벽돌 조각이 니키의 어깨를 때렸다. 니키는 꺅 하고 비명을 지르며 휘청거렸다.

내 가슴속에서 분노가 치밀었다. 여자아이들은 때리면 안 되는 거였다. 여자아이들한테는 벽돌을 던지면 안 되는 거였다. 나는 보호막을 뚫고 애써 일어섰다. 땅바닥에 떨어진 돌덩이들 중에 제일 무거운 걸 집어서 있는 힘껏 위로 던졌다.

그 돌덩이가 그렇게 무거워서 가속도가 붙지 않았다면, 션이 비탈 중간까지 내려오지 않고 꼭대기에 서 있었다면 어림도 없었을 것이다.

하지만 고함 소리가 들렸다. 낄낄대는 소리가 아니었다. 아파서 지르는 비명 소리였다. "썅. 내 눈. 저 *개 같은* 게 썅, 내 눈을 맞혔어."

정적이 흘렀다. 시간이 멈춘 듯이 느껴지는 그런 순간이었다. 뚱뚱이 개브, 호포, 메탈 미키, 니키 그리고 나는 서로 멀뚱멀뚱 쳐다보았다.

"이 쥐새끼들아!" 다른 누군가가 외쳤다. "각오해라, 이 새끼들아!"

"도망치자." 호포가 말했다.

우리는 자전거를 향해 달려갔다. 그들이 가파른 비탈을 헉헉대며 허우적허우적 내려오는 소리가 벌써부터 들렸다.

그들이 들이닥치기까지 어느 정도 시간적인 여유가 있었다. 하지만 숲 바깥쪽까지 자전거를 끌고 가야 했기 때문에 우리가 불리한 입장이었다. 우리는 자전거로 덤불을 어설프게 헤치며 달렸다. 뒤에서 욕을 하는 소리와 나뭇잎이 바스락거리는 소리가 들렸다. 간격이 그리 멀지 않았다. 나는 속도를 높이려고 했다. 호포와 메탈 미키가 선두로 나섰다. 니키도 빨랐다. 뚱뚱이 개브도 그 덩치에 비해 놀라우리만치 빨랐고 나보다 먼저 출발했다. 나는 다리가 제일 길었지만 운동신경이 바닥이었고 달리기라면 젬병이었다. 아빠가 사자한테서 도망치는 법을 두고 했던 우스갯소리가 어렴풋이 생각났다. 사자보다 더 빨리 달리려고 할 필요 없어. 제일 느린 사람보다 빨리 달리기만 하면 돼. 안타깝게도 내가 그 제일 느린 사람이었다.

우리는 그늘진 숲에서 태양이 작열하는 오솔길로 뛰쳐나왔다. 내 앞으로 울타리에 달린 계단이 보였다. 나는 뒤를 흘끗 쳐다봤다. 션이 벌써 숲에서 빠져나왔다. 왼쪽 눈이 부었고 시뻘겠다. 뺨 위로 피가 흘렀다. 그렇지만 쫓아오는 데 아무 문제가 없는 눈치였다. 오히려 분노와 통증 때문에 가속도가 붙은 듯했다. 그가 얼굴을 일그러뜨리며 으르렁거렸다. "넌 이제 죽었어, 이 똥바가지야."

나는 다시 고개를 돌렸다. 심장이 어찌나 심하게 두근거리는지 터질 것 같았다. 머리가 지끈거렸다. 이마를 타고 흘러내린 땀이 눈을 찔러서 따끔거렸다.

계단 앞에 다다른 호포와 메탈 미키가 자전거를 건너편으로 던지고 곧바로 울타리를 뛰어넘었다. 그 뒤를 이어서 니키도 얼른 자전거를 넘기고 날렵한 원숭이처럼 울타리를 넘었다. 뚱뚱이 개브도 계단을 올라가서 자전거와 자기 몸을 들어 넘겼다. 이제 내 차례였다. 나는 자전거를 들었지만 친구들 것보다 연식이 오래돼서 크고 무거웠다. 자전거가 걸렸다. 바퀴가 계단 위에서 꼼짝하지 않았다. 나뭇조각이 바퀴살 사이에 박혔다.

"젠장."

자전거를 이리저리 비틀었지만 나뭇조각만 점점 더 깊숙이 박혔다. 자전거를 들어 올리려고 해도 나는 체구가 작았고 자전거는 무거웠고, 아지트를 만들고 달리느라 이미 기운을 다 썼다.

"자전거를 버려!" 뚱뚱이 개브가 외쳤다.

반짝이는 경주용 자전거를 타는 개브는 그렇게 얘기할 수 있었다. 개브의 눈에 내 자전거는 쓰레기처럼 보일 테니까.

"안 돼." 나는 숨을 헐떡였다. "생일선물이란 말이야."

뚱뚱이 개브가 몸을 돌렸다. 호포와 니키가 달려왔다. 잠시 후에 메탈 미키까지 따라왔다. 그들이 반대편에서 자전거를 잡아당겼다. 나는 밀었다. 바퀴살이 구부러지면서 풀려났다. 뚱뚱이 개브가 비틀비틀 뒷걸음질을 쳤고 자전거는 바닥으로 내동댕이쳐졌다. 내가 울타리 너머로 한쪽 다리를 올렸을 때 뒤에서 누군가가 셔츠를 잡고 당겼다.

나는 하마터면 넘어질 뻔했지만 가까스로 울타리 기둥을 붙잡았다. 고개를 돌렸다. 션이 뒤에서 어른거렸다. 그가 한 손으로 내 티셔츠를 움켜쥐고 있었다. 그가 피와 땀이 줄줄 흐르는 얼굴을 하고서 씩 웃자 이가 빨간색과 대조를 이루면서 섬뜩하리만치 하얗게 보였다. "*넌 이제 죽었다, 이 똥바가지야.*"

나는 공포에 질려서 한쪽 발로 있는 힘껏 뒷발길질을 했다. 내 발이 군살 없이 근육으로 이루어진 배를 때리자 그는 허리를 꺾으며 신음 소리를 냈다. 잡혀 있던 내 티셔츠가 느슨해졌다. 나는 다른 쪽 발을 울타리 저편으로 넘겨서 뛰어내렸다. 티셔츠 찢어지는 소리가 들렸다. 하지만 상관없었다. 나는 풀려났다. 다른 친구들은 이미 자전거를 타고 있었다. 내가 비틀비틀 일어서자 친구들이 페달을 밟기 시작했다. 나는 자전거를 집어서 달리며 끌고 갔고 그 속도 그대로 안장에 올라타 있는 힘껏 페달을 밟았다. 이번에는 뒤를 돌아보지 않았다.

놀이터에는 아무도 없었다. 우리는 자전거를 바닥에 던져놓고 뺑뺑이에 앉았다. 흥분이 가라앉자 머리가 욱신거렸다. 머리카락은 피가 묻어서 끈적거렸다.

"꼴이 아주 가관이네." 니키가 돌직구를 날렸다.

"고맙다."

니키의 팔은 긁힌 자국투성이었고 티셔츠는 흙먼지를 뒤집어썼다. 적갈색 고수머리에는 잔가지 조각과 고사리들이 꽂혀 있었다.

"너도 마찬가지야." 내가 말했다.

니키는 자기 몸을 내려다봤다. "젠장." 니키는 자리에서 일어섰다. "이제 아빠 손에 죽었다."

"우리 집에 가서 씻을래?" 내가 물었다.

니키가 뭐라고 대답할 겨를도 없이 뚱뚱이 개브가 끼어들었다. "아니야, 우리 집이 더 가깝잖아."

"그렇긴 하지." 니키가 말했다.

"하지만 그러고 난 다음에 뭐 하고 놀아?" 메탈 미키가 징징거렸다. "완전 분위기 잡쳤잖아."

우리는 풀이 죽은 얼굴로 서로 쳐다보았다. 메탈 미키의 말이 맞았다. 나는 바보 같은 *너네* 형 때문에 분위기 잡친 거 아니냐고 따지고 싶었지만 참았다. 대신 어떤 생각이 머릿속에서 땡 하고 떠오르자 나도 모르게 이런 말을 내뱉었다. "뭐 하고 놀면 되겠는지 좋은 생각이 있어."

2016년

나는 요리를 못한다. 그 점에 있어서는 어머니를 닮았다. 하지만 혼자 살려면 부엌의 기본적인 지식을 알아야 한다. 나는 로스트치킨과 구운 감자, 스테이크, 파스타, 여러 가지 생선 요리는 제법 먹을 만하게 후딱 만들 줄 안다. 커리는 계속 연구 중이다.

미키는 고급 식당에서 식사를 할 것이다. 사실 그는 처음에 시내의 어느 식당에서 만나자고 했다. 하지만 난 내 홈그라운드에서 만나고 싶었다. 내가 유리한 고지를 점령하고 싶었다. 저녁을 같이 먹자는 초대에는 예의에 어긋나지 않게 거절할 방법이 없다. 미키는 분명 어쩔 수 없이 좋다고 했을 것이다.

내가 선택한 메뉴는 볼로네제 스파게티다. 쉽고 집에서 만든 음식답다. 싫어하는 사람이 없다. 같이 마실 만한 제법 괜찮은 레드

와인이 한 병 있고 냉동실에 마늘빵도 있다. 간 고기와 소스를 준비하는데 여섯시 직전에 클로이가 들어온다. 미키는 일곱시에 오기로 되어 있다.

그녀는 숨을 크게 들이마신다. "으으으으음, 이 냄새를 맡으면 어떤 여자라도 사랑스러운 아내가 되고 싶은 마음이 생기겠어요."

"너는 그럴 일이 없겠지만 말이지."

그녀는 상처를 받은 척 가슴을 움켜쥐었다. "제 장래희망이 현모양처였는데 왜 그러세요."

나는 미소를 짓는다. 클로이는 나를 웃게 만드는 재주가 있다. 그녀는 오늘 저녁 따라 뭐랄까, 예쁘다는 말은 알맞지가 않고 오늘 저녁 따라 아주 클로이답다. 까만 머리는 양 갈래로 땋았다. 잭 스켈링턴이 그려진 까만색 맨투맨 티셔츠와 분홍색 미니스커트 밑에 까만색 레깅스를 받쳐 입고 알록달록한 끈이 달린 워커를 신었다. 이렇게 입으면 우스꽝스럽게 보이는 여자들도 있을 것이다. 하지만 클로이는 잘 어울린다.

그녀는 냉장고로 가서 맥주를 한 병 꺼낸다.

"오늘 저녁에 나가니?" 내가 묻는다.

"아뇨. 하지만 걱정 마세요. 친구분 있는 동안에는 얼쩡거리지 않을게요."

"그럴 필요 없어."

"아니에요, 괜찮아요. 게다가 두 분이 옛날 얘기 나누는 동안 저는 꿔다놓은 보릿자루 같지 않겠어요?"

"알았다."

사실 그렇긴 하다. 생각하면 할수록 클로이가 없는 편이 나을 것 같다. 그녀가 미키와 앤더베리에서 있었던 우리의 역사에 대해 얼마만큼 아는지 모르겠지만, 우리의 사연은 언론에 여러 번 소개가 된 적이 있다. 사람들은 그런 사건에 항상 호기심을 느낀다. 내가 보기에도 그럴 만한 요소를 전부 갖추고 있다. 특이한 주인공, 분필로 그린 섬뜩한 그림 그리고 소름 끼치는 살인. 우리는 역사에 흔적을 남겼다. 초크맨 모양의 조그만 흔적을. 나는 이런 생각을 하며 씁쓸해한다. 물론 세월이 흐르면서 사실은 윤색됐고 진실은 점점 모호해졌다. 역사는 살아남은 사람들의 입에서 입으로 전해지는 이야기일 뿐이다.

클로이는 맥주를 벌컥벌컥 마신다. "이층 제 방에 있을게요. 필요하면 부르세요."

"스파게티 좀 남겨줄까?"

"아뇨, 괜찮아요. 점심을 늦게 먹었어요."

"그래." 나는 기다린다.

"아, 알았어요. 나중에 배가 고파질 수도 있으니까요."

클로이는 가로등 기둥 뒤로 넉넉하게 숨을 수 있는 사람치고 인간적으로 저게 가능할까 싶을 만큼 많이 먹는다. 게다가 먹는 시간도 특이하다. 종종 꼭두새벽에 파스타나 샌드위치를 먹는다. 한번은 기름기 가득한 영국식 아침식사를 정식으로 차려놓고 먹는 걸 본 적도 있다. 하지만 나는 불면증으로 고생하는 데다 가끔 몽유병 증상을 보이기도 하니 밤에 특이한 습관이 있다고 남더러 이러쿵저러쿵 할 입장은 못 된다.

클로이가 문 앞에서 걸음을 멈춘다. 걱정하는 표정이다.

"농담이 아니라 빠져나올 핑계가 필요하면 제가 아저씨한테 전화 걸어드릴 수 있어요. 급한 일이 생긴 척하면서."

나는 그녀를 빤히 쳐다본다. "처음 만나는 여자가 아니라 예전 친구가 저녁 먹으러 오는 건데."

"그렇죠. 하지만 '예전'이 핵심이에요. 몇십 년 동안 안 만난 친구잖아요."

"끈질기게 지적해줘서 고맙다."

"중요한 건 뭔가 하면 말이죠, 두 분은 서로 연락을 한 적이 없잖아요. 그런데 과연 할 얘기가 있을까요?"

"글쎄, 오랜만에 만나니까 밀린 얘기가 많지 않을까?"

"하지만 그중에 중요한 얘기가 있었다면 진작 하지 않았겠어요? 그분이 이제 와서 아저씨를 찾아온 이유가 있지 않을까요?"

나는 그녀가 하려는 이야기가 뭔지 알아차린다. 마음이 불편해진다.

"무슨 일에든 이유가 있어야 하는 건 아니지."

나는 스파게티를 만드는 동안 마시려고 따라놓은 와인을 집어 반 잔을 단숨에 마신다. 나를 쳐다보는 그녀의 시선이 느껴진다.

"삼십 년 전에 무슨 일이 있었는지 알아요." 그녀가 얘기한다. "그 살인사건요."

나는 볼로네제를 젓는 데 집중한다. "그래. 그렇구나."

"그녀의 시신을 발견한 네 명의 아이들. 그중 한 명이 아저씨였죠."

나는 계속 고개를 들지 않는다. "조사를 한 모양이네?"

"아저씨, 커다랗고 귀신이 나올 것 같은 오래된 집에서 처음 보는 독신남이랑 같이 살게 됐는데 당연히 몇몇 사람들한테 물어봤죠."

하긴. 나는 살짝 긴장을 푼다. "네가 얘길 꺼낸 적이 없어서."

"꺼낼 필요가 없었어요. 아저씨가 좋아할 만한 얘기도 아닐 것 같았고요."

나는 그녀를 돌아보며 애써 미소를 짓는다. "고맙다."

"뭘요."

그녀는 맥주병을 기울여서 모두 마신다.

"아무튼." 그녀는 빈 병을 뒷문 옆 재활용품 상자에 넣으며 말을 잇는다. "좋은 시간 보내세요. 저라면 하지 않을 짓은 하지 마시고요."

"데이트하는 거 아니래도."

"알아요. 데이트라면 대서특필할 일이었을 테니까요. 어쩌면 제가 비행기를 빌려서 하늘에다 플래카드를 만들었을지도 몰라요. 에드가 데이트를 한답니다, 이렇게."

"말은 고맙다만 나는 지금 이 상태로도 행복해."

"그냥 뭐, 인생은 짧잖아요."

"오늘을 잡으세요, 이런 소리 늘어놓으면 맥주를 몰수할 테다."

"오늘 말고 예쁜 아가씨를 잡으셔야죠." 그녀는 윙크를 하고 거들먹거리며 부엌을 빠져나가 계단을 올라간다.

나는 그러면 안 되는 줄 알면서도 와인을 좀 더 따른다. 긴장이 되는 건 자연스러운 반응일 것이다. 오늘 저녁에 어떤 일이 벌어질지 모르겠으니까. 시계를 흘끗 확인한다. 여섯시 삼십분이다. 미미하게나마 몸단장을 해야 할 것이다.

터벅터벅 이층으로 올라가서 얼른 샤워를 하고 알맞게 캐주얼해 보이는 회색 코듀로이 바지와 셔츠를 입는다. 머리를 빗는다. 머리카락이 한층 더 거칠게 반항한다. 내 머리는 빗이라는 소박한 도구에서부터 왁스, 젤까지 온갖 수단과 방법을 동원해도 말을 듣지 않는다. 두피까지 바짝 깎아도 밤사이 자라서 제멋대로 뻗치는 기적을 시연한다. 그래도 나는 머리가 벗어지지는 않았다. 사진을 보니 미키는 나만큼 행운이 따라주지 않았다.

나는 거울 앞을 나서 다시 일층으로 내려간다. 때마침 초인종이 울리고 쿵-쿵-쿵 하고 노커를 두드리는 묵직한 소리가 들린다. 등줄기를 따라서 있지도 않은 털이 솟는다. 나는 초인종과 노커를 동시에 쓰는 사람들이 싫다. 내 귀에 문제가 있는 것도 아니고 워낙 급한 일이라 내 집 대문에 전면 공격을 퍼부어야 하는 것도 아닌데 그게 뭐람.

나는 마음을 가라앉히고 현관을 가로지른다. 잠깐 멈추었다가 문을 연다.

책에서는 이런 순간이 늘 좀 더 드라마틱하게 묘사된다. 하지만 현실에서는 어찌나 시시한지 김이 빠진다.

키가 작고 강단 있는 중년의 남자가 내 앞에 서 있다. 거의 없다시피 한 머리를 일학년생에 가까울 정도로 짧게 쳤다. 비싸 보이는 셔츠와 스포츠 재킷, 짙은 색 청바지를 입고 여기에 맞춰 맨발에 반짝이는 로퍼를 신었다. 내 눈에는 남자가 맨발로 신발을 신고 있으면 꼴불견으로 보인다. 술이 덜 깬 상태로 어두운 데서 허둥지둥 옷을 입은 것처럼 느껴진다.

그의 눈에는 내가 어떻게 보일지 안다. 말랐고 평균보다 키가 크며 낡아빠진 셔츠와 헐렁한 코듀로이 바지를 입고 있고 머리는 산발에 마흔두 살이라는 나이에 비해 주름살이 많은 남자. 하지만 그 주름살 가운데 몇 개는 그냥 생긴 게 아니다.

"에드. 만나서 반갑다."

나는 차마 똑같은 말을 하지 못하고 그냥 고개만 끄덕인다. 그가 손을 내밀면 싫어도 악수를 할 수밖에 없기에 그 상황을 모면하기 위해 한쪽으로 비켜서며 팔을 뻗는다. "들어와."

"고마워."

"이쪽으로."

나는 그의 재킷을 받아서 문 앞 외투걸이에 걸고, 어디에 뭐가 있는지 미키가 기억할 게 분명하지만 그래도 거실이 어느 쪽인지 알려준다.

새것처럼 윤이 나는 미키와 비교가 돼서 더 그렇게 느껴지는 거겠지만 너무 초라하고 어두컴컴해 보이는 거실이 내게 충격으로 다가온다. 인테리어에 별로 신경을 쓰지 않는 남자가 머무는 피곤하고 칙칙한 공간이다.

"마실 것 좀 줄까? 제법 괜찮은 바롤로 와인 따놓은 것도 있고 맥주도 있고—"

"맥주 좋아."

"알았어. 하이네켄도 있고—"

"아무거나. 술을 별로 좋아하지 않거든."

"그렇군." 우리 둘의 다른 점이 또 하나 추가된다. "냉장고에서 한 병 꺼내 올게."

나는 다시 부엌으로 들어가서 하이네켄을 꺼내 뚜껑을 딴다. 그런 다음 내 와인 잔을 집어서 크게 한 모금 마시고 잔을 다시 채운다. 와인이 벌써 절반밖에 안 남았다.

"이 오래된 집을 관리 잘했네."

나는 화들짝 놀란다. 미키가 문 앞에 서서 주위를 두리번거리고 있다. 내가 와인을 마시고 잔을 다시 채우는 걸 보았을까? 무슨 상관일까 싶긴 하다.

"고마워." 나는 이렇게 얘기하지만 내가 '이 오래된 집'에 한 게 별로 없다는 건 그도 알고 나도 아는 사실이다.

나는 그에게 맥주를 건넨다.

"그래도 이렇게 오래된 집에 살면 돈이 엄청 들겠지?" 그가 묻는다.

"그렇게 많이 들지는 않아."

"팔지 않은 게 의외다."

"추억 때문이겠지."

나는 와인을 한 모금 마신다. 미키는 맥주를 한 모금 마신다. 이 순간이 조금 길어지자 자연스러운 정적이 어색한 침묵으로 스멀스멀 바뀐다.

"아무튼." 미키가 말문을 연다. "선생님이 됐다고?"

나는 고개를 끄덕인다. "응, 전생에 무슨 죄를 지었는지."

"재미있어?"

"대개는."

대개는 가르치는 내용이 재미있다. 그 마음을 학생들과 나누고 싶다. 아이들이 수업을 즐겁게 듣고 뭔가를 배워서 나갔으면 좋겠다.

그렇지 않고 지치고 술이 덜 깬 날에는 입 다물고 나를 건드리지 않기만 하면 어떤 아이든 A를 주고 싶어진다.

"신기하다." 미키는 고개를 젓는다. "너도 너희 아빠처럼 작가가 될 줄 알았는데. 항상 영어를 잘했잖아."

"그리고 너는 항상 말 지어내는 걸 잘했고. 그래서 광고 일을 하나봐."

그는 살짝 어색하게 웃음을 터뜨린다. 다시 정적이 흐른다. 나는 스파게티를 확인하는 척한다.

"볼로네제 스파게티 좀 만들어봤어. 괜찮지?"

"응, 좋아." 그가 자리에 앉아서 의자 끄는 소리가 들린다. "신경 써줘서 고마워. 그냥 식당에서 먹어도 됐는데."

"그 식당이 불은 아니겠지?"

그의 표정이 딱딱하게 굳는다. "그 녀석들한테 내가 온다고 얘기한 줄 알았더니."

'그 녀석들'이라니 호포와 개브를 얘기하는 모양이다.

"안 했어. 하지만 호포가 그러는데 얼마 전에 시내에서 널 만났다고—"

그는 어깨를 으쓱한다. "뭐, 비밀로 할 생각도 없었고."

"그런데 왜 그 녀석들한테 얘기하지 말라고 했어?"

"내가 겁이 많거든." 그가 말한다. "그 사고가 나고 이후에 벌어진 그 모든 일을 생각하면…… 그 녀석들은 내 소식을 듣고 싶어하지 않을 것 같았어."

"그건 모를 일이지." 내가 말한다. "사람들은 변하잖아. 오래전에 벌어진 일이기도 하고."

이것 역시 거짓말이지만 '맞아. 둘 다 너를 끔찍하게 싫어해. 개브는 특히 심하고' 이렇게 얘기하는 것보다는 나을 듯싶다.

"그럴 수도 있겠지." 그는 맥주병을 기울여서 몇 모금 벌컥벌컥 마신다. 술을 별로 좋아하지 않는다더니 제법이다.

나는 냉장고에서 맥주를 한 병 더 꺼내다 주고 그의 맞은편에 앉는다. "그러니까 무슨 말인가 하면 그 당시에는 우리 모두 별로 떳떳하지 못한 짓을 했다 이거지."

"너만 빼고."

내가 뭐라고 대꾸할 겨를도 없이 뒤에서 토하는 소리가 들린다. 스파게티가 끓어서 넘치고 있다. 나는 얼른 불을 끈다.

"내가 좀 도와줄까?" 미키가 묻는다.

"아니. 괜찮아."

"고마워." 그는 맥주를 들어 보인다. "내가 제안을 하나 하고 싶은데."

드디어 시작이다.

"응?"

"내가 내려온 이유가 궁금하지 않았어?"

"내 유명한 요리 때문 아닌가?"

"올해가 삼십 주년이야, 에드."

"나도 알아."

"벌써부터 언론에서 관심을 보이고 있어."

"나는 언론에 별로 신경을 쓰지 않아서."

"현명한 선택일지 몰라. 대부분 엉뚱한 헛소리만 늘어놓으니까. 내가 누군가 나서서 진상을 밝혀야 한다고 생각하는 이유가 그 때문이야. 직접 경험한 당사자가."

"너 같은 사람 말이지?"

그는 고개를 끄덕인다. "그래서 너의 도움을 받고 싶어."

"정확히 어떤 도움을?"

"책이나. 아니면 텔레비전. 내가 연줄이 있거든. 자료조사도 잔뜩 해놓았고."

나는 그를 빤히 쳐다본다. 그러다 고개를 젓는다. "싫어."

"내 얘기 끝까지 들어봐."

"나는 관심 없어. 그 사건을 다시 끄집어낼 필요는 없다고 생각하고."

"하지만 내 생각은 달라." 그는 맥주를 마신다. "오랫동안 나는 그 사건을 떠올리지 않으려고 했어. 피했어. 격리시켰어. 그러다 이제 그 모든 공포와 죄책감을 똑바로 쳐다보면서 제대로 처리할 때가 됐다는 결론을 내렸어."

내 개인적으로는 공포를 튼튼한 상자에 단단히 가둬서 가장 깊숙하고 어두컴컴한 머릿속 깊숙이 넣어버리는 편이 훨씬 낫다고 생각한다. 하지만 사람마다 생각이 다를 것이다.

"우리는 어쩌라고? 우리도 공포를 마주 대하고 싶어 할지, 그 모든 걸 다시 떠올리고 싶어 할지 그 부분에 대해서 고민해보고 하는 얘기야?"

"무슨 소리인지 알아. 진짜야. 그래서 네 도움을 받고 싶은 거야…… 글뿐 아니라 다른 부분에서도."

"다른 부분?"

"나는 이십 년 넘게 다른 데서 살았잖아. 그러니까 이방인이지. 하지만 너는 계속 여기서 살았잖아. 그래서 사람들도 잘 알고 그들도 너를 믿고—"

"내가 나서서 개브하고 호포하고 화해할 수 있게 주선해주길 바라는 거야?"

"공짜로 해달라고 하지 않을게. 계약금을 나눌게. 인세도."

나는 머뭇거린다. 미키는 내가 신중하게 고민하느라 머뭇거리는 줄 안다.

"그뿐만이 아니야."

"응?"

그가 능글맞게 웃자 나는 공포를 마주하기 위해 내려왔다는 둥 어쩌고 했던 것은 헛소리였음을, 구리구리한 개똥구리였음을 당장에 알아차린다.

"나는 그녀를 살해한 범인이 누군지 알아."

1986년

여름방학이 점점 끝나가고 있었다.

"육 일밖에 안 남았네." 뚱뚱이 개브가 풀 죽은 목소리로 얘기했다. "그것도 주말 포함해서. 그러니까 실제로는 사 일밖에 안 남은 거야."

나도 덩달아 풀이 죽은 척했지만 사실은 학교 생각을 하지 않으려고 갖은 애를 쓰고 있었다. 육 일은 어쨌거나 육 일이었고 내가 그 숫자에 집착하는 이유는 여러 가지였다. 아직까지는 션 쿠퍼의 협박이 현실로 이루어지지 않았다.

시내에서 그를 본 적은 있었지만 항상 그쪽에서 나를 보기 전에 얼른 숨었다. 그의 오른쪽 눈은 큼지막하게 멍이 들었고 흉측하게 찢겼다. 어른이 돼도 흉터가 남을 것 같았다. 션이 별일 없이 어른으로 자란다면 말이다.

메탈 미키는 자기 형이 잊어버렸을 거라고 했지만 내 생각은 달랐다. 방학 동안에는 그를 피해 다닐 수 있었다. 우리 둘에게는 이 도시가 충분히 넓었다. 하지만 다시 학기가 시작되면 날마다 점심시간에, 운동장에서, 등하굣길에 그를 피해 다니기가 훨씬 힘들 것이었다.

다른 걱정거리도 있었다. 어른들은 아이들에게 아무 걱정거리가 없을 거라고 생각한다. 하지만 그렇지가 않다. 아이들은 작기 때문에 걱정거리가 더 크게 느껴진다. 나는 엄마 때문에 걱정스러웠다. 요즘 들어 예민하고 말투가 퉁명스러웠고 평소보다 더 금세 짜증을 냈다. 아빠 말로는 새 병원의 개원을 앞두고 스트레스를 받아서 그런 거란다.

예전에 엄마는 사우샘프턴으로 출퇴근을 했었다. 그런데 이제 앤더베리의 기술학교 근처에 새로 병원을 개원할 예정이었다. 예전에는 다른 용도로 쓰이던 건물이었다. 뭐였는지 모르겠지만 아무튼 기억에 남지 않을 만한 곳이었다. 내가 보기에는 그게 핵심이었다. 심지어 간판조차 없었다. 사실 그 바로 앞을 지나가더라도 사람들이 모여 있지 않는 한 그런 건물이 있는지 알아차릴 수도 없었다.

나는 상점가에 갔다가 자전거를 타고 돌아가는 길에 그들을 보았다. 다섯 명쯤 되었다. 그들이 팻말을 들고 노래를 부르고 구호를 외치며 원형으로 행진하고 있었다. 팻말에는 이런 문구들이 적혀 있었다. 생명을 선택하라. 영아 살해를 중단하라. 어린아이를 용납하라.

내가 아는 얼굴도 있었다. 슈퍼마켓에서 일하는 여자와 축제에서 봤던 댄싱 걸의 금발 친구. 놀랍게도 그날, 그 친구는 전혀 다치지 않았다. 내 마음속 한구석에서는 불공평한 일이라는 생각이 들었다. 별로 유쾌한 생각은 아니었다. 그녀는 댄싱 걸만큼 예쁘지 않았고 그만큼 매력적이지도 않았다. 그녀는 팻말을 들고 내가 아는 또 다른 사람 뒤에서 행진하는 중이었다. 마틴 목사. 그가 가장 큰 목소리로 구호를 외치고 성경을 펼쳐서 문구를 낭송하고 있었다.

나는 자전거를 멈추고 그들을 구경했다. 뚱뚱이 개브의 생일파티에서 주먹다짐이 벌어진 뒤에 아빠한테 들은 이야기가 있었기 때문에 나는 엄마의 병원에서 무슨 일이 있었는지 모르지 않았다. 하지만 열두 살짜리가 낙태와 같은 어마어마한 문제를 이해할 수는 없는 법이다. 나는 그냥 엄마가 아이를 돌볼 수 없는 여자들을 도와주었다는 정도로만 알고 있었다. 그 이상은 알고 싶지도 않았던 것 같다.

하지만 나는 그 어린 나이에도 시위자들의 분노를, 그들이 품은 독기를 느낄 수 있었다. 그 눈빛과 입에서 튀기는 침과 현수막을 무기처럼 휘두르는 몸짓에서 느낄 수 있었다. 그들은 사랑이라는 단어를 수없이 외쳤지만 증오심으로 가득차 보였다.

나는 좀 더 빠르게 자전거 페달을 밟았다. 아빠가 어딘가에서 톱질하는 소리만 들릴 뿐 집 안은 잠잠했다. 엄마는 이층에서 일을 하고 있었다. 나는 사 가지고 온 식료품을 꺼내서 정리하고 거스름

돈은 따로 두었다. 조금 전에 본 광경에 대해서 얘기하고 싶었지만 두 분 다 바빴다. 나는 정처 없이 뒷문 밖으로 나섰다. 그때 집 앞길에 분필로 그려진 그림을 보았다.

그 무렵은 우리가 분필로 사람이나 다른 기호를 그리기 시작한 지 어느 정도 된 시점이었다. 어린아이들에게 어떤 발상이라는 것은 바람에 흩뿌려진 씨앗과도 같다. 어떤 발상들은 아무것도 되지 못한다. 산들바람에 멀리 실려 가서 잊히고 두 번 다시 거론되지 않는다. 다른 발상들은 뿌리를 내린다. 깊숙이 뿌리를 내리고 자라서 확산된다.

분필 그림은 모두를 거의 당장에 매료시킨 묘한 발상이었다. 물론 처음에는 거시기가 어마어마하게 큰 막대인간을 놀이터에 잔뜩 그려놓고 '꺼져'라고 적었다. 하지만 내가 그걸로 우리끼리 비밀 메시지를 남기자는 얘기를 꺼냈고 그때부터 초크맨이 무럭무럭 발전하기 시작했다.

우리는 메시지를 남긴 사람이 누군지 알 수 있게 각자 분필 색깔을 정했고 의미에 따라 다른 기호를 만들었다. 예를 들어 막대인간 옆에 동그라미를 그리면 놀이터에서 만나자는 뜻이었다. 여러 개의 선과 삼각형은 숲이었다. 상점가와 공원을 지칭하는 기호도 있었다. 션 쿠퍼와 그 일당을 조심하라는 경고 표시도 있었다. 솔직히 고백하자면 싫어하는 사람들 집 앞에 '꺼져' 아니면 그보다 더 심한 욕을 쓸 수 있도록 욕도 기호로 만들었다.

우리가 이 놀이에 너무 빠져들게 됐을까? 아마 그랬을 것이다. 하지만 아이들이 원래 그렇다. 뭐에 꽂히면 질릴 때까지 몇 주에서 몇 달에 이르는 동안 마르고 닳도록 거기에 매달린다.

어느 날 분필을 사러 울리스에 갔더니 파마한 아주머니가 카운터를 지키고 있었다. 아주머니가 나를 쳐다보는 눈빛이 좀 이상해서 내가 배낭에다 분필 한 상자를 슬쩍 챙긴 걸 알아차렸나 싶었다. 하지만 그녀가 한 말은 뜻밖이었다. "너희들 이 분필을 정말 좋아하는구나? 오늘 들어서 네가 세 번째야. 요즘은 다들 동키콩하고 팩맨에 푹 빠진 줄 알았더니."

집 앞길에 그려진 암호의 색깔이 파란색이었으니 메탈 미키가 남긴 메시지였다. 막대인간 옆에 동그라미와 느낌표가 있었다(빨리 오라는 뜻이었다). 미키가 날 부르다니 의외라는 생각이 얼핏 들었다. 미키는 대개 뚱뚱이 개브 아니면 호포를 먼저 선택했다. 하지만 나는 그날 집에 있고 싶은 마음이 없었기 때문에 의심을 거두고 미키를 만나러 간다고 집에 대고 큰 소리로 알린 다음 자전거를 타고 다시 나갔다.

놀이터에는 아무도 없었다. 어쩌다 한번씩 있는 일도 아니었다. 거기엔 거의 항상 아무도 없었다. 앤더베리에 사는 가족이 워낙 많으니 그네를 타고 싶어 하는 아기들도 많지 않을까 싶은데 엄마, 아빠들은 대부분 더 먼 데 있는 다른 놀이터로 아이들을 데려갔다.

메탈 미키에 따르면 귀신에 씌었기 때문에 이 놀이터에서 노는 사람이 없는 거라고 했다. 몇 년 전에 여기서 살해당한 어떤 여자아이의 시신이 발견됐다는 것이다.

"빵빵이 위에서 발견됐대. 목이 어찌나 심하게 잘렸는지 머리가 거의 떨어져 나올 정도였대. 그리고 배도 갈라놔서 내장이 소시지처럼 쏟아져 나왔고."

메탈 미키는 이야기를 잘 지어냈다. 그것만큼은 인정해줘야 했다. 대개는 유혈이 낭자할수록 더 재미있었다. 하지만 어디까지나 지어낸 이야기였다. 미키는 거짓말을 밥 먹듯이 했다. 가끔은 어딘가에 일말의 진실이 들어 있기도 했지만.

아닌 게 아니라 그 놀이터는 약간 '으스스한' 구석이 있었다. 아무리 쨍한 날에도 항상 어두컴컴했다. 물론 초자연적인 존재보다는 햇빛을 막고 있는 나무들 때문에 그런 거였겠지만 빵빵이에 앉아 있으면 종종 살짝 몸서리가 쳐지거나 누군가가 내 어깨 위로 고개를 내밀고 있는 것 같아 뒤를 돌아보고 싶은 충동이 느껴졌기 때문에 나 혼자서는 절대 가지 않았다.

오늘은 삐걱거리는 문을 열고 들어가보니 짜증스럽게도 메탈 미키가 아직 오지 않았다. 나는 자전거를 울타리에 기대 세웠다. 문득 불안해졌다. 메탈 미키는 원래 늦는 아이가 아니었다. 낌새가 이상했다. 바로 그때 다시 끼이익 하며 문이 열리는 소리와 함께 뒤에서 누군가의 목소리가 들렸다. "안녕, 똥바가지야."

내가 고개를 돌린 순간 주먹이 내 옆머리를 강타했다.

눈을 떴다. 션 쿠퍼가 위에서 내려다보고 있었다. 얼굴은 그늘에 가려졌고 실루엣밖에 안 보였지만 분명 미소를 짓고 있었다. 예감이 좋지 않은 미소였다. 이 모든 게 예감이 좋지 않았다.

"우리를 피해 다녔냐?"

우리? 나는 바닥에 등을 대고 드러누운 채 고개를 좌우로 비틀었다. 지저분한 컨버스 운동화 두 켤레가 눈에 들어왔다. 얼굴을 확인하지 않아도 던컨과 키스의 운동화라는 걸 알 수 있었다.

옆머리가 욱신거렸다. 공포가 목구멍을 할퀴었다. 션의 얼굴이 내 쪽으로 다가왔다. 그가 내 티셔츠를 잡아서 목에 대고 단단히 조이는 게 느껴졌다. "내 눈에다 염병할 벽돌을 던졌겠다, 똥바가지?" 그가 나를 잡고 다시 흔들었다. 내 머리가 아스팔트 바닥에 부딪쳤다. "어째 사과하는 소리가 안 들리네?"

"미얀……해요." 이상하게 뭉개진 발음이 나왔다. 숨을 쉬기가 힘들었다.

션이 나를 앞으로 확 잡아당겼다. 티셔츠가 목을 졸랐다.

"*미얀*하다고?" 그는 높고 날카롭게 징징대는 목소리를 냈다. 그러더니 던컨과 키스 쪽을 흘끗 쳐다보았다. 정글짐에 기대고 서 있는 그들의 모습이 이제 내 눈에도 들어왔다. "들었냐? 똥바가지가 *미얀*하단다."

그 둘은 씩 웃었다. "별로 *미얀*해하는 것 같지 않은데?" 키스가 말했다.

"맞아. 그냥 좀 똥바가지 같네." 던컨이 맞장구를 쳤다.

션이 내 쪽으로 얼굴을 바짝 갖다댔다. 그의 입에서 담배 냄새가 났다. "진심이 아닌 것 같은데, 똥바가지."

"진…… 진심이에요."

"아니야. 뭐, 상관없어. 왜냐하면 우리가 널 *미얀*해하게 만들 테니까."

방광에 힘이 풀렸다. 날이 더워서 땀을 많이 흘린 게 다행이었다. 내 몸에 수분이 몇 방울이라도 더 남아 있었다면 바지까지 젖었을 것이다.

션이 티셔츠를 당겨서 나를 일으켜 세웠다. 나는 목이 졸리지 않도록 운동화로 허우적허우적 디딜 자리를 찾았다. 그가 나를 뒤편의 정글짐 쪽으로 밀쳤다. 머리가 빙빙 돌았다. 나는 하마터면 넘어질 뻔했지만 그가 워낙 단단히 붙잡고 있었다.

나는 필사적으로 좌우를 훑었지만 션과 그 일당과 그들이 그네 옆에 아무렇게나 던져놓은 반짝이는 BMX 경주용 자전거 말고는 아무것도 보이지 않았다. 션의 자전거는 어디에서든 한눈에 알아볼 수 있었다. 새빨간 색이었고 옆면에 까만색 해골이 그려져 있었다. 도로 맞은편 스파 슈퍼마켓 앞쪽의 조그만 주차장에 파란 차가 주차되어 있었다. 운전자는 코빼기도 보이지 않았다.

하지만 잠시 후에 뭔가가 보였다. 공원에 누가 있었다. 확실하지는 않았지만 꼭…….

"내 말 듣고 있냐, 똥바가지야?"

션이 나를 정글짐에 대고 세게 던졌다. 정글짐에 머리가 부딪치자 눈앞이 캄캄해졌다. 공원의 인물이 사라졌다. 모든 게 잠깐 사라졌다. 짙은 회색 커튼이 눈앞을 휙 덮었다. 다리가 부들거렸다. 어둠이 입을 쩍 벌리고 나를 불렀다. 누군가가 내 뺨을 세게 때리는 게 느껴졌다. 한 번 더 반복됐다. 머리가 옆으로 돌아갔다. 얼굴이 따끔거렸다. 커튼이 홱 하니 다시 열렸다.

션이 내 얼굴에 대고 웃고 있었다. 이제 얼굴이 제대로 보였다. 숱이 많은 금발. 눈 위에 생긴 조그만 흉터. 동생과 똑같이 밝은 파란색 눈. 하지만 번뜩이는 눈빛은 달랐다. *죽은 눈빛이야.* 나는 이런 생각이 들었다. 싸늘하고 냉정한 미치광이의 눈빛이었다.

"좋아. 이제 제대로 집중하는군."

그의 주먹이 내 배에 꽂혔다. 몸속의 모든 공기가 빠져나갔다. 허리가 반으로 꺾였다. 나는 비명을 지를 수조차 없었다. 제대로 맞아본 적은 그때가 처음이었는데 고통이 어마어마했다. 배 속에서 불이 난 것 같았다.

션은 내 머리칼을 잡아서 머리를 뒤로 젖혔다. 내 눈에서는 눈물이, 코에서는 콧물이 쏟아졌다.

"아이고, 아팠냐, 똥바가지야? 네가 얼마나 *미안*한지 보여주면 다시는 때리지 않을게. 어때?"

션이 머리칼을 하도 세게 잡고 있어서 두피가 비명을 지를 정도였기 때문에 불가능에 가까웠지만 그래도 나는 애써 고개를 끄덕였다.

"보여줄 수 있겠냐?"

나는 머리칼이 뽑히는 고통을 감수하며 다시 고개를 끄덕였다.

"좋아. 무릎 꿇어."

그가 내 머리를 잡고 밑으로 눌러서 선택의 여지가 없었다. 던컨과 키스가 앞으로 나와 내 팔을 잡았다.

무릎이 놀이터의 까칠까칠한 아스팔트에 쓸렸다. 따끔거렸지만 감히 소리를 지를 수가 없었다. 너무 무서워서 그럴 정신이 없었다. 나는 션의 하얀색 나이키 운동화를 내려다보았다. 허리띠를 풀고 지퍼를 내리는 소리가 들리자 나는 어떤 상황이 나를 기다리는지 퍼뜩 깨달았다. 공포와 충격과 혐오감이 한꺼번에 나를 관통하고 지나갔다.

"싫어요." 나는 반항했지만 던컨과 키스가 붙잡고 있었다.

"네가 얼마나 *미안*한지 보여줘야지, 똥바가지야. 내 자지를 빨아라."

그가 내 머리를 뒤로 홱 젖혔다. 내 눈앞에 그의 성기가 등장했다. 어마어마하게 커 보였다. 울긋불긋하게 부풀어 있었다. 냄새도 났다. 땀 냄새와 뭔지 모를 시큼한 냄새. 뿌리 부근에 꼬불꼬불한 금색 음모가 뒤엉켜서 들러붙어 있었다.

나는 이를 악물고 고개를 다시 저었다.

션이 성기 끝을 내 입술에 대고 눌렀다. 썩은 내가 콧구멍을 타고 올라왔다. 나는 턱에 더욱 세게 힘을 주었다.

"빨아."

던컨이 내 팔을 잡고 비틀어서 등 뒤로 높이 올렸다. 나는 비명을 질렀다. 션이 성기를 내 입에 쑤셔 넣었다.

"*빨아*, 이 쥐새끼야."

숨을 쉴 수가 없었다. 나는 캑캑거렸다. 눈물과 콧물이 뒤섞여서 턱 위로 흘렀다. 구역질이 나올 것 같았다. 그때 멀리서 어떤 남자가 외치는 소리가 들렸다.

"*거기!* 너희들 뭐 하는 거야?"

내 머리를 잡고 있던 손에서 힘이 풀렸다. 션이 뒤로 물러났고 내 입에 쑤셔 넣었던 성기를 얼른 청바지 안으로 다시 집어넣었다. 내 팔이 풀려났다.

"뭐 하는 거냐고 물었다!"

나는 열심히 눈을 깜빡였다. 눈물 사이로 놀이터 가장자리에 서 있는 키가 크고 새하얀 남자가 보였다. 핼로런 씨였다.

그는 놀이터 울타리를 넘어서 뚜벅뚜벅 우리들 쪽으로 걸어왔다. 평소처럼 큼지막하고 헐렁한 셔츠에 타이트한 청바지를 입고 부츠를 신고 있었다. 오늘은 회색 모자를 쓰고 있었고 그 뒤로 흰 머리가 나부꼈다. 모자로 덮인 얼굴은 대리석처럼 딱딱했다. 보일락 말락 한 두 눈이 안에서부터 이글거리는 듯했다. 화가 난 표정이었고, 만화에 나오는 복수의 천사처럼 머리칼이 쭈뼛하도록 무서웠다.

"아무것도요. 아무것도 안 하고 있었어요." 이렇게 대답하는 션의 목소리는 좀 전처럼 거만하지 않았다. "그냥 시간 때우고 있었어요."

"그냥 시간 때우고 있었다고?"

"네."

핼로런 씨의 시선이 내게로 향했다. 눈빛이 부드러워졌다. "괜찮니?"

나는 허둥지둥 일어나서 고개를 끄덕였다. "네."

"진짜로 그냥 시간 때우고 있었니?"

나는 션을 흘끗 쳐다보았다. 그는 나를 노려보았다. 그 눈빛의 의미를 알 수 있었다. 내가 지금 뭐라고 한 마디라도 하면 내 인생은 끝장이었다. 두 번 다시 집 밖으로 한 발짝도 내디딜 수 없을 것이었다. 입을 다물면 이것으로 끝일 수도 있었다. 내 고난과 형벌이 끝날 수 있었다.

나는 다시 고개를 끄덕였다. "네. 그냥 시간 때우고 있었어요."

그는 나를 계속 쳐다보았다. 나는 시선을 떨어뜨렸다. 내가 겁쟁이 같고 바보 같고 작아지는 기분이 들었다.

결국 그는 시선을 돌렸다. "좋아." 그는 다른 세 명에게 말했다. "무슨 일이었는지 잘 모르겠어서 너희들을 경찰서로 끌고 가지 않는 거다. 가라, 내 생각이 바뀌기 전에."

"네." 그들은 고분고분하고 순한 어린애로 돌변해 한목소리로 중얼거렸다.

나는 그들이 자전거를 집어타고 쌩하니 달아나는 모습을 지켜보았다. 핼로런 씨는 그들의 뒷모습에서 시선을 떼지 않았다. 내 존재를 잊어버린 게 아닐까 싶을 정도였다. 잠시 후에 그가 다시 나를 돌아보았다. "정말로 괜찮은 거냐?"

그의 표정과 눈빛과 목소리 때문에 두 번은 거짓말을 할 수가 없었다. 나는 고개를 저었다. 눈물이 다시 나려고 하는 게 느껴졌다.

"그럴 줄 알았다." 그는 입을 꾹 다물었다. "내가 세상에서 제일 싫어하는 게 학교 폭력이야. 그런데 학교 폭력의 문제가 뭔지 아니?"

나는 고개를 저었다. 그때 나는 뭐에 대해서든 아는 게 없었다. 기운이 없었고 충격이 심했다. 배와 머리가 아팠고 수치심이 온몸을 감쌌다. 세제로 입을 헹구고 살갗이 화끈거릴 때까지 온몸을 북북 문질러가며 씻고 싶었다.

"저들은 겁쟁이야." 핼로런 씨가 말했다. "겁쟁이들은 항상 응당한 대가를 치르게 되어 있지. 업보를. 업보가 뭔지 아니?"

나는 다시 고개를 저었다. 핼로런 씨가 이제 그만 사라져주었으면 좋겠다는 생각이 슬금슬금 고개를 내밀기 시작했다.

"뿌린 대로 거둔다는 뜻이야. 나쁜 짓을 하면 결국에는 그게 되돌아와서 네 엉덩이를 물게 되어 있다는 거지. 저 아이는 언젠가 대가를 치를 거다. 믿어도 돼."

그는 한손을 내 어깨 위에 올려놓고 어깨를 세게 쥐었다. 나는 억지로 살짝 미소를 지었다.

"저게 네 자전거니?"

"네."

"집까지 타고 갈 수 있겠어?"

나는 그렇다고 대답하고 싶었지만 사실은 똑바로 서 있는 것조차 힘이 들었다. 핼로런 씨는 딱하다는 듯이 나를 보며 웃었다.

"저 앞에 내가 차를 세워놨어. 자전거 챙겨라. 집까지 태워다줄게."

우리는 그의 차가 있는 곳으로 도로를 건넜다. 파란색 프린세스였다. 스파 슈퍼마켓의 주차장에는 그늘이 없었다. 그가 문을 열자 어마어마한 열기가 쏟아져 나왔다. 다행히 아빠 차와 다르게 좌석이 비닐이 아닌 천이라 앉아도 다리가 익지 않았다. 그래도 티셔츠가 랩처럼 몸에 들러붙는 게 느껴졌다.

헬로런 씨가 운전석으로 올라탔다.

"휴우. 좀 덥다, 그렇지?"

그가 창문을 내렸다. 나도 내 쪽 창문을 내렸다. 출발하자 희미한 산들바람이 창문 너머로 들어왔다.

그럼에도 불구하고 뜨끈뜨끈하고 밀폐된 공간에 있었더니 내 몸에서 나는 땀, 흙먼지, 피, 기타 등등의 냄새가 코를 찔렀다.

엄마가 죽이려고 하겠네. 나는 이런 생각이 들었다. 엄마의 표정이 벌써부터 눈에 선했다.

"*도대체 이게 무슨 일이야, 에디? 싸웠니? 먼지 구덩이가 따로 없네! 얼굴 좀 봐. 누가 이랬어?*"

엄마는 누구의 소행인지 알아내려고 할 테고 알아내면 찾아가서 뒤집어놓을 것이다. 심장이 발가락 쪽으로 천천히 가라앉는 게 느껴졌다.

헬로런 씨가 나를 흘끗 쳐다보았다. "괜찮니?"

"엄마요." 나는 중얼거렸다. "노발대발하실 텐데."

"하지만 네 잘못이 아니잖아."

"상관없어요."

"엄마한테 말씀을 드리면—"

"안 돼요."

"알았다."

"요즘 일 때문에 스트레스를 엄청 많이 받고 계시거든요."

"아." 그는 무슨 일 때문에 그러는지 아는 눈치였다. "이렇게 하자. 우리 집에서 좀 씻고 가면 어떨까?"

네거리가 다가오자 그는 속력을 늦추며 깜빡이를 켜더니 우리 집이 있는 왼쪽이 아니라 오른쪽으로 핸들을 돌렸다. 두어 번 더 방향을 튼 끝에 회반죽을 바른 조그만 오두막집 앞에 차를 세웠다.

그는 미소를 지었다. "다 왔다, 에디."

오두막집은 시원하고 어두컴컴했다. 커튼이 전부 쳐져 있었다. 현관문을 열면 곧바로 조그만 거실이 나왔다. 가구는 별로 없었다. 안락의자 두어 개, 커피 테이블, 의자에 놓인 소형 텔레비전뿐이었다. 풀 냄새 비슷한 이상한 냄새도 풍겼다. 커피 테이블에 하얀색 담배꽁초가 두어 개 담긴 재떨이가 놓여 있었다.

핼로런 씨는 재떨이를 얼른 집어 들었다. "이거 치워야겠다. 화장실은 계단 올라가면 바로 나와."

"알았어요."

나는 좁은 계단을 올라갔다. 계단 꼭대기에 손바닥만 한 화장실이 있었다. 모든 제품과 바닥이 초록색이었다. 옅은 주황색 매트가 욕조와 변기 주변에 깔끔하게 깔려 있었다. 세면대 위에는 거울이 달린 조그만 수납장이 달려 있었다.

나는 문을 닫고 거울에 비친 내 모습을 확인했다. 콧물이 말라서 코에 들러붙었고 뺨에 시커먼 줄무늬가 남았다. 내 이런 꼴을 엄마한테 들키지 않은 게 다행이었다. 그랬다가는 방학이 끝날 때까지 내 방과 뒷마당에서 벗어나지 못했을 것이다. 세면대 옆에 걸린 목욕 수건으로 얼굴을 살살 눌러서 닦은 다음 따뜻한 물에 담가서 빨자 먼지 때문에 물이 시커메졌다.

내 얼굴을 다시 확인했다. 좀 전보다 나아졌다. 거의 정상에 가까웠다. 나는 큼지막하고 거칠거칠한 수건으로 얼굴을 닦고 밖으로 나왔다.

거기서 곧장 일층으로 내려갔어야 했다. 그랬다면 모든 게 아무 문제 없었을 것이다. 집에 가서 여기 들렀던 사실 자체를 잊어버렸을 것이다. 그런데 나는 이층에 있는 다른 문 두 개를 쳐다보고 말았다. 둘 다 닫혀 있었다. 그 안에 뭐가 있을지 궁금해졌다. 살짝 들여다보기만 할까? 나는 가까운 쪽의 문손잡이를 잡고 돌려서 문을 열었다.

침실이 아니었다. 가구가 하나도 없었다. 방 한가운데에 이젤이 있었고 거기 올려놓은 그림은 지저분한 시트로 덮여 있었다. 수없이 많은 그림이 방을 빙 둘러서 벽에 기대어져 있었다. 헬로런 씨가 분필이 아니라 뭐라고 했던 그걸로 그린 작품도 있었지만 그 나머지는 두툼하고 진한 물감으로 제대로 그린 작품이었다.

대부분 두 소녀를 그린 그림이었다. 한쪽은 얼굴이 새하얀 금발이었고 헬로런 씨를 많이 닮았다. 예뻤지만 방금 전에 듣기 싫은 소리를 듣고 애써 괜찮은 척하는 사람처럼 조금 슬퍼 보였다.

다른 쪽은 한눈에 알아볼 수 있었다. 댄싱 걸이었다. 첫 번째 작품에서 그녀는 하얀 환자복을 입고 창가에 옆으로 앉아 있었다. 옆모습밖에 보이지 않았지만 그녀라는 것을 알아볼 수 있었고 여전히 예뻤다. 다음 작품은 조금 달랐다. 이번에는 길고 예쁜 원피스를 입고 그림을 그리는 사람 쪽으로 좀 더 고개를 돌리고서 풀밭에 앉아 있었다. 비단 같은 갈색 머리칼이 어깨 너머로 곱슬곱슬하게 쏟아졌다. 부드러운 턱선과 아몬드 모양의 큼지막한 눈 한쪽이 보였다.

세 번째 작품에서는 그녀의 얼굴이, 그러니까 날아온 쇳조각에 썰린 쪽 얼굴이 좀 더 드러났다. 하지만 이제는 그렇게 흉측하지 않았다. 핼로런 씨가 알록달록 예쁜 조각보처럼 보이도록 흉터를 전부 누그러뜨렸고 다친 쪽 눈을 머리카락으로 반쯤 덮었기 때문이다. 분위기가 다를 뿐, 거의 예전만큼 예뻐 보였다.

나는 이젤에 놓인 캔버스를 쳐다보았다. 나도 모르게 발길이 그쪽으로 향했다. 시트 모서리를 집어서 올렸다. 그때 뒤에서 마룻장이 삐걱거리는 소리가 들렸다.

"에디? 여기서 뭐 하니?"

나는 몸을 홱 돌렸다. 그날 들어 두 번째로 수치심 때문에 온몸이 마비됐다.

"죄송해요. 그게 저기…… 보고 싶었어요."

핼로런 씨는 호통을 치려는 듯한 눈치를 보이다 미소를 지었다. "괜찮아, 에디. 내가 문을 닫아놨어야 하는 건데."

나는 하마터면 문이 닫혀 있었다고 얘기할 뻔했다. 그러다 알아차렸다. 그가 내게 빠져나갈 구실을 제공하고 있었다.

"진짜 잘 그리셨어요." 내가 말했다.

"고맙다."

"저 여자는 누구예요?" 나는 금발의 소녀를 그린 그림을 가리키며 물었다.

"내 여동생. 제니."

어쩐지 닮았더라니.
"정말 미인이네요."
"응, 미인이었지. 죽었어. 몇 년 전에. 백혈병으로."
"죄송해요."
내가 사과해야 하는 이유가 뭔지 알 수 없었지만 누가 죽었다고 하면 다들 그렇게 얘기했다.
"괜찮아. 어떻게 보면 그림을 통해서 동생을 계속 내 곁에 두고 있으니까…… 일라이저의 얼굴은 알지?"
댄싱 걸 얘기였다. 나는 고개를 끄덕였다.
"내가 병원으로 여러 번 문병을 갔어."
"괜찮아요?"
"아니. 하지만 괜찮아질 거야. 강한 아이니까. 자기가 생각하는 것보다 강한 아이니까."
나는 잠자코 있었다. 헬로런 씨에게 할 말이 남은 듯했다.
"그림으로 그 아이의 회복을 돕고 싶었어. 일라이저 같은 아이는 평생 예쁘다는 소리를 듣고 자랐잖니. 그런데 그게 사라지면 남은 게 아무것도 없는 것처럼 느껴지거든. 하지만 내면에는 남아 있지. 나는 그 아이에게 그 내면의 아름다움을 보여주고 싶다. 지켜야 하는 게 아직 있다는 걸."
나는 일라이저를 그린 그림을 다시 보았다. 알 것 같았다. 그녀의 얼굴은 예전과 달랐다. 하지만 그가 다른 종류의 아름다움을, 특별한 아름다움을 끌어냈다. 지켜야 하는 게 있다는 말도, 영영 사라지지 않게 꼭 잡아야 하는 게 있다는 말도 이해가 됐다. 나는 그 얘기를 거의 입 밖으로 낼 뻔했다. 하지만 고개를 돌려보니 핼로런 씨가 내 존재를 잊은 듯이 그림을 물끄러미 바라보고 있었다.

그 순간 나는 또 다른 사실을 깨달았다. 그는 그녀를 사랑하고 있었다.

나는 핼로런 씨를 좋아하는데도 기분이 찜찜했다. 핼로런 씨는 어른이었다. 나이가 많지는 않았지만(나중에 알고 보니 서른한 살이었다) 그래도 어른이었고 댄싱 걸은 초등학생이나 중학생은 아니지만 그래도 그보다 한참 어렸다. 그는 그녀를 사랑하면 안 되는 거였다. 그랬다가는 문제가 생길 게 분명했다. 그것도 아주 많이 생길 게 분명했다.

문득 그는 정신을 차리고는 내가 아직 옆에 있다는 사실을 깨달았다.

"내가 또 횡설수설하고 있구나. 그래서 내가 미술을 가르치지 않는 거야. 아무도 뭘 완성할 수가 없거든." 그는 누런 이를 드러내며 웃었다. "이제 집에 갈까?"

"네."

집에 가고 싶은 마음이 굴뚝같았다.

핼로런 씨는 우리 골목 입구에 차를 세웠다.

"엄마께서 괜히 이것저것 물어보실까봐."

"고맙습니다."

"트렁크에서 자전거 꺼내는 거 도와줄까?"

"아니에요, 괜찮아요. 저 혼자 할 수 있어요. 고맙습니다."

"천만에. 에디, 뭐 하나만 부탁할까?"

"네."

"나랑 약속 하나 하자. 오늘 있었던 일 아무한테도 얘기하지 않을 테니까 너도 그래주었으면 좋겠다. 특히 그림에 대해서. 남들한테 알리고 싶지 않거든."

나는 고민하고 말고 할 것도 없었다. 오늘 있었던 일은 아무에게도 들키고 싶지 않았다.

"네. 약속할게요."

"그래. 잘 가라, 에디."

"안녕히 가세요."

나는 자전거를 꺼내서 집 앞까지 끌고 갔다. 현관문에 기대 세워 놓았다. 계단에 소포가 있었다. 'M. 애덤스 부인'이라고 적힌 라벨이 붙어 있었다. 집배원이 왜 그냥 놓고 갔는지 의아했다. 문을 두드렸는데 엄마, 아빠가 듣지 못한 것일 수도 있다.

나는 소포를 집어서 안으로 들고 들어갔다.

"왔니, 에디?" 아빠가 부엌에서 외쳤다.

나는 현관에 달린 거울 속의 내 모습을 얼른 확인했다. 이마에 멍 자국이 살짝 남았고 티셔츠가 좀 지저분하기는 했지만 어쩔 수 없었다. 나는 숨을 크게 들이마시고 부엌으로 들어갔다.

아빠는 식탁에 앉아서 큼지막한 잔에 따른 레모네이드를 마시고 있었다. 나를 보더니 눈살을 찌푸렸다.

"머리 왜 그러니?"

"어, 그게, 정글짐에서 떨어졌어요."

"다치지 않았니? 속이 울렁거리는 건 아니지? 어지럽거나."

"네, 괜찮아요."

나는 식탁에 소포를 내려놓았다. "계단에 이게 있던데요."

"아, 그래. 내가 초인종 소리를 못 들은 모양이네." 아빠는 일어나서 이층을 향해 외쳤다. "여보…… 당신한테 소포가 왔어."

엄마가 마주 외쳤다. "알았어. 내려갈게."

"레모네이드 좀 마실래, 에디?" 아빠가 물었다.

나는 고개를 끄덕였다. "고맙습니다."

아빠는 냉장고 앞으로 다가가 도어 포켓에서 병을 꺼냈다. 나는 코를 킁킁거렸다. 부엌에서 괴상한 냄새가 났다.

엄마가 부엌으로 들어왔다. 안경을 정수리로 올렸고 피곤해 보였다.

"왔니, 에디?" 엄마는 소포를 흘끗 쳐다보았다. "이게 뭐야?"

"나도 몰라." 아빠가 말했다.

엄마는 코를 킁킁거렸다. "무슨 냄새 안 나?"

아빠는 고개를 저었다가 생각을 바꿨다. "그러게. 좀 나는 것 같기도 하고."

엄마는 소포를 다시 한번 쳐다보더니 살짝 긴장한 목소리로 말했다. "여보, 가위 좀 줄래?"

아빠가 서랍에서 가위를 꺼내주었다. 엄마는 갈색 테이프를 가르고 소포를 열었다.

엄마가 많이 당황하지는 않았지만 움찔하는 게 보였다. "맙소사!"

아빠가 소포 위로 허리를 숙였다. "망할!"

나는 아빠가 상자를 얼른 치워버리기 전에 안을 들여다보았다. 찐득찐득한 점액질과 피로 뒤덮인 조그맣고 벌건 무언가가(자궁 안에 들어 있는 돼지였다고 나중에 들었다) 상자 바닥에 들어 있었다. 정수리를 뚫고 나온 가느다란 칼에 단 두 단어가 적힌 종이가 꽂혀 있었다.

베이비 킬러.

2016년

원칙은 좋은 거다. 지킬 수만 있다면 말이다. 나는 내가 원칙주의자라고 믿고 싶지만 대부분의 사람들이 그렇게 생각한다. 하지만 사실 우리는 돈의 유혹에 무너질 수 있고, 어떤 단추가 눌리면 별로 떳떳하지 못한 짓도 할 수가 있다. 원칙을 지킨다고 대출금이 갚아지거나 빚이 없어지지는 않는다. 힘든 일상 속에서 원칙은 사실상 금전적인 가치가 별로 없다. 원칙주의자는 대개 원하는 모든 것을 가지고 있거나 잃을 게 전혀 없는 사람이다.

내가 한참 동안 뜬눈으로 누워 있는 이유는 단순히 와인을 너무 많이 마시고 스파게티를 너무 많이 먹어서 소화가 안 되기 때문만은 아니다.

"*나는 그녀를 살해한 범인이 누군지 알아.*"

이보다 더 스릴 넘칠 수가 있을까. 미키도 그렇다는 걸 알았다. 아니나 다를까, 그래서 더 이상 자세한 설명을 피했다.

"아직은 밝힐 수 없어. 확실히 체크해야 할 부분이 몇 군데 있거든."

뺑 치시네. 나는 생각했다. 하지만 충격으로 멍하니 고개를 끄덕였다.

"잘 생각해봐." 미키는 떠나면서 말했다. 그는 걸어왔고 내가 택시를 불러주겠다고 해도 사양했다. 그는 앤더베리 외곽의 트래블로지에서 묵고 있었다.

"걸어가면 운동도 되고 좋지." 그가 말했다.

그렇게 비틀거리는데 과연 괜찮을까 싶었다. 하지만 나는 알겠다고 했다. 아주 늦은 시각도 아니었고 그는 다 큰 어른이었다.

그가 떠나자 나는 그릇을 식기세척기에 넣은 다음 그의 제안에 대해 생각해보려고 커다란 버번 잔을 들고 거실로 자리를 옮겼다. 그러다 깜빡 잠이 들었던 모양이다. 식곤증, 중년의 저주였다.

그러다 낡은 계단에서 마룻장이 삐걱거리는 소리가 들리자 화들짝 놀라서 눈을 떴다.

클로이가 문 너머로 고개를 내밀었다. "아저씨."

"어."

그녀는 잠옷으로 갈아입은 상태였다. 남자용 파자마 바지 위에 헐렁한 티셔츠를 입고 수면 양말을 신었다. 까만 머리는 풀었다. 섹시하고 연약한 동시에 부스스해 보였다. 나는 버번에 코를 묻었다.

"어떻게 끝났어요?" 그녀가 물었다.

나는 곰곰이 생각했다. "재밌게 끝났어."

그녀는 들어와 소파 팔걸이에 걸터앉았다. "얘기해보세요."

나는 버번을 꿀꺽꿀꺽 마셨다. "미키가 예전에 있었던 일을 소재로 책이나 텔레비전 드라마 대본을 써달래. 자기랑 공동 작업을 하자고."

"일이 점점 복잡해지네요."

"그렇지?"

"그래서요?"

"그래서라니?"

"아저씨는 좋다고 하셨겠죠?"

"아직 대답 안 했어. 할 마음이 있는지 모르겠어서."

"왜요?"

"감안해야 하는 부분들이 많거든. 예를 들면 과거를 파헤치는 것에 대해 앤더베리 주민들은 어떻게 생각할지. 개브와 호포는. 우리 가족들은."

그리고 니키는. 나는 생각했다. 그 녀석이 니키한테도 얘기했을까?

클로이는 눈살을 찌푸렸다. "알았어요. 그렇겠네요. 하지만 아저씨는요?"

"나?"

그녀는 한숨을 쉬고 유난히 느린 아이 대하듯 나를 쳐다보았다. "엄청난 기회가 될 수 있잖아요. 돈이 생기면 나쁠 것도 없고요."

"그건 중요한 문제가 아니야. 게다가 정해진 건 아무것도 없지. 이런 프로젝트는 산으로 가게 되어 있어."

"맞아요. 그래도 가끔은 저질러봐야 하지 않겠어요?"

"너는 그러니?"

"그럼요. 안 그러면 발전이 없잖아요. 인생을 제대로 즐기지 못하고 가만히 앉아서 화석처럼 굳어버리겠죠."

나는 잔을 들었다. "흠, 그래. 허접한 옷가게에서 아르바이트를 하며 짜릿하게 살아가는 사람의 현명한 충고 고맙다. 너야말로 한계를 시험하고 있는데 말이지."

그녀는 일어나서 씩씩대며 문 쪽으로 걸어갔다. "취하셨군요. 저 다시 자러 갈게요."

후회가 밀려들었다. 나는 바보였다. 우등상과 학위를 받아도 모자랄 특급 바보였다.

"미안하다."

"됐어요." 그녀는 쓴웃음을 지었다. "어차피 날이 밝으면 기억도 못할 거잖아요."

"클로이—"

"푹 주무세요."

푹 주무세요. 나는 옆으로 돌아누웠다가 다시 반듯하게 눕는다. 훌륭한 충고다. 내가 잠을 이루지 못하는 게 문제일 뿐.

베개로 몸을 받쳐보지만 소용이 없다. 배가 계속 땅기고 아프다.

어딘가에 제산제가 있을 텐데. 부엌에 있을까.

나는 어쩔 수 없이 침대에서 일어나 터벅터벅 일층으로 내려간다. 눈부신 부엌 전등을 켠다. 뻑뻑한 눈 위로 불빛이 꽂힌다. 나는 실눈을 뜨고 잡동사니 서랍을 뒤적인다. 스카치테이프, 접착제, 볼펜, 가위. 정체를 알 수 없는 열쇠와 나사와 케케묵은 트럼프. 손톱 다듬는 줄, 오래된 병따개와 함께 뒤편에 숨어 있던 제산제를 마침내 찾아낸다.

꺼내보니 한 알밖에 안 남았다. 그거면 될 거다. 약을 입안에 던져 넣고 씹어 먹는다. 과일 맛이 나야 하는데 분필 맛이 난다. 다시 복도로 나갔을 때 나는 이상한 낌새를 알아차린다. 사실 두 가지다. 거실에 불이 켜져 있고 어디에선가 수상한 냄새가 난다. 달짝지근하지만 토 나오게 퀴퀴한 냄새다. 썩은 냄새, 익숙한 냄새다.

나는 한 발 내디뎠다가 까슬까슬한 뭔가를 밟는다. 아래를 내려다본다. 까만 흙이 현관 앞 바닥을 가로질러서 찍혀 있다. 발자국이다. 뭔가가 흙을 떨어뜨리며 발을 질질 끌고서 현관 앞을 지나간 모양이다. 차갑고 어둡고 딱정벌레와 다른 벌레들로 득시글거리는 깊숙한 저기 어딘가에서 몸을 일으킨 뭔가가.

나는 침을 꿀꺽 삼킨다. 아니다. 아니다, 그럴 리 없다. 내 머리가 장난을 치는 거다. 상상력이 지나치게 풍부한 열두 살짜리가 꾸었던 꿈을, 그 옛날의 악몽을 끄집어낸 거다.

자각몽. 이걸 그렇게 부른다. 믿기지 않을 만큼 생생한 꿈. 심지어 꿈속에서 현실인 듯한 착각을 한층 불러일으키는 어떤 행동을 할 수도 있다. 대화를 나누거나 음식을 만들거나 목욕물을 받거

나…… 아니면 기타 등등.

이건 현실이 아니다(발가락 사이로 밟히는 흙과 입안에 든 분필 맛 알약이 아주 실감 나긴 하지만). 잠에서 깨어나기만 하면 된다. *일어나. 일어나!* 안타깝게도 예전에 내가 잊어버릴 수 있길 간절히 원했을 때 그랬듯이 잠에서 깨어나는 것도 마음대로 되지 않는다.

나는 앞으로 걸어가서 한 손을 거실 문에 얹는다. 그럴 수밖에 없다. 이런 꿈(이런 악몽)은 필연적인 코스를 밟는다. 꼬불꼬불한 오솔길을 걸어서 깊고 어두컴컴한 숲을 지나면 무의식의 맨 밑바닥에 있는 과자집이 나온다.

나는 문을 밀어서 연다. 안에서 냉기가 느껴진다. 일반적인 냉기가 아니다. 밤이 되면 살짝 썰렁해지는 그런 느낌이 아니다. 뼈를 감싸고 얼음처럼 내장 속에 똬리를 트는 그런 냉기다. 공포의 냉기다. 그리고 냄새가 더 강해진다. 코를 찌른다. 거의 숨을 쉴 수가 없다. 나는 거기서 빠져나오고 싶다. 도망치고 싶다. 비명을 지르고 싶다. 하지만 불을 켠다.

그가 안락의자에 앉아 있다. 밝은 금색 머리카락은 끈적끈적한 거미줄처럼 두피에 들러붙었고 그 밑으로 뼈와 뇌가 일부 보인다. 해골만 남은 위로 너덜너덜하게 썩어가는 피부가 축 늘어져 있다.

그는 늘 그렇듯 헐렁한 셔츠와 타이트한 청바지에 까만색의 묵직한 부츠를 신고 있다. 옷은 찢겨서 너덜너덜하다. 부츠는 쓸린 자국투성이고 묻은 흙이 딱딱하게 굳었다. 낡아빠진 모자가 의자 팔걸이에 놓여 있다.

진작 깨달았어야 하는 건데. 귀신을 보던 어린 시절은 끝났다는

걸. 나는 이제 어른이잖아. 초크맨을 마주할 때가 됐지.

헬로런 씨가 나를 향해 달려온다. 눈알은 없지만 눈구멍 안에서 이해한다는 눈빛 또는 알겠다는 눈빛과 또 다른 뭔가가 느껴져서…… 너무 깊숙이 들여다보고 싶지 않다. 그랬다가는 정신을 온전히 추스를 수 없을 것 같다.

"안녕, 에드. 오랜만이다."

여덟시가 막 지났을 때 찌뿌드드한 몸을 이끌고 일층으로 내려가보니 클로이가 벌써 부엌에서 커피를 마시며 토스트를 우적우적 먹고 있다.

그녀가 주파수를 바꾸었는지 라디오 4 대신 머리 위로 기타를 휘두르는 방식으로 자살을 시도하며 고통의 비명을 지르는 남자의 목소리가 쏟아져 나오고 있다.

지끈거리는 내 머리를 달래는 데 아무 도움도 되지 않는다고만 해두겠다.

그녀는 고개를 돌리더니 나를 잠깐 뜯어본다. "얼굴이 개떡 같네요."

"내가 느끼기에도 그럴 것 같네."

"앗싸. 쌤통이다."

"걱정해줘서 고맙다."

"고생을 자초해놓고 걱정해주길 바라면 안 되죠."

"역시 고맙다…… 그리고 혹시 아빠랑 사이가 안 좋은 성난 백인 남자의 목소리를 좀 줄일 생각은 없니?"

"이런 걸 록이라고 하는 거예요, 할아버지."

"내 말이 그 말이잖니."

그녀는 고개를 젓지만 볼륨을 눈곱만큼 낮춘다.

나는 커피메이커 앞으로 가서 블랙커피를 따른다.

"제가 자러 들어간 다음에 얼마나 더 계셨어요?" 클로이가 묻는다.

나는 식탁에 앉는다. "나도 금방 들어갔어. 많이 취했거든."

"장난 아니었죠."

"미안."

그녀는 새하얀 손을 흔든다. "됐어요. 이래라저래라 한 제 잘못이죠. 제 일도 아닌데."

"아냐, 그러니까 네 말이 맞는다고. 네가 한 얘기 말이다. 하지만 모든 게 딱 떨어지지 않을 때도 있거든."

"알았어요." 그녀는 커피를 한 모금 마시고 다시 묻는다. "어제 금방 들어가신 거 맞아요?"

"응."

"중간에 다시 안 일어났고요?"

"제산제 가지러 내려오긴 했는데."

"그게 다예요?"

꿈 한 조각이 내 기억 속을 휙 하니 스치고 지나간다. "*안녕, 에드. 오랜만이다.*"

나는 얼른 떨쳐버린다. "응. 왜?"

그녀는 묘한 표정으로 나를 쳐다본다. "제가 뭐 하나 보여드릴게요."

그녀는 자리에서 일어나 부엌 밖으로 나간다. 나는 내키지 않지만 자리에서 일어나 따라 나간다.

그녀는 거실 문 앞에서 멈춰 선다. "친구분이랑 얘기를 나눈 기억이 머릿속에 계속 남아 있었던 게 아닐까 싶던데요."

"얼른 보여줘, 클로이."

"알았어요."

그녀가 문을 연다.

내가 이 집에 손을 댄 몇 안 되는 부분 가운데 하나가 구식 벽난로를 장작 난로로 바꾸고 바닥에 석판을 깐 거다.

나는 그곳을 빤히 쳐다본다. 바닥이 그림으로 뒤덮였다. 새하얀 그림이 회색 석판과 선명한 대조를 이루고 있다. 광기의 발현이라도 되듯 수십 개의 그림이 서로 겹쳐져 있다. 하얀색 초크맨이다.

1986년

경찰이 우리 집으로 찾아왔다. 우리 가족으로서는 처음 있는 일이었다. 나로 말할 것 같으면 그 전까지 경찰을 가까이서 본 기억도 없었다.

이 경찰은 키가 크고 호리호리했다. 까만 머리는 숱이 많았고 얼굴은 네모에 가까웠다. 노란색만 아닐 뿐 초대형 레고 조각 비슷했다. 이름은 토머스 순경이었다.

그는 상자의 내용물을 확인하더니 쓰레기봉투에 넣어 경찰차에 실었다. 그런 다음 다시 돌아와 부엌에 어정쩡하게 앉아서 엄마와 아빠에게 질문을 하고 스프링이 달린 조그만 수첩에 받아 적었다.

“아드님이 문 앞에서 소포를 발견하셨다고요?”

“맞아요.” 엄마가 대답하고 나를 보았다. “그렇지, 에디?”

나는 고개를 끄덕였다. "네."

"그게 몇 시였니?"

"네시 사분요." 엄마가 대답했다. "일층으로 내려오기 전에 시계를 봤거든요."

경찰은 뭐라고 좀 더 적었다.

"집에서 나오거나 길거리에서 어슬렁거리는 사람은 보지 못했고?"

나는 고개를 끄덕였다. "네."

"알았다."

다시 메모가 이어졌다. 아빠가 앉은 자세를 바꿨다.

"저기, 이래 봐야 다 쓸데없는 짓이에요." 아빠가 말했다. "누가 그 소포를 두고 갔는지 아시잖아요."

토머스 순경은 묘한 눈빛으로 아빠를 쳐다보았다. 내가 보기엔 우호적이라고 할 수 없는 눈빛이었다. "그렇습니까?"

"그렇죠. 마틴 목사의 그 무리 중 한 명이겠죠. 그들이 아내와 우리 가족을 협박하려고 하고 있는데 누가 나서서 막아야 해요."

"증거가 있습니까?"

"아뇨. 하지만 뻔하잖습니까."

"근거 없는 억측은 삼가는 게 좋겠습니다만."

"근거가 없다고요?" 나는 아빠의 분노 게이지가 점점 상승하는 것을 느낄 수 있었다. 아빠는 화를 잘 내지 않았지만 생일파티 때 그랬듯 냈다 하면 폭발했다.

"평화 시위는 불법이 아닙니다."

그때 나는 알아차렸다. 경찰은 우리 엄마와 아빠의 편이 아니었다. 그는 시위대의 편이었다.

"맞아요." 엄마가 차분한 목소리로 말했다. "평화 시위는 불법이 아니죠. 하지만 공갈, 협박, 괴롭힘은 불법이잖아요. 이 사건을 심각하게 다뤄주셨으면 좋겠는데요."

토머스 순경은 탁 소리를 내며 수첩을 덮었다. "물론입니다. 범인을 찾으면 응당한 대가를 치르게 할 겁니다."

그가 자리에서 일어나자 의자가 타일이 깔린 바닥에 쓸리며 요란한 소리를 냈다. "이제 저는 이만 가보겠습니다."

그는 밖으로 나갔다. 현관문이 쾅 하고 닫혔다.

나는 엄마를 돌아보았다. "우리를 도와주고 싶지 않은 거예요?"

엄마는 한숨을 쉬었다. "아냐. 그럴 리가 있니."

아빠는 콧방귀를 뀌었다. "자기 딸이 시위대가 아니었으면 좀 더 적극적으로 나왔을 수도 있겠지."

"여보." 엄마가 말했다. "그만해."

"알았어." 아빠는 자리에서 일어났고 순간 아빠답지 않은 모습을 보였다. 얼굴이 분노로 딱딱하게 굳었다. "하지만 경찰에서 해결해주지 않으면 내가 해결하겠어."

우리는 개학 전에 마지막으로 다 같이 제대로 뭉쳤다. 장소는 뚱뚱이 개브의 집이었다. 으레 그랬다. 개브의 방이 제일 넓고, 마당에 밧줄 그네와 나무 위에 지은 집이 있어서 제일 훌륭하고, 개브의 엄마가 탄산음료와 감자 칩을 무한 제공했다.

우리는 헛소리를 늘어놓고 서로 놀려가며 잔디밭에서 뒹굴었다. 나는 핼로런 씨와 한 약속에도 불구하고 메탈 미키의 형과 맞닥뜨린 사건을 살짝 공개했다. 그가 초크맨에 대해서 알고 있다면 우리의 비밀 게임이 파탄 났다는 뜻이었기 때문에 어쩔 수 없었다. 물론 나는 용감하게 싸우고 도망쳤다고 뻥을 쳤다. 션이 메탈 미키에게 얘길 했다면 녀석이 신나게 반박했을 텐데 잠잠했다. 션이 아무 소리도 하지 않았다니 핼로런 씨한테 제대로 겁을 먹은 모양이었다.

"그럼 너희 형이 초크맨에 대해서 아는 거야?" 뚱뚱이 개브가 메탈 미키를 노려보며 물었다. "입이 엄청 싸구만!"

"내가 얘기한 거 아니야." 메탈 미키가 우는 소리를 냈다. "혼자서 알아낸 거야. 우리가 그림을 좀 많이 그렸냐. 우리가 그러고 노는 걸 본 모양이지."

거짓말이었지만 션이 어떤 식으로 알게 됐건 상관없었다. 중요한 건 션이 알게 됐다는 사실이고 이로써 모든 게 달라졌다.

"새로운 암호를 몇 개 만들면 되잖아." 호포가 얘기했지만 말투가 심드렁했다.

나는 호포의 심정을 이해할 수 있었다. 제삼자에게 들통이 났으니, 게다가 *다른 사람도 아닌 션에게* 들켰으니 김이 샐 수밖에 없었다.

"어쨌든 엄청 한심한 게임이었잖아." 니키가 머리카락을 뒤로 넘기며 말했다.

나는 기분이 나쁘고 조금 짜증이 나서 니키를 빤히 쳐다봤다. 오늘따라 이상했다. 니키는 가끔 그럴 때가 있었다. 뚱하니 사사건건 시비를 걸었다.

"에이, 그건 아니지." 뚱뚱이 개브가 말했다. "하지만 션이 알아차렸다면 의미가 없긴 해. 게다가 내일이면 학교도 개학하고."

"맞아."

우리는 다 같이 한숨을 쉬었다. 그날 오후에는 다들 약간 저기압이었다. 심지어 뚱뚱이 개브마저 엄한 억양을 써가며 웃기지 않았다. 파랬던 하늘이 흐린 회색으로 변했다. 엄청난 소나기를 퍼붓고 싶어서 조바심이 나기라도 하는 듯 구름들이 끊임없이 지나갔다.

"나는 이제 그만 가야겠다." 호포가 말했다. "엄마가 장작을 좀 패줬으면 하시거든."

우리처럼 호포네도 오래된 연립주택에서 한심한 장작불을 피우며 지냈다.

"나도." 메탈 미키가 말했다. "오늘 할아버지네 집에서 저녁 먹기로 했어."

"느그들 실망이다잉." 뚱뚱이 개브가 말했지만 건성이었다.

"사실 나도 가야 해." 내가 실토했다. 엄마가 교복을 사다놨는데 고쳐야 할지 모르니까 저녁 먹기 전에 입어보라고 했다.

우리가 일어서자 잠시 후에 니키도 일어섰다.

뚱뚱이 개브는 요란하게 잔디밭에 주저앉았다. "가라, 가. 이 나쁜 녀석들아."

이제 와 생각해보면 우리가 그렇게 똘똘 뭉친 것은 그때가 마지막이었다. 그 이후부터 편안하게 함께 몰려다니던 우리 사이가 갈라지고 금이 가기 시작했다.

가는 방향이 같은 호포와 메탈 미키가 먼저 출발했다. 이로써 니키와 내가 남았다. 목사관은 우리 집에서 가까워서 니키와 나는 가끔 같이 걸어가고는 했다. 자주는 아니었다. 대부분 니키가 먼저 일어났다. 아빠 때문이었을 것이다. 그는 시간 약속을 상당히 엄격하게 따졌다. 내가 보기엔 니키가 우리와 노는 걸 못마땅하게 여기는 듯했다. 그래도 우리는 별 신경 쓰지 않았다. 그는 목사였고 우리 생각에는 그거면 설명 끝이었다. 목사들은 뭐든 못마땅하게 여기지 않던가.

"그래서, 음, 개학 준비는 다 끝났어?" 신호등이 달린 길을 건너서 공원을 지났을 때 내가 물었다.

니키는 어른스러운 눈빛으로 나를 쳐다보았다. "다 들었어."

"뭘?"

"소포 얘기."

"아."

나는 다른 친구들에게 소포 얘기를 하지 않았다. 너무 복잡하고 골치 아픈 데다가 엄마, 아빠를 배신하는 행위처럼 느껴졌기 때문이다.

그리고 내가 아는 한 그 이후로 별다른 변화가 없었다. 경찰은 다시 찾아오지 않았고 누가 체포됐다는 얘기도 들리지 않았다. 엄마는 병원을 개원했고 시위대는 콘도르처럼 그 앞을 계속 맴돌았다. "경찰이 우리 아빠를 찾아왔거든."

"아."

"응."

"미안해." 나는 말문을 열었다.

"뭐가 미안하다는 거야? 우리 아빠가 쓰레기 같은 인간이구만."

"그래?"

"목사라 다들 더럽게 무서워서 아무 소리도 못하는 거야. 심지어 경찰까지. 어찌나 한심하던지—" 니키는 말을 하다 말고 손가락 네 개를 붕대로 감은 자기 손을 내려다보았다.

"손은 어쩌다 그렇게 됐어?"

니키는 한참 동안 아무 말도 하지 않았다. 대답을 하지 않으려나 보다는 생각이 들었을 때 니키가 물었다. "너는 엄마, 아빠를 사랑하니?"

나는 미간을 찌푸렸다. 니키가 그런 이야기를 꺼내다니 뜻밖이었다. "당연하지."

"나는 아빠를 증오해. 정말, 정말 증오해."

"그냥 하는 소리지?"

"아니야. 너희 아빠가 우리 아빠를 때렸을 때 기뻤어. 좀 더 세게 때렸다면 좋았을 텐데." 니키는 나를 빤히 쳐다보았고 니키의 눈빛에 나는 왠지 모르게 간담이 서늘해졌다. "죽여버렸다면 좋았을 텐데."

그러더니 그녀는 어깨 너머로 머리칼을 넘기고 누가 봐도 따라오지 말라는 분위기를 풍기며 결연하게 빠른 걸음을 옮겼다.

나는 그녀의 빨간 머리가 모퉁이 너머로 사라질 때까지 기다렸다가 터벅터벅 지친 발걸음을 옮겼다. 그날의 무게가 내 어깨를 짓

누르는 듯했다. 집에 가고 싶은 마음뿐이었다.

들어가보니 아빠가 저녁을 준비하고 있었다. 내가 좋아하는 피시 핑거와 감자튀김이었다.

“저 텔레비전 좀 봐도 돼요?” 내가 물었다.

“안 돼.” 아빠가 내 팔을 잡았다. “엄마가 손님이랑 거기 있거든. 올라가서 손 씻고 내려와서 저녁 먹어.”

“손님 누구요?”

“가서 손이나 씻어.”

나는 밖으로 나왔다. 거실 문이 열려 있었다. 엄마가 금발의 여자와 소파에 앉아 있었다. 여자는 울고 있었고 엄마는 여자를 안아주고 있었다. 어디서 본 듯한 얼굴인데 누군지 퍼뜩 생각이 나지 않았다.

나는 볼일을 보고 손을 씻은 다음에서야 알아차렸다. 병원 앞에서 시위하는 걸 본 적이 있는 댄싱 걸의 친구였다. 웬일로 우리 집에 와서 울고 있는지 궁금했다. 엄마한테 사과하러 왔을지 모른다. 아니면 무슨 문제가 생겼든지.

알고 보니 두 번째였다. 하지만 내가 짐작했던 그런 종류의 문제는 아니었다.

시신은 개학하고 삼 주가 지난 일요일 오후에 발견됐다.

우리 중 어느 누구도 인정하지 않았지만 여름방학을 마치고 다시 시작한 학교생활은 그리 나쁘지 않았다. 육 주의 방학은 훌륭했다. 하지만 재미있게 놀 거리를 찾아다닌다는 건 조금 피곤할 수도 있는 일이었다.

그리고 이번 여름방학은 이상했다. 나는 그 시간을 뒤로하고 일상으로 복귀할 수 있어서 어떤 면에서는 기뻤다. 똑같은 일과, 똑같은 수업, 똑같은 얼굴들. 핼로런 씨만 예외였다.

그가 우리 영어 선생님이 아닌 게 아쉽기는 했지만 한편으로는 다행이었다. 나는 그에 대해 아는 게 너무 많았다. 선생님은 착하고 다정해야 하지만 또 한편으로는 거리감이 조금 있어야 한다. 핼로런 씨와 나 사이에는 비밀이 있었고 어떻게 보면 멋진 일이긴 했지만 그의 옆에 있으면 우리가 서로의 알몸이라도 본 듯이 어색해졌다.

물론 학교에서는 그를 마주칠 수밖에 없었다. 그는 우리와 점심을 같이 먹었고 가끔 쉬는 시간에 당번을 섰고 우리를 가르치는 윌킨슨 부인이 아파서 결근한 날에 우리 반을 가르친 적도 있었다. 그는 훌륭한 선생님이었다. 재미있고 수업을 지루하지 않게 이끌어나가는 능력이 탁월했다. 그 능력이 어찌나 탁월한지 특이한 생김새가 금세 잊힐 정도였지만 그래도 첫날 아이들이 지어준 별명은 명맥을 유지했다. 미스터 초크 아니면 초크맨이었다.

그 일요일은 별로 특별할 게 없었다. 나로서는 상관없었다. 평소와 같은 것도, 그냥 심심한 것도 좋았다. 엄마와 아빠도 조금 느긋해 보였다. 내가 이층 내 방에서 책을 읽고 있었을 때 초인종이 울렸다. 누구나 가끔 그럴 때가 있겠지만 나는 당장 무슨 일이 벌어졌음을, 안 좋은 일이 벌어졌음을 직감했다.

"에디?" 엄마가 이층에 대고 외쳤다. "미키하고 데이비드 왔다."

"내려갈게요."

나는 내키지 않는 걸음을 옮겨 현관으로 터벅터벅 내려갔다. 엄마는 부엌으로 들어갔다.

메탈 미키와 호포가 자전거를 붙잡고 문 앞에 서 있었다. 메탈 미키는 시뻘건 얼굴로 흥분해서 어쩔 줄 몰라 했다. "어떤 애가 강물에 빠졌대."

"응." 호포가 말했다. "구급차랑 경찰이 출동했고 테이프가 쳐져 있고 장난 아니야. 같이 가서 구경할래?"

그 말을 듣고 물에 빠져 죽은 가엾은 아이를 구경하고 싶어서 그렇게 열을 내다니 잔인하고 옳지 않은 처사라고 생각했다고 얘기할 수 있으면 얼마나 좋을까. 하지만 그때 나는 열두 살이었다. *당연히* 구경하고 싶었다.

"좋아."

"그럼 가자." 메탈 미키가 조바심을 냈다.

"자전거 가져와야 해."

"서둘러." 호포가 말했다. "늦게 가면 구경거리가 하나도 남지 않을 거야."

"뭐 구경하러 간다고?" 엄마가 부엌 밖으로 고개를 내밀었다.

"아무것도 아니에요, 엄마." 내가 말했다.

"아무것도 아닌 것치고는 엄청 서두르는 눈친데?"

"놀이터에 멋진 게 새로 생겼거든요." 메탈 미키가 거짓말로 둘러댔다. 메탈 미키는 원래부터 거짓말에 일가견이 있었다.

"그래, 너무 오래 있지는 마. 점심 전까지 와야 한다."

"알았어요."

나는 자전거를 꺼냈고 우리는 거리를 쌩하니 내달렸다.

"뚱뚱이 개브는?" 나는 메탈 미키에게 물었다. 평소 같았으면 개브를 제일 먼저 불렀을 것이다.

"걔네 엄마가 그러는데 상점에 심부름 보냈대." 메탈 미키가 말했다. "걔 손해지, 뭐."

그런데 알고 보니 아니었다. 개브가 아니라 메탈 미키의 손해였다.

강기슭을 따라 폴리스라인이 둘렀고 경찰 하나가 사람들의 접근을 저지하고 있었다. 어른들이 불안한 표정으로 삼삼오오 모여 있었다. 우리는 구경꾼 근처에서 자전거를 세웠다.

사실 좀 실망스러웠다. 폴리스라인 말고도 큼지막한 초록색 텐트 같은 게 쳐져 있었다. 보이는 게 아무것도 없었다.

"시체가 저 뒤에 있을까?" 메탈 미키가 물었다.

호포는 어깨를 으쓱했다. "아마도."

"시퍼렇게 퉁퉁 불었고 물고기들이 눈알을 파먹었을 거야."

"으웩." 호포는 토하는 소리를 냈다.

나는 메탈 미키 때문에 상상하게 된 장면을 머릿속에서 지우려고 했지만 어림없었다.

"헛수고했네." 메탈 미키는 한숨을 쉬었다. "너무 늦게 왔다."

"잠깐." 내가 말했다. "뭘 꺼내는데?"

움직임이 있었다. 경찰들이 뭔가를 초록색 가림막 뒤에서 조심스럽게 옮겼다. 시신이 아니었다. 자전거였다. 아니, 자전거의 잔해였다. 찌그러지고 휘었고 끈적끈적한 수초로 뒤덮였다. 하지만 자전거를 본 순간 우리는 알아차렸다. 우리 셋 다 알아차렸다.

BMX 경주용 자전거였다. 까만 해골이 그려진 밝은 빨간색이었다.

토요일과 일요일 아침에 일찍 일어나면 도시를 누비며 신문을 배달하는 션과 그의 BMX 경주용 자전거를 볼 수 있었다. 하지만 이번 주 일요일엔 션이 집 앞으로 나가보니 자전거가 보이지 않았다. 도둑맞은 거였다.

작년에 자전거 도둑이 기승을 부린 적이 있었다. 그냥 장난삼아 훔쳐다가 강에 던진 대학생들의 소행이었다.

션이 맨 먼저 거기로 찾아간 것도 그 때문이었을 것이다. 그는 그 자전거를 애지중지했다. 세상 어떤 것보다 사랑했다. 그래서 부러진 나뭇가지에 걸려 있는 핸들을 보았을 때 그 강은 물살이 정말 세고 션 쿠퍼는 수영을 잘 못한다는 것을 모르는 사람이 없는데도 불구하고 안으로 들어가서 건지려고 했다.

그는 성공할 수도 있었다. 그런데 나뭇가지에 걸려 있던 자전거를 빼냈을 때 그 무게 때문에 뒤로 넘어지고 말았다. 물이 그의 가슴까지 올라왔다. 점퍼와 청바지가 무거워졌고 물살이 워낙 세서 수십 개의 손이 그를 아래로 잡아당기는 것 같았다. 게다가 물이 차가웠다. 우라지게 차가웠다.

그는 나뭇가지를 잡았다. 고함을 질렀지만 너무 이른 시각이라개를 산책시키러 나온 사람 하나 지나가지 않았다. 어쩌면 션 쿠퍼는 그때부터 겁에 질리기 시작했을 것이다. 물살이 그의 팔다리를 감싸고 하류 쪽으로 그를 잡아당기기 시작했다.

기슭으로 돌아가려고 열심히 발차기를 했지만 기슭은 점점 멀어져갔고 머리는 계속 물속에 잠겼고 그는 공기 대신 악취를 풍기는 갈색 물을 마시고 있었는데…….

내가 뭘 정확하게 알고 늘어놓은 건 아니었다. 일부는 나중에 알게 된 사실이었고 또 일부는 내가 상상한 장면이었다. 엄마는 항상 나더러 상상력에 박진감이 넘친다고 했다. 덕분에 나는 영어 과목에서 좋은 점수를 받았지만 어마어마한 악몽을 꾸기도 했다.

엄마가 우유를 따뜻하게 데워주었지만 내가 기억하기로 나는 그날 잠을 이루지 못했다. 시퍼렇게 퉁퉁 불고 자전거처럼 끈적끈적한 수초로 뒤덮인 션 쿠퍼의 모습이 자꾸 그려졌다. 그리고 핼로런 씨에게 들은 말도 머릿속에서 계속 맴돌았다. 업보. 가는 말이 고와야 오는 말도 곱다.

"*나쁜 짓을 하면 결국엔 그게 되돌아와서 네 엉덩이를 물게 되어 있다는 거지. 저 아이는 언젠가 대가를 치를 거다. 믿어도 돼.*"

하지만 의구심이 들었다. 션 쿠퍼가 나쁜 짓을 저질렀을 수는 있었다. 하지만 그 정도로 나쁜 짓이었을까? 그리고 메탈 미키는? 메탈 미키는 아무 잘못도 없지 않은가.

핼로런 씨는 자기 형의 자전거라는 걸 깨달았을 때 메탈 미키가 지은 표정을 보지 못했고 끔찍했던 울부짖음도 듣지 못했다. 나는 그 소리를 두 번 다시 듣고 싶지 않았다.

텐트 쪽으로 달려가려는 메탈 미키를 막느라 나와 호포, 둘이서 진땀을 흘려야 했다. 메탈 미키가 하도 난리를 부리는 바람에 결국에는 경찰 한 명이 우리 쪽으로 다가왔다. 그는 메탈 미키가 누군지 우리 설명을 듣더니 한쪽 팔로 메탈 미키를 감싸 안고 반쯤 부축하다시피 해서 자기 차로 데려갔다. 잠시 후에 그들이 떠났다. 다행스러웠다. 션의 자전거를 본 건 끔찍했다. 메탈 미키가 미친 사람처럼 비명을 지르는 걸 본 건 더 끔찍했다.

"괜찮니, 에디?"

아빠가 이불을 덮어주며 내 침대 가에 앉았다. 아빠의 체중이 묵직하고 믿음직하게 느껴졌다.

"우리는 죽으면 어떻게 돼요, 아빠?"

"허허. 그건 아주 심각한 질문인데, 에디? 정확하게 아는 사람은 아무도 없을 거야."

"천당이나 지옥에 가지 않아요?"

"그렇게 생각하는 사람도 있지. 하지만 천당이나 지옥이 없다고 생각하는 사람들도 많아."

"그럼 못되게 살았어도 상관없는 거예요?"

"응. 이번 생에 어떻게 살았든 죽은 뒤에는 똑같을 거야. 착하게 살았든 못되게 살았든. 하지만 살아 있는 동안에는 엄청난 차이가 있지. 다른 사람들에게는. 그러니까 착한 사람이 되려고 항상 노력해야 하는 거야."

나는 생각해보다가 고개를 끄덕였다. 평생 착하게 살았는데 천당에 가지 못하면 실망스럽겠지만 반대의 경우를 생각하면 다행이었다. 내가 아무리 미워하는 션 쿠퍼라도 지옥불 신세를 영원히 면하지 못하는 건 싫었다.

"에디." 아빠가 말했다. "션 쿠퍼 일은 정말 가슴이 아프지. 끔찍한 사고야. 하지만 사고, 그 이상도 이하도 아니란다. 살다보면 아무 이유 없이 벌어지는 일도 있거든. 인생이 그런 거란다. 죽음도 마찬가지고."

"그렇겠죠?"

"이제 잘 수 있겠니?"

"네."

잘 수 없을 것 같았지만 아빠가 나를 어린애로 생각하는 건 싫었다.

"알았다, 에디. 그럼 불 끈다."

아빠는 허리를 숙여서 내 이마에 입을 맞췄다. 요즘 들어 좀처럼 없던 일이었다. 그날 밤에는 간질간질하고 퀴퀴한 냄새를 풍기는 아빠의 수염이 고마웠다. 아빠가 전등을 끄자 방 안이 그림자로 뒤덮였다. 몇 년 전에 침대맡 스탠드를 없앤 게 조금 후회스러웠다.

베개에 머리를 대고 편안하게 있어 보려고 했다. 멀리서 부엉이가 울었다. 나는 물에 빠져서 죽은 아이들이 아니라 즐거운 일을 떠올리려고 했다. 자전거 타기, 아이스크림, 팩맨. 머리가 베개 속으로 점점 깊숙이 파묻혔다. 단상들이 부드러운 주름 사이로 흘러들어갔다. 잠시 후에 나는 더 이상 아무것도 생각하지 않게 됐다. 잠기운이 슬금슬금 다가와 나를 어둠 속으로 끌고 들어갔다.

나는 화들짝 다시 눈을 떴다. 비나 우박이 쏟아지듯 툭 툭 툭 하는 소리가 들렸다. 나는 얼굴을 찡그리며 돌아누웠다. 또 시작이었다. 내 방 창문에 대고 또 돌팔매질이었다. 나는 침대에서 일어나 맨바닥을 건너서 커튼을 열어젖혔다.

내가 제법 오랫동안 잠을 잔 모양이었다. 밖이 제대로 어두컴컴했다. 시커먼 하늘을 칼로 그은 듯 은빛 실금 같은 달이 떠 있었다.

하지만 그 달빛만으로도 션 쿠퍼를 알아볼 수 있었다.

그는 뒷베란다 근처의 잔디밭에 서 있었다. 청바지와 너덜너덜하고 지저분한 파란색 야구점퍼를 입고 있었다. 시퍼렇거나 퉁퉁 불었거나 물고기들에게 눈알을 파먹히지는 않았지만 새하얬고 누가 봐도 시체 같았다.

꿈이었다. 꿈일 수밖에 없었다. *일어나.* 나는 생각했다. *일어나, 일어나,* ***일어나!***

"안녕, 똥바가지야."

그가 미소를 지었다. 나는 속이 울렁거렸다. 끔찍하고 소름 끼치는 깨달음이 나를 찾아왔다. 이건 그냥 꿈이 아니었다. 악몽이었다.

"저리 가요." 나는 손톱이 손바닥을 파고들도록 주먹을 세게 쥐고 나지막이 쏘아붙였다.

"*너한테 전할 메시지가 있는데.*"

"듣고 싶지 않아요." 나는 큰 소리로 외쳤다. "저리 가요."

나는 반항조로 외치고 싶었다. 하지만 공포가 목을 조르고 있었기 때문에 높고 날카롭게 빽빽거리는 소리가 났다.

"*야, 똥멍청아. 네가 내려오지 않으면 내가 올라가야 하잖아.*"

죽은 션 쿠퍼가 마당에 있는 것도 끔찍했지만 죽은 션 쿠퍼가 내 방에 있는 건 더 끔찍했다. 그리고 나는 계속 꿈을 꾸는 중이었다. 깨어날 때까지 장단을 맞춰야 했다.

"알았어요. 잠깐…… 잠깐만요."

나는 침대 발치에 걸어놓은 트레이닝복을 부들부들 떨리는 손으로 집어서 입었다. 문 앞으로 살금살금 다가가 손잡이를 잡고 밀어서 열었다. 감히 불을 켤 수는 없어서 벽을 따라 조금씩 계단 쪽으로 가 게걸음으로 내려갔다.

마침내 일층에 다다랐다. 현관 앞 복도를 지나 부엌으로 들어갔다. 뒷문이 활짝 열려 있었다. 밖으로 나갔다. 밤공기가 얇은 잠옷을 뚫고 들어와 내 살갗을 할퀴었다. 희미한 산들바람이 내 머리칼을 간질였다. 축축하고 시큼한 썩은 내가 느껴졌다.

"*빌어먹을 개처럼 킁킁거리지 좀 마라, 똥바가지야.*"

나는 움찔하며 몸을 홱 돌렸다. 션 쿠퍼가 내 바로 앞에 서 있었다. 가까이서 보니 내 방에서 봤을 때보다 더 흉측했다. 피부가 이상하게 푸르스름했다. 그 아래로 실핏줄이 보였다. 눈은 누렇고 쪼그라든 것처럼 보였다.

더 이상 무서워질 수 없는 그런 지점이 있을까? 만약 있다면 내가 그 지점에 다다른 듯했다.

"여긴 어쩐 일이에요?"

"*얘기했잖아. 너한테 전할 메시지가 있다고.*"

"뭔데요?"

"*초크맨을 조심해.*"

"그게 무슨 소리예요?"

"*난들 알겠냐?*" 그는 내 쪽으로 한 발짝 다가왔다. "*난들 여기 찾아오고 싶었겠냐? 난들 죽고 싶었겠어? 난들 이런 썩은 내를 풍기고 싶었겠어?*"

그는 관절에 이상하게 매달린 팔로 나에게 손가락질을 했다. 이제 보니 팔이 관절에 매달려 있는 게 아니었다. 어깻죽지를 뚫고 나왔다. 하얀 뼈가 흐릿한 달빛을 받고 번뜩였다.

"*내가 여기 찾아온 이유는 너 때문이야.*"

"나 때문이라고요?"

"*네 잘못이거든, 똥바가지야. 이게 다 너 때문에 시작된 일이야.*"

나는 문 쪽으로 한 발짝 뒷걸음질을 쳤다.

"미안해요…… 정말 미안해요."

"*그래?*" 그는 입술을 뒤틀고 으르렁거렸다. "*그럼 얼마나 미안한지 보여주지 그러냐?*"

그가 내 팔을 잡았다. 뜨끈한 오줌 줄기가 내 다리를 타고 흘렀다.

"*내 자지를 빨아.*"

"싫어요!"

내가 팔을 홱 잡아 뺐을 때 층계참을 밝힌 새하얀 불빛이 뒷문 앞 진입로 위로 쏟아졌다.

"에디, 일어났니? 거기서 뭐 하니?"

션 쿠퍼는 그의 몸을 관통하는 눈부신 불빛을 맞으며 환하게 불을 밝힌 흉측한 크리스마스 장식처럼 그 자리에 잠시 서 있었다. 그러다 어둠에서 풀려난 모든 괴물이 그렇듯 천천히 바스러져 하얀색의 조그만 먼지구름만 남겼다.

나는 발치를 내려다보았다. 그가 서 있었던 자리에 이제 다른 게 등장했다. 그림이었다. 새까만 길바닥과 새하얀 색이 선명한 대조를 이루었다. 조잡하게 그려진 물결무늬 속에 반쯤 잠긴 채 손을 흔들 듯 한 팔을 들고 있는 막대인간이었다. *아니야.* 나는 생각했다. *물에 빠진 거야.* 손을 흔드는 *게 아니라.* 그리고 막대인간이 아니었다. 초크맨이었다.

몸서리가 물결처럼 번졌다.

"에디?"

나는 얼른 집 안으로 들어가서 최대한 조용히 문을 닫았다.

"아무 일 아니에요, 엄마. 물 마시러 내려왔어요."

"뒷문 닫히는 소리가 들린 것 같은데?"

"아니에요."

"얼른 마시고 들어가서 자라. 내일 학교 가야 하잖아."

"알았어요, 엄마."

"그래."

나는 문을 잠갔다. 손이 하도 심하게 떨려서 몇 번 만에야 구멍에 꽂힌 열쇠를 돌릴 수 있었다. 계단을 터벅터벅 올라가 젖은 잠옷바지를 벗어서 빨래바구니에 쑤셔 넣었다. 새 바지를 입고 침대 위로 올라갔다. 하지만 한참 동안 잠을 이루지 못했다. 가만히 누워서 돌멩이가 창문을 때리는 소리가 들리길, 계단을 천천히 올라오는 축축한 발소리가 들리길 기다렸다.

창밖에서 새들이 조잘조잘 지저귀기 시작했을 즈음에 깜빡 잠이 들었던 모양이다. 길게 자지는 않았다. 일찍 일어났다. 엄마, 아빠보다 먼저 일어났다. 일어나자마자 일층으로 달려 내려가서 뒷문을 벌컥 열고 꿈이었길 빌고 또 빌었다. 션 쿠퍼의 시체는 보이지 않았다. 하지만……

초크맨은 그대로 있었다.

야, 똥바가지. 몸 좀 담글래? 들어와…… 물이 예술이야.

그림을 그냥 내버려둘 수도 있었다. 어쩌면 그냥 내버려뒀어야 하는 것이었을지 모른다. 하지만 나는 싱크대의 설거지통에 물을 가득 받았다. 그림 위로 차가운 비눗물을 끼얹어 그 속에 다시 초크맨을 빠뜨려서 죽였다.

나는 다른 친구가 그림을 그렸을 거라고 내 자신을 설득했다. 뚱뚱이 개브나 호포가 그렸을 거라고. 못된 장난이었을 거라고. 하지만 학교까지 반쯤 갔을 때 퍼뜩 생각난 게 있었다. 우리에겐 각자 정해진 분필 색이 있었다. 뚱뚱이 개브는 빨간색, 메탈 미키는 파란색, 호포는 초록색, 니키는 노란색, 나는 주황색이었다. 우리 중에 하얀색을 쓰는 아이는 없었다.

2016년

엄마가 점심 직전에 전화를 한다. 엄마는 가장 난처한 시간에 전화하는 습관이 있는데 오늘도 예외가 아니다. 음성사서함으로 넘어가게 둘 수도 있지만 엄마가 음성사서함을 워낙 싫어해서 다음번에 통화할 때 짜증만 낼 게 분명하기 때문에 어쩔 수 없이 '수신' 버튼을 누른다.

"여보세요."

"여보세요, 에드."

나는 어정쩡하게 교실에서 복도로 나간다.

"무슨 일 생겼어요?" 내가 묻는다.

"아니. 무슨 일이 생길 이유가 없잖니?"

엄마의 사전에 단순한 안부 전화는 없다. 엄마가 전화를 하면 반드시 이유가 있다.

"그러게요. 엄마, 별일 없는 거죠? 제리는요?"

"아주 좋아. 요새 생즙 디톡스 하는 중이라 둘 다 아주 쌩쌩해."

몇 년 전만 해도 엄마가 '쌩쌩하다'는 단어를 쓰거나 생즙 디톡스 같은 걸 했을 리가 없었다. 아빠가 살아 계셨을 때는 말이다. 이게 다 제리 때문이다.

"다행이네요. 저, 엄마. 제가 지금 뭘 하는 중이거든요. 그래서—"

"출근한 건 아니지, 에드?"

"그게—"

"학교 방학이잖니."

"그렇죠. 하지만 요즘은 그 단어가 모순어법으로 쓰이거든요."

"시킨다고 너무 열심히 하지 마, 에드." 엄마는 한숨을 쉰다. "살아보니까 일만 있는 게 아니더라."

몇 년 전이었다면 엄마는 그런 소리도 하지 않았을 것이다. 예전에는 일이 곧 엄마의 삶이었다. 하지만 아빠가 병에 걸린 뒤로는 간병이 엄마의 삶이 되었다.

제리를 비롯해 엄마가 지금 하는 모든 일이 잃어버린 세월을 되찾으려는 노력의 일환이라는 걸 안다. 나는 엄마 탓을 하지 않는다. 내 탓을 한다.

내가 결혼해서 가정을 일구었다면 엄마는 우라질 생즙 디톡스가 아니라 다른 걸로 일상을 채울 수 있었을 것이다. 그리고 나도 일이 아니라 다른 걸로 일상을 채울 수 있었을지 모른다.

하지만 엄마는 이런 소리를 듣고 싶어 하지 않는다.

"알아요." 나는 얘기한다. "엄마 말이 맞아요."

"그래. 있잖니, 에드, 필라테스 한번 해봐. 코어에 좋거든."

"생각해볼게요."

거짓말이다.

"아무튼 바쁘다니까 시간 빼앗지 않을게. 혹시 내가 부탁 하나만 해도 될까?"

"네, 뭐……."

"제리하고 내가 캠핑용 밴을 타고 일이 주 여행을 갈까 하거든."

"잘 생각하셨네요."

"그런데 고양이 맡아주던 사람이 우리 기대를 저버렸지 뭐니."

"으악, 안 돼요."

"에드! 동물을 사랑해야지."

"사랑해요. 미튼스가 저를 싫어하는 게 문제지."

"말도 안 돼. 걔도 이제 다 컸어. 아무도 싫어하지 않아."

"걔는 고양이가 아니라 소시오패스예요."

"데리고 있어주겠다는 거니, 안 된다는 거니?"

나는 한숨을 쉰다. "네. 데리고 있을게요. 그럼요."

"잘됐다. 내일 오전에 데려갈게."

이런. 맙소사.

나는 전화를 끊고 다시 교실로 들어간다. 축 늘어진 까만 머리로 얼굴을 덮은 비쩍 마른 학생이 닥터 마틴 신발을 책상 위에 걸쳐놓고 의자에 비스듬히 기대고 앉아 껌을 씹으며 스마트폰을 두드리고 있다.

대니 마이어스는 내 영어수업을 듣는 학생이다. 다들 그를 가리켜서 똑똑한 아이라고 한다. 우리 학교 교장, 희한하게도 교장과 친분이 있는 대니의 부모 그리고 몇몇 이사들까지. 내가 그걸 의심하는 건 아니지만 그들의 판단을 반영하는 결과물을 본 적이 없다.

두말하면 잔소리지만 그게 그의 부모나 우리 학교 교장이 듣고 싶어 하는 소리는 아니다. 그들은 대니에게 특별한 관심을 기울일 필요가 있다고 생각한다. 대니가 '획일적인' 공교육 시스템 때문에 실력을 발휘하지 못한다고 한다. 너무 똑똑한데 너무 쉽게 주의가 산만해지고 너무 예민하고 어쩌고저쩌고.

그래서 대니는 지금 '개별 수업'이라는 것을 받고 있다. 방학 기간 동안 특별 과외를 받는다는 얘긴데, 내가 그를 어르고 달래서 그의 부모가 생각하기에 합당한 수준의 성적을 받을 수 있게 만들어야 한다.

능력은 되는데 수업에 잘 적응하지 못하는 아이들의 경우에는 이런 수업이 효과가 있다. 그렇지 않은 경우에는 나와 학생, 양쪽 모두의 시간만 낭비하는 꼴이다. 내가 패배주의자는 아니다. 하지만 현실주의자다. 나는 기본적으로 배우려는 의지가 있는 학생들을 가르치고 싶다. 관심과 열의가 있는 학생들. 최소한 노력이라도 해보려는 학생들. 설렁설렁 받은 C보다 열심히 해서 받은 D가 낫다.

"전화기랑 발. 둘 다 치워라." 나는 이렇게 얘기하며 내 책상에 앉는다.

그는 다리를 치우지만 전화기는 계속 두드린다. 나는 다시 안경을 쓰고 조금 전까지 얘기하고 있던 부분을 찾는다.

"그거 다 치면 『파리대왕』에 다시 관심이 생길까?"

자판 두드리는 소리만 이어진다.

"대니, 너희 부모님한테 소셜미디어를 전면 금지하는 게 성적을 올리는 확실한 방법일지 모른다고 건의하고 싶지는 않다만……."

대니는 나를 빤히 쳐다본다. 나는 점잖게 미소를 지어 보인다. 싸우고 싶겠지만, 나를 밀치고 싶겠지만 전화기를 끄고 주머니에 넣는다. 나는 이걸 승리로 간주하지 않는다. 그가 져준 것에 가깝다.

상관없다. 이 두 시간을 좀 더 수월하게 보낼 수만 있다면 뭐든 상관없다. 가끔 대니와 벌이는 이런 심리전이 재미있을 때도 있다. 그리고 그에게서 나쁘지 않은 성과를 유도하면 뿌듯한 마음도 생긴다. 하지만 오늘은 날이 아니다. 간밤에 잠을 설친 탓에 피곤하고 신경이 날카로워져 있다. 꼭 무슨 일이 벌어지는 순간을 기다리는 듯한 심정이다. 나쁜 일이. 돌이킬 수 없는 일이.

나는 교재에 집중한다. "좋아, 주인공들이 무엇을 상징하는지에 대해서 얘기하고 있었지? 랠프, 잭, 사이먼—"

그는 어깨를 으쓱한다. "사이먼은 처음부터 지면 낭비였어요."

"왜?"

"무거운 짐이었잖아요. 바보였고. 죽을 만했어요."

"죽을 만했다고? 어째서?"

"그러니까. 죽어도 아까울 게 없다고요. 잭의 말이 맞았어요. 그 섬에서 살아남으려면 교양 어쩌고 하는 헛소리는 다 잊어버려야 하는 거예요."

"하지만 폭력에 의존하면 사회가 붕괴된다는 게 이 소설의 핵심인데."

"붕괴되어야 하는 건지도 모르죠. 전부 가짜잖아요. 그게 이 작품이 전하려는 메시지예요. 우리는 전부 교양인인 척하지만 속을 들여다보면 아니라는 거."

나는 미소를 짓지만 속이 점점 불편해지는 게 느껴진다. 또 소화불량일까. "재미있는 관점이로구나."

내 손목시계에서 삑 하는 소리가 난다. 나는 항상 수업이 끝나는 시간에 알람을 맞춰놓는다.

"좋아. 오늘은 여기까지 하자." 나는 교재를 챙긴다. "다음번에 제출하는 리포트에 너의 그 이론이 좀 더 자세히 설명돼 있길 기대한다, 대니."

그는 일어나서 더플백을 집는다. "안녕히 계세요."

"다음 주 같은 시각에 보자."

나는 어슬렁어슬렁 교실을 빠져나가는 그를 향해 이렇게 묻는다. "네가 건설한 새로운 사회에서는 너도 생존자 중 한 명이겠지, 대니?"

"당연하죠." 그는 묘한 눈빛으로 나를 쳐다본다. "하지만 걱정 마세요. 선생님도 마찬가지니까요."

학교에서 공원을 거쳐 가려면 멀리 돌아가야 하고 심지어 오늘은 유난히 따뜻한 날도 아니다. 그래도 나는 돌아가기로 한다. 추억 여행이랄까.

강변 산책길은 경치가 좋다. 한쪽으로 굽이굽이 이어지는 벌판을 지나면 저 멀리 대성당이 보인다. 하지만 대성당은 벌써 몇 년째 비계로 반쯤 덮여 있다. 적합한 장비나 기계도 없이 그 유명한 뾰족탑을 만드는 데 사백 년이 걸렸다. 현대 과학이라는 기적을 동원하면 그걸 복원하는 데 그보다 시간이 더 오래 걸릴 것 같다.

이 그림 같은 풍경에도 불구하고 강을 지날 때마다 빠르게 흘러가는 갈색 강물에 시선이 쏠린다. 얼마나 차가울까. 물살이 얼마나 가차 없을까. 자전거를 잡으려다 미끄러져서 빠진 션 쿠퍼가 요즘도 생각난다. 자전거를 훔친 범인은 밝혀지지 않았다.

왼쪽으로 새로운 레크리에이션 시설이 생겼다. 남자아이 두엇이 스케이트장에서 덜거덕거리며 스케이트보드를 타고 있다. 아이 엄마가 깔깔대는 아이를 뺑뺑이에 태우고 돌리고 있다. 십대 여학생 한 명이 혼자 그네에 앉아 있다. 고개를 숙이고 있어 머리칼이 반짝이는 커튼처럼 얼굴을 덮었다. 빨간색이 아니라 갈색 머리칼이다. 하지만 자기만의 단단한 껍데기 속에 침착하게 들어앉은 모습에서 언뜻 니키가 연상된다.

그해 여름의 또 다른 날이 떠오른다. 뒤죽박죽 뒤엉킨 다른 추억들에 거의 파묻혀 있었던 소소한 순간이다. 엄마가 사놓은 물건을 들고 오라고 나를 시내로 심부름을 보낸 날이었다. 공원을 지나서 집으로 돌아가던 길에 놀이터에 있는 니키를 보았다. 그네에 혼자 앉아서 무릎을 멍하니 내려다보고 있었다. 나는 하마터면 니키를 부를 뻔했다. *야, 니키!*

하지만 뭔가가 나를 막았다. 아마 말없이 앞뒤로 왔다 갔다 하고 있는 니키의 모습 때문이었을 것이다. 나는 살금살금 다가갔다. 니키는 뭔가를 손에 쥐고 있었다. 햇빛을 받고 은색으로 반짝이는 걸 보고 나는 니키가 평소에 걸고 다니던 조그만 십자가라는 걸 알아차렸다. 니키는 그걸 들더니…… 여린 허벅지 살을 찔렀다. 몇 번이고 반복했다.

나는 뒷걸음질을 쳤고 얼른 집으로 달려갔다. 니키에게도 어느 누구에게도 내가 그날 뭘 봤는지 얘기하지 않았다. 하지만 그 광경은 내 기억 속에 남았다. 니키가 어떤 식으로 십자가로 다리를 찔렀는지. 어떤 식으로 몇 번이나 찔렀는지. 아마 피를 내려고 그랬을 것이다. 그런데 니키는 비명을 지르기는커녕 찍소리조차 내지 않았다.

그네에 앉아 있던 여자아이가 고개를 들더니 머리칼을 귀 뒤로 넘긴다. 은색 귀고리 여러 개가 귓불에서 반짝이고 코에는 큼지막한 링이 달려 있다. 내가 애초에 생각했던 것보다 나이가 많아서 대학생쯤 되어 보인다. 그래도 나는 내가 놀이터에 있는 여자아이를 빤히 쳐다보는, 외모가 다소 특이한 중년의 남자라는 사실을 뼈저리게 인식하고 있다.

나는 고개를 숙이고 좀 더 씩씩하게 발걸음을 옮긴다. 주머니에서 전화기가 울린다. 엄마이겠거니 생각하며 전화기를 꺼낸다. 아니다. 클로이다.

"응?"

"응이라니. 전화 예절 좀 배우셔야겠어요."

"미안. 내가 좀…… 미안, 어쩐 일이니?"

"친구분이 여기 지갑을 놓고 갔어요."

"미키가?"

"네, 아저씨가 나간 직후에 현관 테이블 아래 있는 걸 발견했어요. 재킷에서 떨어졌나봐요."

나는 미간을 찌푸린다. 지금은 점심시간이다. 미키가 지갑이 없어졌다는 걸 알아차리고도 남을 만한 시각이다. 하지만 그는 어젯밤에 많이 취했다. 어쩌면 호텔에서 지금까지 자고 있을지 모른다.

"그러게. 전화해서 얘기해줘야겠다. 고마워."

"네."

그때 뭔가 생각난 게 있다.

"미키 지갑을 가져다가 안을 좀 볼 수 있겠니?"

"잠시만요."

그녀가 멀리 갔다가 전화기 쪽으로 돌아오는 소리가 들린다. "들고 왔어요. 현금…… 이십 파운드쯤 돼요, 신용카드, 현금인출카드, 영수증, 운전면허증."

"호텔 객실 키 카드는?"

"아, 네. 그것도 있어요."

키 카드라. 객실에 들어가려면 카드가 있어야 했을 텐데. 물론 그가 신분증을 보여주면 호텔에서 기꺼이 키 카드를 추가로 발급

해주었겠지만…….

내 생각을 읽기라도 한 듯 클로이가 묻는다. "그러니까 어젯밤에 호텔로 돌아가지 않았다는 뜻일까요?"

"글쎄다. 차에서 잤을 수도 있겠지."

하지만 왜 나한테 연락하지 않았을까? 간밤에는 늦어서 그랬다 치더라도 오늘 아침에는 왜 하지 않았을까?

"어느 하수구에 쓰러져 있거나 그런 건 아니겠죠?"

"도대체 왜 그런 소리를 하니?"

나는 이렇게 쏘아붙여놓고 당장 후회한다. 수화기 저편에서 그녀가 발끈하는 소리가 거의 들릴 듯하다.

"오늘 아침에 도대체 왜 그러세요? 뭐 잘못 드셨어요?"

"미안. 피곤해서 그래."

"좋아요." 그녀는 이렇게 얘기하지만 좋은 말투가 아니다. "친구분 어쩌실 거예요?"

"전화해봐야겠다. 연락이 안 되면 지갑 들고 호텔로 찾아가고. 아무 문제 없는지 확인할 겸."

"현관 앞 테이블에 둘게요."

"나가니?"

"어떻게 아셨어요, 똑똑 박사님? 제가 워낙 인기가 많잖아요."

"그래, 음, 이따 보자."

"저는 그럴 일이 없었으면 좋겠는데요."

그녀는 전화를 끊고, 혼자 남겨진 나는 클로이의 말이 밤늦게까지 놀다 오겠다는 농담인지, 나처럼 성질 더러운 미친놈은 두 번 다시 안 만나고 싶은 속마음을 솔직하게 표현한 건지 궁금해진다.

나는 한숨을 쉬고 미키에게 연락한다. 곧바로 음성사서함으로 넘어간다.

"안녕하세요, 미키입니다. 지금은 전화를 받을 수가 없으니 삐 소리 후에 필요한 절차를 밟아주시기 바랍니다."

나는 메시지를 남기지 않는다. 왔던 길을 되짚어 공원에서 빠져나와 지름길을 거쳐 집으로 돌아가며 배 속 깊은 곳에서 우르릉대기 시작하는 희미한 불안감을 애써 무시한다. 아무 일 아닐 것이다. 미키는 호텔로 비틀비틀 돌아가 직원을 설득해서 키 카드를 새로 받고 술기운에 지금까지 자고 있을 것이다. 내가 찾아갈 때쯤이면 우적우적 점심을 먹고 있을 것이다. 절대로, 완벽하게, 우라지게, 아무 일 없이.

나는 점점 더 강한 어조로 여러 번 이 말을 속으로 중얼거린다.

그럴수록 점점 더 믿기지 않는다.

트래블로지는 다 쓰러져가는 리틀 셰프 바로 옆에 납작 엎드려 있는 흉측한 건물이다. 미키 정도면 이보다 더 근사한 데서 묵을 능력이 되는 줄 알았더니 여기가 편리한 모양이다.

오는 길에 미키의 번호로 두 번 더 전화를 건다. 두 번 다 곧장 음성사서함으로 연결된다. 불길한 예감이 점점 고조된다.

나는 주차하고 안내데스크로 간다. 적갈색 머리를 뺏뺏하게 하나로 묶고 귀에 큼지막한 구멍을 여러 개 뚫은 젊은 남자가 안내데스크 뒤에 서 있는데, 너무 꽉 끼는 셔츠와 엉터리로 맨 넥타이 때문에 불편해 보인다. 옷깃에 달린 배지를 보면 이름이 '더즈'라는데 이름이라기보다 만성적인 실수를 고백하는 편에 더 가깝다.*

"안녕하세요. 체크인 하시려고요?"

"아뇨. 친구를 만나러 왔는데요."

"그러시군요."

"미키 쿠퍼요. 어제 체크인 한 걸로 아는데."

"네."

그는 애매한 표정으로 나를 계속 쳐다본다.

"그래서." 나는 장황하게 말을 잇는다. "그 친구가 여기 있는지 확인할 수 있을까요?"

"전화를 해보시면 되지 않을까요?"

"안 받아서요. 그리고……" 나는 주머니에서 지갑을 꺼낸다. "그 친구가 어젯밤에 이걸 우리 집에 두고 갔어요. 키 카드랑 신용카드가 전부 여기 들어 있는데."

나는 그가 이 말뜻을 파악할 때까지 기다린다. 내 발치에서 이끼가 자란다. 빙하가 만들어졌다가 녹는다.

"죄송합니다." 마침내 그가 입을 연다. "무슨 말씀이신지."

"간밤에 그 친구가 무사히 돌아왔는지 확인할 수 있겠느냐고 묻는 거예요. 걱정이 돼서요."

"아. 저기, 어제 당번은 제가 아니라 조지아였어요."

"그렇군요. 컴퓨터에 뭐가 남아 있지 않을까요?" 나는 한쪽 구

* 영어로 '더드'에 쓸모없는 사람, 실패작, 불발탄이라는 뜻이 있다.

석의 어수선한 책상 위에 쭈그리고 앉아 있는, 구닥다리처럼 보이는 컴퓨터를 턱으로 가리킨다. "그 친구가 다른 카드 키를 달라고 했을 테니까요. 기록 같은 게 남아 있지 않을까요?"

"네, 아마 확인할 수 있을 겁니다."

"맞아요, 아마 확인할 수 있을 거예요."

내 말투에서 흘러나온 빈정거림이 그의 머리 위로 뚝뚝 흐른다. 그는 책상 앞에 털썩 앉아서 자판을 몇 개 두드린다.

그러더니 나를 돌아본다. "아뇨. 아무 기록도 없는데요."

"그럼 조지아한테 연락할 수 있을까요?"

그는 열심히 고민한다. 나는 더즈에게 소관 업무에서 아주 살짝이라도 벗어나는 일을 시키려면 막대한 노력이 필요하다는 사실을 감지한다. 솔직히 더즈에게는 숨을 쉬는 것조차 막대한 노력을 요하는 일처럼 보인다.

"네?" 내가 재차 묻는다.

그는 한숨을 쉰다. "알겠습니다."

그는 수화기를 집는다. "여보세요. 조지아?"

나는 기다린다.

"어젯밤에 미키 쿠퍼라는 분이 키 카드 없이 왔어? 그래서 다른 카드 발급해줬어? 응. 알았어. 고마워."

그는 수화기를 내려놓고 안내데스크로 돌아온다.

"뭐래요?" 나는 다그친다.

"아뇨. 친구분이 어젯밤에 오지 않으셨다는데요."

1986년

내가 상상한 장례식은 항상 흐리고 비가 오는 날, 검은 옷을 입은 사람들이 우산 아래 몸을 웅크린 채 치러졌다.

션 쿠퍼의 장례식이 열린 날 아침에는 태양이 밝게 빛났다. 적어도 처음에는 그랬다. 그리고 아무도 검은 옷을 입지 않았다. 그의 가족이 파란 옷이나 빨간 옷을 입어달라고 했다. 션이 가장 좋아하는 색이었다고 했다. 학교 축구부를 상징하는 색이었다. 교복을 입고 온 아이들이 많았다.

엄마는 내게 새로 산 옅은 파란색 셔츠와 빨간 넥타이, 짙은 색 바지를 입혔다.

"그래도 단정하게 입고 가야지, 에디. 예의를 갖춰서."

나는 션 쿠퍼에게 예의를 갖추고 싶은 마음이 없었다. 장례식장에 아예 가고 싶지 않았다. 나는 그때까지 장례식장에 간 적이 없었다. 내가 기억하기로는 그랬다. 엄마, 아빠가 할아버지 장례식 때 데리고 갔겠지만 그때는 갓난아이였고 게다가 할아버지는 나이가 많았다. 나이를 먹으면 주변에서 죽음을 예상했다. 그들은 심지어 반쯤 저승세계로 건너간 듯한 냄새를 풍겼다. 퀴퀴한 곰팡내를 말이다.

죽음은 우리 같은 어린아이나 우리 주변이 아니라 다른 데서 벌어지는 일이었다. 죽음은 추상적이고 먼 일이었다. 나는 아마 션 쿠퍼의 장례식을 통해 서늘하고 시큼한 입김 바로 그 너머에 사신이 도사리고 있다는 사실을 처음으로 깨달았을 것이다. 자신의 존재를 느끼지 못하게 하는 것이 그의 가장 놀라운 전략이다. 그의 차갑고 어두컴컴한 소매 속에는 전략이 많이 숨겨져 있다.

우리 집에서 십 분만 걸으면 교회가 나왔다. 그 정도로 가깝다는 게 원망스러웠다. 나는 셔츠 깃을 잡아당기며 발을 질질 끌고 걸었다. 엄마는 뚱뚱이 개브의 생일파티 때 입었던 파란색 원피스 위에 빨간색 재킷을 걸쳤다. 아빠는 이번만큼은 긴 바지를 골랐고 거기다 빨간 꽃무늬 셔츠를 입었다. 긴 바지는 고마웠지만 셔츠는 아니었다.

우리가 교회 입구에 다다랐을 때 마침 호포와 호포의 엄마도 도착했다. 우리는 호포의 엄마를 자주 만나지 못했다. 그녀가 차를 타고 청소를 하러 다닐 때만 볼 수 있었다. 오늘 그녀는 산발한 머리를 하나로 묶어서 틀어 올렸다. 후줄근한 파란색 원피스를 입고 정말 낡고 추레해 보이는 샌들을 신었다. 못돼먹은 발언이기는 하지만 그러고 다니는 사람이 우리 엄마가 아니라서 다행이었다.

호포는 빨간색 티셔츠에 파란색 교복바지를 입고 검은색 구두를 신었다. 숱이 많은 까만 머리는 기름을 발라서 한쪽으로 빗어 넘겼다. 호포답지 않아 보였다. 헤어스타일과 깔끔한 옷차림 때문만은 아니었다. 불안하고 긴장된 표정이었다. 머피의 목줄을 잡고 있었다.

"안녕, 데이비드. 안녕하세요, 그웬." 엄마가 인사를 건넸다.

나는 호포 엄마의 이름이 그웬인 줄 그때 처음 알았다. 엄마는 원래 이름을 잘 외웠다. 아빠는 그렇지가 않았다. 아빠는 알츠하이머가 심해지기 전에 사람들 이름을 까먹는 건 정신줄을 놓기 전부터 있던 증상이라고 종종 농담처럼 얘기했다.

"안녕하세요, 애덤스 아저씨, 아주머니." 호포가 말했다.

"안녕하세요." 호포의 엄마는 목소리가 가늘고 힘이 없었다. 그녀는 항상 미안해하는 말투로 얘기했다.

"별일 없으시죠?" 우리 엄마가 사실은 별 관심이 없을 때 동원하는 깍듯한 말투로 물었다.

호포의 엄마는 그 말투를 알아차리지 못했다. "사실 죽겠어요." 그녀가 말했다. "이 일만 해도 끔찍한데 머피가 밤새도록 아팠거든요."

"아이구." 아빠는 진심으로 안타까워했다.

나는 허리를 숙여서 머피를 얼렀다. 녀석은 피곤한 듯 꼬리를 한 번 흔들고 바닥에 주저앉았다. 우리만큼이나 이 자리에 있기 싫은 눈치였다.

"그래서 데려온 거니?" 아빠가 물었다.

호포는 고개를 끄덕였다. "집 안을 난장판으로 만들 테니 두고 올 수가 없었어요. 마당에 두면 울타리를 넘어서 도망칠 테고요. 그래서 목줄에 묶어서 데려왔어요."

아빠는 고개를 끄덕였다. "잘 생각한 것 같은데?" 아빠는 머피의 머리를 토닥였다. "딱해라. 나이를 먹어서 그렇지?"

"자." 엄마가 말했다. "이제 그만 들어갈까요?"

호포가 허리를 숙여서 머피를 안았다. 노견은 큼지막하고 축축한 혓바닥으로 호포의 얼굴을 핥았다.

"착하지." 호포가 속삭였다. "이따 보자."

우리는 정문을 일렬로 지나 교회 입구 쪽으로 걸어갔다. 많은 사람들이 그 앞에서 배회하고 있었고 몇몇은 숨어서 담배를 피우고 있었다. 뚱뚱이 개브와 부모님이 보였다. 니키는 마틴 목사와 나란히 교회 입구에 서 있었다. 두툼한 종이 뭉치를 들고 있었다. 찬송가 악보인 듯했다.

나는 긴장감을 느꼈다. 생일파티와 소포 사건 이후로 엄마, 아빠, 마틴 목사가 처음으로 만나는 자리였다. 목사는 우리를 보고 미소를 지었다.

"애덤스 씨, 애덤스 부인, 에디. 이렇게 슬픈 날에 참석해주셔서 감사합니다."

그가 손을 내밀었다. 아빠는 악수를 거부했다. 목사는 여전히 미소를 잃지 않았지만 나는 그가 불쾌한 눈빛을 번뜩이는 것을 놓치지 않고 보았다.

"찬송가 악보 받으시고 들어가서 앉으세요."

악보를 받았다. 니키가 나를 보고 아무 말 없이 살짝 고개를 끄덕였고 우리는 천천히 교회 안으로 들어갔다.

안은 살짝 몸서리가 쳐질 만큼 추웠다. 그리고 어두웠다. 눈이 적응하는 데 어느 정도 시간이 걸렸다. 사람들이 이미 앉아 있었다. 나와 같은 학교에 다니는 아이들이 몇 명 보였다. 선생님들도 있었고 핼로런 씨도 있었다. 머리가 워낙 하얘서 못 보고 지나칠 수가 없었다. 오늘은 여느 때와 다르게 빨간색 셔츠를 입었다. 모자는 무릎 위에 올려놓았다. 엄마, 아빠와 함께 들어오는 나를 보고 살짝 미소를 지었다. 그날은 다들 어떤 표정을 지으면 좋을지 모르는 사람들처럼 어색하고 희미한 미소를 지었다.

우리는 앉아서 기다렸다. 잠시 후에 목사와 니키가 들어오자 음악이 흐르기 시작했다. 들어본 적은 있는데 제목은 모르는 노래였다. 찬송가는 아니었다. 느린 유행가였다. 유행가이긴 해도 아이언 메이든*을 좋아했던 션에게 어울리는 선택 같지는 않았다.

운구 행렬이 입장하자 다 같이 고개를 숙였다. 메탈 미키와 그의 엄마, 아빠가 뒤따라 들어왔다. 사고가 벌어진 이후로 메탈 미키를 본 건 처음이었다. 엄마, 아빠가 메탈 미키를 학교에 보내지 않았고 그러다 나중에는 다 같이 할아버지네 집으로 떠났다.

메탈 미키는 관을 보지 않았다. 온몸에 뻣뻣하게 힘을 주고서 똑

* 영국의 록밴드.

바로 앞을 쳐다보았다. 울지 않고 걷고 숨을 쉬는 데 온 신경을 집중하는 듯했다. 교회 중간쯤 다다랐을 때 메탈 미키가 걸음을 멈추었다. 뒤에서 걷던 남자가 하마터면 메탈 미키의 등에 부딪칠 뻔했다. 다들 당혹스러워하는 찰나, 메탈 미키는 몸을 돌려서 교회 밖으로 뛰쳐나갔다.

모두들 서로 멀뚱멀뚱 쳐다보았다. 메탈 미키의 엄마와 아빠만 아들이 없어진 줄 모르는 눈치였다. 그들은 상심이라는 단단한 껍데기에 둘러싸여서 좀비처럼 발을 끌며 계속 앞으로 걸어갔다. 아무도 메탈 미키를 따라 나가지 않았다. 내가 엄마를 흘끗 쳐다보자 엄마는 살짝 고개를 저으며 내 손을 꼭 잡았다.

거기에 내가 울컥했던 것 같다. 대부분의 아이들에게 미움을 샀지만 그래도 자기 형이었던 인간 때문에 또다시 이성을 잃은 메탈 미키를 본 것에. 어쩌면 션이 못된 깡패이기만 했던 건 아니었을지도 모른다. 어렸을 때는 메탈 미키와 같이 놀았을 수도 있다. 같이 공원에 가고 레고를 만들고 목욕을 했던 사이일 수도 있다.

그런 그가 너무 진한 향기를 풍기는 꽃으로 덮인 차갑고 어두컴컴한 관 속에 누워 있는데, 자기가 싫어하는 음악이 흘러나와도 싫다고 얘기할 수가 없었다. 그는 두 번 다시 어느 누구에게도 아무 말을 할 수 없는 신세였다.

나는 치밀어 오르는 뭔가를 꿀꺽 삼키고 눈을 열심히 깜빡였다. 엄마가 내 팔을 쿡 찔렀고 우리는 다 같이 자리에 앉았다. 음악이 멈추자 마틴 목사가 자리에서 일어나 션 쿠퍼와 하느님에 대해 일장 연설을 늘어놓았다. 대부분 앞뒤가 맞지 않았다. 천국에 천사가 또 한 명 추가됐다니, 하느님이 이 땅 위의 사람들보다 션 쿠퍼를 더 많이 원해서 데려간 거라니. 서로 기대고 앉아서 저러다 와르르 무너지지 않을까 싶을 정도로 흐느끼는 그의 엄마, 아빠를 보면 그 말에 동의할 수가 없었다.

마틴 목사의 추도사가 거의 끝났을 때 쾅 하는 소리와 함께 바람이 훅 하고 불어 들어오는 바람에 찬송가 악보가 몇 장 펄럭펄럭 바닥으로 떨어졌다. 나를 비롯해 대부분의 사람들이 뒤를 돌아보았다.

교회 문이 열린 것이었다. 처음에 나는 메탈 미키가 돌아온 줄 알았다. 그런데 햇빛을 후광처럼 등지고 두 사람이 서 있었다. 그들이 안쪽으로 점점 다가오자 누군지 알 수 있었다. 댄싱 걸의 금발 친구와 우리 집에 찾아왔던 토머스 순경이었다(나는 그녀의 이름이 해나고 토머스 순경의 딸이라는 걸 나중에 알았다).

처음에 나는 금발 친구가 무슨 사고를 친 줄 알았다. 토머스 순경이 그녀의 팔을 꽉 붙잡고 질질 끌다시피 하며 걸어오고 있었다. 여기저기서 수군대는 소리가 들렸다.

메탈 미키의 엄마가 그의 아빠에게 뭐라고 속삭였다. 그가 자리에서 일어났다. 화가 나서 딱딱하게 굳은 얼굴이었다. 설교단에서 마틴 목사가 말했다. "고인에게 조의를 갖추기 위해 오신 거라면 조만간 묘지로 자리를 옮길 예정입니다만."

토머스 순경과 금발 친구는 걸음을 멈추었다. 그는 교회에 앉아 있는 우리를 둘러보았다. 아무도 그와 시선을 맞추지 않았다. 다들 무슨 일인지 궁금해하는 속내를 들키지 않길 바라며 가만히 앉아 있기만 했다. 금발 친구는 선 쿠퍼를 따라 그 속으로 꺼지길 바라는 사람처럼 바닥만 쳐다보고 있었다.

"조의?" 토머스 순경은 천천히 되물었다. "아뇨. 나는 조의를 표하러 온 게 아닙니다." 그는 관 바로 앞 바닥에 침을 뱉었다. "내 딸을 *성폭행*한 녀석한테 조의라뇨."

신도석에서 터진 헉 소리가 서까래까지 울려 퍼졌다. 내 입에서도 조그맣게 탄성이 흘러나왔던 것 같다. 성폭행이라고? 나는 '성폭행'이 뭔지 잘 몰랐지만(여러 면에서 열두 살치고 상당히 순진했던 듯하다) 여자에게 원하지 않는 일을 강요하는 나쁜 짓이라는 건 알았다.

"*야 이 후레자식아! 어디서 거짓말이야!*" 메탈 미키의 아빠가 외쳤다.

"후레자식?" 토머스 순경은 으르렁거렸다. "후레자식이 뭔지 알려줄까?" 그는 자기 딸을 가리켰다. "이 배 속에 있는 아이가 후레자식이지."

또다시 헉 소리가 터졌다. 마틴 목사는 얼굴 거죽이 흘러내릴 듯이 보였다. 그가 입을 벌렸지만 뭐라고 얘기할 겨를도 없이 엄청난 고함 소리와 함께 메탈 미키의 아빠가 앞으로 돌진해 토머스 순경을 덮쳤다.

메탈 미키의 아빠는 덩치가 크지 않았지만 다부지고 빨라 상대방의 허를 찔렀다. 토머스 순경은 휘청거렸지만 넘어지지는 않았다. 두 사람은 괴상망측한 춤을 추는 것처럼 서로 팔을 잡고 앞뒤로 뒤뚱거리며 드잡이를 벌였다. 잠시 후에 토머스 순경이 팔을 떼어내더니 메탈 미키 아빠의 머리 쪽으로 주먹을 날렸다. 메탈 미키의 아빠는 어찌어찌 피하고 반격을 감행했다. 그의 주먹이 표적을 맞히자 토머스 순경은 뒤로 비틀거렸다.

나는 그 사건이 벌어지기 직전에 낌새를 알아차렸다. 다른 조문객들도 대부분 알아차렸던 것 같다. 토머스 순경이 션 쿠퍼의 관에 부딪쳐 단상 앞에 놓여 있던 관이 돌바닥 위로 떨어지자 여기저기서 비명이 터졌고, 어떤 사람은 "*안돼애애!*" 하고 소리를 질렀다.

그다음 광경은 내가 상상한 것일 수도 있다. 하관할 때 혹시라도 미끄러져서 열리지 않도록 관 뚜껑을 단단히 박아놓을 테니 말이다. 그런데 뭔가가 깨지는 듯한 소름 끼치는 소리(안에서 숀 쿠퍼의 해골이 덜거덕거리면 그런 소리가 나지 않을까 싶었다)와 함께 관이 바닥에 부딪친 순간 뚜껑이 살짝 열리면서 핏기 하나 없이 새하얀 손 하나가 내 눈에 언뜻 들어왔다.

아닐 수도 있었다. 비정상적이고 한심한 내 상상력이 다시금 발동된 것일 수도 있었다. 너무나 순식간에 벌어진 일이었다. 관이 바닥에 부딪치자마자 비명 소리가 교회 안에 울려 퍼졌고 남자 몇 명이 허둥지둥 달려가서 관을 들어 다시 받침대 위로 옮겼다.

토머스 순경은 비틀거리며 서 있었다. 메탈 미키의 아빠도 마찬가지로 비틀거렸다. 그는 토머스 순경을 한 대 더 때릴 것처럼 팔을 들었다가 몸을 돌려서 관 위로 몸을 던지고 울음을 터뜨렸다. 온몸을 들썩이며 요란하게 대성통곡했다.

토머스 순경은 주변을 두리번거렸다. 끔찍한 꿈을 꾸고 깨어난 사람처럼 살짝 몽롱해 보였다. 주먹을 쥐었다 폈다 했다. 땀범벅으로 헝클어진 까만 머리를 한 손으로 쓸어 넘겼다. 오른쪽 눈 위로 멍 꽃이 피었다.

"아빠, 가요." 금발 친구가 조그맣게 속삭였다.

토머스 순경은 그녀를 쳐다보더니 그녀의 손을 다시 잡고 입구 쪽으로 끌고 갔다. 입구 앞에 다다랐을 때 몸을 돌렸다. "이걸로 끝난 게 아니야." 그가 쉰 목소리로 말했다. 그리고 그들은 사라졌다.

기껏해야 삼사 분 동안 벌어진 일이었지만 그보다 훨씬 길게 느껴졌다. 마틴 목사가 요란하게 헛기침을 했지만 메탈 미키의 아빠가 울부짖는 소리 때문에 들릴락 말락 했다.

"좀 전의 돌발 사태는 매우 죄송스럽게 생각합니다. 이제 밖으로 나가서 장례식을 마저 진행할까요? 조문객들께서는 일어나주시기 바랍니다."

다시 음악이 흘렀다. 메탈 미키의 가족이 그의 아빠를 관에서 떼어냈고 우리는 모두 밖으로 나가서 묘지까지 걸어가야 했다.

문밖으로 나서자마자 머리 위로 떨어지는 빗방울을 느낄 수 있었다. 나는 고개를 들었다. 강철 수세미 색 구름이 하늘에서 파란 물을 문질러 벗겨냈고 관과 조문객들 위로 한두 방울씩 비가 내리기 시작했다.

다들 우산을 들고 오지 않았기 때문에 밝은 빨간색과 파란색 어깨를 웅송그리고 급속도로 굵어진 빗줄기를 맞았다. 하관식이 천천히 진행되는 동안 나는 살짝 몸을 떨었다. 꽃이 치워지고 보이지 않았다. 환하게 살아 있는 것은 저 깊고 어두컴컴한 구멍 속에 넣으면 안 되는 걸까.

안에서 몸싸움이 벌어졌을 때가 최악의 순간일 줄 알았더니 그게 아니었다. 그보다 더 끔찍한 순간이 남아 있었다. 흙이 바스락거리며 나무 관 뚜껑에 쓸리는 소리. 이지러지는 구월의 태양 아래에서 풍기는 축축한 흙냄새. 입을 벌린 구멍을 바라보는데, 다시는 저기서 돌아올 길이 없다는 생각이 들었다. 변명도 피할 방법도 학교에 제출하는 결석계도 없었다. 죽음은 결정적이고 절대적이었고 어느 누구도 그걸 바꿀 수가 없었다.

마침내 장례식이 끝나자 우리는 일렬종대로 묘지에서 빠져나왔다. 교회 식당에 샌드위치와 마실 거리가 마련돼 있었다. 엄마는 그런 자리를 '경야'라고 부른다고 했다.

묘지 입구에 거의 다다랐을 때 지인이 엄마와 아빠를 불러 세워서 말을 걸었다. 뚱뚱이 개브와 그의 가족이 바로 뒤에서 호포의 엄마와 이야기를 나누고 있었다. 메탈 미키의 가족은 보였지만 메탈 미키는 보이지 않았다. 근처에 있을 텐데 그랬다.

나는 어찌할 바를 모르고 묘지 변두리에 가만히 서 있었다.

"안녕, 에디."

나는 몸을 돌렸다. 핼로런 씨가 걸어오고 있었다. 비를 막느라 모자를 썼고 한 손에 담뱃갑을 들고 있었다. 그가 담배를 피우는 건 본 적이 없었지만 그의 집에서 재떨이를 본 기억은 났다.

"안녕하세요."

"기분이 어떠니?"

나는 어깨를 으쓱했다. "사실 잘 모르겠어요."

그는 대부분의 어른들과 다르게 솔직한 대답을 유도하는 능력이 있었다.

"그래도 괜찮아. 꼭 슬퍼해야 하는 건 아니야."

나는 머뭇거렸다. 뭐라고 대꾸하면 좋을지 알 수가 없었다.

"모든 사람의 죽음에 슬퍼할 수는 없지." 그는 언성을 낮췄다. "션 쿠퍼는 깡패였어. 죽었다고 해서 그 사실이 달라지지는 않아. 그럼에도 불구하고 그에게 벌어진 사고가 여전히 비극적이긴 하다만."

"아직 어린 나이였기 때문에요?"

"아니. 달라질 기회를 누리지 못했기 때문에."

나는 고개를 끄덕이고 다시 물었다. "경찰관이 한 얘기가 진짜예요?"

"션 쿠퍼랑 자기 딸에 대해서 한 얘기 말이냐?"

나는 조그맣게 고개를 끄덕였다.

핼로런 씨는 남뱃갑을 쳐다보았다. 한 대 피우고 싶은 마음이 굴뚝같은데 묘지라 참았던 게 아닐까 싶다.

"션 쿠퍼는 착한 아이가 아니었지. 그 아이가 너한테 저질렀던 짓도, 똑같은 범주에 해당한다고 생각하는 사람들도 있을 거다."

내 뺨이 화끈거렸다. 그때 일은 생각하고 싶지 않았다. 내 생각을 알아차렸는지 핼로런 씨가 말을 이었다. "하지만 경찰이 주장한 그런 짓을 저질렀을 것 같으냐고? 아니, 그건 아니라고 본다."

"왜요?"

"그 아가씨는 션 쿠퍼가 좋아할 만한 타입이 아니었거든."

"아." 나는 그게 무슨 소린지 알아들을 수가 없었다.

그는 고개를 저었다. "됐다. 이제 션 쿠퍼 걱정은 그만해라. 너를 더 이상 건드릴 수 없을 테니까."

나는 내 방 창문을 두드리던 돌멩이와 달빛을 받고 푸르스름하게 보이던 잿빛 피부를 떠올렸다.

"*야, 똥바가지야.*"

과연 그럴까.

하지만 나는 "네. 그렇죠. 맞아요"라고 했다.

"그래." 그는 미소를 짓고 걸음을 옮겼다.

그와 나눈 대화를 곱씹고 있을 때 누군가가 내 팔을 와락 붙잡았다. 나는 몸을 홱 돌렸다. 호포가 내 앞에 서 있었다. 깨끗하게 빗어 넘긴 머리칼은 벌써 헝클어졌고 셔츠 자락은 절반이 삐져나왔다. 호포는 머피의 줄과 목걸이를 들고 있었다. 하지만 머피는 없었다.

"어떻게 된 거야?"

호포는 이글거리는 눈빛으로 나를 쳐다보았다. "머피가. 없어졌어."

"목걸이를 풀고?"

"몰라. 이런 적은 한 번도 없었어. 헐렁하게 묶어놓지도 않았는데……."

"집으로 갔을까?" 내가 물었다.

호포는 고개를 저었다. "모르겠어. 늙어서 눈이랑 코도 별로 안 좋거든." 그가 공포를 가라앉히려고 애를 쓰는 게 느껴졌다.

"하지만 느리잖아." 내가 말했다. "그러니까 멀리 가지 못했을 거야."

나는 주변을 둘러보았다. 어른들은 계속 대화를 나누고 있었고 뚱뚱이 개브는 너무 멀리 있어서 부를 수가 없었다. 메탈 미키는 여전히 보이지 않았지만…… 다른 뭔가가 내 눈에 들어왔다.

교회 출입문 근처의 납작한 비석에 그려진 그림이었다. 비 때문에 벌써 흐릿하게 지워졌지만 생뚱맞아서 눈에 띄었다. 어울리지 않는데 눈에 익었다. 나는 가까이 다가갔다. 팔다리에 소름이 돋아서 따끔거렸고 두피가 팽팽하게 조여지는 느낌이 들었다.

흰색 초크맨이었다. 두 팔을 올리고 비명을 지르는 것처럼 입을 'O' 모양으로 벌리고 있었다. 그리고 혼자가 아니었다. 그 옆에 흰색 분필로 조잡하게 그린 개가 있었다. 문득 불길한 예감이 들었다. 아주 불길한 예감이 들었다.

초크맨을 조심해.

"이게 뭐야?" 호포가 물었다.

"아무것도 아니야." 나는 얼른 일어섰다. "가서 머피 찾아보자. 지금 당장."

"데이비드, 에디. 왜 그러니?" 엄마와 아빠가 호포의 엄마와 함께 우리 쪽으로 걸어왔다.

"머피 때문에요." 내가 말했다. "머피가…… 도망쳤어요."

"어머, 어떡하니!" 호포의 엄마가 한 손으로 입을 막았다.

호포는 줄을 더 으스러져라 잡았다.

"엄마, 가서 찾아봐야겠어요." 내가 말했다.

"에디—" 엄마가 말문을 열었다.

"*네?*" 나는 애원했다.

엄마는 고민하는 눈치를 보였다. 엄마는 얼굴이 안 좋았다. 핼쑥했고 긴장한 표정을 짓고 있었다. 하지만 장례식이었지 않은가. 아빠가 엄마의 팔에 손을 얹고 살짝 고개를 끄덕였다.

"알았어." 엄마가 말했다. "가서 머피 찾아봐. 찾으면 교회 식당에서 만나자."

"고맙습니다."

"가. 얼른."

우리는 종종걸음으로 내달리며 머피의 이름을 불렀지만 괜한 짓이었다. 머피는 귀가 먹은 거나 다름없었다.

"혹시 모르니까 너희 집부터 가볼까?" 내가 물었다.

호포는 고개를 끄덕였다. "그러는 게 좋겠다."

호포는 이 도시 저편의 연립주택들이 늘어선 골목길에서 살았다. 남자들은 집 앞 계단에서 캔맥주를 마시고, 기저귀를 찬 아이들은 길가에서 놀며, 항상 개 짖는 소리가 들리는 동네였다. 그 당시에는 생각해본 적 없는 부분이었지만 우리가 호포네 집에서는 별로 논 적이 없는 이유가 그 때문이었을 것이다. 우리는 그럭저럭 괜찮은 집에서 살았다. 우리 집은 다 쓰러져가는 구식이었을지 몰라도 동네 자체는 길가에 화단도 있고 가로수도 있고 훌륭했다.

호포가 개중 괜찮은 집에서 살았다고 할 수 있으면 좋겠지만 그것도 아니었다. 창문에는 누레진 레이스 커튼이 달렸고 현관문은 칠이 다 벗겨졌고 깨진 화분, 낡은 간이 의자가 손바닥만 한 앞마당에 널려 있었다.

집 안쪽도 그 비슷하게 어지러웠다. 나는 호포의 엄마가 청소부답지 않게 자기 집 관리는 별로 하지 않는가보다고 생각했던 기억이 난다. 온 사방에 그리고 엉뚱한 곳에 잡동사니가 쌓여 있었다. 할인 판매용 시리얼 상자가 거실의 텔레비전 위에 쌓여 있고, 화장지는 현관 앞에서 조그만 산을 이뤘고, 대용량 표백제와 민달팽이 약상자가 식탁 위에 쌓여 있는 식이었다. 그리고 개 냄새도 심하게 났다. 나는 머피를 무척 좋아했지만 냄새는 녀석의 매력 포인트라고 볼 수 없었다.

호포는 집 옆면을 돌아서 뒷마당으로 달려갔다가 고개를 저으며 다시 나왔다.

"좋아." 내가 말했다. "그럼 공원에 가보자. 거기 갔을 수도 있잖아."

호포는 고개를 끄덕였지만 나는 호포가 눈물을 참고 있다는 걸 알 수 있었다. "이런 적이 한 번도 없었는데."

"별일 없을 거야." 나는 호포에게 말했지만 한심한 소리였다. 별일 없을 리 없었다. 별일 없는 것과 더 이상 거리가 멀 수 없을 것이었다.

녀석은 놀이터 근처의 관목 밑에 웅크리고 누워 있었다. 쉴 곳을 찾으려고 했던 모양이다. 이제는 비가 제법 심하게 퍼붓고 있었다. 호포는 머리칼이 해초처럼 뒤엉켜서 축 늘어졌고 나는 셔츠가 몸에 들러붙었다. 내 신발까지 흠뻑 젖어서 머피를 향해 달려가는 동안 걸음을 옮길 때마다 찍찍 소리가 났다.

멀리서 봤을 때는 잠이 든 것 같았다. 가까이 다가갔을 때에서야 녀석의 큼지막한 가슴이 힘겹게 오르내리는 것과 거친 숨소리를 알아차릴 수 있었다. 아주 가까이, 그러니까 바로 옆까지 다가갔을 때에서야 녀석이 어디에다가 토를 해놓았는지 알아차릴 수 있었다. 온 사방이었다. 그것도 그냥 토사물이 아니었다. 피가 뒤섞여서, 독극물이 뒤섞여서 걸쭉하고 찐득하고 시커멨다.

나는 그 냄새와, 우리가 옆에 무릎을 꿇고 앉았을 때 녀석이 큼지막한 갈색 눈으로 지었던 표정을 아직까지 기억한다. 녀석은 혼란스러워했다. 그러는 한편으로 몹시 고마워했다. 우리가 왔으니 모든 게 괜찮아질 거라는 식이었다. 하지만 아니었다. 나는 이 세상에는 절대 바로잡을 수 없는 일도 있다는 사실을 그날 들어 두 번째로 깨달았다.

우리는 머피를 안아서 옮기려고 했다. 시내 어디에 동물병원이 있는지 호포가 알았다. 하지만 머피가 워낙에 무거웠고 젖어서 김을 뿜고 있는 털 때문에 더 무거워졌다. 공원을 빠져나오지도 못했을 때 녀석이 다시 기침과 함께 구역질을 하기 시작했다. 우리는 젖은 잔디밭 위에 녀석을 다시 내려놓았다.

"내가 동물병원으로 달려가서 사람을 불러올까?" 내가 물었다.

호포는 고개를 젓고 쉬어서 잠긴 목소리로 말했다. "아냐. 소용없어."

호포는 흠뻑 젖은 머피의 덥수룩한 털에 얼굴을 묻고 떠나려는 것을, 이승에서 저승으로 건너가는 것을 막으려는 듯이 녀석을 꼭 끌어안았다.

하지만 녀석을 아무리 사랑해도 그걸 막을 수는 없는 법이다. 우리가 할 수 있는 건 고통을 씻을 수 있도록 녀석을 달래고 축 늘어진 귀에 대고 나지막이 속삭이는 것뿐이었다. 그걸로 충분했는지 머피는 마지막으로 거친 숨을 내뱉었고 그것으로 끝이었다.

호포는 움직이지 않는 녀석의 몸에 대고 흐느껴 울었다. 나는 참으려고 했지만 쏟아지는 눈물을 어쩔 수가 없었다. 나중에 나는 메탈 미키의 형보다 개가 죽었을 때 우리가 흘린 눈물이 더 많았다는 생각을 하게 될 것이다. 그리고 그랬던 게 되돌아와서 우리의 엉덩이를 물게 될 것이다.

한참 만에 우리는 힘을 내서 머피를 호포의 집까지 옮겨보기로 했다. 나는 죽은 뭔가에 손을 대본 적이 그때가 처음이었다. 녀석이 전보다 더 무거워졌다는 생각이 들었다. *죽음의 무게.* 옮기는 데 족히 삼십 분은 걸렸고 몇몇 사람들이 길을 가다 말고 멈췄지만 구경만 할 뿐 아무도 도와주지 않았다.

우리는 부엌에 있는 잠자리에 녀석을 내려놓았다.

"머피를 어떻게 할 거야?" 내가 물었다.

"묻어줘야지." 호포가 말했다. 당연하지 않으냐는 말투였다.

"네가?"

"내 개잖아."

나는 뭐라고 하면 좋을지 알 수 없었기 때문에 아무 말도 하지 않았다.

"너는 가." 호포가 말했다. "경야인지 뭔지 하는 데로."

나는 남아서 호포를 돕고 싶은 마음도 있었지만 이 자리를 피하고 싶은 마음이 더 컸다.

"알았어."

나는 몸을 돌렸다.

"에디?"

"응?"

"누구 짓인지 알아내면 죽여버릴 거야."

그 말을 했을 때 호포의 눈빛을 나는 절대 잊을 수 없었다. 그래서 호포에게 초크맨과 개 얘기를 하지 않았을 것이다. 메탈 미키가 교회에서 뛰쳐나간 뒤로 계속 보이지 않았다는 것도.

2016년

나는 알코올중독자는 아니다. 저장 강박증 환자도 아니다. 그저 술을 좋아하고 이런저런 것들을 수집하는 사람일 뿐이다.

나는 날마다 술을 마시지도 않고 술 냄새를 풍기며 학교로 출근하는 날도 거의 없다. 하지만 아예 없는 건 아니다. 다행히 교장한테까지 얘기가 전해지지는 않았지만 동료 교사에게 다정하게 한마디 들은 적이 있긴 하다.

"에드, 집에 가서 샤워하고 가글액 좀 사다놔요. 그리고 앞으로는 주말에만 진탕 마시기로 하고."

사실 나는 지나치게 많이, 지나치게 자주 마신다. 오늘, 충동이 느껴진다. 목이 뻑뻑하다. 마른 입술은 아무리 핥아도 촉촉해지지 않을 것이다. 그냥 술이 필요한 게 아니다. 술을 *마실* 필요가 있는 거다. 표현을 살짝 바꿨을 뿐이지만 뜻은 어마어마하게 달라진다.

슈퍼마켓에 들러 와인 코너에서 달지 않은 레드와인을 두어 병 고른다. 그런 다음 고급 버번을 한 병 더 챙겨서 셀프 계산대로 카트를 밀고 간다. 계산대 앞을 지키는 여직원과 잠깐 잡담을 나누고 술병을 차에 싣는다. 여섯시 직후에 집으로 돌아가 한참 동안 틀지 않았던 레코드를 몇 장 고르고 와인 첫 잔을 따른다.

그때 현관문이 쾅 하고 닫히는 소리가 나는데, 소리가 어찌나 큰지 벽난로 선반 위에 놓인 촛대가 몸서리를 치고 가득 채워진 와인 잔이 테이블 위에서 위험하게 흔들릴 정도다.

"클로이?"

클로이일 것이다. 나는 문을 잠갔고 열쇠를 가지고 있는 사람은 그녀뿐이다. 하지만 클로이는 평소에 문을 세게 닫지 않는다. 오히려 고양이처럼 아니면 무슨 신비한 기운을 갖춘 안개처럼 슬그머니 들어오는 편에 가깝다.

나는 애타는 눈빛으로 와인 잔을 바라보다 분노의 한숨을 쉬고 자리에서 일어나 부엌으로 들어간다. 그녀가 요란하게 냉장고 문을 열었다가 닫는 바람에 유리병들이 쨍그랑거리는 소리가 들린다. 그리고 또 다른 소리가 들린다. 내가 별로 들어본 적 없는 소리다.

어느 정도 시간이 지난 다음에서야 무슨 소리인지 파악이 된다. 클로이가 울고 있다.

나는 우는 사람을 대하는 데 소질이 없다. 나부터가 별로 울지 않는다. 심지어 아빠의 장례식 때도 그랬다. 그 눈물, 콧물 범벅과

소리가 싫다. 우는 모습이 예쁜 사람은 없다. 설상가상으로 여자들은 울면 옆에서 달래주길 바라는 경우가 대부분이다. 나는 누굴 달래는 데도 소질이 없다.

나는 부엌문 앞에서 머뭇거린다. 잠시 후에 클로이가 이렇게 얘기하는 소리가 들린다. "에이 씨. 그래요, 나 울고 있어요. 들어와서 해결해주든지 아니면 꺼져요."

나는 문을 연다. 클로이가 식탁에 앉아 있다. 진과 큼지막한 텀블러 잔이 그녀의 앞에 놓여 있다. 토닉은 없다. 머리칼이 평소보다 심하게 헝클어졌고 뺨 위로 시커먼 마스카라 자국이 흘렀다.

"괜찮으냐고 귀찮게 묻지는 않을……."

"잘 생각하셨어요. 그런 거 물으면 이 술병을 아저씨 똥구멍에 처박을 수도 있어요."

"무슨 일인지 얘기하고 싶니?"

"별로요."

"알았다." 나는 식탁 옆에서 서성인다. "내가 도와줄 방법이 있을까?"

"앉아서 술 드세요."

원래 오늘 저녁엔 그럴 생각이었지만 진은 내가 마시고 싶은 술이 아니다. 하지만 협상하고 말고 할 상황이 아니다. 나는 찬장에서 잔을 하나 꺼내고 클로이가 듬뿍 따르도록 내버려둔다.

그녀는 불안하게 내 쪽으로 잔을 민다. 지금 마시는 술이 첫 잔도 두 번째 잔도 세 번째 잔도 아닌 모양이다. 흔치 않은 일이다. 클로이는 나가서 노는 걸 좋아한다. 술도 좋아한다. 하지만 심하게 취한 건 내 기억에 한 번도 본 적이 없다.

"그래서." 그녀가 살짝 혀가 꼬인 발음으로 묻는다. "아저씨는 오늘 하루 어떻게 보내셨어요?"

"경찰서에 친구 실종 신고를 하려고 했지."

"그런데요?"

"간밤에 호텔로 돌아가지 않았고 지갑이나 현금인출카드도 없고 전화도 안 받아도 이십사 시간 동안 그 친구를 본 사람이 없어야 실종으로 간주할 수 있다고 하더라."

"설마요!"

"진짜야."

"그 친구분한테 무슨 일이 생겼을 거라고 생각하세요?"

그녀는 진심으로 걱정하는 목소리다.

나는 진을 한 모금 꿀꺽 마신다. "모르겠—"

"어쩌면 집에 갔을지 몰라요."

"그럴 수도 있지."

"그럼 어떻게 하실 거예요?"

"내일 다시 경찰서를 찾아가봐야 하지 않을까 싶은데."

그녀는 자기 술잔을 빤히 쳐다본다. "친구들은 말이죠, 네? 값어치가 있을 때보다 골치 아플 때가 더 많아요. 물론 가족보다는 낫지만."

"그럴지도 모르지." 나는 조심스럽게 얘기한다.

"아, 진짜예요. 친구는 싹둑 잘라버릴 수 있어요. 가족한테서는 절대 헤어 나올 수가 없죠. 항상 저 뒤에 버티고 서서 머릿속을 헝클어뜨리거든요."

그녀는 잔을 비우고 새로 한 잔 따른다.

클로이는 지금까지 사생활에 대해서 얘기한 적이 없고 나도 물어본 적이 없다. 아이들을 대할 때와 마찬가지다. 아이들은 하고 싶은 얘기가 있으면 알아서 한다. 이쪽에서 물어보면 껍데기 속으로 다시 허둥지둥 들어가버린다.

당연히 궁금하기는 했다. 처음에는 남자친구하고 안 좋게 헤어져서 내 집으로 들어온 걸지 모른다고 생각했다. 앤더베리에는 나이나 외모 면에서 그녀와 비슷한 사람들이 사는 셰어하우스도 많다. 고독을 누리고 사생활을 보호 받고 싶은 게 아닌 이상 특이한 독신남이 사는 오래되고 으스스한 대저택을 선택할 이유가 없다.

하지만 클로이는 아무 얘기도 하지 않았고 나도 그녀를 붙잡고 싶었기에 캐묻지 않았다. 남는 방을 채워줄 하숙인을 찾는 것과 내 외로움을 채워줄 동반자를 찾는 건 차원이 다른 문제다.

나는 진을 두 모금째 마시지만 술을 마시고 싶은 생각이 급속도로 사라진다. 술 취한 사람을 상대하는 것만큼 술맛을 떨어뜨리는 원흉도 없다.

"뭐." 나는 말한다. "가족과 친구, 둘 다 어려운 관계일 수 있지……."

"저는 아저씨의 친구인가요?"

당황스러운 질문이다. 클로이는 살짝 느른한 표정으로 입을 벌리고 초점이 맞지 않는 진지한 눈빛으로 나를 쳐다본다.

나는 침을 꿀꺽 삼킨다. "친구라고 생각하고 싶은데."

그녀는 미소를 짓는다. "다행이다. 왜냐하면 내가 아저씨한테 상처를 줄 일은 절대 없거든요. 그것만큼은 알아주셨으면 해서요."

"알아." 나는 이렇게 대답하지만 사실은 모른다. 사람들은 모르면서 상처를 주기도 한다. 클로이는 존재 그 자체만으로 날마다 내게 조금씩 상처를 주고 있다. 하지만 그건 괜찮다.

"다행이다." 그녀는 내 손을 꼭 잡고, 나는 그녀의 눈에 다시 눈물이 고이는 걸 보고 불안해진다. 그녀는 얼굴을 훔친다. "에이 씨, 완전 바보 같네."

그녀는 술을 다시 벌컥벌컥 마시고 입을 연다. "아저씨한테 할 얘기가 있는데요……."

난 그 말을 싫어한다. 그런 식으로 시작해서 좋은 소리가 나오는 걸 들은 적이 없다. "우리, 얘기 좀 하자" 하고 똑같다고 보면 된다.

"클로이." 내가 말한다.

하지만 문자 그대로 초인종이 나를 살린다. 누군가가 찾아온 것이다. 이 집을 찾아오는 손님은 많지 않고 뜻밖의 손님은 특히 거의 없는데 말이다.

"에이 씨, 누구예요?" 클로이가 평소처럼 열띠고 명랑한 목소리로 묻는다.

"나도 모르겠네."

나는 힘없이 걸어가서 문을 연다. 회색 양복을 입은 두 남자가 문 앞에 서 있다. 나는 그들이 말문을 열기 전부터 경찰이라는 걸 알아차린다. 그들은 특유의 분위기가 있다. 피곤해 보이는 얼굴. 한

심한 헤어스타일. 싸구려 구두.

"애덤스 씨 되십니까?" 키가 좀 더 크고 머리 색이 까만 쪽이 묻는다.

"그런데요?"

"저는 퍼니스 경위입니다. 이쪽은 댕크스 경사고요. 오늘 오후에 믹 쿠퍼라는 친구분의 실종 신고를 하러 저희 지서로 찾아오셨죠?"

"실종 신고를 하려고 갔다가 실종으로 간주되지 않는다는 얘기를 들었는데요."

"그렇죠. 그 부분에 대해서는 죄송하게 생각합니다." 키가 작고 대머리인 쪽이 얘기한다. "좀 들어가도 될까요?"

나는 이유를 묻고 싶지만 어쨌든 들어올 테니 의미 없는 짓이다. 나는 옆으로 비켜선다. "그럼요."

그들이 나를 지나쳐서 현관으로 들어서자 나는 문을 닫는다. "이쪽으로 오세요."

나는 습관적으로 그들을 부엌으로 안내한다. 그러고는 클로이를 보자마자 아차 한다. 그녀는 아직까지 '놀러 나가는' 복장을 하고 있다. 그 말은 곧 해골 무늬가 그려진 검은색의 타이트한 조끼, 스판 소재의 손바닥만 한 미니스커트에 망사 스타킹과 닥터 마틴을 신고 있다는 뜻이다.

그녀는 경찰들을 올려다본다. "와우, 같이 마실 사람이 생겼네요. 좋아라."

"이쪽은 클로이, 이 집에 사는 하숙생이에요. 그리고 친구고요."

그 둘은 워낙 잔뼈가 굵은 경찰이라 눈 하나 깜빡하지 않지만 무슨 생각을 하고 있을지 나는 안다. 예쁘장한 젊은 아가씨와 한집에서 지내는 나이 많은 남자. 나는 그녀와 동침하는 사이거나 늙다리 색골이거나 둘 중 하나다. 안타깝게도 후자지만.

"마실 것 좀 드릴까요?" 내가 묻는다. "차? 커피?"

"진은 어때요?" 클로이가 술병을 들어 보인다.

"저희는 지금 근무 중이라서요, 아가씨." 퍼니스가 말한다.

"알겠습니다." 내가 말한다. "어, 그럼, 뭐. 앉으세요."

그들은 서로 흘끗 쳐다본다.

"실은 애덤스 씨만 계신 자리에서 얘기를 나누고 싶은데요."

나는 클로이를 흘끗 쳐다본다. "그래도 될까?"

"네, *실례*했습니다." 그녀는 술병과 술잔을 집는다. "옆방에 있을 테니까 필요하면 부르세요."

그녀는 두 경찰관을 험상궂게 노려보고 부엌에서 슬그머니 빠져나간다.

그들이 의자 끌리는 소리를 내며 앉자 나는 어색하게 식탁의 상석에 자리를 잡는다. "무슨 일인지 여쭤봐도 될까요? 오후에 당직 근무 중인 경사님께 모든 정황을 말씀드렸는데요."

"같은 말을 반복하는 것처럼 느껴지시겠습니다만, 다시 한번 상세하게 설명을 들을 수 있을까요?"

댕크스가 펜을 꺼낸다.

"미키가 어제저녁에 여길 왔다 갔어요."

"죄송하지만 그보다 좀 더 이전으로 거슬러 올라가도 되겠습니까? 그분이 찾아오신 이유가 뭐였나요? 옥스퍼드에 산다고 들었는데요."

"오래전 친구인데 앤더베리에 온 김에 저를 만나고 싶다고 했어요."

"얼마나 오래된 친구죠?"

"어렸을 때 친구예요."

"그동안 계속 연락을 하셨고요?"

"그건 아니에요. 하지만 가끔 어떻게 지내는지 안부 확인하고 하면 좋잖아요."

둘 다 고개를 끄덕인다.

"아무튼 그 친구는 저녁을 먹으러 왔어요."

"몇 시쯤에요?"

"일곱시 십오분쯤에 도착했어요."

"차로 왔습니까?"

"아뇨, 걸어왔어요. 묵고 있는 호텔이 멀지 않은 데다 술을 마실지 모른다고 생각했던 것 같아요."

"그분이 술을 얼마나 마셨을까요?"

"흠." 나는 재활용 수거함에 넣은 맥주병을 떠올려보았다. "아시겠지만 먹고 얘기하고 그러다보면…… 맥주를 예닐곱 병 정도 마신 것 같네요."

"그럼 상당히 드신 거네요."

"그렇죠."

"그럼 이 집에서 나갔을 때 어떤 상태였다고 얘기할 수 있을까요?"

"글쎄요, 넘어지거나 혀가 꼬이지는 않았지만 제법 취했죠."

"그런데 호텔까지 걸어가게 그냥 두셨단 말입니까?"

"택시를 불러주겠다고 했는데 그 친구가 걸어가면 술이 좀 깰 것 같다고 했거든요."

"그렇군요. 그게 몇 시쯤이었을까요?"

"열시 아니면 열시 반쯤요. 그렇게 늦은 시각은 아니었어요."

"그날 밤에 친구분을 그때 마지막으로 보신 겁니까?"

"네."

"당직 근무 중인 경사에게 지갑을 넘기셨죠?"

어마무지하게 어렵사리 넘겼다. 그녀는 나더러 가지고 있으라고 했지만 내가 끝까지 고집을 부렸다.

"네."

"어쩌다 그 지갑을 입수하셨나요?"

"미키가 이 집에서 나가면서 흘린 모양이에요."

"그런데 어젯밤에 돌려주지 않으셨네요?"

"오늘에서야 알았어요. 클로이가 보고 연락을 해서요."

"그게 몇 시쯤이었죠?"

"점심시간 무렵요. 지갑을 두고 갔다고 얘기하려고 미키한테 전화를 걸었는데 받지 않더라고요."

그들은 좀 더 메모를 한다.

"그때 친구분이 괜찮은지 알아보러 호텔로 찾아가신 겁니까?"

"네. 그런데 어젯밤에 오지 않았다고 했어요. 그래서 경찰서로 찾아가야겠다고 생각한 겁니다."

그들은 몇 번 더 고개를 끄덕인다. 퍼니스가 묻는다. "어젯밤에 친구분이 어때 보였다고 할 수 있을까요?"

"괜찮았어요…… 뭐, 나쁘지 않았어요."

"기분이 좋아 보였습니까?"

"네, 그런 것 같았어요."

"친구분이 찾아오신 이유가 뭐였죠?"

"그게 무슨 상관인지 물어봐도 될까요?"

"그 오랜 세월 동안 연락도 없다가 갑자기 찾아왔다니. 조금 이상해서요."

"짐 모리슨도 그러잖습니까. 사람들은 이상한 존재라고."

그들은 멍하니 나를 쳐다본다. 클래식 록을 좋아하지 않는 모양이다.

"그냥 놀러온 거였어요." 내가 말한다. "둘이서 많은 얘기를 나눴죠. 어떤 일을 하고 있는지. 별로 중요한 얘기는 없었고요. 이제 무슨 이유에서 저를 심문하는지 물어봐도 될까요? 미키한테 무슨 일이 생겼나요?"

그들은 내 질문을 두고 고민하는 눈치를 보인다. 이윽고 댕크스가 수첩을 닫는다.

"오늘 미키 쿠퍼라는 친구분과 인상착의가 일치하는 시신이 발견됐습니다."

시신. 미키. 나는 이 정보를 억지로 삼키려고 하지만 목에서 걸린다. 말을 할 수가 없다. 숨이 쉬어지지 않는다.

"괜찮으십니까?"

"그…… 글쎄요. 충격이네요. 어떻게 된 겁니까?"

"강에서 시신을 수습했습니다."

시퍼렇게 퉁퉁 불었고 물고기들이 눈알을 파먹었을 거야.

"미키가 거기 빠져서 죽은 겁니까?"

"정황을 정확하게 파악하려고 하는 중입니다."

"강에 빠져서 죽었다면 파악하고 말고 할 게 없지 않나요?"

뭔가가 그들 사이에서 오갔다.

"올드메도스 공원은 친구분의 호텔과 반대 방향에 있죠?"

"네, 그렇죠."

"그런데 왜 거기로 갔을까요?"

"좀 걸으면서 술을 깨려고 했겠죠? 아니면 길을 잘못 들었든지."

"그럴 수도 있겠습니다만."

그들은 믿지 않는 눈치다.

"미키의 죽음이 사고사가 아니라고 생각하는 겁니까?"

"아뇨, 사고사일 가능성이 가장 높다고 생각합니다. 하지만 다른 가능성도 살펴봐야 해서요."

"다른 가능성이라뇨?"

"친구분을 해치고 싶어 할 사람이 있습니까?"

내 관자놀이를 두드리는 맥박이 느껴진다. 미키를 해치고 싶어 할 사람이 있느냐고? 생각나는 사람이 적어도 한 명 있지만 그는 한밤중에 공원으로 달려가서 미키를 강에 빠뜨릴 처지가 못 된다.

"아뇨, 모르겠는데요." 나는 좀 더 단호한 목소리로 덧붙인다. "앤더베리는 조용한 마을이에요. 미키를 해코지할 사람이 있을 리가 없어요."

둘 다 고개를 끄덕인다. "선생님 말씀이 맞을 겁니다. 아마 굉장히 슬프고 불행한 사고겠죠."

자기 형하고 똑같네요. 나는 생각한다. 슬프고 불행하고 우연의 일치치고는 조금 심한…….

"이런 소식을 전하게 돼서 죄송합니다, 애덤스 씨."

"아닙니다. 하실 일을 하신 거죠."

그들은 의자를 뒤로 민다. 나는 배웅하려고 자리에서 일어선다.

"여쭤볼 게 한 가지 더 있습니다만."

그럼 그렇지. 늘 그렇잖아. "네?"

"친구분의 소지품 중에 조금 영문을 알 수 없는 물건이 있었어요. 혹시 선생님께 힌트를 얻을 수 있을까요?"

"제가 아는 거라면요."

퍼니스가 주머니에서 투명한 비닐봉지를 꺼내 식탁 위에 올려놓는다.

비닐봉지 안에는 행맨이 그려진 종이와 흰색 분필이 한 개 들어 있다.

1986년

"오, 믿음이 적은 자여."

엄마가 아빠의 능력을 의심하면 아빠는 가끔 이렇게 중얼거렸다. 둘만 아는 농담인지, 그럴 때마다 엄마는 아빠를 돌아보며 "오, 믿음이 없는 나여"라고 맞받아쳤다. 그러고는 둘이서 같이 웃음을 터뜨렸다.

사실 우리 부모님은 독실한 신도가 아니었고 그 사실을 숨길 생각이 전혀 없었다. 일부 마을 주민들이 엄마 아빠를 조금 의심스러워했던 이유도, 대다수가 병원이 아니라 마틴 목사의 편을 들었던 이유도 그 때문이었을 것이다. 심지어 엄마를 지지하는 사람들도 그걸 남들 앞에서 공개하지 않았다. 하느님이나 다른 신적인 존재의 뜻을 거스르는 것처럼 느껴졌기 때문이었다.

엄마는 그해 가을에 점점 마르고 점점 늙어갔다. 그때까지만 해도 나는 우리 부모님이 다른 친구들의 부모님보다 더 나이가 많다는 생각을 하지 못하고 지냈다(열두 살 때는 자기보다 나이가 많은 사람들은 전부 할아버지, 할머니처럼 보이기 때문일지 모른다). 엄마는 서른여섯 살에 나를 낳았으니 나이가 거의 쉰에 가까웠다.

엄마가 그렇게 변한 이유 중 하나는 그 어느 때보다 열심히 일을 했기 때문이었다. 엄마는 날마다 퇴근 시각이 점점 늦어지는 듯했다. 덕분에 저녁 준비는 아빠의 차지가 되었는데, 아빠가 차린 저녁은 항상 신기했지만 먹을 수 없는 경우도 있었다. 하지만 엄마가 늦는 더 큰 이유는, 내가 생각하기에 아직까지도 날마다 병원 입구를 에워싸고 있는 시위대 때문이었다. 이제 그들의 숫자는 스무 명 정도였다. 시내의 몇몇 상점 쇼윈도에 포스터도 붙어 있었다.

생명을 선택하라. 살인을 중단하라.

합법적인 살인을 거부하라.

앤더베리 천사들에 동참하세요.

시위대가 앤더베리 천사들을 자처한 것은 마틴 목사의 발상이었을 것이다. 그들이 천사처럼 보이지는 않았다. 내가 생각하는 천사는 고요하고 차분한 이미지였다. 그런데 시위대는 화가 나서 벌게진 얼굴로 고함을 지르고 침을 뱉었다. 이제 와 생각해보면 그들은 급진주의자들이 대개 그렇듯 자기들이 고귀한 목적을 위해 옳은 일을 하고 있다고 믿었을 것이다. 그래서 방법이 틀렸더라도 용서가 된다고 생각했을 것이다.

때는 시월이었다. 여름은 비치타월과 모래놀이 세트를 챙겨들고 내년을 기약하며 떠났다. 아이스크림 트럭의 종소리는 불법 판매되는 폭죽이 터지는 소리로 일찌감치 대체됐다. 꽃과 바비큐 냄새는 그보다 매캐한 모닥불 냄새로 대체됐다.

메탈 미키는 우리와 전처럼 자주 어울려서 놀지 않았다. 미키는 형이 죽은 뒤로 달라졌다. 아니면 우리가 메탈 미키를 어떻게 대하면 좋을지 알 수 없게 된 것일 수도 있었다. 메탈 미키는 더 차갑고 냉정해졌다. 원래부터 헐뜯고 빈정거리는 걸 좋아했는데 이제는 더 신랄해졌다. 외모도 달라졌다. 키가 자랐고(그래도 절대 장신은 될 수 없었지만) 이목구비가 선명해졌고 교정기를 뗐다. 어떻게 보면 미키는 이제 우리 친구 메탈 미키가 아니었다. 션 쿠퍼의 동생 미키 쿠퍼였다.

미키의 곁에 있으면 우리 모두 조금 어색한 분위기를 풍겼지만 미키와 호포는 유난히 으르렁거렸다. 천천히 끓어오르다 어느 시점에 다다르면 전면전으로 폭발할 수밖에 없는 그런 성격의 적개심이었다. 과연 그 예감은 맞아떨어졌다. 다 같이 머피의 유골을 뿌리기로 한 날이었다.

결국 호포는 녀석을 땅에 묻지 않았다. 호포의 엄마가 머피의 시체를 동물병원으로 싣고 가서 화장했다. 호포는 그 유골을 한동안 보관하고 있다가 머피가 쓰러져 있었던 지점, 그러니까 녀석이 숨을 거둔 공원의 그곳에 뿌리기로 마음먹었다.

우리는 토요일 열한시에 놀이터에서 만나기로 했다. 머피의 유골함을 끌어안은 호포와 함께 다 같이 빼빼이에 앉았다. 모두 더플코트와 목도리로 무장을 하고 있었다. 그날 아침에는 추웠다. 장갑 사이로 찬바람이 스며들고 살을 에는 추위였다. 그런 데다 상당히 음산한 임무를 앞두고 있었으니 다들 저기압이었다. 미키가 십오분 늦게 어슬렁어슬렁 등장하자 호포가 벌떡 일어섰다.

"왜 이렇게 늦었어?"

미키는 어깨를 으쓱했다. "할일이 좀 있어서. 집에 나밖에 없으니까 엄마가 나한테 심부름을 더 많이 시키거든." 미키는 평소처럼 시비조로 말했다.

이렇게 얘기하면 잔인하게 들릴지 몰라도 미키는 말끝마다 죽은 형을 운운했다. 슬프고 비극적인 사건이라는 거야 우리 모두 아는 바였지만, 그렇게 날이면 날마다 시도 때도 없이 들먹이는 건 그만해줬으면 싶었다.

호포는 어깨에서 살짝 힘을 빼고 마음을 풀었다. "이제 너도 왔고 하니까 시작하자." 호포는 부드러운 말투로 분위기를 다독였다. 그게 원래 호포의 주특기였다. 하지만 그날 아침에는 미키가 순순히 넘어오지 않았다.

"뭘 그렇게 구시렁거리는지 이유를 모르겠다. 한심한 개 한 마리 가지고."

허공에 빠직하고 금이 가는 게 느껴질 지경이었다.

"머피는 그냥 개가 아니었어."

"그래? 그래서 걔가 뭘 할 줄 알았는데? 말하는 거? 카드 마술?"

미키는 호포를 자극하는 중이었다. 우리도 알고 호포도 알았다. 그걸 안다고 해서 분노를 자제할 수 있는 건 아니지만, 호포는 그래도 최선을 다했다.

"머피는 내 개였고 나한테는 아주 소중한 존재였어."

"그래, 우리 형도 *나한테는* 아주 소중한 존재였어."

뚱뚱이 개브가 뺑뺑이에서 내려왔다. "우리도 알아. 그거랑 이건 다르지."

"그래, 한심한 개가 죽은 걸 가지고서는 다들 호들갑을 떨면서 우리 형 죽은 건 아무도 신경 쓰지 않지."

우리는 미키를 빤히 쳐다보았다. 뭐라고 하면 좋을지 아무도 알 수가 없었다. 어느 정도는 맞는 말이기 때문이었다.

"이것 봐. 우리 형 얘기가 나오면 아무 말도 못하면서 한심하고 말도 못하고 벼룩만 득시글거리던 똥개가 죽었다고 모인 꼴이라니."

"그 말 취소해."

"안 그러면 어쩔 건데?"

미키는 씩 웃으며 호포에게로 한 발 다가갔다. 호포가 미키보다 훨씬 키가 컸고 힘도 더 셌다. 하지만 미키의 눈빛은 정상이 아니었다. 그의 형과 똑같았다. 미친 인간하고는 싸우는 게 아니다. 이길 수가 없다.

"개는 똥만 싸고 다녀서 냄새가 코를 찌르는 한심하고 말도 못하고 벼룩만 득시글거리는 똥개였어. 어차피 오래 살지도 못했을 거잖아. 누군가가 안락사를 시켜준 거지."

나는 호포가 주먹을 쥐는 걸 보았지만 미키가 손을 내밀어 호포가 들고 있던 유골함을 쳐서 떨어뜨리지 않았다면 그 주먹을 휘두를 일은 없었을 것이다. 놀이터의 콘크리트 바닥에 부딪친 유골함이 깨지자 유골이 조그만 구름처럼 흩뿌려졌다.

미키는 그 위에 발을 대고 비볐다. "한심하고, 냄새나는, 늙은 개 같으니라고."

바로 그때 호포가 목이 졸린 듯 이상한 비명을 지르며 미키를 향해 돌진했다. 둘이 동시에 바닥으로 쓰러졌고 잠깐 동안 머피가 남긴 회색 가루 속에서 주먹질과 몸싸움이 이어졌다.

뚱뚱이 개브가 끼어들어서 말리려고 했다. 니키와 나도 따라 나섰다. 우리는 어찌어찌 그 둘을 떼어냈다. 뚱뚱이 개브가 미키를 붙잡았다. 나는 호포를 잡으려고 했지만 호포가 내 손을 뿌리쳤다.

"너 도대체 왜 그래?" 호포가 미키에게 고함을 질렀다.

"우리 형이 죽었잖아. 잊어버렸냐?" 미키는 우리들을 전부 노려보았다. "너희들 전부 잊어버렸냐?"

미키는 코피를 훔쳤다.

"아니." 내가 말했다. "잊어버리지 않았어. 우리는 그냥 다시 친구로 지내고 싶을 뿐이야."

"친구? 그래, 좋지." 미키는 호포를 보며 비웃음을 흘렸다. "네 그 한심한 개를 누가 해코지했는지 알고 싶냐? *내가* 그랬어. 사랑하는 누군가를 떠나보내는 기분이 어떤 건지 알려주고 싶어서. 어쩌면 너희 모두 그 기분을 느껴봐야 하는 걸지도 모르지."

호포는 비명을 질렀다. 호포는 나를 뿌리치고 미키를 향해 힘껏 주먹을 휘둘렀다.

그 뒤로 어쩌다 그렇게 됐는지 잘 모르겠다. 미키가 피했을까? 아니면 니키가 중재를 하려고 했을까? 아무튼 고개를 돌려보니 니키가 얼굴을 움켜쥐고 바닥에 쓰러져 있었다. 서로 밀치락달치락하는 와중에 호포의 주먹이 니키의 눈을 정통으로 가격한 모양이었다.

"야 이 등신아!" 니키가 외쳤다. "이 덜 떨어진 등신아!"

호포를 두고 한 말인지 미키를 두고 한 말인지 알 수 없었고, 그 무렵에는 어느 쪽이든 아무 상관 없었다.

호포의 표정이 분노에서 경악으로 바뀌었다. "미안해. 미안해."

뚱뚱이 개브와 내가 니키를 부축하려고 달려갔다. 니키는 살짝 몸을 떨며 우리 손을 뿌리쳤다. "괜찮아."

하지만 괜찮지가 않았다. 눈이 벌써부터 자주색으로 퉁퉁 부었다. 나는 조짐이 좋지 않다는 걸 벌써부터 느낄 수 있었다. 그리고 화가 났다. 그 어느 때보다 화가 났다. 이게 다 미키 때문이었다. 나는 싸움을 좋아하지 않는 성격이었는데도 불구하고 그 자리에서 미키의 얼굴을 후려갈기고 싶은 충동이 호포 못지않게 하늘을 찔렀다. 하지만 그럴 기회가 없었다.

우리가 니키를 일으켜 세우고 뚱뚱이 개브가 자기 집에 가서 냉동 완두콩을 눈에 대자고 조잘거렸을 무렵, 미키는 사라지고 보이지 않았다.

알고 보니 그건 미키의 거짓말이었다. 수의사가 말하길 머피는 장례식이 열리기 최소 이십사 시간 전, 어쩌면 그보다 더 이전에 독극물을 먹었을 거라고 했다. 미키가 머피를 죽인 게 아니었다. 그래도 상관없었다. 미키의 존재 자체가 독극물처럼 주변 모두를 오염시키고 있었다.

완두콩 덕분에 조금 가라앉기는 했지만 그래도 니키가 집으로 출발하는 순간까지 멍 자국이 여전히 심했다. 그것 때문에 니키가 난처해지는 일은 없기만을 바랄 따름이었다. 나는 니키가 그럴듯하게 둘러대면 별일 없을 거라고 불안한 마음을 달랬다. 하지만 그건 나의 착각이었다.

그날 아빠가 저녁 준비를 하고 있었을 때 현관문을 두드리는 소리가 들렸다. 엄마는 아직 퇴근 전이어서 아빠가 청바지에 손을 닦으며 눈을 부라렸다. 아빠가 가서 문을 열었다. 마틴 목사가 문 앞에 서 있었다. 사제복을 입고 조그맣고 까만 모자를 쓰고 있었다. 옛날 사진 속에서 걸어 나온 사람 같았다. 그리고 화가 머리끝까지 난 것처럼 보이기도 했다. 나는 현관 근처에서 얼쩡거렸다.

"무슨 일이시죠?" 아빠는 세상에서 제일 보기 싫은 사람을 상대하는 티를 있는 대로 내며 물었다.

"네. 댁의 아드님이 우리 딸과 어울리지 못하게 막아주셨으면 하는데요."

"네?"

"댁의 아드님과 그 패거리 때문에 우리 딸의 눈에 멍이 들었거든요."

나는 하마터면 *내* 패거리가 아니라고 대꾸할 뻔했다. 하지만 그 소리를 듣고 상당히 뿌듯해진 마음도 있었다.

아빠가 나를 돌아보았다. "에드?"

나는 발을 질질 끌며 어색하게 걸어갔다. 얼굴이 화끈거렸다. "실수로 그런 거예요."

아빠는 다시 목사를 돌아보았다. "우리 아들이 실수였다고 하네요. 나는 그 말을 믿습니다."

둘은 서로 노려보았다. 잠시 후에 마틴 목사가 미소를 지었다. "하긴 뭘 기대할 수 있을까요? 콩 심은 데 콩 나고 팥 심은 데 팥 나는 법인데. '너희는 너희 아비 마귀에게서 났으니 너희 아비의 욕심대로 너희도 행하고자 하느니라. 거짓을 말할 때마다 제 것으로 말하나니 이는 그가 거짓말쟁이요 거짓의 아비가 되었음이라.'"

"설교하고 싶으시면 마음대로 하세요, 목사님." 아빠가 말했다. "하지만 목사님의 말과 행동이 다르다는 걸 우리는 압니다."

"그게 무슨 말씀일까요?"

"따님의 눈에 멍이 든 게 오늘이 처음은 아닌 걸로 아는데요, 아닙니까?"

"그건 비방입니다, 애덤스 씨."

"그래요?" 아빠가 한 발짝 앞으로 다가갔다. 마틴 목사가 살짝 움찔하는 것을 보고 나는 속으로 쾌재를 불렀다. "'감추어진 것은 나타나기 마련이고 비밀은 드러나기 마련이니라.'" 아빠는 특유의 사악한 미소를 지었다. "교회가 영원히 목사님을 보호하진 못할 겁니다. 이제 우리 집 대문 앞에서 나가주시죠, 경찰을 부르기 전에."

마틴 목사가 입을 열었지만 아빠가 그의 면전에 대고 문을 쾅 닫았다.

나는 자부심으로 가슴이 부풀어 오르는 걸 느낄 수 있었다. 우리 아빠가 이겼다. 아빠가 그를 무찔렀다.

"고마워요, 아빠. 짱이었어요. 아빠가 성서 구절을 아는 줄은 몰랐어요."

"주일학교에 다녔거든. 개중 몇 개는 머릿속에 남기 마련이지."

"진짜 실수로 그렇게 된 거예요."

"네 말 믿는다, 에디…… 하지만……."

안 돼. 나는 생각했다. '하지만'은 싫었다. 하지만은 좋은 징조일 수 없었고 이번에는 특히 좋지 않을 듯한 예감이 들었다. 하지만은 뚱뚱이 개브의 표현을 빌리자면 '기분 좋았던 날에 불알을 향해 날아오는 발차기'와 같았다.

아빠는 한숨을 쉬었다. "있잖니, 에디. 니키를 만나지 않는 게 좋겠다, 당분간만이라도."

"니키는 제 친구인데요."

"다른 친구들도 있잖아. 개빈, 데이비드, 미키."

"미키는 친구 아니에요."

"이런, 사이가 틀어졌니?"

나는 대답하지 않았다.

아빠는 허리를 숙여서 내 어깨 위에 손을 얹었다. 정말 심각한 얘기를 할 때만 나오는 자세였다.

“두 번 다시 니키랑 같이 놀지 말라는 얘기가 아니야. 하지만 지금은 상황이 워낙 복잡하고 마틴 목사는…… 별로 좋은 사람이 못 되거든.”

“그래서요?”

“아무래도 거리를 두는 게 좋은 생각일 것 같은데.”

“싫어요!” 나는 아빠의 손을 뿌리쳤다.

“에디—”

“그건 좋은 생각이 아니에요. 아빤 몰라요. 아빤 아무것도 몰라요.”

나는 그게 유치하고 한심한 반응이라는 걸 알았지만 몸을 돌려서 이층으로 달려 올라갔다.

“저녁 다 됐는데—”

“먹고 싶지 않아요.”

사실은 아니었다. 배 속에서 천둥소리가 났다. 하지만 아무것도 먹을 수가 없었다. 모든 게 망가지고 있었다. 내 세상이 전부 무너지고 있었다. 어렸을 때는 친구가 세상의 전부다.

나는 서랍장을 옆으로 밀치고 마룻장을 들어냈다. 그 아래에 숨겨져 있는 내용물을 살피다 조그만 분필통을 꺼냈다. 흰색 분필을 집어서 아무 생각 없이 마룻바닥에 낙서를 하고 또 했다.

“에디.”

문을 똑똑 두드리는 소리가 들렸다.

나는 그 자리에서 얼어붙었다. “들어오지 마세요.”

"에디. 니키를 만나지 못하게 막겠다는 게 아니야……."

나는 분필을 손에 든 채 기다렸다.

"……*부탁*하는 거지. 아빠랑 엄마를 위해서, 응?"

부탁하는 게 더 나빴고 아빠도 그걸 알았다. 내가 분필을 잡은 채로 주먹을 쥐자 분필이 조각조각 분질러졌다.

"어떻게 생각하니?"

나는 아무 말도 하지 않았다. 할 수가 없었다. 말들이 목에 걸려서 내 숨통을 조르는 것처럼 느껴졌다. 결국 아빠가 계단을 터벅터벅 내려가는 소리가 들렸다. 나는 내가 그린 그림을 내려다보았다. 흰색 분필로 막대인간을 미친 듯이 그리고 또 그려놓았다. 뭔가가 불안하게 배 속에서 꿈틀거렸다. 나는 부연 자국만 남을 때까지 소맷부리로 바닥을 열심히 문질렀다.

그날 밤에 창문을 뚫고 벽돌이 날아왔다. 나는 이미 잠자리에 들었고 엄마와 아빠는 부엌에서 늦은 저녁 식사를 하고 있었기에 망정이지, 두 분이 거실에 있었다면 날아온 유리 조각에 다치거나 그보다 더 심각한 사태가 벌어질 수 있었다. 사실 벽돌 때문에 유리에 커다란 구멍이 뚫리고 텔레비전이 박살나긴 했지만 다친 사람은 없었다.

예상대로 쪽지가 벽돌에 고무줄로 묶여 있었다. 그 당시에는 엄마가 거기에 뭐라고 적혀 있었는지 나에게 절대 얘기하지 않았다. 내가 겁에 질리거나 속상해할지 모른다고 생각해서 그랬을 것이다. 나중에 엄마가 털어놓은 바에 따르면 쪽지에는 이렇게 적혀 있었다. "영아 살해를 중단해라. 안 그러면 너희 가족이 다음 차례가 될 거다."

경찰이 다시 찾아왔다. 인부가 와서 창문에 널빤지를 덧댔다. 그러고 났을 때 내가 다시 자러 들어간 줄 알고 엄마와 아빠가 거실에서 싸우는 소리가 들렸다. 계단에 쭈그리고 앉아서 귀를 기울이는데 살짝 겁이 났다. 엄마와 아빠는 한 번도 싸운 적이 없었다. 가끔 서로 쏘아붙인 적은 있었어도 정식으로 싸운 적은 없었다. 그때처럼 귀에 거슬리도록 언성을 높인 적은 없었다.

"이런 식으로 살 수는 없어." 아빠는 화가 나고 기분이 상한 듯했다.

"이런 식이라니?" 엄마는 딱딱하고 잔뜩 힘이 들어간 목소리로 대꾸했다.

"무슨 뜻인지 알잖아. 당신이 늦게까지 일을 하는 것만으로도 충분히 싫고 바보 같은 전도사들이 병원 앞에서 여자들을 위협하는 것만으로도 충분히 싫은데 이젠 가족까지 협박하다니."

"공포 분위기를 조성하려는 거야. 그런 작전에 굴복하면 안 된다는 거 알잖아."

"이건 달라. 개인적인 감정이 들어 있잖아."

"단순 협박이야. 전에도 있었던 일이잖아. 결국에는 그들이 싫증을 내고 다른 경건한 구호로 관심을 돌리게 되어 있어. 잠잠해질 거야. 늘 그렇잖아."

보이지는 않았지만 고개를 저으며 왔다 갔다 하는 아빠의 모습이 눈에 선했다. 아빠는 심란한 일이 생기면 늘 그랬다.

"나는 당신 말이 틀렸다고 생각해. 안일하게 대처하고 싶지도 않고."

"그럼 나더러 어쩌라는 거야? 병원을 접어? 일을 집어치워? 집에 들어앉아서 안달복달하며 프리랜서 작가의 수입으로 어떻게든 연명하려고 애를 썼으면 좋겠어?"

"말이 너무 심한 거 아니야?"

"알아. 미안."

"돌아가면 안 돼? 사우샘프턴으로. 앤더베리는 다른 사람한테 넘기고."

"이건 내가 기획한 일이야. 내—" 엄마는 무슨 말을 하려다 마는 눈치였다. "내 능력을 입증할 기회고."

"무슨 능력? 그 미치광이들의 공공의 적이 되는 능력?"

정적이 흘렀다.

"일도 병원도 그만두지 않을 거야. 더 이상 아무 말도 하지 마."

"그럼 에디는 어쩌고?"

"에디는 잘 지내고 있잖아."

"그래? 요즘 들어 에디 얼굴도 거의 본 적 없으면서 그렇게 잘 안단 말이야?"

"그럼 잘 못 지내고 있어?"

"내가 하고 싶은 말은 개빈의 생일파티에서 싸운 거며 쿠퍼네 형, 데이비드 홉킨스의 개…… 지금까지 벌어진 이런 일들만으로도 에디가 충분히 불안해하고 감정의 동요를 일으킬 수 있다는 거야. 우리는 그 아이를 안전하게 보살피고 사랑으로 보듬자고 입버릇처럼 얘기했잖아. 이 일로 인해 우리 아들이 어떤 식으로든 상처를 입는 건 싫어."

"이 일이 에디한테 상처가 될 수 있겠다는 생각이 들면—"

"그럼? 그럼 그만둘 거야?" 아빠의 말투가 이상했다. 신랄하고 모질었다.

"우리 가족을 보호할 수 있다면 난 뭐든 감수할 거야. 하지만 꼭 일을 그만둬야 우리 가족을 보호할 수 있는 건 아니야."

"그래, 당신 생각이 맞길 바라자고."

거실 문이 열리고 옷이 부스럭거리는 소리가 들렸다.

"어디 가?" 엄마가 물었다.

"좀 걷고 싶어서."

현관문이 어찌나 요란하게 닫히는지 난간동자가 흔들리고 내 머리 위로 층계참 벽에서 회반죽 가루가 조그만 구름처럼 쏟아질 정도였다.

아빠는 한참 동안 걷다 왔는지 나는 아빠가 들어오는 소리를 듣지 못했다. 중간에 잠이 든 모양이다. 하지만 그때까지 한 번도 들어본 적 없는 소리를 듣기는 했다. 엄마가 우는 소리였다.

2016년

나는 교회 예배실의 뒤편 신도석에 앉는다. 예상했던 대로 아무도 없다. 요즘은 사람들이 다른 데 찬양을 바친다. 술집과 쇼핑센터, 텔레비전과 가상현실, 온라인 세상. 리얼리티 프로그램의 스타가 하는 말도 훌륭한데 하느님의 말씀을 들을 필요가 뭐가 있을까?

그 앞은 수도 없이 지나갔지만 션 쿠퍼의 장례식 이후로 세인트 토머스 교회에 발을 들인 건 처음이다. 고풍스러운 건물이다. 앤더베리 대성당처럼 거대하거나 웅장하지는 않지만 그래도 아름답다. 나는 오래된 교회를 좋아하지만 안에서 기도를 드리는 것보다 밖에서 구경하는 걸 좋아한다. 오늘은 예외이긴 해도 기도를 하러 온 건 아니다. 내가 여길 찾은 이유는 나도 잘 모르겠다.

성 도마가 큼지막한 스테인드글라스 유리창에서 인자한 표정으로 나를 내려다보고 있다. 누구의 수호성인인지는 나도 모른다. 왠지 모르게 그는 쿨한 성인일 것 같다. 성모마리아나 마태처럼 재미없지 않고 살짝 패션 감각이 있을 것 같다. 심지어 수염마저 요즘 유행하는 스타일이지 않은가.

성인이 되려면 평생 오점 하나 없는 인생을 살아야 하는지 아니면 죄를 짓고 살다가도 몇 가지 기적을 보이면 성인으로 추존될 수 있는지 궁금해진다. 종교가 그런 식이지 않은가. 살인과 성폭행을 저지르고 누굴 살해하고 불구로 만들어도 회개하기만 하면 전부 용서를 받는다지 않는가. 내가 보기에는 그다지 공평하지 않은 처사다. 하지만 인생처럼 신도 공평하지 않다.

게다가 그리스도 선생도 지적했다시피 우리 가운데 죄가 없는 자가 어디 있겠는가. 대부분의 사람들은 과거에 돌이키고 싶은 일, 후회하는 일을 저지른 적이 있을 것이다. 인간은 누구나 실수를 한다. 우리 안에는 선과 악이 공존한다. 어떤 사람이 끔찍한 짓을 한 번 저질렀다고 해서 그가 지금까지 쌓은 선한 업적이 전부 물거품으로 돌아간다고 할 수 있을까? 아니면 어떤 선행으로도 벌충이 되지 않을 만큼 나쁜 일이 있을 수 있을까?

나는 핼로런 씨에 대해 생각한다. 그의 작품이 얼마나 아름다웠는지, 그가 어떤 식으로 댄싱 걸의 목숨을 구했는지 그리고 어떻게 우리 아빠와 나까지 구했는지.

그 이후로 그가 어떤 짓을 저질렀건 간에 나는 그를 나쁜 인간으로 간주하지 않는다. 마찬가지로 미키 역시 나쁜 아이가 아니었다. 가끔 못되게 굴 때도 있었고 어른이 된 이후의 모습은 나도 마음에 든다고 말할 순 없었다. 하지만 살해할 정도로 그를 증오한 사람이 있었을까?

나는 성 도마를 빤히 쳐다본다. 그가 별다른 도움이 되지 않고 있다. 성스러운 영감이 전혀 느껴지지 않는다. 나는 한숨을 쉰다. 내가 너무 큰 의미를 부여하고 있는 걸지 모른다. 미키의 죽음은 비극적인 사고일 게 거의 분명했고 편지는 기분 나쁜 우연의 일치에 불과하다. 우리 주소를 알아내서 장난을 치는 못된 도깨비의 소행일 것이다. 경찰이 집으로 찾아온 이래 나는 이런 논리로 나 자신을 설득하려 하고 있다.

문제는 뭔가 하면 편지를 보낸 사람이 누군지 몰라도 소기의 목적을 달성했다는 것이다. 그로 인해 상자가 열렸다. 내가 단단히 봉하고 자물쇠를 채워서 머릿속 저 깊숙이 넣어두었던 상자가 말이다. 그리고 일단 열리면 에드의 상자도 판도라의 상자처럼 다시 닫으려면 골치가 아파진다. 엎친 데 덮친 격으로 맨 밑바닥에 있는 게 희망이 아니라 죄책감이다.

내가 요즘 듣는 노래가 있다. 클로이가 하도 틀어서 비교적 견딜 수 있게 된, 프랭크 터너라는 포크 겸 펑크 가수의 노래다.

후렴구에 저지르지 않은 일로 기억되는 사람은 없다는 가사가 나온다.

하지만 그게 백 퍼센트 맞는 말은 아니다. 내 인생은 내가 저지르지 않은 일, 내가 하지 않은 말에 의해 결정되어왔다. 대다수의 사람들이 그럴 것이다. 무엇을 이루었는가가 아니라 무엇이 누락

되었는가가 우리를 규정한다. 거짓말이 아니라 밝히지 않은 진실이 우리를 규정한다.

경찰이 그 편지를 보여주었을 때 나는 설명을 했어야 했다. 내가 받은 똑같은 편지를 보여주었어야 했다. 하지만 나는 그러지 않았다. 아직도 그 이유를 모르겠지만 내가 수십 년 전에 알고 있었던 사실과 저질렀던 짓을 털어놓지 않은 이유도 알 길이 없다.

심지어 미키의 죽음에 대해 어떤 감정을 느껴야 하는지도 모르겠다. 이제는 그의 모습을 떠올리려고 할 때마다 입안은 교정기로 가득하고 눈빛은 악의로 가득했던 열두 살 시절의 미키가 생각난다. 그래도 그는 내 친구였다. 그랬던 그가 이제는 저세상으로 떠나버렸다. 내 추억의 *일부*가 아니라 그냥 추억이 되어버렸다.

나는 자리에서 일어나 성 도마에게 작별인사를 한다. 나가려고 몸을 돌리는데 누군가가 들어오는 게 보인다. 목사다. 목사용 스목에 어그 부츠를 즐겨 신는 통통한 금발의 여자다. 여기저기서 나도 마주친 적이 있다. 목사로서 괜찮아 보인다.

그녀가 미소를 짓는다. "필요한 걸 찾으셨나요?"

어쩌면 교회 *자체가* 나도 모르는 새 쇼핑센터 비슷하게 바뀌었는지도 모른다. 안타깝게도 내 장바구니에는 아직 아무것도 없다.

"아직 못 찾았네요." 나는 대답한다.

집에 돌아가보니 엄마의 차가 밖에 주차되어 있다. 젠장. 고양이계의 한니발 렉터와도 같은 미튼스를 두고 어떤 대화를 나누었는지 이제야 기억이 난다. 나는 문을 열고 외투를 걸고 부엌으로 들어간다.

엄마는 식탁에 앉아 있고 고맙게도 미튼스는 엄마의 발치에 놓인 케이지 안에 들어가 있다. 클로이가 조리대에서 커피를 끓이고 있다. 오늘은 클로이치고 옷차림이 비교적 얌전해서 헐렁한 맨투맨 티셔츠에 레깅스와 줄무늬 양말을 신고 있다.

그런데도 불구하고 못마땅하게 여기는 기운이 엄마에게서 오라처럼 뿜어져 나오는 게 느껴진다. 엄마는 클로이를 좋아하지 않는다. 그럴 줄 알았다. 엄마는 니키도 좋아하지 않았다. 이 세상에는 엄마들이 절대로 좋아하지 않을 스타일의 여자들이 있는데, 두말하면 잔소리지만 남자들은 그런 여자들에게 정신 못 차리고 빠져들게 되어 있다.

"에드! 드디어 왔구나." 엄마가 말한다. "어디 다녀왔니?"

"아, 저기, 잠깐 걷고 왔어요."

클로이가 나를 돌아본다. "어머니가 오실 거라는 얘기를 나한테 하지도 않은 채로요?"

두 여자가 동시에 나를 노려본다. 둘이 서로 한 공간에 있다는 사실을 견디지 못하는 게 내 탓이라도 되는 것처럼.

"미안." 내가 말한다. "시간 가는 줄 몰랐어."

클로이는 엄마 앞에 머그잔을 쿵 내려놓고 내게 얘기한다. "아저씨 커피는 직접 끓여서 드세요. 저는 샤워하러 갈게요."

그녀가 나가자 엄마는 나를 쳐다본다. "참 매력적이기도 하지. 남자친구가 없는 이유를 모르겠네."

나는 커피머신 앞으로 다가간다. "눈이 높아서 그런가보죠."

"참신한 해석이로구나."

내가 뭐라고 응수할 겨를도 없이 엄마가 얘기한다. "얼굴이 처참하네?"

나는 자리에 앉는다. "칭찬 감사해요. 간밤에 끔찍한 소식을 들었거든요."

"그래?"

나는 지난 서른여섯 시간 동안 있었던 일을 최대한 간략하게 설명한다.

엄마는 커피를 마신다. "안타까워라. 생각해보니까 걔 형도 그렇게 죽었잖니."

나도 그 부분에 대해서 생각하던 참이다. 그것도 아주 골똘히.

"운명이 가끔 그렇게 잔인할 때가 있더라." 엄마가 얘기한다. "그런데 왠지 모르겠지만 나는 놀랍지가 않네."

"그래요?"

"미키는 운이 별로 따르지 않는 아이 같았거든. 맨 처음에는 형이 그렇게 죽더니. 다음에는 개빈하고 그런 사고가 나고."

"그건 걔가 *잘못해서* 벌어진 일이었잖아요." 나는 발끈한다. "걔가 운전대를 잡았으니까요. 걔 때문에 개브가 평생 휠체어 신세를 지게 됐고요."

"그 죄책감을 안고 살아가려니 얼마나 마음이 무거웠겠니."

나는 씩씩대며 엄마를 쳐다본다. 엄마는 항상 남들과 백팔십도 다른 관점에서 바라보는 걸 좋아한다. 그래도 상관없지만 나나 내 친구가 관여된 일이면 얘기가 달라진다.

"비싼 셔츠하고 새로 산 으리으리한 액세서리 말고는 별로 무거울 게 없어 보이던데요."

엄마는 어렸을 때 내가 대꾸할 필요가 없다 싶은 이야기를 하면 그랬듯이 내 말을 못 들은 체한다.

"미키는 책을 쓰려고 했어요." 내가 말한다.

엄마는 머그잔을 내려놓고 좀 더 진지한 표정으로 내게 묻는다. "너희들이 어렸을 때 벌어진 그 사건을 소재로?"

나는 고개를 끄덕인다. "저더러 도와달라고 하더라고요."

"그래서 넌 뭐라고 했니?"

"생각해보겠다고 했어요."

"그렇구나."

"그리고 또 한 가지, 자기는 그녀를 살해한 범인이 누군지 안다고 했어요."

엄마는 까만 눈을 동그랗게 뜨고 나를 쳐다본다. 일흔여덟 살인데도 여전히 눈빛이 날카롭고 또렷하다.

"그 말을 믿니?"

"모르겠어요. 믿는 것 같기도 하고."

"그 당시에 벌어졌던 일에 대해서 다른 얘기는 하지 않았고?"

"네. 왜요?"

"그냥 궁금해서."

하지만 엄마는 그냥 궁금해서 뭘 물어보는 성격이 아니다. 뭐든 그냥 하는 성격이 아니다.

"왜 그러는데요, 엄마?"

엄마는 망설인다.

"네?"

엄마는 차갑고 쭈글쭈글한 손을 내 손 위에 얹는다. "아무것도 아니야. 미키 일은 안됐다. 너희 둘이 한참 동안 서로 만나지 않았다는 건 알아. 그래도 한때는 친구였잖아. 심란하겠다."

내가 좀 더 캐물으려는 순간, 부엌문이 열리면서 클로이가 들어온다.

"커피 더 마시고 싶어서요." 그녀는 이렇게 얘기하며 머그잔을 들어 보인다. "저 때문에 얘기 끊긴 건 아니죠?"

나는 엄마를 흘끗 쳐다본다.

"아냐." 엄마가 말한다. "그럴 리가. 나 이제 가려던 참이었어."

엄마는 미튼스가 조화롭고 행복한 생활을 계속 영위하는 데 필요한 물품이 담긴 큼지막한 봉투를 몇 개 두고 간다.

기존의 경험으로 미루어 판단하건대 내가 숙취로 끙끙댈 때는 침대 위에서, 아침을 먹을 때는 식탁 위에서 해부할 수 있도록 아기 새와 쥐를 끊임없이 조달해주기만 하면 미튼스는 조화롭고 행복한 생활을 계속 영위할 수 있다.

나는 녀석을 케이지에서 풀어주고 우리는 미심쩍어하는 눈빛으로 서로를 쳐다본다. 녀석은 클로이의 무릎으로 폴짝 올라가서 고양이의 자부심을 감출 생각은 눈곱만큼도 하지 않고 기지개를 켠다.

나는 동물 학대를 증오하지만 미튼스의 경우라면 예외로 간주할 수 있겠다.

나는 소파 위에서 좋다고 가르랑거리는(소리를 내는 쪽이 클로이와 미튼스, 둘 중 누군지 모르겠다) 그 둘을 내버려둔 채 밖으로 나간다. 이층 서재로 올라가서 잠가두었던 책상 서랍을 열고 아주 평범해 보이는 갈색 봉투를 꺼낸다. 그걸 주머니에 넣고 다시 일층으로 내려간다.

"잠깐 가게 다녀올게." 나는 큰 소리로 외치고 클로이가 『전쟁과 평화』에 버금가거나 작은 방에 도배를 해도 될 정도로 어마어마한 명단을 읊으며 다 사 오라고 하기 전에 얼른 빠져나온다.

오늘은 장이 서는 날이다. 그래서 길거리마다 주차장에 대지 못한 차들이 늘어서 있다. 조만간 대형 버스가 도착하면 좁은 골목길은 구글 지도를 들여다보고, 기둥이나 초가지붕이 있는 건물마다 아이폰을 들이대는 관광객들로 발 디딜 틈이 없을 것이다.

나는 모퉁이의 조그만 상점에 가서 담배와 라이터를 산다. 그런 다음 도심을 가로질러 불로 향한다. 이번에도 셰릴이 바를 맡고 있는데 근처 테이블에 앉아 있어야 할 개브가 보이지 않는다.

내가 바에 다다르기도 전에 셰릴이 고개를 든다. "사장님 안 계세요…… 그리고 이미 아세요."

그는 놀이터에 있다. 무덥고 쨍하던 날에 우리가 눈깔사탕과 쫀득이 젤리를 우적우적 씹어 먹으며 놀았던 옛날 놀이터에 있다. 우리를 그녀의 시신으로 인도한 그림이 그려져 있던 곳에.

옛날 벤치 근처에서 휠체어에 앉아 있다. 반짝이는 강물과, 경찰이 미키의 시신을 끌어올린 지점의 나무 주변에 쳐놓은 테이프가 언뜻 보인다.

문을 열자 끼이익 하는 소리가 난다. 그네는 다시 예전 위치로 돌아가서 봉 꼭대기에 칭칭 감겨 있다. 바닥에는 쓰레기와 담배꽁초가 흩뿌려져 있는데, 유난히 의심스러워 보이는 꽁초들도 있다. 대니 마이어스와 그 패거리가 저녁때 여기서 얼쩡거리는 걸 본 적이 있다. 낮에는 아니다. 낮 동안에는 아무도 여길 찾지 않는다.

개브는 문 열리는 소리를 들었을 텐데 내가 다가가도 고개를 돌리지 않는다. 나는 그의 옆 벤치에 앉는다. 그는 무릎에 종이봉투를 얹어놓고 있다. 그걸 내게 내민다. 추억의 과자들이 이것저것 들어 있다. 별로 먹고 싶은 생각이 없지만 비행접시 모양의 사탕을 집는다.

"이만큼 사는 데 삼 파운드 들었어." 그가 말했다. "부티 나는 사탕 가게에서. 예전에는 이십 페니면 큼지막한 봉지 한가득 살 수 있었던 거 기억나?"

"응. 그래서 내가 때운 이가 이렇게 많잖아."

그는 킬킬대지만 억지로 웃는 것처럼 들린다.

"셰릴이 그러는데 미키 소식 들었다며?" 내가 묻는다.

"응." 그는 흰색 쥐 사탕을 꺼내 우적우적 씹는다. "그리고 안타까워하는 척하지 않을 거야."

웬만하면 그 말을 믿었겠지만 그의 눈가가 벌겋고 목이 조금 잠겼다. 어렸을 땐 뚱뚱이 개브와 미키가 제일 친한 친구였는데 그게 조금씩 무너지기 시작했다. 교통사고가 썩어서 갈라진 관에 마지막으로 박힌 녹슨 못과 같은 역할을 했을 뿐, 훨씬 전부터 그랬다.

"경찰이 나를 찾아왔어." 내가 얘기한다. "그날 밤에 미키를 마지막으로 본 사람이 나였거든."

"네가 빠뜨린 건 아니지?"

농담일지 몰라도 나는 웃지 않는다. 개브는 나를 보며 미간을 찌푸린다. "*진짜* 사고였어?"

"아마도."

"아마도?"

"경찰에서 시신을 수습했을 때 주머니에 뭔가 들어 있었대."

나는 공원을 이리저리 둘러본다. 사람이 거의 없다. 개를 산책시키러 나온 사람 혼자 강변길을 느긋하게 걷고 있다.

나는 내가 받은 편지를 꺼내서 그에게 건넨다. "이런 게."

개브는 몸을 앞으로 숙인다. 나는 기다린다. 개브는 어렸을 때부터 포커페이스의 명수였다. 거의 미키만큼 감쪽같이 거짓말을 할 줄 알았다. 그가 지금 거짓말을 할까 말까 망설이는 게 느껴진다.

"처음 보는 거 아니지?" 내가 묻는다.

그는 고개를 끄덕이고 결국에는 피곤한 목소리로 대답한다. "응. 나도 받았어. 호포도 그렇고."

"호포도?"

나는 그 정보가 흡수되길 기다리고, 그들이 나한테 얘기하지 않았다는 데, 나 혼자 깜깜속이었다는 데 바보처럼 유치하고 익숙한 분노를 느낀다.

"왜 아무 말도 안 했어?" 나는 묻는다.

"우리 둘 다 역겨운 장난인 줄 알았거든. 너는 어땠어?"

"나도 그렇게 생각했던 것 같아." 나는 말을 잠깐 멈췄다가 다시 잇는다. "그런데 미키가 죽었으니 이젠 아니지."

"그럼 강력한 한 방이었던 셈이네."

개브는 봉지 안에서 콜라병 모양의 사탕을 꺼내 입안에 쑤셔 넣는다.

나는 그를 잠깐 유심히 들여다본다. "미키를 왜 그렇게 싫어해?"

개브는 짧은 폭소를 터뜨린다. "몰라서 묻냐?"

"그거 때문이야? 사고 때문이야?"

"그 정도면 상당히 훌륭한 이유라고 생각하는데?"

그의 말이 맞는다. 하지만 문득 그가 뭔가 숨기고 있는 게 분명하다는 생각이 든다. 나는 주머니에서 뜯지 않은 말보로 라이츠를 꺼낸다.

개브는 나를 빤히 쳐다본다. "언제부터 다시 담배를 피우기 시작했냐?"

"시작 안 했어. 아직은."

"남는 거 있어?"

"설마 진담은 아니겠지?!"

그는 보일락 말락 하게 미소를 짓는다.

나는 뚜껑을 열고 담배를 두 대 꺼낸다. "너도 끊은 줄 알았더니."

"맞아. 그런데 오늘이 결심을 번복하기에 좋은 날인 것 같다."

나는 그에게 담배를 건넨다. 내 담배에 불을 붙이고 라이터를 넘긴다. 한 모금 빨자 머리가 조금 핑 돌고 속이 조금 울렁거리고 조금 우라지게 끝내준다.

개브는 연기를 뱉으며 얘기한다. "염병할, 구리구리한 개똥구리 맛이 나네." 그는 나를 흘끗 쳐다본다. "진짜로 끝내주는 구리구리한 개똥구리 말이야."

우리는 같이 씩 웃는다.

"자." 내가 말한다. "결심도 번복하고 했으니까 미키 얘기 좀 해볼래?"

개브는 웃음기가 가신 얼굴로 아래를 쳐다본다.

"어쩌다 사고가 났는지는 알지?" 그는 담배를 흔든다. "뭔 바보 같은 질문이냐. 당연히 알 텐데."

"얘기 들은 것만 알지." 내가 말한다. "나는 그 자리에 없었으니까."

그는 미간을 찌푸리고 기억을 더듬는다. "그래, 너는 없었지?"

"아마 공부하고 있었을 거야."

"뭐, 그날 밤에 미키가 운전을 했어. 평소처럼. 그 녀석이 그 조그만 푸조를 얼마나 애지중지했는지 알잖아."

"미친놈처럼 요란하게 몰고 다녔지."

"응. 그 녀석이 절대 술을 마시지 않은 이유가 그 때문이야. 운전이 더 좋으니까. 나는 꽐라 되는 게 더 좋았고."

"우린 그때 십대였잖아. 십대들은 다 그러지 뭐."

하지만 나는 아니었다. 그때는 안 그랬다. 물론 그 뒤로 그때 못 마신 걸 벌충하고도 남을 만큼 마시고 있지만.

"그 파티에서는 내가 죽자고 마셨어. 완전 해롱거릴 정도로. 정신을 못 차릴 정도로. 내가 온 사방에 토하기 시작하니까 티나하고 리치가 나를 처치하고 싶어서 집까지 태워다주라고 미키를 설득했지."

"하지만 미키도 술을 마셨다며?"

"응. 그 녀석이 술을 마시는 걸 본 기억은 안 나지만 그날 밤에 대해서 기억나는 것 자체가 별로 없긴 해."

"음주 측정을 했을 때 기준치를 넘겼다고?"

개브는 고개를 끄덕인다. "응. 하지만 녀석은 누가 자기 음료에 술을 탄 게 분명하다고 했어."

"언제 그런 얘길 했는데?"

"병원으로 문병 왔을 때. 미안하다는 말도 없이 곧바로 자기 잘못이 아니라며 변명을 늘어놓기 시작하더라. 누가 자기 음료에 술을 탔다는 둥, 내가 그렇게 해롱거리지 않았다면 애초에 자기가 집까지 태워다줄 일도 없었을 거라는 둥."

항상 남에게 책임을 전가하는 미키답다.

"왜 네가 아직도 그 녀석을 미워하는지 알겠다."

"미워하지 않아."

나는 담배를 입으로 가져가다 말고 개브를 빤히 쳐다본다.

"미워했지." 그는 말한다. "한동안은. 그 녀석을 원망하고 싶었거든. 하지만 못 그러겠더라."

"이해가 안 되네."

"내가 미키에 대해서 이야기하지 않으려고 하거나 녀석을 두 번 다시 만나고 싶어 하지 않는 게 그 사고 때문은 아니야."

"그럼 뭔데?"

"자업자득이라는 생각이 자꾸 들거든. 나는 이렇게 휠체어 신세를 져 마땅하다는. 업보지. 내가 저지른 짓에 대한."

문득 헬로런 씨의 목소리가 다시 들린다.

"*업보. 뿌린 대로 거둔다는 뜻이야. 나쁜 짓을 하면 결국에는 그게 되돌아와서 네 엉덩이를 물게 되어 있다는 거지.*"

"네가 무슨 짓을 저질렀는데?" 내가 묻는다.

"미키의 형이 나 때문에 죽었어."

1986년

호포의 엄마는 가정집뿐 아니라 초등학교와 목사관과 교회 청소도 맡았다.

우리가 마틴 목사의 진실을 알게 된 것도 그래서였다.

그웬 홉킨스는 평소처럼 일요일 오전 여섯시 삼십분에 세인트 토머스 교회에 도착했다. 아홉시 삼십분에 첫 예배를 드리기 전에 쓸고 닦아야 하기 때문이었다(목사의 뒤치다꺼리를 하는 사람들에게는 일요일 휴식의 원칙이 적용되지 않았던 모양이다). 서머타임이 아직 끝나기 전이라 그녀가 큼지막한 오크 문까지 걸어가 부엌 선반에 보관해두었던 열쇠를 꺼내서 구멍에 꽂았을 무렵에도 아직 어두컴컴했다.

그녀는 청소를 해야 하는 곳의 모든 열쇠를 주소와 함께 그 선반에 두었다. 아주 안전하거나 현명한 방법은 아니었다. 특히 호포의 엄마는 담배를 피우느라 밤에 뒷문 밖으로 나가 있을 때가 많았고 가끔 문을 잠그는 걸 잊어버리기도 했기 때문에 더욱 그랬다.

그녀가 나중에 경찰에게(그리고 신문사 기자에게) 밝힌 바에 따르면 교회 열쇠가 엉뚱한 자리에 걸려 있었다. 하지만 그 당시에는 그것도 그렇고 뒷문이 열려 있는 것도 심각하게 생각하지 않았다. 그녀가 열쇠를 엉뚱한 자리에 걸어놓은 적은 거의 없지만 그래도 살짝 건망증이 있기 때문이었다. 문제는 뭔가 하면 그녀가 열쇠를 어디에 보관하는지 모르는 사람이 없다는 것이었다. 그때까지 열쇠를 훔쳐서 도둑질에 쓴 사람이 없는 게 기적이었다.

아무라도 슬그머니 뒷문으로 들어가 열쇠를 들고 나와서 빈 집을 열고 들어갈 수 있었다. 들어가서 조그만 장식품이나 서랍에 든 펜처럼 조그만 걸 슬쩍할 수 있었다. 집주인이 어디 다른 데 놔서 안 보이는 모양이라고 생각할 만큼 하찮은 물건을. 그럴 수 있었다. 뭘 슬쩍하는 걸 좋아하는 사람이라면.

처음으로 수상한 조짐을 느낀 건 교회 문이 열려 있다는 사실을 알아차렸을 때였다. 하지만 그웬은 그냥 무시했다. 목사가 벌써 출근했을 수 있었다. 그는 가끔 일찍 일어나 교회에서 설교 연습을 하곤 했다. 그녀는 본당으로 들어섰을 때 뭔가 이상하다는 것을 알아차렸다. 뭔가 아주 이상했다.

교회가 어두컴컴하지 않았다.

평소에는 본당 저쪽 끝의 신도석과 설교단이 새카만 그림자로 덮여 있었다. 그런데 그날 아침에는 희끗희끗한 흔적들이 어른거렸다.

그녀는 아마 머뭇거렸을 것이다. 뒷덜미의 털이 살짝 쭈뼛했을 것이다. 이런 공포의 희미한 떨림이 느껴질 때 사람들은 착각으로 간주하지만 실은 아무 문제 없다고 생각하는 게 진정한 착각이다.

그레이스는 가슴 위로 희미하게 성호를 그으며 문 옆에 달린 스위치를 찾아서 켰다. 교회 측면에 달린 전등들(오래돼서 깨진 것도 있고 수리가 필요했다)이 윙윙거리는 소리와 함께 켜졌다.

그웬은 비명을 질렀다. 교회 내부가 그림으로 뒤덮여 있었다. 돌로 된 바닥과 나무로 된 신도석과 설교단까지. 온 사방에 수십 개의 막대인간이 분필로 그려져 있었다. 몇몇은 춤을 추었고 또 몇몇은 손을 흔들었다. 또 몇몇은 훨씬 불경스러웠다. 막대성기가 달린 막대남자. 거대한 젖가슴이 달린 막대여자. 그중에서도 최악은 목에 올가미를 두르고 있는 막대행맨이었다. 괴상하고 섬뜩했다. 섬뜩한 수준을 넘어, 그야말로 공포스러웠다.

그웬은 하마터면 몸을 돌려서 도망칠 뻔했다. 하마터면 청소용 들통을 그 자리에 떨어뜨리고 그 창백한 다리를 최대한 잽싸게 움직여서 쌩하니 뛰쳐나갈 뻔했다. 그랬더라면 아마 늦었을 것이다. 그런데 그녀는 머뭇거렸고 순간 희미한 소리가 들렸다. 조그맣고 가냘픈 신음 소리였다.

"누구세요? 거기 누구 있어요?"

이번에는 좀 더 큰 신음 소리가 들렸다. 그녀는 이 소리를 못 들은 체할 수 없었다. 고통에 겨운 신음 소리였다.

그녀가 그를 발견한 곳은 설교단 뒤편이었다. 그는 태아 자세로 웅크리고 바닥에 누워 있었다. 성직자용 옷깃 말고는 실오라기 하나 걸치지 않았다.

옷깃은 하얀색이었겠지만 지금은 피로 얼룩이 졌다. 그는 머리 주변을 심하게 얻어맞았다. 의사들 말로는 한 대만 더 맞았다면 죽었을 거라고 했다. 그는 가까스로 죽음을 모면했다. '모면했다'는 게 알맞은 표현일지 모르겠지만.

그런데 머리에서만 피를 흘린 게 아니었다. 등에도 상처가 있었다. 범인이 칼로 양쪽 견갑골에서 엉덩이까지 큼지막하게 비뚤배뚤 선을 두 개 그어놓았다. 피를 모두 씻어냈을 때 드러난 그림의 정체는……

천사의 날개였다.

마틴 목사는 병원으로 옮겨져서 주사바늘과 기타 등등을 수도 없이 몸에 꽂았다. 의사들 말로는 뇌를 다쳐서 상태가 얼마나 심각한지 파악해야 수술 여부를 결정할 수 있다고 했다.

니키는 한 시위대원에게 신세를 졌다. 머리가 부스스하고 두꺼운 안경을 쓰고 다니던 나이 많은 아주머니였다. 하지만 그 집에 오래 있지는 않았다. 하루인가 이틀 지났을 때 처음 보는 차가 목사관 앞에 멈춰 섰다. 밝은 노란색 미니였다. 그린피스, 레인보우, '에이즈 퇴치' 등 온갖 범퍼 스티커를 붙이고 있었다.

내가 실제로 그녀를 본 건 아니었다. 나는 개브한테 들었고 개브는 그의 아빠한테 들었고 그의 아빠는 술집에서 본 어떤 사람한테 들었다. 어떤 여자가 차에서 내렸다. 키가 크고 빨간 머리가 거의 허리까지 내려오며 오버올 청바지와 초록색 군복을 입고 낙하산부대용 군화를 신은 여자였다.

"그린햄 커먼 여성평화캠프 스타일이었대."

하지만 그녀는 그린햄 커먼에서 나온 게 아니었다. 본머스에서 건너온 니키의 엄마였다.

다들 니키의 엄마는 죽은 줄 알았는데 그게 아니었다. 죽기는커녕 그 반대였다. 마틴 목사는 니키를 비롯해서 모든 사람에게 그녀가 죽었다고 했다. 그녀는 니키가 아주 어렸을 때 떠난 모양이었다. 이유는 나도 알 수 없었다. 어떻게 엄마가 떠날 수가 있는지 이해가 되지 않았다. 하지만 그렇게 돌아와서 다른 친척이 없고 아빠는 누굴 보살필 수 있는 상태가 아니었으니 니키가 그녀와 함께 살게 될 거라고 했다.

병원에서는 수술을 진행했고 그에게 차도가 있을 거라고, 어쩌면 완치될 수도 있다고 했다. 하지만 장담할 수는 없다고 했다. 두부 손상은 절대 알 수 없는 법이었다. 그는 의자에 혼자 앉아 있을 수 있었다. 조금 도와주면 밥을 먹고 물을 마시고 화장실에 갈 수도 있었다. 하지만 말을 하지는 못했고(못하는 건지 안 하는 건지 알 수 없었지만) 남이 하는 말을 알아듣기는 하는지 전혀 알 수가 없었다.

그는 정신질환자를 돌보는 시설로 옮겨졌다. 우리 엄마의 표현에 따르면 '요양차' 떠난 거라고 했다. 비용은 교회에서 부담했다. 니키의 엄마는 그럴 여력도 되지 않았고 그럴 생각도 없었을 테니 어찌 보면 다행스러운 일이었다.

내가 아는 한 그녀는 니키를 데리고 문병을 간 적이 없었다. 니키에게 엄마가 죽었다고 얘기하고 그 오랜 세월 동안 딸을 만나지 못하게 한 것에 대해 그런 식으로 복수를 했을지 모른다. 어쩌면 니키가 가지 않겠다고 했을 수도 있었다. 나는 그녀의 심정을 이해했다.

매주 한 번도 빠짐없이 꼬박꼬박 그를 문병한 사람은 딱 한 명뿐이었는데, 믿음이 투철한 신도도 아니었고 헌신적인 '천사'도 아니었다. 우리 엄마였다.

나는 엄마가 왜 그랬는지 절대 이해할 수 없었다. 두 사람은 서로 증오하는 사이였다. 마틴 목사는 엄마에게 끔찍한 짓을 저질렀고 끔찍한 소리를 했다. 나중에 엄마는 내게 이렇게 얘기했다. "관건은 그거야, 에디. 찬송가를 부르거나 가공의 신에게 기도를 드리는 사람이 착한 사람이 아니라는 거. 십자가를 걸고 다니거나 일요일마다 교회에 가는 사람이 착한 사람이 아니라는 거. 남을 대하는 태도가 중요한 거지. 착한 사람은 종교가 필요 없어. 자기가 옳은 일을 하고 있다는 자기만족감이 있거든."

"그래서 엄마가 문병을 가는 거예요?"

엄마는 묘한 미소를 지었다. "그건 아니야. 미안해서 가는 거야."

나도 한 번 따라간 적이 있었다. 왜 그랬는지는 모르겠다. 달리 할 일이 없었나보다. 아니면 엄마가 계속 일에 매달려 있느라 얼굴 볼 시간이 없었기 때문에 잠깐이나마 같이 있고 싶어서 그랬을 수도 있다. 아니면 어린아이 특유의 병적인 호기심 때문이었을 수도 있다.

요양원 이름은 세인트맥덜린스였고 월턴행 도로로 약 십 분 거리였다. 양옆으로 가로수가 우거진 좁은 길 위에 있었다. 시설은 깔끔해 보였다. 큼지막한 고택 앞으로 줄무늬가 난 기다란 풀밭이 있었고 전면에 예쁘장한 하얀색 테이블과 의자들이 놓여 있었다.

저쪽 끝에는 나무로 지은 오두막이 있었고 정원사인 듯한, 작업복을 입은 남자 두엇이 바쁘게 일을 하고 있었다. 한 명은 대형 잔디 깎는 기계를 윙윙거리며 왔다 갔다 했다. 다른 한 명은 도끼로 죽은 나뭇가지를 잘라서 모닥불을 피울 장작더미 안으로 던졌다.

정원용 테이블에 할머니가 앉아 있었다. 꽃무늬 가운을 입고 정성 들여 만든 모자를 쓴 할머니였다. 우리가 차를 타고 지나가자 그녀가 손을 들어서 흔들었다. "와줘서 고마워, 퍼디낸드."

나는 엄마를 쳐다보았다. "우리더러 하는 얘기예요?"

"아냐, 에디. 자기 약혼자한테 하는 얘기야."

"아, 약혼자가 오는 모양이죠?"

"글쎄다. 사십 년 전에 죽었거든."

우리는 차를 세우고 자갈을 으드득으드득 밟아가며 커다란 출입문을 향해 걸어갔다. 내부는 내가 상상했던 것과 달랐다. 여전히 깔끔하긴 했다. 아니, 노란색으로 칠한 벽과 장식품과 그림과 기타 등등에서 노력한 티가 났다. 하지만 병원 냄새가 났다. 소독약과 지린내와 썩은 양배추 냄새가 역력했다.

나는 목사를 만나기도 전에 그 냄새 때문에 토악질을 할 것 같았다. 간호사 옷을 입은 여자가 의자와 테이블이 아주 많은 기다란 방으로 우리를 안내했다. 한쪽 구석에서 텔레비전이 깜빡거렸다. 두어 명이 그 앞에 앉아 있었다. 꾸벅꾸벅 조는 듯 보이는 아주 뚱뚱한 여자와, 안경과 보청기 비슷한 것을 낀 젊은 남자였다. 그는 가끔 벌떡 일어나서 양팔을 흔들며 외쳤다. "채찍으로 때려줘, 밀드레드!" 우습기도 하고 당황스럽기도 한 광경이었다. 간호사들은 전혀 신경을 쓰지 않는 눈치였다.

마틴 목사는 양손을 다리 위에 올려놓고 마네킹처럼 무표정한 얼굴로 현관 유리문 근처에 앉아 있었다. 정원을 내다볼 수 있도록 앉혀져 있었다. 그가 그걸 고마워했을지 잘 모르겠다. 그는 멀리 있는 무언가를 멍하니 바라보고 있었다. 어쩌면 아무것도 바라보고 있지 않았을 수도 있다. 누가 지나가도, 심지어 보청기를 낀 남자가 고함을 질러도 전혀 시선을 움직이지 않았다. 눈을 깜빡이기는 했는지 그것도 잘 모르겠다.

나는 밖으로 뛰쳐나가지 않았지만 하마터면 그럴 뻔했다. 엄마는 책을 읽어주려고 옆에 앉았다. 저자가 이미 세상을 떠난 고전이었다. 나는 자리를 피하고 상쾌한 공기를 좀 마시고 싶어서 정원을 둘러보겠다는 핑계를 대고 밖으로 나왔다. 큼지막한 모자를 쓴 할머니가 좀 전의 그 자리에 계속 앉아 있었다. 나는 그녀의 눈에 띄지 않으려고 했지만 가까이 다가가자 그녀가 고개를 돌렸다.

"퍼디낸드는 오지 않지?"

"모르겠어요." 나는 말을 더듬었다.

그녀는 나를 똑바로 쳐다보았다. "어디서 본 것 같은데. 이름이 뭐니?"

"에디요."

"에디예요, 라고 해야지."

"에디예요."

"목사 문병 왔지?"

"문병 온 엄마를 따라왔어요."

그녀는 고개를 끄덕였다. "내가 비밀 하나 알려줄까, 프레디?"

나는 에디라고 얘기할까 고민하다가 관두기로 했다. 그 할머니는 왠지 모르게 섬뜩한 구석이 있었다. 물론 나이가 많아서 그렇기는 했다. 어린아이의 눈에 살갗은 늘어지고 앙상한 손등엔 파란 핏줄이 울퉁불퉁 솟은 노인들이 괴물 같아 보이기는 했다. 하지만 그게 전부는 아니었다.

그녀는 뼈만 앙상한 가느다란 손가락을 까딱이며 가까이 오라고 했다. 손톱이 누렇고 구부정했다. 도망치고 싶은 마음도 들었다. 하지만 비밀이 뭔지 궁금하지 않을 아이가 어디 있을까? 나는 작게 한 걸음 다가갔다.

"목사가…… 사람들을 전부 속이고 있어."

"어떤 식으로요?"

"내가 밤에 그를 봤거든. 변장한 악마지 뭐니."

나는 기다렸다. 그녀는 뒤로 기대앉으며 미간을 찌푸렸다. "어디서 본 것 같은데."

"에디예요." 나는 다시 말했다.

갑자기 그녀가 나를 향해 손가락질을 했다. "나는 에디, 네가 무슨 짓을 저질렀는지 알아. 너, 도둑질했지?"

나는 움찔했다. "아니에요."

"다시 갖다놔. 안 그러면 채찍으로 때릴 테다, 이 망나니 꼬맹아."

나는 뒷걸음질을 쳤고, 그녀가 외치는 소리가 내 뒤에서 메아리쳤다. "다시 갖다놔. 다시 갖다놔!"

나는 두근거리는 심장과 화끈거리는 얼굴을 달래며 요양원으로 다시 있는 힘껏 달렸다. 엄마가 아직까지 목사에게 책을 읽어주고 있었다. 나는 책 읽어주기가 끝날 때까지 바깥 계단에서 기다렸다.

하지만 그 전에 휴게실에서 슬쩍한 조그만 사기 인형을 얼른 다시 가져다놓았다.

그건 전부 나중의 일이었다. 훨씬 나중의 일이었다. 경찰이 찾아온 이후에. 아빠가 체포된 이후에. 핼로런 씨가 학교에서 쫓겨난 이후에.

니키는 본머스의 엄마 집으로 갔다. 뚱뚱이 개브가 화해하기 위해 한 번인가 두 번 미키네 집으로 찾아갔지만 미키의 엄마가 미키 못 나온다고 하고는 그의 면전에 대고 세게 문을 닫았다.

"진짜 구리구리한 개똥구리 같은 일 아니냐?" 뚱뚱이 개브는 이렇게 말했다. 나중에 상점가에서 미키를 만났는데 선배들과 어울려 다니더라고 했다. 그의 형이 만나고 다녔던 난폭한 선배들하고 말이다.

나는 미키가 누구와 어울려 다니든 신경 쓰지 않았다. 이제는 우리와 떨어져서 좋았다. 니키가 떠난 건 호포와 뚱뚱이 개브에게 고백할 수 없을 정도로 신경이 쓰였다. 그 둘에게 고백하지 않은 게 또 하나 있었다. 떠나는 날, 니키가 마지막으로 나를 만나러 온 적이 있다는 거였다.

나는 그때 부엌 식탁에 앉아서 숙제를 하고 있었다. 아빠는 어딘가에서 망치질을 했고 엄마는 청소기를 돌렸다. 라디오를 틀어놓고 있었기 때문에 초인종 소리를 들은 게 기적이었다.

나는 잠깐 기다렸다. 나가는 사람이 아무도 없는 게 분명해지자 의자에서 내려와 현관으로 터벅터벅 걸어가서 문을 열었다.

니키가 자전거 핸들을 움켜쥐고 문 앞에 서 있었다. 얼굴에 핏기가 없었고 빨간 머리는 푸석푸석하니 서로 엉켰고 왼쪽 눈 아래가 여전히 누르스름하고 푸르스름했다. 핼로런 씨의 추상화에 등장하는 인물 같았다. 누덕누덕하고 창백한 버전의 니키 같았다.

"안녕." 니키가 말했다. 심지어 목소리조차 니키답지 않았다.

"안녕." 나도 똑같이 말했다. "다 같이 찾아가서 너를 만나려고 했는데……."

나는 말끝을 흐렸다. 거짓말이었다. 우리는 너무 무서워서 뭐라고 말을 하면 좋을지 알지 못했다. 미키 때처럼 그랬다.

"괜찮아." 니키가 말했다.

하지만 아니었다. 우리는 니키의 친구가 되어주었어야 하는 거였다.

"들어올래?" 내가 물었다. "레모네이드랑 비스킷 있는데."

"안 돼. 엄마는 내가 지금 짐을 싸는 줄 알아. 몰래 빠져나왔어."

"오늘 떠나는 거야?"

"응."

내 심장이 철렁 내려앉았다. 안에서 뭔가가 무너져내리는 것 같았다.

"네가 정말 보고 싶을 거야." 나는 불쑥 내뱉었다. "우리 모두 다."

나는 냉소적인 독설에 대비해서 마음의 준비를 했다. 그런데 니키가 느닷없이 앞으로 다가오더니 나를 끌어안았다. 어찌나 세게 끌어안았던지 포옹이라기보다 필사적인 매달림에 가까웠다. 폭풍이 몰아치는 시커먼 바다에 마지막으로 남은 뗏목이 나인 듯이 굴었다.

나는 그대로 몸을 맡겼다. 엉킨 고수머리에서 풍기는 냄새를 맡았다. 바닐라와 풍선껌 냄새였다. 니키의 가슴이 오르락내리락하는 것을 느꼈다. 헐렁한 점퍼 너머로 봉긋 솟은 니키의 젖가슴을 느꼈다. 영원히 그렇게 있었으면 좋겠다는 생각을 했다. 니키가 나를 계속 놓지 않았으면 좋겠다는 생각을 했다.

하지만 니키는 나를 놓았다. 그러고는 손을 놓을 때처럼 갑자기 몸을 돌려서 자전거에 올라탔다. 성난 불길처럼 빨간 머리를 휘날리며 미친 듯이 도로를 질주했다. 한 마디 말도 없이. 작별인사도 없이.

나는 멀어져가는 니키를 바라보며 또 한 가지 사실을 깨달았다. 니키는 아빠를 운운하지 않았다. 단 한 번도.

경찰이 호포의 엄마를 다시 찾아왔다.

"범인이 누군지 알아냈대?" 뚱뚱이 개브가 탄산이 든 콜라병 모양의 사탕을 입에 던져 넣고 있는 호포에게 물었다.

우리는 학교 운동장의 벤치에 앉아 있었다.

사방치기 판이 그려져 있는 운동장 가장자리 벤치였다. 우리 다섯 명의 지정석이었는데 이제는 셋뿐이었다.

호포는 고개를 저었다. "아닌 것 같아. 엄마한테 열쇠에 대해서 물어보더라. 열쇠를 어디 두는지 아는 사람이 누가 있었느냐고. 교회에 그려진 그림에 대해서도 또 얘기했어."

그 말에 내 호기심이 동했다. "그 그림 말이야. 경찰에서 어떤 걸 물어봤어?"

"전에도 그런 그림을 본 적 있느냐. 목사가 다른 메시지나 협박을 받았다고 한 적 있느냐. 그에게 앙심을 품은 사람이 있느냐."

나는 어색하게 자세를 바꿨다. *초크맨을 조심해.*

뚱뚱이 개브가 나를 보고 물었다. "왜 그래, 에디 먼스터?"

나는 머뭇거렸다. 왜 그랬는지 지금도 모르겠다. 그들은 내 친구였다. 내 패거리였다. 나는 그들에게 뭐든 얘기할 수 있었다. 다른 초크맨에 대해서 알려야 했다.

그런데 왠지 모르게 망설여졌다.

어쩌면 뚱뚱이 개브가 재미있고 의리 있고 인심이 좋기는 했지만 비밀을 지키는 데는 별로 소질이 없기 때문이었을 것이다. 묘지에서 본 그림 이야기를 호포 앞에서 꺼내면 왜 그때는 아무 말도 하지 않았는지 설명해야 하기 때문이었을 것이다. 게다가 나는 호포가 그날 했던 말을 여전히 기억하고 있었다. "*누구 짓인지 알아내면 죽여버릴 거야.*"

"아무것도 아니야." 나는 말했다. "그냥, 우리가 초크맨을 그렸잖아. 경찰에서 우리 짓이라고 생각하지 않았으면 좋겠다."

뚱뚱이 개브는 콧방귀를 뀌었다. "뭔 헛소리냐? 우리가 가서 목사님 머리를 박살냈다고 생각할 사람이 어디 있다고." 개브의 표정이 갑자기 밝아졌다. "사탄 숭배자나 뭐 그런 인간의 짓일 거야. 악마를 숭배하는 사람 말이야. 너희 엄마가 분필 확실하대? 피가 아니고?" 개브는 벌떡 일어나서 손을 갈퀴 모양으로 만들더니 사악하고 요란하게 *하, 하, 하, 하,* 하고 웃었다.

잠시 후에 오후 수업 종이 울리자 우리의 이야기가 완전히 끝나진 않았을지 몰라도 최소한 잠시 뒤로 미루어졌다.

학교에서 집으로 돌아가보니 처음 보는 차가 집 앞에 세워져 있고 아빠가 후줄근한 회색 양복을 입은 남자와 여자와 함께 부엌에 앉아 있었다. 그들은 냉정하고 쌀쌀맞아 보였다. 아빠는 나를 등지고 있었지만 구부정한 자세로 보건대 숱이 많은 눈썹을 한데 모으고 심란한 표정을 짓고 있을 게 분명했다.

엄마가 밖으로 나와서 등 뒤로 문을 닫았기 때문에 내가 본 건 그게 전부였다. 엄마가 나를 현관으로 데려갔다.

"저 사람들 누구예요?" 내가 물었다.

엄마는 진실을 듣기 좋게 꾸밀 줄 아는 사람이 아니었다. "형사."

"경찰요? 경찰이 왜 왔어요?"

"아빠랑 나한테 마틴 목사에 대해서 몇 가지 물어볼 게 있대."

엄마를 빤히 쳐다보는데, 벌써부터 심장박동이 조금 빨라지기 시작했다. "왜요?"

"그냥 일상적인 심문이야. 그와 알고 지냈던 사람들을 여러 명 만나고 다니는 거지."

"뚱뚱이 개브의 아빠는 찾아가지 않았잖아요. 걔네 아빠야말로 모르는 사람이 없는데."

"쓸데없는 소리 하지 마, 에디. 얘기하는 동안 가서 텔레비전 보고 있어."

엄마는 텔레비전을 보라고 먼저 얘기를 꺼낸 적이 한 번도 없었다. 보통은 학교숙제를 끝내야 텔레비전을 볼 수 있었기 때문에 나는 이상한 낌새를 알아차렸다.

"뭐 좀 마시려고 그랬는데."

"내가 갖다줄게."

나는 엄마를 조금 오랫동안 쳐다보았다. "무슨 문제가 생긴 건 아니죠, 엄마? 경찰에서 아빠가 무슨 짓을 저질렀다고 생각하는 건 아니죠?"

엄마의 눈빛이 부드러워졌다. 엄마는 내 팔을 손으로 잡고 살짝 눌렀다. "아니야, 에디. 아빠는 아무것도 잘못한 거 없어. 알겠지? 이제 가라. 얼른 스쿼시 갖다줄게."

"알았어요."

나는 어슬렁어슬렁 거실로 들어가서 텔레비전을 켰다. 엄마는 음료수를 가져다주지 않았다. 하지만 상관없었다. 경찰관들은 이내 떠났다. 아빠도 같이 갔다. 나는 문제가 생겼음을 알아차렸다. 그것도 엄청난 문제였다.

알고 보니 아빠는 목사가 폭행을 당한 날 밤에 산책을 하러 나갔지만 불까지만 갔다. 우리 아빠가 거기서 위스키를 마셨다고(아빠는 술을 자주 마시지 않았지만 마셨다 하면 다른 아빠들하고 다르게 맥주가 아니라 위스키만 마셨다) 뚱뚱이 개브의 아빠가 단언했다. 뚱뚱이 개브의 아빠는 우리 아빠에게 말도 걸었다. 하지만 그는 그날 밤에 바빴고 "혼자 있고 싶어 하는 손님은 딱 보면 안다"고 했다. 그래도 그가 술을 그만 줘야 하지 않을까 걱정하던 찰나, 우리 아빠가 문을 닫기 직전에 나갔다.

아빠는 그 뒤로 기억이 가물가물하지만 집으로 오는 길에 바람을 쐬려고 묘지 벤치에 앉아 있었던 건 기억이 난다고 했다. 자정 무렵에 아빠가 거기 앉아 있는 걸 본 사람이 있었다. 엄마는 아빠가 새벽 한시쯤에 돌아왔다고 경찰에 밝혔다. 경찰에서는 마틴 목사가 공격당한 시각을 정확히 파악하지 못했지만 자정에서 새벽 세시 사이로 보고 있었다.

그 정도로 아빠를 기소하기에는 부족했을지 몰라도 경찰서로 데려가서 좀 더 자세히 추궁하기에는(거기다 주먹다짐을 벌이고 엄마가 협박을 당한 사건까지 있었으니) 충분했다. 핼로런 씨가 아니었다면 아빠는 경찰서에 붙잡혀 있었을지 모른다.

그가 다음 날 경찰서로 찾아가서 그날 밤에 우리 아빠가 벤치에서 잠든 걸 봤다고 증언했다. 그냥 두고 가려니 걱정이 돼서 아빠를 깨워 집 앞까지 부축해서 데려다주었다고 했다. 그때가 자정에서 한시 사이였다. (원래는 걸어서 십 분 거리인데) 아빠의 상태가 그랬기 때문에 족히 사십 분이 걸렸다.

그리고 핼로런 씨는 경찰에게 아니라고, 아빠 몸에 핏자국은 없었다고, 화가 났거나 흥분하지도 않았다고 했다. 그냥 술에 취했고 살짝 우울해했을 뿐이었다.

그것으로 우리 아빠는 혐의를 벗었다. 그런데 안타깝게도 이로써 핼로런 씨가 그 밤에 교회 주변을 배회한 이유를 추궁당하게 됐고 그로 인해 모든 사람이 댄싱 걸에 대해서 알게 됐다.

2016년

우리는 스스로 해답을 원한다고 생각한다. 하지만 우리가 진짜로 원하는 건 정답이다. 그게 인간의 천성이다. 우리는 원하는 진실을 들을 수 있을 것 같은 질문만 한다. 그런데 문제는 뭔가 하면 진실은 선택할 수 없다는 것이다. 진실은 그냥 진실인 습성이 있다. 우리는 그걸 믿느냐 믿지 않느냐만 선택할 수 있을 따름이다.

"네가 션 쿠퍼의 자전거를 훔쳤어?" 나는 개브에게 묻는다.

"밤에 종종 집 앞에 둔다는 걸 알았거든. 자기가 워낙 대단한 인간이니까 아무도 건드리지 못할 거라고 생각한 거지. 그래서 내가 훔쳤어. 열 받게 만들려고." 그는 말을 멈추었다가 다시 잇는다. "그걸 건지려고 강물 속으로 뛰어들 줄은 몰랐어. 그러다 물에 빠져 죽을 줄도 몰랐고."

그랬겠지. 나는 생각한다. 하지만 션이 그 자전거를 얼마나 애지중지하는지 모르는 사람은 없었다. 뚱뚱이 개브는 그걸 훔치면 골치 아파진다는 걸 모르지 않았을 것이다.

"왜 그랬어?" 내가 묻는다.

개브는 도넛 모양으로 담배 연기를 내뱉는다. "그 자식이 너한테 무슨 짓을 했는지 봤거든. 그날 놀이터에서."

그의 고백에 복부를 한 대 얻어맞은 듯한 느낌이 든다. 삼십 년 전의 일인데도 수치심으로 얼굴이 벌게진다. 내 무릎을 쓸었던 까칠까칠한 아스팔트. 입안에서 느껴졌던 퀴퀴한 짠맛.

"나는 그때 공원에 있었어." 그가 말한다. "처음부터 봤으면서 손을 놓고 있었어. 그냥 그 자리에 서서. 그러다 핼로런 씨가 달려가는 걸 보고 이제 괜찮겠다고 속으로 중얼거렸지. 그런데 괜찮지가 않더라고."

"넌 아무것도 할 수 없었을 거야." 내가 말한다. "괜히 너까지 괴롭힘만 당했겠지."

"그래도 시도는 해봤어야 하는 거잖아. 친구가 전분데. 기억 안 나? 내가 입버릇처럼 했던 말이잖아. 하지만 결정적인 순간에 내가 너를 저버렸어. 션이 활개를 치도록 내버려뒀어. 남들처럼. 요즘 같았으면 그런 짓을 저질렀다가는 철창신세를 졌을 텐데. 그때는 다들 무서워서 벌벌 떨기만 했지." 그는 험상궂은 눈빛으로 나를 쳐다본다. "그 자식은 단순한 깡패가 아니었어. 우라질 사이코패스였지."

그의 말에도 일리가 있다. 어떤 점에 있어서는 그렇다. 션 쿠퍼가 사이코패스였는지 그건 잘 모르겠다. 사디스트였던 건 분명하다. 대부분의 아이들이 어느 정도 그런 기질이 있다. 하지만 그도 나이를 먹으면서 달라졌을지 모른다. 핼로런 씨가 묘지에서 했던 말이 생각난다.

그는 달라질 기회를 누리지 못했지.

"아무 말이 없네?" 개브가 얘기한다.

나는 담배를 힘껏 빤다. 니코틴 때문에 귀가 윙윙거린다.

"션이 죽은 날 밤에 누가 우리 집 앞에 초크맨을 그려놨어. *물에 빠져서 죽어가는* 초크맨을. 무슨 메시지처럼."

"나 아니야."

"그럼 누구지?"

개브는 벤치에 대고 담배를 비빈다. "아무도 모를 일이지. 상관도 없고. 우라질 초크맨. 그해 여름 하면 사람들이 기억하는 게 그 초크맨뿐이잖아. 다친 사람들의 안부보다 한심한 그림에 대해서 더 궁금해하고."

맞는 말이다. 하지만 그 둘은 돌이킬 수 없을 지경으로 한데 뒤엉켜 있다. 닭과 달걀이다. 어느 게 먼저냐의 문제다. 초크맨일까 아니면 살인사건일까?

개브가 말한다. "아는 사람이 너뿐이야, 에드."

"입 다물고 있을게."

"알아." 그는 한숨을 쉰다. "너는 가장 친한 친구들한테도 얘기할 수 없을 만큼 끔찍한 짓을 저지른 적 있냐?"

나는 납작해진 필터까지 꾸깃꾸깃 눌러서 담배를 끈다. "대부분의 사람들이 그런 경험이 있을걸?"

"예전에 누가 그러더라. 비밀은 똥구멍이랑 같다고. 없는 사람이 없다고. 남들보다 더 더러운 사람만 있을 뿐."

"상상이 너무 잘 되잖아."

"그렇지." 그는 빙그레 웃는다. "이 무슨 개똥튀김이냐."

나는 늦은 오후가 되어서야 집으로 돌아간다. 부엌으로 들어서자마자 불쾌한 고양이 배설물 냄새에 얼굴을 찡그린다. 플라스틱 상자를 들여다본다. 침전물이 아무것도 없어 보인다. 오늘 미튼스의 사악지수가 어느 정도인가에 따라 다행스러운 일이 될 수도, 걱정스러운 일이 될 수도 있다. 나는 슬리퍼를 신을 때 안을 확인해봐야 한다고 머릿속에 적어둔다.

버번이 조리대 위에서 유혹의 눈길을 보내지만 나는 (멀쩡한 정신상태와 기타 등등을 위해) 냉장고에서 맥주를 하나 꺼내 들고 이층으로 올라간다. 클로이의 방문 앞에서 잠깐 머뭇거린다. 안에서 아무 소리도 들리지 않지만 마룻널을 타고 희미한 진동이 전해지는 걸 보면 헤드폰을 쓰고 음악을 듣고 있는 모양이다. 다행이다.

나는 까치발을 하고 살금살금 내 방으로 들어가서 문을 닫는다. 침대맡 테이블에 맥주를 내려놓고 쭈그리고 앉아서 창가에 놓인 서랍장을 옆으로 민다. 무거워서 오래된 마룻널이 살짝 쓸리지만 소음은 별로 걱정할 필요가 없다. 클로이는 고막이 터질 정도로 크게 음악을 듣는 걸 좋아한다. 지진이 나더라도 심하지 않은 이상 모르고 지나갈 것이다.

속옷 서랍에 넣어둔 오래된 드라이버를 꺼내서 그걸로 마룻널을 뜯는다. 모두 네 장이다. 어렸을 때에 비해 많아졌다. 숨겨야 하는 물건이 늘었기 때문이다.

구석에 쑤셔 넣은 두 개의 상자 가운데 하나를 꺼내서 뚜껑을 열고 내용물을 쳐다본다. 가장 작은 걸 끄집어내서 조심스럽게 박엽지를 펼친다. 안에 고리 모양의 금귀고리가 한 짝 들어 있다. 진짜 금은 아니다. 액세서리점에서 파는 싸구려고 이제는 살짝 변색이 됐다. 나는 귀고리를 잠깐 한 손에 쥐고 손바닥의 온기를 불어넣는다. 그녀한테서 맨 처음 슬쩍한 게 이거였지. 나는 생각한다. 축제장에서 모든 게 시작됐던 그날에.

나는 개브의 심정을 이해한다. 그가 션 쿠퍼의 자전거를 훔치지 않았다면 션 쿠퍼는 지금까지 살아 있었을지 모른다. 유치하고 어리석고 사소했던 행동이 끔찍한 비극을 낳았다. 개브는 결말을 예상하지 못했을 것이다. 나도 마찬가지였다. 그래도 묘한 감정이 나를 휩쓸고 지나간다. 불편한 감정이다. 죄책감은 아니다. 죄책감의 쌍둥이. 책임감이다. 그게 다 내 탓이라는.

클로이라면 내가 모든 걸 혼자 감당하려 하고 세상이 자기를 중심으로 돌아간다고 생각하는, 자기밖에 모르는 섬과 같은 남자이기 때문에 그런 착각을 하는 거라고 얘기할 것이다. 어느 정도는 맞는 말이다. 혼자 지내면 자아성찰의 시간이 생긴다. 그게 아니라 지금까지 내가 자아성찰을 하거나 과거를 돌아본 시간이 부족했던 것일 수도 있지만. 나는 귀고리를 다시 조심스럽게 싸서 상자에 넣는다.

이제 그리운 추억 여행을 떠나야 하는 시간인지 모르겠다. 하지만 햇빛이 아른거리는 오솔길을 걸으며 애틋한 추억을 떠올리는 시간은 아닐 것이다. 이 길은 웃자란 거짓말과 비밀이 한데 뒤엉켜서 어두컴컴하고, 움푹 파인 구멍들이 여기저기에 숨어 있다.

그리고 그 길에 초크맨이 있다.

1986년

“우리에게는 어떤 사람과 사랑에 빠질지 선택할 권리가 없거든.”

헬로런 씨가 내게 했던 말이다.

내가 보기에는 맞는 말이었다. 사랑은 선택이 아니다. 충동이다. 이제는 알겠다. 하지만 가끔은 선택해야 하는 때가 있을지 모른다. 최소한 사랑에 빠지지 않는 쪽을 선택해야 하는 때가. 저항하고, 거기서 멀어져야 하는 때가. 헬로런 씨가 댄싱 걸을 사랑하지 않는 쪽을 선택했다면 모든 게 달라졌을지 모른다.

그가 학교를 완전히 그만두었을 때 내가 몰래 빠져나와 자전거를 타고 그의 오두막집으로 찾아간 적이 있었다. 추운 날이었다. 진회색 하늘은 콘크리트 블록처럼 모질고 단단했다. 어쩌다 한 번

비가 한두 방울씩 떨어졌다. 비조차 제대로 내리지 않을 만큼 우중충한 날이었다.

헬로런 씨는 압력에 못 이겨 사직계를 제출했다. 퇴직한다는 공식 발표는 없었다. 학교 측에서는 그가 조용히 사라져주길 바랐을 것이다. 하지만 너 나 할 것 없이 그가 떠난다는 것을 알았고 떠나는 이유도 알았다.

헬로런 씨는 댄싱 걸이 치료를 받는 동안 병원으로 문병을 갔다. 퇴원한 뒤에도 계속 찾아갔다. 둘이 카페나 공원에서 만났다. 그들을 본 사람이 아무도 없는 걸 보면 상당히 은밀하게 만났던 모양이지만 사람들이 그들을 보고도 알아차리지 못한 것일 수도 있다. 댄싱 걸은 머리 색을 바꾸었다. 거의 금발에 가깝게 밝은색으로 염색했다. 이유는 모르겠다. 예전 머리가 예뻤는데. 하지만 그녀는 스스로 달라졌으니 머리 색을 바꿔야겠다고 생각했을 수도 있었다. 이제 그녀는 지팡이를 짚고 걸었다. 아니면 절뚝거리며 걸었다. 그들을 본 사람이 있었더라도 헬로런 씨가 친절을 베푼다고 생각했을 것이다. 그는 그 무렵에도 여전히 영웅 대접을 받았다.

그러다 댄싱 걸이 저녁때 그의 집을 드나들고 그녀의 엄마가 외출하면 그가 몰래 그녀의 집으로 찾아갔다는 게 들통이 나면서 분위기가 순식간에 백팔십도 달라졌다. 그가 그날 밤에 교회 묘지를 지나서 집으로 돌아간 이유도 그 때문이었다.

댄싱 걸은 불과 열일곱 살이었고 헬로런 씨는 서른이 넘은 데다 교사였기 때문에 난리가 났다. 사람들은 이제 그를 영웅이 아니라 변태 아니면 소아성애자라고 불렀다. 학부모들은 학교로 찾아와서 교장에게 항의했다. 때문에 그가 공식적으로는 또는 법적으로는 아무 잘못이 없었음에도 불구하고 학교 측에서는 사직을 권고하는 수밖에 없었다. 학교의 평판과 아이들의 '안전'을 위해서라고 했다.

헬로런 씨가 수업시간에 여학생들 치마 속을 들여다보려고 지우개를 떨어뜨린다는 둥, 체육시간에 어슬렁거리며 여학생들을 쳐다본다는 둥, 구내식당에서는 그의 테이블을 치워주러 온 여직원의 가슴을 건드린 적이 있다는 둥 이상한 이야기가 돌기 시작했다.

전부 헛소문이었지만 헛소문은 세균과도 같다. 단숨에 확산되고 번식해서 아무도 모르게 모든 사람을 전염시킨다.

나는 헬로런 씨의 편을 들었고 다른 아이들 앞에서 그를 변호했다고 얘기하고 싶지만 그렇지가 않았다. 나는 열두 살이었고 그곳은 학교였다. 그에 얽힌 우스갯소리를 들으면 깔깔대고 웃었고, 사람들이 그를 욕하거나 황당한 소문을 퍼뜨려도 아무 소리 하지 않았다.

나는 그들에게 못 믿겠다고 한 적이 없었다. 헬로런 씨는 좋은 사람이라고 한 적도 없었다. 그가 댄싱 걸을 살리고 우리 아빠도 구한 사람인데도 그랬다. 그가 그린 아름다운 그림이나 션 쿠퍼에게서 나를 구한 날에 대해서도, 특별한 건 놓치지 말아야 한다고, 꼭 지켜야 한다고 내게 가르쳐준 것에 대해서도 얘기할 수 없었다.

그래서 그날 그의 집으로 찾아갔을 것이다. 그는 학교만 그만둔 게 아니라 집도 비워주어야 했다. 학교에서 임대한 집이라 그의 후임이 들어올 예정이었다.

나는 여전히 조금 두렵고 어색한 마음을 달래며 자전거를 밖에 세워두고 문을 두드렸다. 핼로런 씨는 얼마 동안 응답이 없었다. 그만 가야 할까, 차는 집 앞 대로변에 주차되어 있지만 외출을 한 건가 고민하고 있었을 때 문이 홱 열리면서 핼로런 씨가 등장했다.

그는 어쩐지 달라 보였다. 전부터 말랐지만 지금은 수척해 보일 정도였다. 그게 인간적으로 가능할지 모르겠지만 얼굴은 전보다 더 핼쑥했다. 머리는 산발이었고 청바지에 받쳐 입은 검은색 티셔츠 밖으로 근육질의 팔이 드러났다. 반투명한 피부와 놀라운 대조를 이루는 푸르스름한 혈관 말고는 전부 하얬다. 그날, 그는 인간이 아니라 무슨 이상한 존재처럼 보였다. 꼭 초크맨 같았다.

"안녕, 에디."

"안녕하세요, 핼로런 선생님."

"여긴 어쩐 일이니?"

좋은 질문이었다. 듣고 보니 나도 여길 왜 찾아왔는지 알 수가 없었다.

"엄마, 아빠께서는 네가 여기 온 걸 아시니?"

"음, 아뇨."

그는 살짝 얼굴을 찌푸리더니 밖으로 나와서 주위를 살폈다. 나는 왜 그러는지 그때는 이유를 몰랐다가 나중에 깨달았다. 온갖 혐의가 제기되고 있는 마당에 남학생을 그의 집으로 불러들인 광경을 보이고 싶지 않았을 것이다. 어쩌면 나를 그냥 돌려보내려고 했을지 모르지만 나를 본 순간 그의 말투가 부드러워졌다. "들어와

라, 에디. 뭐 좀 마실래? 스쿼시 아니면 우유?"

나는 별로 생각이 없었지만 예의상 대답했다. "음, 우유가 좋겠어요."

"그래."

나는 핼로런 씨를 따라서 조그만 부엌으로 들어갔다.

"앉아."

나는 기우뚱한 소나무 의자에 앉았다. 부엌의 조리대 위에 상자들이 쌓여 있었다. 거실에도 마찬가지였다.

"떠나세요?" 나는 물었다. 알면서 한 바보 같은 질문이었다.

"응." 핼로런 씨는 대답하고 냉장고에서 우유를 꺼내 날짜를 확인한 다음 유리잔을 찾느라 상자를 뒤졌다. "콘월에 사는 누이한테 가서 신세를 질 거야."

"아. 죽었다고 하지 않으셨어요?"

"여동생 말고 누나가 한 명 또 있어. 이름은 커스티고."

"아."

핼로런 씨가 우유를 들고 왔다. "잘 지내고 있지, 에디?"

"저기, 음, 고맙다고 인사하고 싶었어요. 저희 아빠를 도와주셔서요."

"내가 한 게 뭐가 있다고. 진실을 밝혔을 뿐인데."

"네, 하지만 안 그러셔도 됐잖아요. 그것 때문에……."

나는 말끝을 흐렸다. 끔찍했다. 생각했던 것보다 훨씬 그랬다. 이 자리에 있고 싶지 않았다. 떠나고 싶었다. 하지만 그러면 안 될 것 같았다.

헬로런 씨는 한숨을 쉬었다. "에디, 이건 너나 너희 아빠하고는 아무 상관 없는 일이야. 나는 어차피 조만간 떠날 생각이었어."

"댄싱 걸 때문에요?"

"일라이저 말이니?"

"아, 네." 나는 고개를 끄덕였다. 우유를 마셨다. 맛이 조금 이상했다.

"어쩌면 새롭게 시작하는 게 우리 둘 모두를 위해서 가장 좋을지 모른다고 생각하거든."

"그럼 그녀도 선생님이랑 같이 콘월로 가는 거예요?"

"결국에는. 바라건대."

"선생님을 둘러싸고 나쁜 소문이 돌고 있어요."

"나도 알아. 다 거짓말이야."

"저도 알아요."

하지만 그는 나에게 좀 더 확신을 심어줄 필요가 있겠다고 생각했는지 말을 이었다. "일라이저는 아주 특별한 아이란다, 에디. 나도 이렇게 될 줄은 몰랐다. 그저 그녀를 돕고 친구가 되어주고 싶었을 뿐이었는데."

"그런데 왜 그냥 친구가 될 수 없었어요?"

"너도 나이를 먹으면 알게 될 거야. 우리에게는 어떤 사람과 사랑에 빠질지, 어떤 사람과 있으면 행복해질 수 있을지 선택할 권리가 없거든."

하지만 그는 행복해 보이지 않았다. 사랑에 빠진 여느 사람들과 다르게 슬프고 심란해 보였다.

나는 혼란스럽고 조금 어수선한 마음을 달래며 자전거를 타고 집으로 돌아갔다. 겨울이 슬금슬금 다가오고 있었기 때문에 오후 세시밖에 안 됐는데도 칙칙한 땅거미 속으로 날이 점점 저물어가고 있었다.

모든 게 춥고 암울하고 가망이 없을 만큼 달라진 듯이 느껴졌다. 우리 패거리는 와해됐다. 니키는 엄마와 함께 본머스로 떠났다. 미키에겐 기분 나쁜 새 친구들이 생겼다. 나는 여전히 호포와 뚱뚱이 개브와 어울려 다녔지만 전과 달랐다. 셋으로 이루어진 그룹은 자체적인 문제가 있었다. 난 항상 호포를 내 가장 친한 친구라고 생각했는데, 이제는 같이 놀려고 집으로 찾아가면 뚱뚱이 개브와 벌써 나가고 없었다. 여기에서 원망이라는 전에 없던 감정이 생겼다.

엄마와 아빠도 달라졌다. 마틴 목사 습격 사건 이후로 엄마의 병원 앞에 진을 치고 있던 시위대의 활동이 미미해졌다. 아빠는 "야수의 머리를 벤 것과 같은 효과"라고 했다. 하지만 엄마는 느긋해진 반면, 아빠는 날카롭고 예민해진 듯했다. 경찰 조사 때문에 충격을 받아서 그런 거였을 수도 있고 다른 이유가 있었을 수도 있지만 자꾸 깜빡하고 짜증을 잘 냈다. 어떨 때는 뭔가를 기다리고 있는데 그게 뭔지 모르는 사람처럼 의자에 앉아서 허공을 멍하니 바라보고 있곤 했다.

그 기다림의 분위기가 앤더베리 전체를 뒤덮고 있는 것 같았다. 모두들 대기 중인 듯했다. 마틴 목사를 공격한 범인이 아직 잡히지 않아서 그런 것일 수도 있었다. 내가 아는 누군가가 그런 짓을 저지를 수 있다는 데서 느껴지는 의혹 때문에 말이다.

나뭇잎들이 오그라들고 쭈글쭈글해지다 결국에는 힘없이 나무를 잡고 있던 손을 놓았다. 시들시들하게 죽어가는 분위기가 모든 것에 스며들었다. 이제는 그 어떤 것도 신선하거나 다채롭거나 순수하게 느껴지지 않았다. 온 마을이 자기만의 부연 타임캡슐 안에 갇혀서 잠시 유예됐다.

알고 보니 우리는 실제로 기다리고 있었다. 그녀의 창백한 손이 무심하게 떨어진 쭈글쭈글한 낙엽 밑에서 고개를 내밀었을 때 온 마을이 참았던 숨을 길게 터뜨린 듯한 분위기를 풍겼다. 사건이 터졌다. 마침내 최악의 사태가 벌어졌다.

2016년

나는 다음 날 아침 일찍 일어난다. 어떻게 보면 기억이 날락 말락 하는 꿈을 간헐적으로 꾸어가며 몇 시간 동안 엎치락뒤치락하다 결국에는 잠자는 걸 포기했다고도 볼 수 있겠다.

핼로런 씨가 댄싱 걸과 함께 댄싱 휠을 타는 꿈도 꾸었다. 머리가 없었지만 옷차림으로 봤을 때 분명 댄싱 걸이다. 그녀의 머리는 핼로런 씨의 무릎에 얹혀 있고 션 쿠퍼의 얼굴을 하고 있는 직원이 휠을 돌릴 때마다 비명을 지른다.

"*더 빨리 가고 싶으면 비명을 질러, 똥바가지야.* ***비명을 지르라고!***"

나는 심란한 마음을 달래며 피곤한 몸을 침대에서 일으킨다. 옷을 대충 걸치고 터벅터벅 일층으로 내려간다. 클로이는 아직 자고 있을 테니 커피를 끓이고 신문을 읽고 뒷문 밖으로 나가서 담배를 두 대 피우며 시간을 때운다. 그러다 아홉시가 지나서 민폐가 되지 않을 만한 시간대로 진입하자마자 수화기를 집어서 호포에게 전화를 건다.

호포의 엄마가 받는다.

"안녕하세요, 홉킨스 아주머니. 데이비드 있나요?"

"누구세요?"

그녀의 목소리는 떨리고 힘이 없다. 우리 엄마의 또박또박하고 정확한 말투와 선명하게 대조된다. 호포의 엄마는 우리 아빠처럼 알츠하이머를 앓고 있다. 다만 우리 아빠의 경우에는 더 일찍 시작돼서 더 빠르게 진행됐다.

호포가 어렸을 때 살던 집에서 이사를 가지 않는 이유가 그 때문이다. 엄마를 보살피기 위해서다. 우리는 가끔 이 나이가 되도록 집을 떠난 적이 없다며 서로 농담을 주고받는다. 조금 씁쓸한 농담이다.

"에드 애덤스예요, 아주머니." 나는 얘기한다.

"누구라고요?"

"에디 애덤스요. 데이비드의 친구요."

"우리 아들 없는데."

"아, 그럼 언제쯤 돌아올지 혹시 아세요?"

한참 동안 정적이 이어진다. 그러고 나서 그녀가 날카롭게 쏘아붙인다. "필요 없어요. 이중유리창 이미 달았다고요."

그녀는 쾅 하고 수화기를 내려놓는다. 나는 수화기를 잠깐 쳐다본다. 그웬이 하는 이야기에 신경을 쓰면 안 된다는 걸 나도 안다. 아빠도 대화의 맥락을 놓치고 엉뚱한 소리를 늘어놓곤 했다.

나는 호포의 휴대전화로 연락한다. 음성사서함으로 넘어간다. 항상 그렇다. 하는 일만 없다면 그는 그 빌어먹을 전화기를 아예 켜지도 않을 것이다.

네 잔째 따른 커피를 꿀꺽꿀꺽 마시고 현관 앞으로 나선다. 팔월 중순치고 서늘하고 바람이 매섭다. 나는 긴 외투를 찾는다. 보통은 그 외투를 현관 옆 옷걸이에 걸어두는데, 한동안 날이 따뜻해서 입지 않았다. 막상 입으려고 하니 보이지 않는다.

나는 미간을 찌푸린다. 나는 물건을 제자리에 두지 않는 걸 질색한다. 아빠의 맨 첫 증상이 그거였기 때문에 나는 열쇠를 잃어버릴 때마다 살짝 공황발작을 일으킨다. 아빠는 처음에는 물건을 잃어버리다 그다음에는 물건들의 이름을 잊어버리기 시작했다.

나는 어느 날 아침에 아빠가 입을 소리 없이 달싹이며 미간을 잔뜩 찡그리고 현관문을 멍하니 바라보던 걸 아직도 기억한다. 그러다 아빠는 어린애처럼 손뼉을 치더니 씩 웃으며 문손잡이를 가리켰다.

"*문걸이. 문걸이.*" 아빠는 나를 돌아봤다. "이름을 잊어버린 줄 알았잖니."

아빠가 하도 기뻐하며 즐거워해서 나는 아니라고 하지 못했다. 그저 미소만 지었다. "잘하셨어요, 아빠. 정말 잘하셨어요."

다시 한번 옷걸이를 확인한다. 이층에 두었나보다. 하지만 이층에서 외투를 입을 일이 없지 않은가. 그래도 터벅터벅 이층으로 올라가서 내 방을 살펴본다. 침대 옆 의자에 걸쳐두었나? 아니다. 문 뒤에 달린 고리에 걸었나? 아니다. 옷장인가? 나는 옷걸이에 걸어 놓은 옷들을 뒤적이다…… 한쪽 구석에 뭉뚱그려진 무언가를 발견한다.

허리를 숙여서 그걸 꺼낸다. 내 외투다. 나는 그걸 빤히 쳐다본다. 쭈글쭈글하게 구김이 갔고 살짝 축축하다. 마지막으로 본 게 언제인지 기억을 더듬는다. 미키가 찾아왔던 날 밤이다. 그의 비싼 스포츠 재킷을 그 옆에 걸었던 기억이 난다. 그런 다음에는? 입은 기억이 없다.

아니면 입었을지 모른다. 그날 밤에 그 코트를 입고 서늘하고 살짝 축축한 밤공기를 가르며 걸어가다가…… *어쨌을까?* 미키를 강물 속으로 빠뜨렸을까? *말도 안 돼.* 한밤중에 예전 친구를 강물 속으로 빠뜨렸다면 기억하지 못할 리가 없지 않은가.

정말 그럴까, 에드? 일층으로 내려가서 벽난로 주변에다 온통 초크맨을 그려놓은 것도 기억이 나지 않으니까? 너는 술을 엄청 많이 마셨어. 그날 밤에 또 무슨 짓을 했을지 모를 일이지.

나는 꼬치꼬치 따지고 드는 그 목소리를 조용히 시킨다. 나는 미키를 해칠 이유가 없다. 그는 나에게 엄청난 기회를 선물하려고 하고 있었다. 그리고 그가 댄싱 걸을 살해한 범인이 누군지 알아냈다면, 그래서 핼로런 씨의 무죄를 밝힐 수 있다면 내가 기뻐할 일이지 않을까?

그럼 네 옷장 바닥에 그 외투가 쑤셔 넣어진 이유는 뭘까, 에드?

나는 외투를 다시 쳐다보며 까칠까칠한 옷감을 손으로 쓰다듬는다. 그때 다른 뭔가가 눈에 들어온다. 한쪽 소맷동에 검붉은 색으로 칙칙해진 얼룩이 몇 개 있다. 내 목구멍이 조여온다.

핏자국이다.

어른이 된다는 건 환상이다. 따지고 보면 실제로 어른이 되는 사람이 있을까 싶다. 그냥 키가 커지고 털이 많아질 뿐이다. 나는 나에게 운전면허가 주어졌고 술집에서 술을 마셔도 잡혀가지 않는다는 데 지금도 가끔 놀랄 때가 있다.

어른이라는 허울을 걷으면, 한 해, 두 해가 태연하게 흘러가는 동안 켜켜이 쌓인 경험을 헤치면 까진 무릎으로 코를 흘리며 엄마, 아빠를 찾는…… 그리고 친구를 찾는 어린애가 숨어 있다.

호포의 밴이 집 앞에 주차되어 있다. 길모퉁이를 도는데, 나뭇가지와 나무껍질을 가득 담은 쇼핑백을 핸들에 걸고 불룩한 배낭을 짊어진 호포가 자전거에서 내린다. 같이 숲에 가서 호포의 엄마를 위해 땔감과 불쏘시개를 잔뜩 안고 돌아왔던 화창했던 여름날들이 떠오른다.

그가 자전거에서 내려 연석에 기대 자전거를 세우자 온갖 일들에도 불구하고 나도 모르게 살짝 미소가 지어진다.

"에드, 어쩐 일이야?"

"전화했는데 휴대전화가 꺼져 있더라."

"아. 숲에 다녀왔어. 거기 신호가 잘 안 잡히지."

나는 턱으로 가리킨다. "세살 버릇이 여든 간다더니."

그는 씩 웃는다. "엄마가 기억력은 점점 나빠지고 있을지 몰라도 돈을 주고 땔감을 사면 절대 나를 용서하지 않을 거야."

내 표정을 봤는지 그의 얼굴에서 미소가 가신다. "왜 그래?"

"미키 소식 들었어?"

"또 무슨 짓을 했는데?"

나는 입을 열고 혀를 하릴없이 달싹이다가 머리에서 시키는 대로 가장 단도직입적인 단어를 선택한다. "죽었어."

"죽었다고?"

우습게도 사람들은 그 말을 들으면 제대로 들은 게 맞는다는 걸 알면서도 항상 되묻는다. 뜸을 들이면서 현실을 부인한다.

잠시 후에 호포가 묻는다. "어떻게? 어쩌다?"

"물에 빠져 죽었대. 강물에."

"맙소사. 자기 형이랑 똑같이 죽었네."

"똑같은 건 아니야. 저기, 좀 들어가도 될까?"

"그럼."

호포는 자전거를 들어서 짧은 골목길로 옮긴다. 나는 뒤따라간다. 그가 문을 연다. 우리는 좁고 어두컴컴한 복도를 지난다. 나는 어렸을 때 이후로 호포의 집으로 찾아온 적이 없었고 그때도 하도 엉망진창이어서 안으로 들어간 적은 거의 없었다. 가끔 뒷마당에서 논 적은 있었지만 워낙 좁아서 오래 놀지는 않았다. 개똥을 치우지 않아서 얼마 되지 않은 것과 하얗게 굳은 것이 같이 뒹굴고 있을 때도 많았다.

집에서는 땀과 오래된 음식과 소독약 냄새가 났다. 오른쪽의 열려 있는 거실 문 너머로 나달나달한 꽃무늬 소파와 원래는 하얀색인데 꼬질꼬질하게 누레진 레이스 커버가 보인다. 한쪽 구석에 텔레비전이 있다. 한쪽 구석에는 이동식 변기와 보행 보조기가 있다.

호포의 엄마가 소파 한쪽의 등받이가 높은 의자에 앉아서 퀴즈 프로그램을 멍하니 보고 있다. 그웬 홉킨스는 예전에도 체구가 작았는데, 나이를 먹고 병에 걸리면서 한층 더 쪼그라들었다. 기다란 꽃무늬 원피스와 초록색 카디건 안에서 길을 잃은 듯 보인다. 소매 밖으로 삐져나온 손목은 쪼글쪼글하게 마른 고기 껍질 같다.

"엄마?" 호포가 조용히 부른다. "에드가 왔어요. 에디 애덤스 기억하세요?"

"안녕하세요, 홉킨스 아주머니." 나는 나이 많은 환자를 대할 때 누구나 그러듯 살짝 목소리를 높인다.

그녀는 천천히 고개를 돌려서 눈의 초점을 맞추려고 애를 쓴다. 어쩌면 사태를 파악하려고 애를 쓰는 것일 수도 있다. 그러더니 아이보리색의 고른 틀니를 보이며 미소를 짓는다. "네가 누군지 기억난다, 에디. 형이 있었지. 션이던가?"

"엄마." 호포가 끼어든다. "그건 미키였어요. 미키한테 션이라는 형이 있었죠."

그녀는 미간을 찡그렸다가 다시 미소를 짓는다. "아, 그렇지. 미키. 걔는 어떻게 지낸다니?"

호포는 얼른 대답한다. "잘 지내요, 엄마. 아주 잘 지내요."

"그래, 그래. 나 차 한 잔만 가져다줄래, 데이비드?"

"네, 엄마." 그는 나를 흘끗 쳐다본다. "가서 주전자 얹을게요."

나는 문 앞에 서서 그웬을 보며 어색하게 미소를 짓는다. 안에서 냄새가 난다. 변기를 최근에 비운 적이 있을까 싶다.

"착한 아들이야." 그웬이 말한다.

"그렇죠."

그녀는 미간을 찡그린다. "댁은 누구슈?"

"에드. 에디요. 데이비드 친구예요."

"아, 맞다. 데이비드는 어디 갔지?"

"부엌에요."

"그래? 개를 데리고 산책 나간 줄 알았더니."

"개요?"

"머피."

"아. 하지만 머피를 데리고 나갔을 것 같진 않은데요."

그녀는 핏줄이 튀어나오고 울퉁불퉁하게 마디가 진 손을 들어서 나를 향해 손사래를 친다. "맞아. 머피는 죽었지. 내 말은 버디 말이야."

호포가 머피 이후에 키운 개가 버디였다. 그 녀석 역시 죽었다.

"아. 그렇죠."

나는 고개를 끄덕인다. 그녀도 따라서 고개를 끄덕인다. 우리는 서로 쳐다보며 고개를 끄덕인다. 자동차 대시보드에 장식품으로 얹었다면 안성맞춤이었을 것이다.

그녀는 의자 팔걸이를 넘어서 내 쪽으로 몸을 숙인다. "네가 누군지 기억난다, 에디." 그녀가 얘기한다. "너희 어머니가 애기들을 죽였지."

목구멍에서 숨이 턱 걸린다. 그웬은 웃는 얼굴로 계속 끄덕이지만 좀 전과 어딘지 모르게 다르다. 입꼬리를 심술궂게 일그러뜨렸고 옅은 파란색 눈에 갑자기 총기가 어린다.

"걱정 마. 아무한테도 얘기하지 않을 테니까." 그녀는 몸을 앞으로 숙여서 콧잔등을 톡톡 두드리는 한편, 부들부들 떨며 천천히 눈을 찡긋거린다. "나는 약속을 잘 지키거든."

"자." 호포가 찻잔을 들고 다시 등장한다. "아무 일 없었지?"

나는 그웬을 흘끗 쳐다보지만 총기가 사라졌고 눈빛이 다시 흐리멍덩하다.

"응." 나는 대답한다. "그냥 이야기 나누고 있었어."

"그래. 엄마, 차 끓여왔어요." 그는 테이블에 찻잔을 내려놓는다. "뜨거워요. 불어서 드세요."

"고마워, 고디."

"고디?" 나는 호포를 쳐다본다.

"우리 아빠." 그가 속삭인다.

"아."

우리 아빠는 사람을 혼동하지는 않았다. 하지만 내 이름을 또 잊어버린 걸 들키지 않으려고 나를 가끔 "아들"이라고 부를 때가 있었다.

그웬은 의자에 제대로 앉아서 텔레비전을 들여다본다. 그렇게 그녀의 세상 속으로 아니면 제삼의 세상 속으로 길을 잃는다. 현실과 현실 사이의 그 얇은 막 속으로. 어쩌면 이성이 길을 잃는 게 아닐지도 모른다. 그 사이로 미끄러져 들어가 다른 공간을 거니는 것일지 모른다.

호포가 나를 보며 잠깐 암울한 미소를 짓는다. "우리는 부엌으로 갈까?"

"그래."

그 후덥지근하고 냄새나는 거실에서 벗어날 수만 있다면 그가 상어들과 함께 헤엄치자고 했어도 좋다고 대답했을 것이다.

부엌도 오십보백보다. 개수대에 지저분한 접시들이 쌓여 있다. 조리대는 봉투, 묵은 잡지, 할인 판매용 주스와 콜라병으로 넘쳐난다. 식탁은 황급히 치운 모양이지만 오래된 라디오의 잔해 아니면 엔진 부품들이 나뒹군다. 나는 '실용적인' 인간이 못 되지만 호포는 어렸을 때부터 손재주가 좋았다. 기계를 조립했다가 다시 해체하는 건 일도 아니었다.

나는 낡은 나무 의자에 앉는다. 의자가 삐걱거리며 살짝 주저앉는다.

"차? 커피?" 호포가 묻는다.

"음, 커피. 고마워."

호포는 그나마 새로 산 주전자 앞으로 다가가 식기건조대에서 머그잔을 두 개 꺼낸다.

병에 담긴 커피를 그대로 따르고 나를 돌아본다.

"그래서. 어떻게 된 거야?"

나는 지난 삼 일 동안 있었던 일들을 다시 한번 설명한다. 호포는 아무 말 없이 듣는다. 내가 맨 마지막 이야기를 꺼낼 때까지 표정의 변화가 없다.

"개브가 그러는데 너도 편지를 받았다며?" 내가 묻는다.

그는 고개를 끄덕이고 커피에 끓인 물을 붓는다. "응. 이삼 주 전에."

그는 냉장고로 가서 우유를 꺼내 냄새를 맡은 다음 양쪽 커피에 넣는다. "기분 나쁜 장난인 줄 알았어."

그는 커피를 들고 식탁으로 와서 내 맞은편에 앉는다.

"경찰에서는 미키의 죽음을 사고사라고 생각한다고?"

나는 지금까지 이 부분에 대해서 애매모호한 태도를 보였지만 이번에는 "현재로서는"이라고 대답한다.

"경찰의 입장이 바뀔 거라고 생각해?"

"그 편지를 발견했잖아."

"그게 아무 의미 없을 수도 있잖아."

"그래?"

"왜? 누가 우리를 하나씩 제거하러 나선 거라고 생각해? 책에 나오는 것처럼?"

사실 그런 식으로 생각한 적은 없었는데 듣고 보니 너무 그럴듯하다. 이 시점에서 다른 게 궁금해진다. 니키도 편지를 받았을까?

"농담이야." 그가 얘기한다. "너도 그랬잖아, 미키가 취했다고. 어두컴컴한데 그쪽 길에는 가로등도 없고. 아마 발을 헛디뎠겠지. 술 취하면 너 나 할 것 없이 강에 빠지고 그러잖아."

그의 말이 맞는다. *하지만.* '하지만'의 마수에서 벗어날 길이 없다. 배 속에다 보이스카우트 매듭을 만들어놓는, 귀찮고 짜증나는 녀석이다.

"뭔가 다른 게 있어?"

"미키가 그날 저녁에 찾아왔을 때 이런저런 얘기를 나누었는데 미키가…… 일라이저를 살해한 범인이 누군지 안다고 그랬거든."

"뻥이야."

"나도 그렇게 생각했는데 진짜로 알았다면?"

호포는 커피를 한 모금 더 마신다. "그래서 그 '범인'이 미키를 강에 빠뜨렸다고 생각해?"

나는 고개를 젓는다. "모르겠어."

"미키는 예전부터 사람 속을 긁는 데 일가견이 있었잖아. 보아하니 죽어서도 주특기를 발휘하고 있는 모양이네." 그는 말을 멈추었다가 다시 잇는다. "게다가 자기 억측을 너한테만 얘기했지?"

"그런 것 같아."

"그럼 미키한테 꼬리가 밟혔다는 걸 그 '범인'은 어떻게 알았을까?"

"그야—"

"그 범인이 너라면 모를까."

나는 그를 빤히 쳐다본다.

검붉은 색으로 칙칙해진 얼룩. 핏자국.

"농담이야." 그가 얘기한다.

"그렇겠지."

나는 커피를 마신다. *그렇겠지.*

나는 집으로 돌아가는 길에 휴대전화를 꺼내 클로이에게 연락한다. 우리 둘 사이가 아직도 찜찜하다. 해결되지 않은 뭔가가 남아 있는 듯한 느낌이다. 그래서 신경이 쓰인다. 호포와 개브를 제외하면 나에게 진정한 친구라고는 그녀뿐이다.

그녀는 세 번째 신호음이 떨어졌을 때 전화를 받는다. "여보세요."

"여보세요. 나야."

"네."

"너무 반가워하지는 말아줘."

"노력해볼게요."

"어제 엄마 일은 미안해."

"괜찮아요. 아저씨네 엄마가 아저씨네 집에 온 걸요."

"뭐, 아무튼 미안해. 점심때 뭐해?"

"지금 일하는 중이에요."

"아. 오늘 쉬는 날인 줄 알았는데."

"누가 아프다고 해서요."

"그렇구나. 그럼—"

"저기. 사과는 접수할게요, 아저씨. 그만 끊어야 해요. 손님이 있어요."

"알았어. 그럼 이따 보자."

"글쎄요."

그녀는 전화를 끊는다. 나는 전화기를 잠깐 쳐다본다. 클로이는 뭐든 쉽게 넘어가는 법이 없다. 나는 걸음을 멈추고 담배에 불을 붙이며 샌드위치를 사서 들어갈까 고민한다. 그러다 생각을 바꾼다. 클로이가 출근했더라도 점심은 먹을 것 아닌가. 나는 쉽게 포기하지 말자고 마음을 먹는다. 방향을 돌려서 다시 시내 쪽으로 걸음을 옮긴다.

나는 지금까지 클로이의 직장으로 찾아가본 적이 없다. 고백하건대 '얼터너티브 록/고스' 의상 전문점은 내가 드나들 만한 곳이 아니다. 그녀와 내가 당황스러워지는 사태가 벌어질까봐 조금 몸을 사렸던 것 같다.

나는 가게 위치도 정확히 모른다. 하지만 관광객과 나이 많은 쇼핑객들을 피해가며 시내를 헤매다 어느 골목길에서 은 액세서리와 풍경을 파는 가게와 중고용품점 사이에 끼어 있는 그곳을 드디어 발견한다. 간판을 확인한다. '기어(대마초 문양이 있는 걸 보면 옷만 파는 게 아닌 모양이다)'. 나는 백 살 먹은 노인네가 된 듯한 기분을 느끼며 문을 밀고 들어간다.

가게는 어두침침하고 시끄럽다. 음악인가 싶은 게(아니면 누군가가 사지를 찢기는 소리일 수도 있다) 머리 위에 달린 스피커에서 악을 쓰고 내 고막이 당장 욱신거리기 시작한다.

비쩍 마른 십대 몇 명이 옷 뒤에서 고개를 내민다. 직원인지 손님인지 알 길이 없다. 한 가지 분명한 사실이 있다면 클로이는 없다는 것이다. 나는 미간을 찌푸린다. 머리칼의 한쪽 절반은 진홍색으로 염색하고 한쪽 절반은 깨끗하게 밀었고 얼굴 여기저기에 은을 주렁주렁 많이도 달아놓은 젊은 여자가 계산대를 지키고 있다. 그녀가 몸을 돌리자 비쩍 마른 몸 위로 헐렁하게 늘어진 티셔츠에 적힌 선언이 보인다. '뚫고. 관통하고. 난도질하고.' 훌륭하다.

나는 계산대 쪽으로 걸어간다. 피어싱 걸이 고개를 들고 미소를 짓는다. "안녕하세요. 무엇을 도와드릴까요?"

"어, 실은 누굴 만나러 왔는데요."

"어머, 서운해라."

나는 살짝 쭈뼛쭈뼛 웃는다. "어, 여기서 일하는 직원이에요. 내 친구인데. 클로이 잭슨요."

그녀는 미간을 찌푸린다. "클로이 잭슨요?"

"네. 말랐고. 까만 머리고. 검은색 옷을 많이 입어요."

그녀는 나를 계속 쳐다보고 나는 여기 있는 사람들 거의 대부분이 그 조건에 부합한다는 사실을 깨닫는다.

"죄송해요. 잘 모르겠는데요. 여기서 일하는 거 맞아요?"

맞는다고 생각했는데 의구심이 들기 시작한다. 내가 가게를 잘못 찾아온 모양이다.

"앤더베리에 이런 옷가게가 또 있나요?"

그녀는 잠깐 생각해본다. "아뇨."

"그렇군요."

그녀는 내 표정을 보고, 당황스러워하는 중년 남자가 딱하다는 생각이 들었는지 이렇게 얘기한다. "저기. 저는 여기서 일한 지 몇 주 안 됐거든요. 마크한테 물어볼게요. 여기 점장이에요."

"고마워요." 나는 이렇게 인사하지만 그걸로 해결되는 건 아무것도 없다. 클로이는 오늘 출근한다고 했고 내가 알기로 그녀는 지난 구 개월 동안 여기서 일을 하고 있었다.

나는 음흉한 해골이 빨간색으로 그려진 손목시계와 '생일 절라 축하함', '생일 축하한다 이년아' 같은 문구가 적힌 생일카드를 쳐다보며 기다린다.

몇 분 뒤에 머리를 깨끗하게 밀고 어마어마하게 숱이 많은 수염을 덥수룩하게 기른 멀대 같은 청년이 어슬렁어슬렁 등장한다.

"안녕하세요, 점장 마크입니다."

"안녕하세요."

"클로이를 찾아오셨다고요?"

나는 일말의 안도감을 느낀다. 그녀를 아는 모양이다.

"네. 여기서 일을 하는 걸로 알고 있었는데요."

"그랬는데 그만뒀어요."

"그래요? 언제쯤 그만뒀죠?"

"한 달쯤 됐을 거예요."

"그렇군요. 알겠습니다." 말은 그렇게 했지만 잘 모르겠다. "제가 찾는 클로이가 그 클로이 맞겠죠?"

"말랐고 까만 머리를 종종 하나로 묶고 다녔는데요."

"맞는 것 같네요."

그는 조심스럽게 나를 쳐다본다. "그녀의 친구시라고요?"

"제 생각에는요."

"솔직히 말씀드리자면 제가 내보냈어요."

"내보내다니요?"

"태도 문제가 있었거든요. 몇몇 손님들한테 결례를 저질렀어요."

클로이답다.

"이런 가게에서는 원래 그런 태도가 권장사항 아닌가요?"

그는 씩 웃는다. "무심한 태도라면 모를까 모욕은 아니죠. 아무튼 들어온 여자 손님과 목청 시합을 벌이는 바람에 제가 중재를 해야 했어요. 가만히 두면 몸싸움이 벌어질 것 같아서. 그런 일이 벌어진 뒤에 잘랐죠."

"그렇군요."

나는 살모넬라균처럼 이 모든 정보를 천천히 흡수한다. 두 직원 모두 나를 쳐다보고 있다.

"미안합니다." 내가 말했다. "내가 잘못 알고 있었나봐요." 나는 잘 안다고 생각했던 사람에게 기만당했다는 것을 그런 식으로 돌려서 표현한다. "고마웠어요." 출입문을 향해 발걸음을 옮기는데 번쩍하는 깨달음의 순간이 나를 찾아온다. 나는 몸을 돌린다. "클로이하고 말다툼을 벌였다는 여자 손님 말이에요, 어떻게 생겼나요?"

"날씬했고 나이가 어느 정도 있는 분치고 매력적이었어요. 빨간 머리를 길게 길렀고요."

나는 그 자리에서 얼어붙는다. 모든 신경의 말단이 곤두선다.

"빨간 머리요?"

"네. 새빨갰어요. 사실 굉장히 섹시한 분위기였어요."

"이름을 듣지는 않으셨겠죠?"

"적어놨어요. 그 손님은 이름을 밝히지 않으려고 했지만 고소를 당하거나 뭐 그럴 경우에 대비해서."

"그 종이를 아직도 가지고 계실까요? 무리한 부탁인 건 알지만. 정말…… 중요한 일이라서요."

"저야 손님께 도움을 드리면 좋죠." 그는 미간을 찌푸리고 수염을 당기며 나를 위아래로 훑었다. "그런데 손님 맞으시죠? 쇼핑백이 안 보여서……."

그럼 그렇지. 세상에 공짜가 어디 있을까. 나는 한숨을 쉬고 매장 안쪽으로 다시 들어가서 가장 가까이에 있는 까만색 맨투맨 티셔츠를 집는다. 음흉한 해골이 그려진 옷이다. 나는 그걸 피어싱 걸에게 내민다.

"이거 살게요."

그녀는 미소를 지으며 서랍을 열어서 꾸깃꾸깃한 종이를 꺼낸다. 종이를 내게 건넨다. 글씨가 하도 꾸불꾸불해서 알아보기가 쉽지 않다.

"니콜라 마틴."

니키다.

1986년

"꿈이 있어야지. 꿈이 없으면 어떻게 꿈을 이룰 수 있을까?"

희한하게도 나는 그녀를 발견한 날을 생각하면 항상 그 노래가 떠오른다. 나는 옛날 뮤지컬에 나오는 노래를 많이 안다. 요양원으로 아빠 병문안을 가면 항상 그런 노래가 흘러나왔던 것 같다. 엄마가 집에서 아빠를 돌보다 결국 항복 선언을 했을 때 아빠를 입원시킨 곳이 요양원이었다.

나는 충격적인 광경을 숱하게 목격했지만, 낮 동안 내 머릿속을 어지럽히고 밤이면 식은땀을 흘리며 벌떡 일어나게 만드는 것은 연금을 받을 나이도 되지 않았을 때 알츠하이머로 처참한 말년을 보낸 아빠의 모습이다. 이 세상에는 피투성이로 비명횡사하는 사람도 있지만 그보다 훨씬 끔찍한 경우도 있다. 나는 선택의 기로에 놓인다면 내가 어느 쪽을 선택할지 안다.

아빠의 임종을 지켰을 때 나는 스물일곱 살이었다. 시신을 처음으로 본 날은 생후 십이 년 십일 개월 팔 일째였다.

희한하게 들릴지 모르겠지만 나는 어떻게 보면 그런 순간이 찾아올 줄 짐작하고 있었다. 마틴 목사가 공격을 당했을 때부터. 아니면 션 쿠퍼가 사고를 당하고 첫 번째 초크맨이 그려졌을 때부터.

꿈을 꾸었기 때문이기도 했다.

꿈에서 나는 숲속에 있었다. 아주 깊은 숲속에 있었다. 나무들이 울퉁불퉁한 거인처럼 삐걱대는 팔을 하늘로 뻗고 있었다. 구부러지고 뒤틀린 그들의 손가락 사이로 창백한 달빛이 게슴츠레 비추었다.

나는 썩어가는 갈색 낙엽 더미로 둘러싸인 조그만 공터에 서 있었다. 축축한 밤공기가 살갗에 내려앉아 뼛속까지 파고들었다. 나는 잠옷 위에 후드 재킷을 걸치고 운동화를 신고 있었다. 온몸이 떨려서 지퍼를 끝까지 올렸다. 턱에 닿은 금속 지퍼가 얼음처럼 차가웠다.

생생하다. 너무 생생해.

그뿐만이 아니었다. 냄새. 속이 메슥거리도록 달짝지근하면서 시큼한 냄새가 내 콧구멍 속으로 파고들어 목구멍을 막는다. 예전에 우리는 숲속에서 죽은 오소리와 마주친 적이 있었다. 완전히 썩어서 구더기 천지였다. 그때 맡았던 냄새다.

나는 단박에 알아차렸다. 사고가 벌어지고 거의 삼 개월이 지났다. 땅속에 묻혀 있기에는 긴 시간이었다. 물컹해져가는 살 위로 꿈틀꿈틀 기어 올라와서 안쪽으로 파고들기 시작하는 갈색 벌레들에게 시달려가며 반짝거리는 딱딱한 관 속에 누워 있기에는 긴 시간이었다.

나는 몸을 돌렸다. 션 쿠퍼 혹은 그의 잔재가 나를 보며 미소를 짓자 입술이 갈라져서, 까맣게 썩어가는 잇몸 밖으로 기다랗게 튀어나온 하얀 치아 위에서 너덜거렸다.

"안녕, 똥바가지야."

눈동자가 있었던 곳에 지금은 시커먼 구멍뿐이었다. 완전히 비어 있지는 않았다. 그 안에서 뭔가가 움직이는 게 보였다. 까만색으로 반짝이는 것들이 눈구멍 안쪽의 몰캉몰캉한 살 위에서 열심히 꼼지락거리고 있었다.

"내가 왜 여기 와 있는 거예요?"

"난들 알겠냐, 똥바가지야?"

"모르겠어요. 내가 왜 여기 와 있는지 모르겠어요. 형이 여기 등장한 이유도 모르겠고."

"그야 단순하지, 똥바가지야. 나는 네가 맨 처음으로 가까이서 경험한 죽음이야. 그래서 네 머릿속에 각인이 된 모양이지."

"나는 형 생각 하고 싶지 않아요. 형이 없어졌으면 좋겠어요."

"너무하는구만. 하지만 걱정 마, 조만간 다른 똥덩이가 네 악몽을 장식할 테니까."

"그게 뭔데요?"

"뭐일 것 같냐?"

나는 주변을 두리번거렸다. 나무들이 그림으로 뒤덮여 있었다.

하얀 초크맨이었다. 그들이 움직이고 있었다. 섬뜩하고 끔찍한 춤이라도 추는 듯 나무껍질 위에서 움직였다. 막대처럼 생긴 팔다리를 내젓고 흔들었다. 얼굴은 없었지만 웃고 있다는 걸 알 수 있었다. 그런데 좋게 웃는 게 아니었다.

내 피부가 뼈 위에서 오그라들었다. "이 그림 누가 그런 거예요?"

"누구일 것 같냐, 똥바가지야?"

"모르겠어요!"

"아, 너는 알아, 똥바가지야. 아직 모르고 있을 뿐이지."

그는 눈동자도 없고 눈꺼풀도 없는데 용케 윙크를 하고 사라졌다. 이번에는 먼지구름이 아니라 이파리들이 우수수 떨어지더니 곧바로 동그랗게 말려서 죽었다.

나는 뒤를 돌아보았다. 초크맨들이 자취를 감추었다. 숲도 자취를 감추었다. 내 방 안이었다. 온몸이 추위와 공포로 부들부들 떨렸고 두 손이 얼얼하고 감각이 없었다. 나는 주머니 깊숙이 손을 찔러 넣었다. 그리고 그때 알아차렸다.

주머니 가득 분필이 들어 있었다.

우리 패거리는 싸움박질 이후로 한자리에 모인 적이 없었다. 니키는 떠났고 미키는 새로운 친구들과 어울려 다녔다. 뚱뚱이 개브와 호포와 나를 마주치더라도 대개 못 본 척했다. 우리가 지나가면 가끔 미키의 패거리가 키득거리며 '호모들'이라는 둥 '기집애들'이라는 둥, 모욕적인 단어를 중얼거릴 때도 있었다.

그날 아침에는 놀이터로 들어섰을 때 미키를 거의 알아보지도 못했다. 머리를 길렀고 머리 색이 밝아졌다. 섬뜩하리만치 형을 닮아가기 시작했다. 심지어 션의 옷까지 입고 다니는 게 분명했다.

사실 나는 빵빵이에 앉아서 나를 기다리는 사람이 미키의 형인 줄 알고 순간 가슴이 철렁 내려앉았다.

야, 똥바가지. 내 꼬추 빨래?

그리고 이번에는 꿈이 아니라고(뭐, 백 퍼센트는 아니었지만) 장담할 수 있었다. 일단 밝은 대낮이었다. 귀신이나 좀비들은 대낮에 등장하지 않았다. 자정에서 새벽까지, 그 졸린 공허의 시간에만 등장했다가 햇살이 비치자마자 먼지로 바스러졌다. 열두 살 때 나는 그렇게 믿었다.

그런데 미키가 미소를 짓자 예전의 얼굴로 돌아왔다. 미키는 앉아 있던 빵빵이에서 내려와 껌을 씹으며 어슬렁어슬렁 걸어왔다.

"안녕, 에디 먼스터. 메시지 본 모양이네?"

그랬다. 일층으로 내려와보니 집 앞에 파란색으로 그림이 그려져 있었다. 놀이터에서 만나고 싶을 때 쓰는 기호 옆에 느낌표가 세 개였다. 느낌표가 하나면 아주 급하다는 뜻이었다. 두 개면 당장 달려오라는 뜻이었다. 세 개면 생사가 달린 문제라는 뜻이었다.

"무슨 일로 만나자고 한 거야? 뭐가 그렇게 급해?"

미키는 미간을 찌푸렸다. "나? 내가 메시지 안 남겼는데."

"네가 나한테 메시지 남겼잖아. 파란색으로."

미키는 고개를 저었다. "*아니야.* 호포가 나한테 메시지를 남겼어. 초록색으로."

우리는 서로 쳐다보았다.

"우와. 탕자가 돌아왔구만!" 뚱뚱이 개브가 놀이터 안으로 성큼성큼 걸어 들어왔다. "무슨 일이야?"

"너한테도 누가 여기로 오라고 메시지를 남겼어?" 나는 그에게 물었다.

"응. 네가 남겼잖아, 입 냄새 대마왕아."

우리가 한창 설명을 하고 있을 때 호포가 도착했다. "*너한테는* 누가 메시지를 남겼냐?" 뚱뚱이 개브가 물었다.

호포는 의아한 눈빛으로 개브를 쳐다보았다. "너. 무슨 일이야?"

"누군가가 우리를 여기로 불렀어." 내가 말했다.

"왜?"

너는 알아, 똥바가지야. 아직 모르고 있을 뿐이지.

"누군가가 다칠 예정이거나 이미 다친 모양이야."

"지랄하시네." 메탈 미키가 콧방귀를 뀌었다.

나는 주변을 두리번거렸다. 또 다른 메시지가 있을 게 분명했다. 나는 놀이터를 한 바퀴 돌아보기 시작했다. 나머지 세 명은 정신병자 대하듯 나를 구경했다. 잠시 후에 내가 가리켰다. 유아용 그네 밑이었다. 흰색 분필로 그림이 그려져 있었다. 하지만 이번 그림은 달랐다. 이번 막대인간은 머리가 길고 원피스를 입고 있었다. 초크맨이 아니라 초크걸이었고 그 옆에 흰색으로 나무가 몇 그루 그려져 있었다.

나는 지금도 그 순간을 또렷하게 기억한다. 까만 아스팔트와 선명하게 대조되던 흰색 분필. 녹이 슬어서 희미하게 삐걱거리는 소리를 내던 유아용 그네와 살을 에던 이른 아침의 공기.

"뭐가 있길래 그래?" 메탈 미키가 물으며 걸어왔다. 호포와 뚱뚱이 개브도 뒤따라왔다. 그들은 그림을 빤히 내려다봤다.

"숲으로 가봐야겠어." 내가 말했다.

"설마 진담은 아니겠지?" 뚱뚱이 개브가 마뜩잖아하는 말투로 외쳤다.

"나는 안 가." 메탈 미키가 말했다. "시간도 많이 걸릴 테고 뭐 하러 가냐?"

"나는 갈게." 호포가 말했다. 나는 호포가 미키의 약을 올리려고 그렇게 대답했을지 모른다는 걸 알았지만 그래도 고마웠다.

뚱뚱이 개브는 눈을 부라리다 어깨를 으쓱했다. "알았어. 나도 갈게."

메탈 미키는 주머니에 손을 넣고 반항하듯이 한쪽 옆으로 서 있었다.

나는 나머지 두 친구를 보며 말했다. "가자."

우리는 놀이터를 다시 가로질러서 자전거를 집었다.

"잠깐." 메탈 미키가 다가와서 우리를 노려봤다. "우라질 장난이면 죽을 줄 알아."

"장난 아니야." 내가 말하자 미키는 고개를 끄덕였다.

우리는 자전거를 타고 놀이터에서 빠져나왔다. 나는 그네를 흘끗 돌아보았다. 다른 친구들은 알아차렸는지 몰라도 그 여자아이의 그림은 특이한 구석이 있었다. 선이 이어지지 않고 끊겼다. 팔. 다리. 머리. 이런 식으로 각자 따로 놀았다.

이상한 일이지만, 끔찍할 일이 벌어지면 웃고 싶은 충동이 하늘을 찔러서 참을 수 없듯이 그날 아침에 숲으로 달릴 때만큼 신나고 재미있게 자전거를 탄 적은 없었다.

가끔 땔감을 주우러 가는 호포 말고는 다들 겨울에 숲에 간 적이 별로 없었다. 그날은 햇빛이 반짝였고 얼음처럼 차가운 바람이 우리 얼굴을 찌르고 머리칼을 잡아당겼다. 기분은 상쾌하고 살갗은 따끔거렸다. 그 어느 때보다 빠르게 페달을 밟을 수 있을 것 같았다. 그 무엇도 우리를 막을 수 없었다. 그렇게 영원히 자전거를 타고 싶었지만 물론 그럴 수는 없었다. 시커먼 숲이 너무 금세 눈앞으로 다가왔다.

"이제 어떻게 하지?" 메탈 미키가 조금 숨을 헐떡이며 물었다.

우리는 자전거에서 내렸다. 나는 주변을 살피다 발견했다. 계단 근처의 나무 울타리에 그림이 그려져 있었다. 한 손가락으로 하늘을 똑바로 가리키고 있는 한쪽 팔을 흰색 분필로 그린 그림이었다.

"그럼 울타리를 넘어서 계속 가야겠네." 뚱뚱이 개브가 자전거를 들어서 계단 저편으로 넘기며 말했다.

개브는 내 기분을 고스란히 반영하는 눈빛을 하고 있었다. 고도로 각성한 눈빛, 거의 히스테리에 가깝도록 흥분한 눈빛이었다. 친구들은 자기들이 뭘 찾고 있는지 잘 몰랐을 것이다. 알면서 입 밖으로 내지 않은 것일 수도 있지만.

아이라면 누구나 시신을 찾고 싶어 한다. 열두 살짜리 남자아이가 시신보다 더 찾고 싶어 하는 게 있다면 우주선이나 숨겨진 보물이나 포르노 잡지뿐이다. 우리는 그날 뭔가 고약한 것을 찾고 싶었다. 그리고 소원을 이뤘다. 그게 얼마나 고약하게 발전할 수 있는지 아무도 몰랐을 뿐.

나는 뚱뚱이 개브가 앞장서자 짜증이 솟았던 기억이 난다. 이건 *내* 모험이라야 했다. *내* 것이라야 했다. 하지만 뚱뚱이 개브가 항상 리더를 자청했으니 어떻게 보면 그게 맞는 것이기도 했다. 우리 패거리가 다시 뭉쳤다. 거의 그런 셈이었다.

우리는 숲속으로 한참을 들어간 것처럼 느껴졌을 때 그걸 보았다. 나무에 막대손이 또 하나 그려져 있었다.

"이쪽이야." 뚱뚱이 개브가 살짝 숨을 헐떡이며 말했다.

"알아. 우리도 봤어." 메탈 미키가 말했다.

호포와 나는 그냥 서로 쳐다보며 씩 웃었다. 예전으로 돌아간 듯한 기분이 더 강렬하게 느껴졌다. 한심한 옥신각신. 메탈 미키의 독설.

우리는 울퉁불퉁한 오솔길을 따라서 숲속으로 점점 더 깊숙이 들어갔다. 가끔 느닷없이 후드득 하는 소리와 함께 찌르레기나 까마귀 떼가 나무에서 날아올랐다. 한두 번 덤불에서 부스럭거리는 소리도 들린 듯했다. 토끼거나 아니면 가끔 여우가 보일 때도 있었다.

"잠깐." 뚱뚱이 개브가 명령을 내리자 우리는 일제히 멈춰 섰다.

그가 바로 앞에 있는 다른 나무를 가리켰다. 나무 위에 이번에는 팔이 아니라 여자아이가 그려져 있었다. 그 밑에 낙엽이 수북이 쌓여 있었다. 우리는 서로를 쳐다보았다. 그러다 다시 낙엽 더미 쪽으로 시선을 돌렸다. 뭔가가 맨 위에서 삐죽 고개를 내밀고 있었다.

"이런 쌍!" 뚱뚱이 개브가 외쳤다.

손가락이었다.

그녀의 손톱은 짧고 깨끗했고 파스텔 분홍색으로 예쁘게 칠해져 있었다. 매니큐어가 떨어져 나오거나 깨진 부분이 전혀 없었다. 경찰에서는 그녀가 반항을 하지 않았거나 반항할 기회가 없었다고 발표할 것이다. 그녀는 내가 기억한 것보다 피부가 하얬다. 여름에 까무잡잡하게 탔다가 겨울을 지나며 옅어져서 그런 거였다. 한가운데 초록색 보석이 박힌 은반지를 가운뎃손가락에 끼고 있었다. 나는 그걸 본 순간 그 팔이 댄싱 걸의 팔이라는 걸 알아차렸다.

호포가 먼저 허리를 숙였다. 원래부터 비위가 제일 강했다. 한번은 다친 새를 돌로 쳐서 고통을 끝내준 적도 있었다. 호포가 낙엽을 옆으로 헤쳤다.

"맙소사." 메탈 미키가 속삭였다.

삐죽빼죽한 뼈의 끝부분은 아주 하얬다. 피보다 그게 훨씬 눈에 띄었다. 피는 칙칙한 녹빛으로 말라서 아직까지 팔을 일부분 덮고 있는 낙엽과 색이 거의 비슷했다. 한쪽 팔뿐이었다. 어깨에서 잘린 팔이었다.

뚱뚱이 개브가 갑자기 바닥에 털썩 주저앉았다. "팔이야." 개브가 중얼거렸다. "빌어먹을 팔이야."

"잘 보셨네, 똑똑 박사님." 메탈 미키가 말했지만 닳고 닳은 빈

정거림조차 살짝 떨리는 것처럼 느껴졌다.

뚱뚱이 개브가 희망이 어린 눈빛으로 나를 쳐다보았다. "이거 장난이지 않을까? 진짜가 아니지 않을까?"

"진짜야." 내가 대답했다.

"그럼 어떻게 해?"

"경찰에 알려야지." 호포가 말했다.

"그렇지, 그렇지." 뚱뚱이 개브가 중얼거렸다. "아직 살아 있을지 모르니까—"

"어떻게 살아 있겠냐, 이 바보 돼지야." 메탈 미키가 말했다. "죽었어. 우리 형처럼."

"그건 모르는 일이잖아."

"아니야." 내가 말하며 분필로 손가락이 그려진 다른 나무를 가리켰다. "그림이 더 있어…… 그녀의 나머지 부분이 있는 곳으로 안내하는."

"경찰을 불러야 해." 호포가 다시 말했다.

"맞아." 메탈 미키가 말했다. "얼른 가자."

다들 동의하는 뜻에서 고개를 끄덕였다. 우리는 움직이기 시작했다. 그때 뚱뚱이 개브가 말했다. "누구 한 사람 남아 있어야 하지 않을까? 혹시 모르잖아……."

"뭐? 팔이 일어나서 도망칠지도 모른다는 거야?" 메탈 미키가 물었다.

"아니. 잘 모르겠지만. 아무 일도 생기지 않게 지키고 있어야 하지 않을까?"

우리는 서로 쳐다보았다. 개브의 말이 맞았다. 누가 남아서 보초를 서야 했다. 하지만 자청하는 사람이 아무도 없었다. 덤불이 바스락거리는 소리에 귀를 쫑긋 세우고 새들이 날아오를 때마다 화들짝 놀라가며 절단된 팔과 함께 고요한 숲속에 남아 있고 싶은 사람은 없었다.

"내가 남을게." 내가 말했다.

다른 친구들이 떠난 뒤에 나는 그녀 곁에 앉았다. 조심스럽게 손을 내밀어 그녀의 손가락을 건드렸다. 그녀가 그래주길 바라는 듯이 보였다. 누가 잡아주길 바라며 손을 뻗고 있는 듯이 보였다. 나는 그녀의 손이 뻣뻣하고 차가울 줄 알았다. 그런데 부드러웠고 온기가 남아 있었다.

"미안해요." 내가 말했다. "정말 미안해요."

내가 얼마나 오랫동안 숲속에 있었는지 잘 모르겠다. 아마 삼십 분은 넘지 않았을 것이다. 우리 패거리가 일단 두 명의 경찰과 함께 돌아왔을 때 내 다리에는 전혀 감각이 없었고 나는 희한한 최면 상태에 반쯤 빠져 있었던 것 같다.

그래도 경찰들에게 팔을 훼손한 사람이 아무도 없었다고, 우리가 발견한 그대로라고 증언할 수 있었다. 그리고 그건 거의 진실에 가까웠다.

딱 한 가지 차이점이 있다면 반지를 끼고 있던 가운뎃손가락에 이제는 다른 곳보다 살짝 하얀 자국만 남아 있다는 것이었다.

경찰들은 숲 주변의 여기저기에서 낙엽 더미에 묻혀 있는 그녀의 다른 부분들을 찾았다. 하지만 전부 찾지는 못했다. 그들이 그녀의 신원을 파악하는 데 시간이 걸린 이유가 그 때문이었을 것이다. 물론 나는 진작부터 알고 있었다. 하지만 아무도 내게 물어보지 않았다. 그들은 다른 질문들만 잔뜩 퍼부었다. *숲에서 뭘 하고 있었니? 어쩌다 시신을 찾았니?* 나무에 분필로 그림이 그려져 있었다고 얘기하자 엄청난 관심을 보였지만 내가 다른 분필 그림과 메시지에 대해서 한 이야기는 제대로 알아듣지 못한 눈치였다.

어른들은 그게 문제다. 내가 뭘 얘기하건 상관없다. 그들은 듣고 싶은 것만 듣는다.

경찰들 눈에 우리는 숲에서 놀다 분필로 그려진 그림을 따라갔고, 그러다보니 우연히 시신을 발견한 어린아이들에 불과했다. 얼추 비슷하긴 했지만 백 퍼센트 진실은 아니었다. 신화나 기타 등등이 그런 식으로 만들어지지 않나 싶다. 과거가 반복해서 구전되다 보면 여기저기가 조금씩 왜곡되고 뭉개져서 전혀 새로운 이야기가 진실이 되는 것이다.

학교에서는 당연히 너 나 할 것 없이 우리를 붙잡고 얘기를 나누고 싶어 했다. 축제 이후와 조금 비슷했지만 이번에는 사람들이 더욱 호기심을 보였다. 그녀가 죽은 데다 토막이 났기 때문이다.

학교에서 특강이 열렸고 경찰이 찾아와서 특별히 주의를 기울여야 한다며 모르는 사람하고는 절대 대화를 나누지 말라고 했다. 카메라와 마이크를 든 사람들이 길거리 아니면 숲가에 서서 뭐라고 떠들어댔다. 우리는 그 안으로 다시 들어갈 수 없었다. 사방으로 테이프가 쳐졌고 경찰이 보초를 섰다.

뚱뚱이 개브와 메탈 미키는 섬뜩한 경험담을 시시콜콜 신나게 늘어놓았고 심지어 없는 부분을 지어내기까지 했다. 호포와 나는 그 둘에게 대변인 역할을 맡겼다. 물론 흥미진진하고 다 좋았다. 하지만 나는 일말의 죄책감을 느꼈다. 사람이 죽었는데 그렇게 신나 하면 안 될 것 같았다. 게다가 축제 때 목숨을 부지하고 다리를 살렸는데 다시 잘리다니 댄싱 걸의 입장에서는 억울하기 짝이 없을 것이었다. 그야말로 구리구리한 개똥구리 같은 일이었다.

핼로런 씨를 생각해도 마음이 안 좋았다. 마지막으로 만났을 때 댄싱 걸이 살아 있었고 그 둘이 멀리 떠나서 함께 살기로 했는데도 그의 얼굴이 정말이지 슬퍼 보였다. 이제 그녀는 죽어서 션 쿠퍼가 누워 있는 그 어두컴컴하고 차가운 곳 말고는 아무 데도 갈 수가 없었다.

나는 어느 날 저녁에 식사를 하며 엄마, 아빠 앞에서 이 이야기를 꺼냈다.

"핼로런 씨가 안됐어요."

"핼로런 씨가? 왜?" 아빠가 물었다.

"핼로런 씨가 그녀를 살렸는데 죽어버렸으니 헛수고가 되어버렸잖아요."

엄마는 한숨을 쉬었다. "너하고 핼로런 씨는 그날 정말 용감한 활약을 보였어. 그런데 헛수고라니. 사람들이 뭐라 해도 그런 식으로 생각하면 안 돼."

"사람들이 뭐라고 해요?"

엄마와 아빠는 '어른들 특유의' 눈빛을 주고받았다. 어른들이 어린아이 눈에는 불가사의하게 안 보일 거라고 생각하는 그 눈빛 말이다.

"에디." 엄마가 말했다. "네가 핼로런 씨를 좋아하는 거 알아. 하지만 우리가 생각보다 어떤 사람을 잘 모르는 경우도 있거든. 사실 핼로런 씨는 여기서 지낸 기간이 길지도 않잖니. 그 사람을 잘 아는 사람이 전혀 없다고 볼 수 있지."

나는 두 분을 빤히 쳐다보았다. "다들 핼로런 씨가 그녀를 죽였다고 생각해요?"

"우리는 그렇게 얘기한 적 없다, 에디."

굳이 얘기할 필요가 없었다. 나는 열두 살이었고 바보가 아니었다.

목이 메었다. "핼로런 씨는 그녀를 죽이지 않았을 거예요. 핼로런 씨는 그녀를 사랑했어요. 멀리 떠나서 둘이 같이 살기로 했어요. 자기 입으로 그랬어요."

엄마는 미간을 찌푸렸다. "언제 그런 얘길 하든?"

내 입이 방정이었다. "핼로런 씨를 만나러 갔을 때요."

"그 사람을 만나러 갔었다고? 언제?"

나는 어깨를 으쓱했다. "이삼 주 전에요."

"그 사람 집으로?"

"네."

아빠가 요란한 소리와 함께 나이프를 내려놓았다. "에디. 그 집에는 두 번 다시 찾아가면 안 된다. 알겠니?"

"하지만 친구인걸요."

"이제는 아니야, 에디. 지금은 그 사람이 어떤 사람인지 모르는 상황이니까. 다시는 만나면 안 돼."

"왜요?"

"안 된다면 안 되는 줄 알아, 에디." 엄마가 날카로운 목소리로 쏘아붙였다.

엄마는 그런 식으로 얘기한 적이 한 번도 없었다. 원래는 애한테 뭐든 시키면 군소리 없이 하겠거니 생각하지 말아야 한다는 주의였다. 하지만 엄마는 내가 한 번도 본 적 없는 표정을 짓고 있었다. 소포가 왔을 때도, 유리창을 뚫고 벽돌이 날아왔을 때도, 마틴 목사에게 끔찍한 일이 벌어졌을 때도 지은 적 없는 표정이었다. 겁에 질린 표정이었다.

"약속할 거지?"

나는 시선을 떨어뜨리고 중얼거렸다. "약속할게요."

아빠가 큼지막하고 묵직한 손을 내 어깨에 얹었다. "착하다."

"이제 제 방에 가도 돼요?"

"그럼."

나는 자리에서 일어나 터벅터벅 이층으로 걸음을 옮겼다. 가는 길에 십자가 모양으로 꼬았던 손가락을 풀었다.

2016년

해답. 내가 궁금해한 적 없는 질문에 대한 해답. 궁금해할 생각조차 한 적 없는 질문에 대한 해답. 클로이는 겉과 속이 달랐을까? 지금까지 내게 거짓말을 하고 있었던 걸까?

제가 내보냈어요. 손님이랑 싸웠거든요. 니키.

나는 부엌 서랍을 열고 오래된 배달 음식점 메뉴와 외판원들에게 받은 명함, 슈퍼마켓 전단지를 헤집으며 뒤죽박죽으로 엉킨 머릿속을 정리하려고, 논리적인 이유를 찾으려고 애를 쓴다.

예컨대 클로이는 다른 데 취직해놓고 나한테 그냥 얘기를 하지 않은 것일 수 있다. 클로이답지 않은 행동이기는 하지만 해고당한 게 창피했을 수 있다. 니키와 싸운 게 전적으로 우연의 일치일 수 있다. 내가 아는 니키가 아닐 수도 있다. 날씬하고 매력적이며 새

빨간 머리를 자랑하는 또 다른 중년의 니콜라 마틴일 수도 있다. 그렇다. 내가 욕심을 부리고 있긴 하지만 불가능한 얘기는 아니다.

나는 그녀에게 전화하고 싶은 유혹을 여러 차례 느낀다. 하지만 참는다. 아직은 안 된다. 먼저 연락해야 할 데가 있다.

나는 쾅 소리와 함께 서랍을 닫고 이층으로 올라간다. 내 방이 아니라 소장품을 모아놓은 방으로 간다. 쌓아놓은 상자들을 살피며 속으로 몇 개를 후보에서 당장 제한다.

니키는 떠난 뒤에 우리 모두에게 새로운 주소지에서 엽서를 보냈다. 나는 그곳으로 몇 번 편지를 보냈지만 답장을 받은 적은 없었다.

위쪽 선반에서 상자를 세 개 꺼내 거기에서부터 훑어보기 시작한다. 첫 번째 상자에서는 아무 소득이 없고 두 번째도 마찬가지다. 나는 실망감을 달래며 세 번째 상자를 연다.

나는 아빠가 돌아가셨을 때 엽서를 또 한 장 받았다. 엽서에는 딱 두 마디가 적혀 있었다. *명복을 빌게. N.* 이번에는 전화번호도 있었다. 나는 그 번호로 연락한 적이 없었다.

본머스 항의 사진을 앞면에 넣은 쭈글쭈글한 엽서에 내 시선이 닿는다. 그 엽서를 낚아채 뒤집어본다. 빙고. 나는 전화기를 꺼낸다.

벨이 울리고 또 울린다. 이제는 이 번호가 아닐지 모른다. 전화기를 바꾸었을지 모른다. 이건…….

"여보세요?"

"니키. 나 에드야."

"에드?"

"에디 애덤스—"

"아니, 아니. 누군지 알아. 놀라서 그래. 하도 오랜만이라."

그렇다. 하지만 나는 니키가 거짓말을 하면 지금도 알겠다. 그녀는 놀라지 않았다. 걱정스러워하고 있다.

"그러네."

"잘 지내지?"

좋은 질문이다. 대답은 여러 가지가 될 수 있다. 나는 가장 쉬운 길을 선택한다.

"그럭저럭. 저기, 뜬금없긴 하지만 얘기 좀 할 수 있을까?"

"지금 얘기하고 있는 거 아니었어?"

"만나서."

"무슨 일로?"

"클로이."

정적이 흐른다. 전화를 끊은 게 아닌가 싶을 정도로 한참 동안 흐른다.

잠시 후에 그녀가 말한다. "나 세시에 퇴근해."

본머스행 열차가 세시 삼십분에 도착한다. 나는 본머스로 가는 동안 할런 코벤이 발표한 최신작의 책장을 이따금 넘겨가며 책을 읽는 척한다. 열차가 멈추자 역에서 빠져나와 해안으로 향하는 사람들의 행렬에 합류한다. 보행자 신호등이 켜지자 길을 건너 본머스 가든을 구불구불 관통한다.

거리가 삼십 킬로미터 정도밖에 안 되는데도 본머스에는 거의 온 적이 없다. 나는 바닷가를 별로 좋아하지 않는다. 어렸을 때부터 달려오는 파도를 조금 무서워했고 질척질척하고 까끌까끌한 모래가 발가락 사이로 파고드는 느낌을 질색했다. 먹다 만 샌드위치를 모래 속에 묻는 사람을 본 이후로 더 심해졌다. 나는 그때부터 샌들이나 운동화 없이 맨발로 모래사장을 밟는 것을 끈질기게 거부했다.

오늘은 늦여름치고 날씨가 아주 따뜻한 편이 못 되는데도 풀밭을 산책하고 미니골프(어렸을 때 나도 좋아했던 운동이다)를 치는 사람들의 숫자가 제법 많다.

산책로에 다다르자 나는 한때 거대했던 아이맥스 영화관이 몇 년 동안 방치된 채 서서히 부식되어가고 있는 빈 땅을 빙 돌고 오락실을 지나서 해변 카페들이 있는 쪽으로 우회전한다.

야외 테이블에 앉아서 미지근한 카푸치노를 홀짝이며 담배를 피운다. 나 말고는 손님이 젊은 커플뿐이다. 여자는 짧은 머리를 금발로 탈색했고 동행은 레게머리를 하고 여러 군데 피어싱을 했다. 나는 너무 나이가 많고 너무 고지식한 사람이 된 듯한 기분을 느낀다(남들 눈에도 그렇게 보일 것이다).

책을 꺼내지만 이번에도 집중이 되지 않는다. 손목시계를 흘끗 확인한다. 네시 십오분이 다 됐다. 담배를 한 대 더 꺼내서(삼십 분 만에 세 대째다) 허리를 숙이고 불을 붙인다. 그러고 나서 고개를 들어보니 내 앞에 니키가 서 있다.

"혐오스러운 습관을 못 버리다니." 그녀는 의자를 빼서 앉는다.

"남은 거 있어?"

나는 담뱃갑과 라이터를 테이블 위로 밀어서 건네며 내 손이 떨리지 않는다는 사실에 감사한다. 그녀가 담배를 한 대 꺼내서 불을 붙이자 나는 그 참에 그녀를 관찰한다. 그녀는 전보다 나이 들어 보인다. 그것만큼은 분명하다. 이마와 눈가에 주름이 생겼다. 빨간 머리는 전처럼 곱실거리지 않고 군데군데 금색으로 염색을 했다. 여전히 날씬해서 청바지와 체크무늬 셔츠를 입고 있다. 꼼꼼하게 한 화장 밑으로 희미하게 반짝이는 주근깨가 보인다. 여자의 얼굴 밑에 소녀가 숨겨져 있다.

그녀가 고개를 든다. "그래. 나, 나이 먹었어. 너도 마찬가지고."

내가 그녀의 눈에 어떻게 보일지 문득 절실하게 느껴진다. 퀴퀴한 냄새를 풍기는 재킷과 쭈글쭈글한 셔츠를 입었고 넥타이는 반쯤 매다 말았고 마른 근육질의 칠칠치 못한 남자. 머리칼은 여기저기 제멋대로 뻗었고 책을 읽느라 안경을 쓰고 있다. 그녀가 나를 알아본 게 용할 지경이다.

"고맙다." 내가 말했다. "인사치레를 생략할 수 있어서 좋네."

그녀는 선명한 초록색 눈으로 나를 쳐다본다. "희한한 게 하나 있는데 뭔지 알아?"

대답은 여러 가지가 될 수 있다. "뭔데?"

"네 전화를 받고 놀라지 않았다는 거. 솔직히 기다리고 있었던 것 같아."

"나는 그 번호가 맞는지조차 자신이 없었는데."

나이에 걸맞지 않게 유행하는 스타일로 수염을 기르고 중력을 거부하는 최신 스타일로 앞머리를 올린 검은색 옷차림의 웨이터가 어슬렁어슬렁 다가온다.

"에스프레소 더블요." 니키가 주문을 한다.

그는 보일락 말락 하게 알겠다는 표시를 하고 다시 사라진다.

"자?" 그녀는 다시 내 쪽으로 고개를 돌린다. "누가 먼저 할까?"

나는 어디에서부터 이야기를 시작하면 좋을지 전혀 모르겠다는 사실을 깨닫는다. 혹시 좋은 아이디어를 얻을 수 있을까 싶어서 커피 잔을 들여다본다. 가망이 없다. 나는 빤한 질문부터 하기로 한다. "계속 본머스에서 살았어?"

"일 때문에 한동안 다른 데서 살다가 다시 돌아왔어."

"그렇구나. 어떤 일을 하는데?"

"별거 아니야. 그냥 사무직."

"좋네."

"그렇지도 않아. 사실 엄청 지루해."

"아."

"너는?"

"애들 가르쳐. 학교 선생님이야."

"앤더베리에서?"

"응."

"잘됐다."

웨이터가 커피를 들고 온다. 그녀는 고맙다고 인사한다. 나는 카푸치노를 한 모금 마신다. 동작들이 의도적이고 어색하다. 우리 둘 다 시간을 끌고 있다.

"엄마는 어떻게 지내셔?" 내가 묻는다.

"돌아가셨어. 유방암으로. 오 년 전에."

"저런."

"그럴 것 없어. 우리 둘이 사이가 별로 좋지도 않았거든. 나는 열여덟 살 때 집에서 나왔어. 그 뒤로 엄마를 별로 만나지도 않았고."

나는 그녀를 빤히 쳐다본다. 나는 지금까지 니키의 인생이 해피엔딩으로 끝났다고 생각하고 있었다. 아빠에게서 벗어나고. 엄마를 되찾고. 현실에서는 해피엔딩은 없고 지저분하고 복잡한 엔딩만 있는 걸지 모른다.

그녀는 연기를 내뱉는다. "다른 친구들은 계속 만나?"

나는 고개를 끄덕인다. "응. 호포는 배관공으로 일하고 있어. 개브는 불을 물려받았고." 나는 머뭇거린다. "사고가 났던 건 알아?"

"들었어."

"누구한테?"

"루스가 종종 편지를 보내줬거든. 너희 아빠 소식도 그렇게 해서 들었어."

루스? 희미한 기억이 고개를 든다. 나는 그 기억의 실체를 파악한다. 머리를 부스스하게 하고 다녔던, 마틴 목사의 친구다. 사건 이후에 니키를 데려갔던 여자다.

"하지만 계속 아빠를 문병 갔던 얘기만 늘어놓더라고." 그녀는 말을 잇는다. "얼마쯤 지났을 때부터 편지를 읽지 않았어. 주소가 바뀐 뒤에도 알리지 않았고." 그녀는 커피를 한 모금 마신다. "그나저나 우리 아빠 아직 살아 있어."

"알아."

"아, 맞다." 그녀는 고개를 끄덕인다. "너희 엄마. 선한 사마리아인이지. 아이러니하지 않니?"

나는 살짝 미소를 짓는다. "너는 한 번도 문병 간 적 없어?"

"응. 죽으면 갈 거야."

"앤더베리로 다시 내려올 생각은 한 적 없어?"

"나쁜 기억이 너무 많아서. 최악의 순간은 면했지만."

그렇지. 나는 생각한다. 그녀는 최악의 순간은 면했다. 하지만 그 안에서 한몫을 담당하고 있다.

그녀는 몸을 앞으로 기울여서 담배를 끈다.

"수다는 이쯤 했으면 됐고. 본론으로 들어갈까? 클로이에 대해서 묻는 이유가 뭐야?"

"클로이하고 어떻게 아는 사이야?"

그녀는 나를 잠깐 빤히 쳐다보다가 얘기한다. "너 먼저."

"우리 집에서 하숙을 하고 있어."

그녀의 눈이 휘둥그레진다. "젠장."

"그 소리 들으니까 안심이 되네."

"미안, 하지만…… 그게 그러니까……" 그녀는 고개를 젓는다. "걔가 그런 짓을 하다니 믿기지가 않네."

나는 어리둥절한 표정으로 니키를 쳐다본다. "그런 짓이라니?"

그녀는 묻지도 않고 손을 뻗어서 내 담배를 한 대 더 꺼낸다. 셔츠 소매가 뒤로 밀리면서 손목에 조그맣게 새긴 문신이 드러난다. 천사 날개다. 그녀는 내 시선이 향한 곳을 알아차린다.

"아빠를 기념하는 뜻에서. 영전에 바치는 추모사랄까."

"하지만 아직 살아 계시잖아."

"그건 사는 거라고 볼 수가 없지."

그리고 내 입장에서는 그 문신을 추모사라고 볼 수가 없다. 추모사가 아닌 다른 것이다. 내가 편안하게 받아들일 수 없는 어떤 것.

"아무튼." 그녀는 담배에 불을 붙여서 한 모금 깊게 빨며 말을 잇는다. "일 년 전까지만 해도 나는 걔에 대해서 몰랐어. 그러다 걔가 나를 찾아냈지."

"너를 찾아냈다고? 어떤 사인데?"

"내 여동생이야."

"해나 토머스 기억해?"

어느 정도 시간이 지났을 때 퍼뜩 생각이 난다. 시위대였던 댄싱걸의 금발 친구다. 경찰의 딸. 그리고 또…….

"션 쿠퍼한테 성폭행을 당했던 아가씨잖아." 내가 말한다. "그리고 임신을 했던."

"그의 소행이 아니었어." 니키가 얘기한다. "거짓말이었어. 션 쿠퍼는 해나 토머스를 성폭행하지 않았어. 그 아이가 션의 아이도 아니었고."

"그럼 누구의 아이였는데?" 나는 어리둥절한 표정으로 그녀를 빤히 쳐다본다.

그녀는 바보 대하듯 나를 쳐다본다. "왜 이래, 에드. 잘 생각해봐."

나는 곰곰이 생각해본다. 깨달음이 나를 찾아온다. "너희 아빠? *너희 아빠*가 그 아가씨를 임신시켰다고?"

"그렇게 놀랄 것 없어. 그 시위대는 아빠의 하렘이나 다름없었거든. 무슨 록스타라도 되는 듯이 아빠를 떠받들었지. 그리고 우리 아빠? 뭐, 육신은 약한 거라고 하면 되려나?"

나는 이 새로운 정보를 처리하려고 애를 쓴다. "그런데 해나는 왜 션 쿠퍼가 범인이라고 거짓말을 했어?"

"아빠가 그러라고 시켰으니까. *그녀의* 아빠가 이미 죽은 애를 죽일 수는 없을 거 아냐."

"너는 어떻게 알게 됐어?"

"어느 날 밤에 둘이서 싸우는 걸 들었거든. 내가 자는 줄 알았나 봐. 둘이서 떡을 칠 때도 내가 자는 줄 알았던 것처럼."

어느 날 저녁에 해나 토머스와 엄마가 거실에 앉아 있던 광경이 떠오른다.

"그녀가 우리 엄마를 찾아온 적이 있었어." 내가 얘기한다. "엄청 심란해하더라고. 엄마는 그녀를 달랬고." 나는 희미하게 미소를 짓는다. "*자기* 사생아, *자기* 인생이 걸린 문제가 되면 원칙 따위 개나 줘버리게 되는 걸 보면 참 우습지."

"사실 그녀는 아이를 낳고 싶어 했어. 아빠는 없애길 바랐고."

나는 믿기지 않는 눈빛으로 니키를 쳐다본다. "그녀가 *낙태*를 하길 바랐다고? 그렇게 반대를 했으면서?"

니키는 한쪽 눈썹을 추켜세운다. "*자기* 사생아, *자기* 평판이 걸린 문제가 되면 종교적인 신념 따위 개나 줘버리게 되는 걸 보면 참 우습잖아."

나는 고개를 젓는다. "쓰레기네."

"맞아. 완전 쓰레기지."

이 모든 걸 정리하느라 머릿속이 다시 복잡해진다.

"그래서 아이를 낳은 거야? 기억이 안 나네."

"온 가족이 이사를 갔어. 아빠가 전근을 했나 뭐 그래서."

마틴 목사는 공격을 당했으니 계속 연락할 수 있는 입장도 아니었을 것이다.

니키는 건강 캠페인에 등장함직한 상태로 변해가는 재떨이에 대고 재를 턴다.

"거기서 거의 삼십 년의 세월을 건너뛰면 클로이가 나를 찾아온 날이 돼." 그녀는 얘기한다. "어떻게 나를 찾았는지 아직도 잘 모르겠지만 자기가 해나의 딸이고 내 이복동생이라고 하더라고. 처음에 나는 그 말을 믿지 않았어. 꺼지라고 했지. 그런데 걔가 전화번호를 주고 갔거든. 연락할 생각이 없었는데 글쎄…… 호기심이 생겼나봐…….

만나서 점심을 먹었어. 걔가 들고 나온 사진을 보고 이야기를 들어보니까 내 이복동생이 맞더라. 나는 걔가 마음에 들었어. 내 어렸을 때 모습을 조금 닮은 구석이 있었나봐."

그래서 나도 그녀가 마음에 들었던 모양이로군. 나는 생각한다.

"자기 엄마는 죽었다고 하더라…… 암으로." 그녀는 말을 잇는다. "그리고 새아빠랑 사이가 별로 안 좋았다고 했고. 그 말에 또 동정심이 생기더군.

우리는 그 뒤로 몇 번 더 만났어. 그러던 어느 날, 걔가 아파트를 비워줘야 하는데 있을 만한 곳을 못 찾고 있다고 하지 뭐야. 정 뭣하면 나랑 잠깐 같이 살아도 된다고 했지."

"그러다 무슨 일이 벌어진 거야?"

"아무 일도 없었어. 걔는 삼 개월 동안 완벽한 동거인이었어. 너무 완벽했지."

"그랬는데?"

"내가 어느 날 저녁에 퇴근을 하고 보니까 클로이가 외출을 했더라고. 그런데 방문을 열어놨고…… 노트북을 켜놓은 채로 책상 위에 뒀더라?"

"그녀의 방을 기웃거렸군."

"*내* 방이었어. 그리고…… 나는 그냥—"

"그녀의 사생활을 침범했을 뿐이야?"

"뭐, 그러길 잘했다고 생각해. 알고 보니 내 이야기를 쓰고 있었지 뭐야. 초크맨에 대해서. 우리 모두에 대해서. 무슨 연구라도 하는 듯이."

"뭐 하러?"

"난들 알겠어?"

"그녀가 아무 설명도 하지 않았어?"

"내가 그럴 기회를 주지 않았어. 그날 밤에 당장 짐을 싸라고 했거든. 걔가 그러더라, 어차피 나갈 생각이었다고. 앤더베리에 새로운 일자리를 찾았다며."

니키는 두 번째 담배를 비벼서 끄고 커피를 크게 한 모금 마신다. 손이 살짝 떨리는 게 내 눈에 보인다.

"그게 언제였어?"

"한 구 개월, 십 개월 전쯤?"

그때면 그녀가 우리 집으로 찾아와 금세 방을 구할 수 있게 해줘서 고맙다고 인사를 했던 무렵이다.

산책길을 따라서 바람이 분다. 나는 몸서리를 치며 재킷 옷깃을 세운다. 이건 그냥 바람이다.

"몇 달 동안 안 만났다면서 가게에서는 뭣 때문에 싸운 거야?"

"그 사건을 알아?"

"너희 둘이 아는 사이라는 걸 그 사건 덕분에 알았어." 나는 미간을 찌푸린다. "너는 그녀가 어디에서 일하는지 무슨 수로 알아낸 거야?"

"앤더베리에서 클로이를 써줄 만한 데가 몇 군데 없잖아."

맞는 말이다.

"그래서 걔를 찾아갔지. 왜냐하면 내가 편지를―"

내 심장이 철렁 내려앉는다. "행맨하고 분필?"

그녀는 나를 빤히 쳐다본다. "그걸 어떻게 알았어?"

"나도 받았거든. 그리고 개브, 호포…… 미키도."

니키는 미간을 찌푸린다. "그럼 걔가 우리 모두한테 보낸 거야?"

"*걔?* 너는 편지를 보낸 사람이 클로이라고 생각해?"

"물론이지." 그녀는 톡 쏘아붙인다.

"클로이도 인정했고?"

"아니. 하지만 걔가 아니면 누구겠어?"

잠깐 정적이 흐른다. 나는 내가 아는 클로이를 떠올린다. 어느덧 익숙해져버린 거만하고 재미있고 밝은 아이. 도무지 어울리지가 않는다.

"잘 모르겠다." 내가 말했다. "하지만 나라면 섣부른 결론은 내리지 않겠어."

그녀는 어깨를 으쓱한다. "마음대로 해. 너만 손해지, 뭐."

그러고 보니. 나는 그녀가 커피를 한 모금 마시는 걸 보며 기다렸다가 조심스럽게 얘기를 꺼낸다. "미키 소식 들었어?"

"미키가 왜?"

에드 애덤스, 즐겁고 행복한 소식을 들려주는 전령이여.

"죽었어."

"맙소사. 어쩌다?"

"강물에 빠져 죽었어."

그녀는 나를 빤히 쳐다보기만 한다. "앤더베리에 있는 그 강?"

"응."

"걔가 앤더베리에는 웬일로?"

"나를 만나러 왔어. 그 초크맨에 대해서 책을 쓰고 싶은데 나한테 도움을 받고 싶다면서. 같이 술을 제법 마셨는데 호텔까지 걸어가겠다고 고집을 부리더니…… 그렇게 됐어."

"염병할."

"그러게."

"하지만 사고였지?"

나는 머뭇거린다.

"에드?"

"저기, 정신 나간 소리처럼 들릴지 모르지만 그날 밤에 미키가 나랑 헤어지기 전에 일라이저를 살해한 범인이 누군지 안다고 그랬거든."

그녀는 콧방귀를 뀐다. "그 말을 믿었어?"

"진짜면 어떡해?"

"그럼 걔가 태어나서 생전 처음으로 참말을 한 게 되겠지."

"하지만 진짜 알고 있었다면 미키의 죽음이 사고가 아니었을 수도 있어."

"그래서? 어쩌라고?"

나는 순간 할 말을 잃는다. 그녀가 예전에도 그렇게 매몰찼었나 생각한다. 이 끝에서 저 끝까지 '꺼져'라는 단어가 새겨진 돌덩이 같다.

"진심은 아니지?"

"아니. 진심이야. 미키는 평생 적만 만들었잖아. 어느 누구의 친구였던 적이 없었지. 너하고는 다르게. 그래서 내가 너를 만나러 온 거야. 하지만 이제 얘기도 끝났고 하니."

그녀는 의자를 뒤로 민다. "내 말 들어. 집에 가서 클로이 내쫓고…… 앞으로 살 궁리나 해."

나는 그녀의 말을 들어야 한다. 그녀를 보내야 한다. 커피 잔을 비우고 열차를 타야 한다. 하지만 내 인생은 후회로 뭉뚱그려진 기다란 난파선과 같다.

"니키. 잠깐만."

"*왜?*"

"너희 아빠는? 누가 그랬는지 알고 싶지 않아?"

"에드, 그만해."

"왜?"

"왜냐하면 누가 그랬는지 *알거든*."

나는 그녀를 만나고 두 번째로 어안이 벙벙해진다. "안다고? 어떻게?"

"들었으니까."

앤더베리로 돌아가는 열차가 지연된다. 나는 재수 없는 우연의 일치로 일축해보려고 하지만 실패한다. 중앙 홀을 왔다 갔다 하며 자동차가 아니라 열차를 타고 온 (그리고 와인을 마시며 좀 더 있지 않고 일찌감치 열차를 타려고 한) 나 자신을 향해 악담을 퍼붓는다. 간간이 출발 표지판을 노려본다. 지연. 이렇게 해석할 수도 있겠다. '에드, 널 엿 먹이기로 작정했음.'

나는 아홉시 직후에 덥고 쭈글쭈글한 몸을 이끌고 앤더베리에 도착한다. 몸의 한쪽 면이 마비된 이유는 타이탄(DC 만화에 등장하는 그 슈퍼히어로 집단이 아니라 거인족 말이다) 소속 럭비 선수처럼 생긴 남자와 유리창 사이에서 짓눌렸기 때문이다.

열차에서 버스를 타고 집 근처에서 내려 걸어갈 무렵에는 피곤하고 신경이 날카롭고 애석할 정도로 정신이 멀쩡하다. 대문을 열고 진입로를 걸어간다. 집은 어두컴컴하다. 클로이가 나가기로 한 모양이다. 어쩌면 그게 최선일지 모른다. 그녀와 대화를 나눠야겠지만 나는 아직 마음의 준비가 되지 않은 것 같다.

불길한 예감이 맨 처음으로 내 등줄기를 서늘하게 훑고 지나간 것은 현관문이 잠겨 있지 않다는 사실을 발견했을 때다. 클로이가 대책이 없을 정도로 덤벙댈지 몰라도 무책임하거나 건망증이 심하지는 않다.

나는 달갑지 않은 외판원처럼 내 집 현관문 앞에서 머뭇거리다 문을 밀어서 연다.

"저기요?"

들리는 것이라고는 숨 막히는 정적과 부엌에서 희미하게 들리는 윙윙거리는 소리뿐이다. 나는 현관 불을 켜고 쓸데없이 많은 열쇠 더미를 움켜쥔 채 가만히 서 있는다.

"클로이?"

나는 부엌으로 들어가서 불을 켜고 좌우를 두리번거린다.

뒷문이 열려 있어서 찬 바람이 들어온다. 조리대에는 저녁거리가 남아 있다. 한쪽 끝에는 피자가. 그릇에는 샐러드가. 식탁에는 마시다 만 와인 잔이. 윙윙거리는 소리는 오븐에서 나는 소리다.

나는 허리를 숙여서 오븐을 끈다. 정적이 당장 증폭된다. 이제는 내 귓전을 두드리는 맥박 소리만 들려올 뿐이다.

"클로이?"

나는 한 발짝 내딛는다. 한쪽 발이 바닥 위의 뭔가를 밟고 미끄러진다. 나는 내려다본다. 심장이 멎는다. 맥박이 귓전을 두드리는 소리가 더 커진다. 빨간색이다. 짙은 빨간색이다. 피다. 가느다란 흔적이 열려 있는 뒷문으로 이어진다. 나는 가슴 안에서 계속 널을 뛰는 심장을 달래며 앞으로 걸어간다. 뒷문 앞에서 멈칫한다. 밖이 거의 어둠으로 뒤덮이다시피 했다. 나는 왔던 길을 되돌아가 잡동사니 서랍에서 손전등을 챙겨 들고 밖으로 나선다.

"클로이? 거기 있니?"

나는 조심스럽게 집 뒤편으로 돌아가서 조그만 잡목림까지 이어지는 무성한 잡초 위로 손전등을 비춘다. 여기저기 짓밟힌 흔적이 있다. 누군가가 최근에 뒷마당을 밟고 지나간 것이다.

나는 울퉁불퉁한 길을 따라간다. 잡초와 쐐기풀이 바지에 걸린다. 뭔가가 손전등 불빛 안으로 들어온다. 빨간색과 분홍색과 갈색이 섞여 있다. 나는 허리를 숙인다. 배 속이 러시아 체조선수처럼 공중제비를 돈다.

"젠장."

쥐다. 내장이 제거된 쥐다. 배가 갈라졌고 내장이 조리가 되지 않은 조그만 소시지 덩어리처럼 쏟아져 나왔다.

오른편에서 부스럭거리는 소리가 들린다. 나는 흠칫하며 몸을 홱 돌린다. 초록색 동그라미 한 쌍이 기다란 잡초 속에서 나를 향해 번뜩인다. 미튼스가 거칠게 쉭쉭거리며 앞으로 뛰어오른다.

나는 비틀비틀 뒷걸음질을 친다. 비명이 목구멍에 박힌다. "염병할."

미튼스는 재미있어하는 눈빛으로 나를 쳐다보더니("*어이구, 많이 놀란 모양이야, 에디.*") 태평하게 살금살금 앞으로 걸어 나와 쥐의 잔해를 날카롭고 하얀 이빨로 물고 어둠 속으로 어슬렁어슬렁

사라진다.

나는 짤막하게 히스테릭한 웃음을 터뜨린다. "이런 염병할 염병을 봤나."

쥐였다. 핏자국이 *그거*였다. 쥐와 우라질 *쓰레기* 같은 고양이의 소행이었다. 안도감이 파도처럼 밀려온다. 그때 귓가에서 조그만 속삭임이 들린다.

"*하지만 고양이와 쥐로 열려 있는 뒷문을 설명할 수는 없잖아? 차리다 만 저녁 식탁도 그렇고. 그건 뭘까?*"

나는 집 쪽으로 몸을 돌린다.

"클로이!" 고함을 지른다.

그러다 달리기 시작한다. 계단을 달려 올라가서 그녀의 방문 앞에 다다른다. 한 번 노크를 하고, 부스스한 머리가 그녀의 침대에서 벌떡 솟구치길 바라며 벌컥 문을 연다. 하지만 그녀의 침대에는 아무것도 없다. 방 안에도 아무것도 없다. 나는 충동적으로 옷장 문을 연다. 빈 옷걸이들이 덜거덕거린다. 서랍장의 서랍을 홱 연다. 아무것도 없다. 아무것도. 아무것도.

클로이가 사라졌다.

1986년

나는 어느 정도 시간이 지난 다음에서야 슬그머니 빠져나올 기회가 생길 줄 알았다. 하지만 주말까지 이삼 일로 끝이었다.

엄마는 호출을 받고 병원으로 달려갔다. 아빠가 나를 감시하는 역할을 떠맡았지만 마감 전까지 넘겨야 하는 원고가 있었기 때문에 서재에 틀어박혔다. 나는 엄마가 아빠에게 남긴 쪽지를 보았다. '에디 아침 차려줘. 시리얼 아니면 토스트. 감자칩이나 초콜릿은 ***안 돼!*** 사랑해, 메리앤.'

아빠는 그 쪽지를 들여다보지도 않았을 것 같았다. 그날따라 유난히 정신이 없었다. 내가 찬장 문을 열어보니 아빠가 우유를 찬장 선반에, 커피를 냉장고에 넣었지 뭔가. 나는 고개를 저으며 그릇을 꺼내 라이스 크리스피와 우유를 부어서 깨끗하게 비우고, 숟가락을 걸친 채로 개수대에 두었다.

감자칩 한 봉지를 집어 거실에서 〈새터데이 슈퍼스토어〉를 보며 잽싸게 먹어치웠다. 그런 다음 텔레비전을 켜놓은 채 살금살금 이 층 내 방으로 올라갔다. 서랍장을 한쪽으로 밀고 신발 상자를 꺼내서 뚜껑을 열었다.

반지가 그 안에 얌전히 들어 있었다. 숲의 흙이 묻어서 살짝 지저분했지만 닦고 싶지 않았다. 닦으면 그녀의 반지가 아니었다. 특별한 반지가 아니었다. 그게 관건이었다. 뭔가를 지키려면 모든 부분을 지켜야 했다. 그 시간과 장소를 기억해야 했다.

하지만 나보다 더 그 반지를 필요로 하는 사람이 있었다. 그녀를 사랑했지만 그녀의 기념품이 하나도 없는 사람. 물론 그림이 있긴 했다. 하지만 그건 그녀의 일부가 아니었다. 그녀가 숲속에서 천천히 식어갔을 때 그녀의 살갗에 닿거나 그녀에게 기대어 있던 게 아니었다.

나는 화장지에 반지를 싸서 조심스럽게 주머니에 넣었다. 그 시점에는 앞으로 어쩔 작정인지 내 스스로 정확히 파악하지 못했던 것 같다. 핼로런 씨를 찾아가 안타까운 마음을 전하고 반지를 건네면 그는 진심으로 고마워할 테고 그러면 그에게 진 빚을 갚을 수 있을 거라고 혼자 생각했을 뿐이다. 아무튼 내가 원한 건 그거였던 것 같다.

옆방에서 기침 소리와 아빠의 의자가 삐걱거리는 소리, 프린터가 덜거덕거리는 소리가 들렸다. 나는 서랍장을 원래 자리로 되돌려놓고 살금살금 계단을 내려갔다. 두툼한 겨울 외투와 목도리를 챙기고, 아빠가 일층으로 내려왔다가 걱정할 경우에 대비해서 간단하게 메모를 남겼다. '호포네 집에 놀러가요. 방해될까봐 말씀 안 드렸어요. 에디.'

나는 원래 반항아는 아니었다. 하지만 고집이 세고 집착이 있었다. 일단 결정을 내리면 꿈쩍하지 않았다. 자전거를 타고 차고를 나서 핼로런 씨의 집이 있는 방향으로 출발했을 때 나는 일말의 의구심도 공포도 없었다.

핼로런 씨는 진작 콘월로 떠났어야 했다. 하지만 경찰에서 수사를 한다고 붙잡아놓았다. 나는 그 당시에 몰랐지만 경찰에서는 그를 댄싱 걸 살인범으로 기소하기에 증거가 충분한지 고민하고 있었다.

사실 실질적인 증거는 거의 없었다. 대부분 정황 증거와 풍문이었다. 하지만 다들 그가 유죄로 밝혀지길 바랐다. 그래야 후련하고 깔끔하고 납득이 되기 때문이었다. 그는 단순한 아웃사이더가 아니라 외모가 특이한 아웃사이더, 젊은 아가씨를 오염시킨 변태로 입증된 아웃사이더였다.

댄싱 걸이 관계를 정리하려고 하자 핼로런 씨가 이성을 잃고 그녀를 살해했다는 게 그들의 추측이었다. 댄싱 걸이 그 전날 핼로런 씨와 다투고 울면서 집으로 왔다는 엄마의 증언도 그들의 추측에 힘을 실었다. 핼로런 씨는 그들이 다투기는 했지만 헤어지지는 않았다고 했다. 심지어 그날 밤에 숲에서 만나기로 했지만(온갖 추문과 낭설 때문에 그곳을 밀회 장소로 삼았다) 싸우고 난 다음이라 나가지 않았다는 이야기까지 했다. 나는 진실이 무엇인지 모르겠고,

댄싱 걸은 흙과 벌레 속에 목소리가 잠겨버린 곳에서가 아닌 이상 두 번 다시 아무 말도 할 수 없게 되었으니 어느 누구도 한쪽 주장을 입증하거나 부인할 수 없었다.

토요일 아침치고 조용했지만 날 자체가 침대에서 뚱하니 뭉개는 십대처럼 밤의 이불을 떨치고 새벽의 커튼을 열어젖히기 싫어하는 그런 날이었다. 열시인데도 여전히 잿빛으로 어두컴컴했고 어쩌다 한 번씩 지나가는 차량의 불빛이 내가 가는 길을 간간이 비출 따름이었다. 집들도 대부분 어둠 속에 잠겨 있었다. 크리스마스가 얼마 남지 않았는데도 장식을 한 집이 거의 없었다. 아무도 그럴 기분이 나지 않았을 것이다. 우리 아빠도 아직 나무를 장만하지 않았고 나도 내 생일에 대해 거의 생각한 적이 없었다.

희부연 햇빛으로 가장자리가 흐릿해진 오두막집이 새하얀 유령처럼 눈에 확 들어왔다. 핼로런 씨의 차가 앞에 주차돼 있었다. 나는 조금 떨어진 곳에서 자전거를 세우고 주위를 확인했다. 그 오두막집은 에이모리스 레인의 맨 끝에 외따로 자리 잡았고 그 조그만 길에는 다른 오두막집 몇 채밖에 없었다. 주변에 아무도 없는 듯했다. 그래도 나는 핼로런 씨의 집 앞에 자전거를 세워두지 않고 눈에 잘 띄지 않도록 건너편 산울타리에 숨겼다. 그런 다음 얼른 길을 건너서 종종걸음을 옮겼다.

커튼이 젖혀져 있었지만 안에서 불빛은 보이지 않았다. 나는 문을 두드리고 기다렸다. 아무 소리도 들리지 않았다. 다시 한번 문을 두드렸다. 여전히 정적이 이어졌다. 완벽한 정적은 아니었다. 무슨 소리가 들린 것 같았다. 나는 고민했다. 그가 아무도 만나고 싶어 하지 않을 수 있었다. 그냥 집으로 돌아가야 하는지 몰랐다. 나는 하마터면 그럴 뻔했다. 하지만 뭔가가(그게 뭐였는지 지금도 모르겠다) 나를 쿡 찌르며 이렇게 얘기하는 듯했다. *문을 열어봐.*

나는 문손잡이 위에 손을 얹고 돌렸다. 문이 열렸다. 나는 나를 향해 손짓하는 한 줄기 어둠을 물끄러미 바라보았다.

"아무도 안 계세요? 핼로런 선생님?"

응답이 없었다. 나는 숨을 크게 들이마시고 안으로 들어갔다.

"아무도 안 계세요?"

나는 좌우를 둘러보았다. 온 사방에 여전히 상자들이 쌓여 있었지만 조그만 거실에 하나 추가된 게 있었다. 병들이었다. 와인병, 맥주병 그리고 좀 더 땅딸막한 병에는 'Jim Beam'이라고 적혀 있었다. 어른이라면 누구나 가끔 술을 마실 것이다. 하지만 이건 너무 많았다.

이층에서 수돗물 흐르는 소리가 들렸다. 내가 좀 전에 들었던 희미한 소리가 그거였다. 마음이 놓였다. 핼로런 씨는 목욕을 하고 있었다. 그래서 내가 문을 두드려도 듣지 못한 거였다.

물론 덕분에 내 입장이 조금 난처해지긴 했다. 이층에 대고 소리를 지를 수는 없었다. 그가 옷을 벗고 있을지도 몰랐다. 뿐만 아니라 내가 허락도 없이 집 안으로 들어온 걸 들킬 수 있었다. 하지만 다시 밖으로 나가서 기다리고 싶지는 않았다. 사람들 눈에 띌 수 있었다.

나는 고민하다가 결단을 내렸다. 살금살금 부엌으로 들어가 주머니에서 반지를 꺼내 못 보고 지나칠 수 없는 식탁 한복판에 올려놓았다.

메모를 남겼어야 했겠지만 종이도 펜도 보이지 않았다. 나는 이층을 흘끗 올려다보았다. 천장에 이상한 얼룩이 있었다. 다른 얼룩보다 색이 짙었다. 뭔가 낌새가 이상하다는 생각이 언뜻 머릿속을 스치고 지나갔고 물소리가 계속 나는 것도 수상했다. 그때 도로에서 갑자기 자동차 엔진 소리가 들렸다. 나는 움찔했고 그 굉음에 내가 남의 집에 있다는 사실과 엄마, 아빠의 경고가 떠올랐다. 아빠가 지금쯤은 일을 끝냈을지 모르고 엄마가 집으로 돌아왔다면 어쩔 것인가. 메모를 남기기는 했지만 엄마가 의심스러워하며 호포의 엄마에게 전화해서 확인할 가능성도 있었다.

나는 두근거리는 심장을 달래며 얼른 밖으로 빠져나와서 등 뒤로 문을 닫았다. 그런 다음 길 건너편으로 달려가 자전거를 챙겼다. 최대한 빨리 집으로 돌아가서 뒷문 옆에 자전거를 세우고 외투와 목도리를 벗고 거실 소파로 몸을 던졌다. 이십 분쯤 지났을 때 아빠가 일층으로 내려와 고개를 들이밀었다.

"아무 일 없지, 에디? 나갔다 왔니?"

"호포 불러서 놀려고 했는데 집에 없더라고요."

"나한테 얘기하고 갔어야지."

"메모 남겼어요. 일하시는데 방해될까봐."

아빠는 미소를 지었다. "착하기도 하지. 엄마 퇴근하면 드실 수 있게 쿠키 좀 만들까?"

"좋아요."

나는 아빠하고 쿠키를 만드는 게 좋았다. 요리는 계집애 같은 짓이라고 생각하는 남자아이들도 있었지만 아빠가 하면 달랐다. 아무 레시피도 따르지 않고 희한한 재료를 넣었다. 그래서 맛이 기가 막히거나 좀 이상하거나 둘 중 하나였지만 그래도 항상 모험을 한다는 짜릿함이 있었다.

한 시간쯤 지나서 건포도, 마마이트, 땅콩버터 쿠키를 오븐에서 막 꺼냈을 때 엄마가 돌아왔다.

"우리 여기 있어!" 아빠가 외쳤다.

엄마가 들어왔다. 나는 이상한 낌새를 단박에 알아차릴 수 있었다.

"병원 일 다 잘 끝났어?" 아빠가 물었다.

"어? 응. 다 해결했어. 문제없이." 하지만 엄마는 문제없어 보이지 않았다. 불안하고 심란한 얼굴이었다.

"왜 그래요, 엄마?" 내가 물었다.

엄마는 아빠와 나를 흘끗 쳐다보다가 마침내 이야기를 꺼냈다. "집으로 오는 길에 핼로런 씨 집 앞을 지났거든."

내 몸이 긴장하는 게 느껴졌다. 나를 보신 걸까? 그럴 리는 없었다. 나는 한참 전에 돌아왔다. 아니면 누군가가 나를 보고 엄마에게 알렸거나 엄마가 그냥 알아차렸을 수도 있었다. 엄마는 내가 잘못을 저지르면 육감으로 알았다.

그런데 다 아니었다.

"밖에 경찰이 있었어…… 그리고 구급차도."

"구급차?" 아빠가 물었다. "왜?"

엄마가 나지막이 대답했다. "시신을 들것에 실어서 운반하고 있더라고."

자살. 경찰이 핼로런 씨를 체포하러 들이닥쳤을 때 그는 이층 욕조 안에 있었다. 욕조에서 넘친 물 때문에 일층 천장에 기포가 생겨서 이미 늘어지기 시작했다. 천장에서 부엌 식탁으로 떨어진 물은 옅은 분홍색이었다. 핼로런 씨가 팔목에서 팔꿈치까지 양쪽 팔을 깊게 긋고 몸을 담근 욕조 물은 그보다 짙은 빨간색이었다. 상처가 난 방향은 세로였다. 그건 살려달라는 외침이 아니었다. 작별의 비명이었다.

경찰은 반지를 발견했다. 딱딱하게 굳은 숲의 흙이 아직까지 묻어 있었다. 이로써 결론이 내려졌다. 그것이야말로 그들이 찾던 확실한 증거였다. 핼로런 씨는 댄싱 걸을 살해하고 스스로 목숨을 끊은 것이었다.

나는 자백하지 않았다. 자백해야 했었다는 건 나도 안다. 하지만 나는 열두 살이었고 무서웠고 어차피 아무도 내 말을 믿지 않았을 것이다. 엄마는 내가 핼로런 씨를 도우려 한다고 생각했을 테고 사실 이제는 아무도 그나 댄싱 걸을 도울 수 없었다. 따라서 진실을 얘기한들 무슨 소용이 있었을까.

메시지는 그길로 끝이었다. 초크맨도 그길로 끝이었다. 끔찍한 사건이나 섬뜩한 살인사건도 그길로 끝이었다. 이후 몇 년 동안 앤더베리에서 벌어진 최악의 사건이라고 해봐야 집시들이 교회 지붕을 훔치려고 했던 것뿐이었다. 아, 미키가 차를 몰고 가다가 나무를 들이받는 바람에 하마터면 개브와 함께 황천길로 떠날 뻔한 사건도 있었구나.

그렇다고 해서 사람들이 당장 잊어버린 건 아니었다. 살인사건과 기타 등등으로 인해 앤더베리는 불쾌한 악명에 시달렸다. 지역 일간지에서는 그걸 몇 주 동안 우려먹었다.

"이러다 조만간 주말판과 함께 분필을 공짜로 나눠주겠네." 어느 날 저녁에 엄마가 이렇게 중얼거리는 소리가 들렸다.

뚱뚱이 개브는 자기 아빠가 술집 이름을 '초크맨'으로 바꾸려다 엄마의 만류로 접었다고 했다.

"시기상조야." 그녀가 한 말이었다.

그 후로 얼마동안 낯선 사람들이 무리를 지어서 찾아왔다. 다들 파카를 입고 편한 신발을 신고 카메라와 수첩을 들고 다녔다. 일렬로 교회에 들어가거나 숲속을 터벅터벅 걸었다.

"러버넥이야." 아빠가 말했다.

나는 그게 무슨 뜻이냐고 물어보지 않을 수 없었다.

"끔찍한 광경을 구경하거나 끔찍한 사건이 벌어진 현장에 가는 걸 좋아하는 사람들. 소름 끼치는 죽음의 사냥개라고도 하지."

나는 두 번째 단어가 더 마음에 들었던 것 같다. 죽음의 사냥개. 흐느적거리는 머리칼과 축 늘어진 얼굴을 하고 창문에 코를 박거나 땅바닥으로 허리를 숙여서 카메라 셔터를 눌러대는 그들의 모습은 사냥개와 비슷했다.

가끔 그들이 묻는 소리가 들리기도 했다. *초크맨이 살았던 오두막집이 어디에요? 그와 개인적으로 알고 지냈던 사람이 있나요? 그의 그림을 가지고 있는 사람이 있나요?*

댄싱 걸에 대해서 묻는 사람은 없었다. 아무도 없었다. 그녀의 엄마를 인터뷰한 기사가 신문에 실린 적이 있었다. 그녀의 엄마는 일라이저가 음악을 좋아했고, 간호사가 돼서 그녀처럼 다친 사람들을 돌보고 싶어 했으며, 사고 후에 얼마나 용감했는지 모른다고 했다. 하지만 대대적으로 다뤄지지는 않았다. 사람들은 거의 그녀를 잊어버리고 싶어 하는 것처럼 보였다. 죽은 그녀가 실존 인물이었다는 사실을 기억하고 있으면 이야기가 망가지기라도 하는 듯이.

결국에는 죽음의 사냥개들마저 자기 우리로 돌아갔다. 다른 끔찍한 사건들이 일면을 번갈아 장식했다. 그 살인사건은 어쩌다 한 번씩 잡지 기사로 등장하거나 범죄를 소개하는 텔레비전 프로그램에서 다뤄졌다.

해결이 안 된 부분들은 있었다. 앞뒤가 안 맞는 부분들도 있었다. 모두들 핼로런 씨가 마틴 목사를 공격했고 교회에 그림을 그렸다고 생각했지만 이유를 설명할 수 있는 사람은 아무도 없었다. 시신을 토막 낼 때 쓴 도끼도 나오지 않았고……

두말하면 잔소리지만 댄싱 걸의 머리도 나오지 않았다.

그럼에도 불구하고, 어디가 시작점인지에 대해서는 저마다 의견이 달랐을지 몰라도 다들 핼로런 씨가 죽은 날 모든 게 끝났다고 믿었다.

2016년

아빠의 장례식은 어떻게 보면 몇 년 늦게 치러졌다. 내가 알던 남자는 한참 전에 세상을 떠났다. 남은 것은 빈껍데기뿐이었다. 아빠를 아빠이게 했던 모든 것, 연민과 유머감각, 따뜻한 마음씨, 심지어 그 빌어먹을 일기예보까지 사라져버렸다. 아빠의 기억도 마찬가지였다. 아마 그게 최악이었을 것이다. 쌓인 경험이 없다면, 살아오면서 모으고 수집한 게 없다면 내가 뭐가 될 수 있을까? 이걸 제거해버리면 우리는 살과 뼈와 혈관으로 이루어진 덩어리에 불과하다.

세상에 영혼이라는 게 있다면 (나는 아직 있다고 믿지는 않는다) 아빠의 영혼은 아빠가 멸균실의 새하얀 병상에서 끙끙대며 정신이 오락가락하다 마침내 폐렴으로 눈을 감기 훨씬 전에 이미 떠났다.

그때 아빠는 내가 아는 키가 크고 생기가 넘치던 그 남자가 아니라 쪼그라들어서 뼈만 남은 해골이었다. 그 껍데기는 내가 모르는 인간이었다. 부끄러운 얘기지만 아빠가 숨을 거두었다는 소식을 들었을 때 내가 맨 처음 느낀 감정은 슬픔이 아니라 안도였다.

장례식은 화장터에서 조촐하게 거행됐다. 엄마와 나, 아빠가 기고했던 여러 잡지사의 친구 몇 명, 호포와 그의 엄마, 뚱뚱이 개브와 그의 가족으로 끝이었다. 나는 상관없었다. 죽었을 때 조문객의 숫자로 그 인간의 가치를 판단할 수 있다고 생각하지는 않았다. 대부분의 사람들은 친구가 너무 많다. '친구'의 기준을 느슨하게 적용하면 그렇다. 온라인상의 '친구'는 진짜 친구가 아니다. 진짜 친구는 다르다. 그들은 무슨 일이 있어도 곁을 지킨다. 애증이 똑같은 비율로 섞여 있지만 내 자신만큼이나 나의 일부다.

장례식이 끝나자 다 같이 우리 집으로 갔다. 엄마가 샌드위치와 간식을 만들어놓았지만 대부분 그냥 음료만 마셨다. 아빠가 일 년이 넘도록 요양원 신세를 졌고 우리 집에 손님이 그렇게 많은 적이 없었지만 그날처럼 우리 집이 공허하게 느껴진 적은 처음이었다.

엄마와 나는 해마다 기일에 같이 화장터를 찾아간다. 아마 엄마는 좀 더 자주 찾아갈 것이다. 아빠의 이름과 기억의 서에 있는 문구를 적은 조그만 명패 옆에 항상 싱싱한 꽃이 놓여 있다.

오늘은 엄마가 앞뜰의 벤치에 앉아 있다. 간간이 햇빛이 비치는 날이다. 회색 구름이 성마른 바람에 쫓겨 하늘 위에서 쉴 새 없이 종종걸음을 친다. 엄마는 청바지와 깔끔한 빨간색 재킷을 입고 있다.

"왔니?"

"네, 엄마."

나는 엄마 곁에 앉는다. 자주 보았던 조그맣고 동그란 안경이 엄마의 코 위에 얹혀 있고 엄마가 내 쪽으로 고개를 돌리자 안경이 햇빛을 받고 반짝인다.

"피곤해 보인다, 에드."

"네. 한 주가 길었어요. 모처럼 여행 가셨는데 중간에 오시게 해서 죄송해요."

엄마는 손사래를 친다. "네가 강요한 거 아니야. 내가 선택한 거지. 그리고 호수야 한 군데 보면 전부 본 셈이고."

"아무튼 돌아와주셔서 감사해요."

"너랑 미튼스랑 그 정도 기간 동안 붙어 지냈으면 충분했겠지."

나는 미소를 짓는다. 노력 끝에 지은 미소다.

"그래, 무슨 일인지 들을 수 있을까?" 엄마는 어린 시절의 나를 대하듯 쳐다본다. 거짓말을 속속들이 꿰뚫어볼 듯한 눈빛이다.

"클로이가 사라졌어요."

"사라졌다고?"

"짐을 싸서 떠났어요, 영영."

"한 마디 말도 없이?"

"네."

연락을 기다리지 않았다고 하고 싶지만 거짓말이다. 처음 며칠 동안 그녀가 연락할 거라고 기대한 마음이 반, 연락해주길 바란 마음이 반이었다. 그녀가 아무 일도 없었다는 듯이 어슬렁어슬렁 들어와 커피를 끓이고 얄궂게 한쪽 눈썹을 추켜세우고 그럴듯한 설명을 간단하게 하면 나는 어리석고 별 볼일 없는 편집증 환자가 된 기분이 들 거라고 생각했다.

그런데 아니었다. 거의 일주일이 지난 지금 아무리 생각해도 설명할 길이 없다. 그녀가 앙큼하게 나를 가지고 논 것이었다는, 누가 봐도 빤한 설명 말고는.

"뭐, 내가 원래 그 아가씨를 안 좋아하긴 했다만." 엄마가 말한다. "그래도 그녀답지 않은데?"

"제가 사람 보는 눈이 없나봐요."

"자책하지 마, 에드. 거짓말을 아주 잘하는 사람들도 있거든."

맞아요. 나는 생각한다. 그렇죠.

"해나 토머스 기억하세요, 엄마?"

엄마는 미간을 찌푸린다. "응. 하지만 그게—"

"클로이*가* 해나 토머스의 딸이에요."

안경 뒤로 보이는 눈이 조금 커다래지지만 그래도 엄마는 평정심을 잃지 않는다. "그렇구나. 걔한테 들은 얘기니?"

"아뇨. 니키한테 들었어요."

"니키랑 통화를 했어?"

"만나러 갔어요."

"어떻게 지낸다니?"

"별로 달라진 게 없을 거예요, 엄마가 오 년 전에 찾아가서…… 그녀의 아버지가 겪은 사건의 진상을 밝혔을 때에 비해서."

한참 동안 정적이 흐른다. 엄마는 바닥을 내려다본다. 엄마의 손은 울퉁불퉁하고 파란 핏줄로 줄무늬가 그어져 있다. 내가 생각하기에는 인간의 본모습이 손을 통해 드러난다. 우리의 나이. 우리가 느끼는 긴장감. 엄마의 손은 여러 가지 훌륭한 일들을 할 수 있었다. 뒤엉킨 내 머리칼을 풀 수 있었고 내 뺨을 가만히 어루만질 수 있었고 까진 무릎을 소독하고 반창고를 붙여줄 수 있었다. 그런가 하면 다른 일들을 할 수도 있었다. 못마땅하게 여겨질 수도 있을 만한 일들을.

한참 만에 엄마가 입을 연다. "제리의 설득에 넘어갔지. 그이한테 전부 털어놓았거든. 고백하니까 기분이 좋더라. 그이 덕분에 나는 니키한테 진실을 알릴 의무가 있다는 걸 깨달았어."

"진실이 뭔데요?"

엄마는 서글픈 미소를 짓는다. "내가 늘 얘기했잖니. 후회하지 말라고. 어떤 결정을 내리면 그 당시에는 알맞은 이유가 있었던 거야. 그게 잘못된 결정으로 판명이 나더라도 감수해야지."

"돌아보지 말고요."

"응. 하지만 말처럼 그렇게 쉬운 일은 아니야."

나는 기다린다. 엄마는 미소를 짓는다.

"해나 토머스는 심지가 약한 아이였어. 남의 말에 쉽게 넘어가고. 항상 따르고 숭배할 상대를 찾는. 안타깝게 그런 그녀의 앞에 그가 등장했지."

"마틴 목사요?"

엄마는 고개를 끄덕인다. "그녀가 어느 날 저녁에 나를 찾아와서—"

"기억나요."

"그래?"

"거실에 엄마랑 같이 있는 걸 봤어요."

"예약하고 병원으로 왔어야 하는 건데. 내가 끝까지 고집을 부렸어야 하는 건데. 하지만 딱하게도 너무 혼란스러워하면서 누구랑 의논하면 좋을지 몰라 하기에 들어오라고 해서 차를 한잔 주고—"

"시위대의 일원이었는데도요?"

"나는 의사야. 의사들은 재고 따지지 않아. 그녀는 임신 사 개월이었어. 무서워서 아버지한테는 얘기할 수 없었고. 그리고 이제 겨우 열여섯 살이었고."

"아이를 낳고 싶어 했어요?"

"뭘 어쩌고 싶은지 몰라 했지. 아직 어린 나이였으니까."

"엄마는 무슨 얘기를 해주셨어요?"

"병원으로 찾아오는 모든 임산부에게 하는 얘기를 했어. 선택할 수 있는 방법들이 뭐가 있는지. 그리고 아이 아버지가 도울 생각이 있는지 물었지."

"그랬더니 뭐라고 했어요?"

"처음에는 누군지 밝히지 않으려고 하더니 얼마 있다가 봇물처럼 쏟아내더구나. 목사와 서로 사랑하는 사인데 교회에서 만나지 못하게 한다고." 엄마는 고개를 젓는다. "내가 이런저런 충고를 했더니 조금 진정을 하더구나. 하지만 솔직히 나는 심란하고 고민스러웠어. 그런 데다 장례식이 열렸던 날 그 아이의 아버지가 들이닥

쳐서 션 쿠퍼에게 성폭행을 당했다고 하니—"

"엄마는 진실을 알고 있었어요?"

"응. 하지만 뭘 어쩔 수 있었겠니? 해나의 비밀을 폭로할 수도 없고."

"하지만 아빠한테는 얘기하셨죠?"

엄마는 고개를 끄덕인다. "그 아이가 나를 만나러 왔다는 걸 이미 알았으니까. 그날 저녁에 전부 얘기했어. 너희 아빠는 경찰서와 교회에 찾아가서 마틴 목사의 정체를 폭로하고 싶어 했지만 내가 가만히 있으라고 말렸지."

"하지만 아빠는 그러지 못하셨죠?"

"응. 우리 집 유리창을 뚫고 벽돌이 날아왔을 때 너희 아빠가 뚜껑이 열렸거든. 우리는 말싸움을 벌였고—"

"저도 들었어요. 아빠는 그 길로 나가서 술을 드셨죠……."

나도 그 이후로 어떻게 됐는지 알지만 엄마에게 마무리를 맡긴다.

"해나의 아버지와 친구들이 그날 밤에 술집에 있었어. 너희 아빠가 워낙 술을 마신 데다 화가 났으니……."

"그들한테 마틴 목사가 해나 배 속에 있는 아이의 아버지라고 얘기하셨군요?"

엄마는 다시 고개를 끄덕인다. "너도 알아둬야 할 게, 아빠는 일이 그렇게 될 줄 몰랐던 거야. 그들이 마틴 목사에게 그럴 줄은. 몰래 들어가 그를 교회로 끌고 나와서 그런 식으로 폭행할 줄은."

"알아요." 나는 얘기한다. "이해해요."

개브도 션의 자전거를 훔쳤을 때 그렇게 될 줄 몰랐다. 나도 헬로런 씨의 집에 반지를 두고 나왔을 때 그렇게 될 줄 몰랐다.

"왜 나중에 아무 말씀도 하지 않으셨어요, 엄마? 아빠도 그렇고."

"앤디 토머스가 경찰이었잖아. 그리고 우리한테는 아무 증거도 없었고."

"그게 다예요? 엄마는 그렇게 눈감아준 거였고요?"

엄마는 한참 동안 뜸을 들이다 대답한다. "그게 다가 아니었어. 앤디 토머스와 친구들은 그날 밤, 술에 취해서 살기등등했겠지. 그들이 마틴 목사를 곤죽이 되도록 두들겨 팬 건 분명해……."

"그런데요?"

"분필로 그려진 그 섬뜩한 그림과 등에 난 상처 말이야. 그것도 그들의 소행이라는 건 믿기지가 않거든."

천사의 날개. 니키의 손목에 그려져 있던 조그만 문신이 내 머릿속을 스치고 지나간다. "*아빠를 기념하는 뜻에서.*"

그리고 그녀가 자리에서 일어나기 직전에, 내가 그림에 대해 물었을 때 했던 말도 생각이 난다.

"*아빠는 그 교회를 사랑했거든. 유일하게 사랑한 대상이었지. 그 그림은 아빠의 소중한 성소를 훼손했어. 얻어맞은 건 신경 쓰지 않아도 되는 문제야. 아빠가 죽었다면 그 그림 때문에 죽은 거였을 테니까.*"

냉기가 나를 덮친다. 얼음처럼 차가운 거미줄이 온몸으로 스며든다.

"그들의 소행이겠죠." 내가 얘기한다. "달리 누구의 소행이겠어요?"

"그렇겠지." 엄마는 한숨을 쉰다. "내 잘못이다, 에디. 너희 아빠한테 얘기한 거. 누가 목사를 공격했는지 끝까지 밝히지 않은 거."

"그래서 매주 문병을 가시는 거예요? 책임감 때문에?"

엄마는 고개를 끄덕인다. "좋은 사람은 아니었을지 몰라도 누구든 용서를 받을 자격이 있잖니."

"니키 생각은 달라요. 돌아가시면 찾아갈 거랬어요."

엄마는 미간을 찌푸린다. "이상하네."

"이상하다니 참신한 해석인데요?" 내가 말한다.

"아니, 그게 아니라 문병을 가고 있으면서 그러니까 이상하다는 거야."

"네?"

"간호사들이 지난달에 매일 왔다 그랬거든."

나이를 먹으면 세상이 오그라든다. 나만의 소인국에 사는 걸리버가 된다. 내 기억 속의 세인트맥덜린스 요양원은 웅장하고 오래된 건물이었다. 길고 구불구불한 진입로를 달리면 나오는 으리으리한 대저택이었고 줄무늬로 깔끔하게 정리한 파릇파릇하고 널따란 잔디밭으로 둘러싸인 곳이었다.

오늘 본 진입로는 짧게 느껴지고, 잔디밭은 근교 주택의 널찍한 앞마당과 비슷한 수준이며, 풀은 울퉁불퉁하게 웃자랐다. 잔디밭을 관리하고 다듬는 정원사는 코빼기도 보이지 않는다. 오래된 오두막은 한쪽으로 기울었고 문이 열려 있어서 방치된 장비와 고리에 걸린 낡은 작업복들이 보인다. 내가 근사한 모자를 쓴 할머니를 만났던 잔디밭 저편에 그때처럼 철제로 된 정원용 가구들이 놓여 있는데, 다리에 녹이 슬었고 방치돼서 새똥으로 뒤덮였다.

요양원 자체도 전보다 작게 느껴진다. 흰색 벽은 페인트칠을 다시 해야겠고 오래된 나무 창틀은 교체가 절실하다. 한때 당당했지만 황혼기에 접어들어 점점 쇠락해가는 귀부인(일부 입소자들도 이 비슷한 신세일 것이다)을 보는 느낌이다.

나는 정문에 달린 버저를 누른다. 잠시 정적이 흐른 뒤 치직거리는 소리에 이어 짜증 섞인 여자의 목소리가 들린다. "네?"

"마틴 목사님을 문병 온 에드워드 애덤스라고 하는데요."

"네."

문에서 웅 하는 소리가 들리자 나는 밀어서 연다. 내부는 나의 기억과 별반 다르지 않다. 벽은 예전처럼 노란색이다. 어쩌면 겨자색에 가까울 수도 있겠다. 걸린 그림도 그대로인 게 분명하고 냄새도 그대로다. 보호시설 특유의 소독약, 지린내, 오래된 음식 냄새가 난다.

로비 한쪽 구석에 아무도 없는 안내데스크가 있다. 컴퓨터에는 어지러운 화면보호기가 떠 있고 전화기 불빛이 깜빡인다. 방명록이 펼쳐져 있다. 나는 앞으로 걸어가 좌우를 살핀다. 그런 다음 손끝으로 더듬으며 이름과 날짜를 확인한다.

방문객이 많지도 않다. 입소자들에게 가족이 없거나 있더라도 클로이가 쓸직한 표현을 빌리자면 절연을 하고 머릿속에 자리 잡은 진흙투성이 늪지 속으로 서서히 가라앉도록 방치하고 있는 모양이다.

니키의 이름이 곧바로 눈에 들어온다. 지난주에 왔다 간 걸로 되어 있다. 그런데 왜 거짓말을 했을까?

"무슨 일이시죠?"

나는 움찔한다. 방명록이 툭 닫힌다. 머리를 단단히 틀어 올리고 공포스러운 가짜 손톱을 붙인 통통한 여자가 눈썹을 추켜세우고 딱딱한 표정으로 나를 쳐다본다. 내 눈에는 눈썹을 추켜세운 걸로 보이지만 그렇게 그린 것일 수도 있겠다.

"안녕하세요." 내가 말한다. "제가…… 저기…… 이름을 적으려던 참이었는데요."

"그러셨어요?"

간호사들은 엄마들과 표정이 비슷하다. 이런 표정이다. *아들, 뺑칠 생각하지 마. 무슨 속셈인지 다 아니까.*

"죄송해요. 다른 페이지가 펼쳐져 있어서……."

그녀는 경멸조로 콧방귀를 뀌며 건너와서 방명록을 오늘 날짜로 펼친다. 반짝이는 자주색 발톱으로 쿡쿡 찌른다. "성함. 문병 온 환자. 그리고 친구인지 친척인지."

"네."

나는 볼펜을 집어서 내 이름과 '마틴 목사님'이라고 적는다. 그런 다음 잠깐 머뭇거리다 '친구'난에 체크한다.

간호사는 나를 지켜본다. "전에도 오신 적 있나요?" 그녀가 묻는다.

"어, 대개는 어머니께서 오세요."

그녀는 나를 좀 더 유심히 들여다본다. "*애덤스*. 아하. 메리앤."

그녀의 표정이 부드러워진다. "좋은 분이세요. 그 오랜 세월 동안 매주 와서 책을 읽어드리고 계시거든요." 그녀는 갑자기 미간을 찡그린다. "어디 편찮으신 건 아니죠?"

"네. 어, 감기에 걸리셨어요. 그래서 제가 온 거예요."

그녀는 고개를 끄덕인다. "목사님은 지금 병실에 계세요. 차 마실 시간이 돼서 제가 가서 모시고 나오려던 참인데 혹시 저 대신 가실래요?"

싫다. 막상 찾아오고 보니 그를 만난다는 생각, 그의 곁을 지킨다는 생각만으로도 혐오감이 치민다. 하지만 선택의 여지가 별로 없다.

"그럴게요."

"복도를 따라서 곧장 가세요. 오른쪽으로 네 번째가 목사님 병실이에요."

"네. 고맙습니다."

나는 발을 끌며 천천히 걸음을 옮기기 시작한다. 내가 찾아온 목적은 이게 아니었다. 니키가 정말 문병을 왔었는지 알아보기 위해서 온 거다. 이유는 잘 모르겠다. 그냥 중요하게 느껴졌다. 그런데 찾아오고 보니 왜 왔는지 *이유*를 모르겠다. 연극을 계속해야 한다는 것 말고는.

목사의 병실에 다다른다. 문이 닫혀 있다. 나는 하마터면 몸을 돌려서 왔던 길을 곧바로 되짚어 갈 뻔한다. 하지만 뭔가(아마도 병적인 호기심이겠지만)가 내 발목을 잡는다. 나는 손을 들어 문을 두드린다. 대답을 기대했다기보다 예의상 그래야 할 것 같았기 때문이다. 잠시 후에 나는 문을 연다.

이 시설의 다른 부분은 머릿속이 고칠 수 없을 정도로 고장 난 사람들을 보살피는 병원이 아닌 것처럼 보이려고 애를 썼다면 (실패하기는 했지만) 목사의 병실은 그런 아늑한 분위기를 고집스럽게 거부한다.

이 공간은 황량하고 금욕적이다. 벽에 걸린 그림도 꽃병에 담긴 꽃도 없다. 책이나 장식품이나 기념품도 없다. 깔끔하게 정돈이 된 병상 머리맡에 십자가가 걸려 있고 그 옆 테이블에 성서가 놓인 게 전부다. 이중창(한 장짜리 유리창과 금방이라도 부서질 것처럼 보이는 잠금장치가 달려 있다니 의료시설 안전 규정 미달로 보인다) 밖으로 좀 더 관리가 안 된 잔디밭이 숲이 시작되는 지점까지 이어진다. 경치가 좋다고 할 수 있겠지만 목사는 그걸 감상할 만한 정신 상태가 아닐 것이다.

그는, 아니 그의 잔재는 한쪽 구석에 놓인 조그만 텔레비전 앞 휠체어에 앉아 있다. 리모컨이 휠체어 팔걸이에 놓여 있다. 하지만 텔레비전 화면에는 아무것도 없다.

처음에는 그가 잠이 들었나 싶지만 예전처럼 눈을 동그랗게 뜨고 앞을 멍하니 쳐다보고 있다. 그래서 예전처럼 당혹스럽다. 입을 아주 미미하게 움직이고 있어서 오직 그의 눈에만 보이거나 그의 귀에만 들리는 누군가와 혼잣말을 하는 듯한 인상을 풍긴다. 아마 신일 것이다.

나는 용기를 내서 안으로 들어가 잠깐 머뭇거린다. 목사는 내 존재를 거의 알아차리지도 못할 게 분명하지만 그래도 그의 공간을 침범한 것처럼 느껴진다. 결국 나는 그의 옆으로 가서 침대 끝 쪽에 어색하게 걸터앉는다.

"안녕하세요, 마틴 목사님."

아무 반응이 없다. 하기야 뭘 기대할 수 있을까.

"저 기억 못 하시죠? 에디 애덤스예요. 저희 엄마가 매주 문병을 오고 계시죠…… 그 온갖 일들에도 불구하고요."

정적이 흐른다. 나지막이 쌕쌕거리는 그의 숨소리만 들릴 뿐이다. 심지어 시계가 째깍거리는 소리조차 들리지 않는다. 시간이 어느 정도 지났는지 알 길이 없다. 하지만 여기 있으면 천천히 흐르는 시간을 절대 느끼고 싶지 않을 것 같다. 나는 목사의 시선을 피해 바닥을 쳐다본다. 이제 어른이 됐는데도 여전히 그 시선에 겁이 나고 불편해진다.

"목사님과 마지막으로 만났을 때 저는 어린애였어요. 열두 살요. 니키의 친구였고요. *니키*는 기억하세요? 목사님 딸." 나는 말을 잠깐 멈춘다. "바보 같은 질문이네요. 당연히 기억하시겠죠. 어딘가에서는요. 머릿속 어딘가에서는."

나는 다시 말을 멈춘다. 아무 얘기도 할 생각이 없었는데 막상 와서 보니 얘기가 하고 싶어진다.

"저희 아빠요. 저희 아빠는 머리에 문제가 생겼어요. 목사님하고는 달라요. 아빠는 모든 게 슬금슬금 흘러나오는 게 문제였어요. 물이 새듯. 아빠는 아무것도 지키지 못했어요. 기억도 언어도. 결국에는 자기 자신까지. 목사님은 반대일 거라고 생각해요. 모든 게 갇혀 있겠죠. 어딘가에. 저 깊숙한 곳에. 그래도 남아 있긴 하겠지만."

그렇든지 아니면 지워지고 파괴돼서 영영 사라졌을 것이다. 하지만 나는 사라지지 않았을 거라고 믿는다. 우리의 생각, 우리의 기억은 어딘가에 저장이 될 수밖에 없다. 아빠의 생각과 기억은 조금씩 흘러나왔을지 몰라도 엄마와 내가 열심히 수습하려고 했다. 아빠를 대신해서 기억하려고 했다. 가장 소중했던 순간들을 우리 머릿속에 안전하게 보관하려고 했다.

하지만 나이를 먹을수록 복원하기가 점점 힘들어진다. 벌어졌던 사건, 누가 한 얘기, 사람들이 입었던 옷 아니면 그들의 생김새가 점점 흐릿해진다. 과거 자체가 오래된 사진처럼 희미해지고 아무리 노력해도 막을 길이 없다.

나는 목사를 돌아보았다가 하마터면 펄떡 일어날 뻔한다.

그가 또렷하고 냉정한 회색 눈으로 나를 똑바로 쳐다보고 있기 때문이다.

그가 입술을 움직이자 희미한 속삭임이 흘러나온다. "고백하라."

내 머리칼이 쭈뼛 선다. "*네?*"

그가 내 팔을 와락 잡는다. 지난 삼십 년 동안 혼자서 화장실도 가지 못했던 사람치고 아귀힘이 놀라우리만치 세다.

"고백하라."

"뭘요? 저는—"

뭐라고 대답할 겨를도 없이 문 두드리는 소리가 들리자 나는 홱 하니 반대편을 돌아본다. 목사는 내 팔을 놓는다.

간호사가 고개를 내민다. 좀 전과 다른 간호사다. 말랐고 금발이고 상냥한 표정을 짓고 있다.

"안녕하세요." 그녀는 미소를 짓는다. "별일 없는지 확인하러 왔어요." 그녀의 미소가 흔들린다. "별일 없는 거 맞죠?"

나는 애써 마음을 가라앉힌다. 누가 경보를 울리는 바람에 여기서 끌려나가기는 싫다.

"네. 아무 일 없어요. 둘이서…… 아니, *제가* 얘기를 하고 있었어요."

간호사는 미소를 짓는다. "저도 항상 강조해요. 입소자들에게 말을 걸라고. 그러면 좋거든요. 입소자들이 안 듣는 것처럼 보일지 몰라도 생각보다 많은 걸 이해해요."

나는 억지로 미소를 짓는다. "무슨 말씀인지 알겠어요. 저희 아빠도 알츠하이머 환자였거든요. 이해하지 못하겠거니 생각했던 것에 반응을 보이실 때가 많았어요."

그녀는 공감하는 뜻에서 고개를 끄덕인다. "정신질환에 대해서는 우리가 모르는 게 너무 많아요. 하지만 저분들도 속을 들여다보면 우리와 똑같은 인간이에요. 여기는……" 그녀는 자기 머리를 톡톡 두드린다. "달라졌을지 몰라도 심장은 그대로니까요."

나는 목사를 흘끗 쳐다본다. 그는 다시 앞을 빤히 쳐다보고 있다. *고백하라.*

"맞아요."

"휴게실에서 차를 마시려고 하는데." 그녀가 좀 더 밝은 목소리로 이야기한다. "목사님 모시고 가실래요?"

"네. 좋죠."

여기서 빠져나갈 수 있다면 뭐든 좋다. 나는 휠체어 손잡이를 잡고 민다. 복도를 따라 걷는다.

"오늘 처음 뵙는 거 맞죠?" 간호사가 묻는다.

"네. 보통은 엄마가 오셨어요."

"아, 메리앤요?"

"네."

"어디 편찮으신 건 아니죠?"

"감기에 걸리셨어요."

"어머나. 얼른 낫길 바랄게요."

그녀가 휴게실 문을 열자(예전에 엄마와 함께 왔던 곳이다) 난 휠체어를 밀고 안으로 들어간다. 이 틈에 승부수를 띄워보기로 한다.

"엄마가 그러시는데 목사님 딸이 면회를 오고 있다면서요?"

간호사는 생각에 잠긴 표정을 짓는다. "네, 맞아요. 최근 들어 젊은 아가씨하고 계신 걸 봤어요. 말랐고 검은 머리죠?"

"아뇨." 나는 말문을 연다. "니키는……."

그러다 멈칫한다.

속으로 이마를 때린다. 그 영리한 아가씨가 방명록에 뭐라고 썼을지 몰라도 니키는 여기 찾아온 적이 없다. 하지만 목사에게는 딸이 한 명 더 있다. *클로이*. 클로이가 아빠를 만나러 왔던 것이다.

"죄송해요." 나는 했던 이야기를 주워 담는다. "네, 맞아요."

간호사는 고개를 끄덕인다. "가족인 줄 몰랐어요. 아무튼 저는 이제 가서 차를 내와야겠네요."

"네. 그러세요."

그녀는 저쪽으로 걸어간다. 몇 가지 퍼즐 조각이 제자리를 찾아간다. 클로이가 일을 하지 않는 날에 어딜 갔었는지. 지난주에 여기 왔다 간 날. 그날 그녀는 술에 취한 채 집으로 돌아와 눈물을 흘리며 가족 어쩌고 하는 이상한 소리를 늘어놓았다.

하지만 여길 찾은 이유가 뭐였을까? 자료조사를 하려고? 과거를 다시 들여다보기 위해서? 무슨 꿍꿍이일까?

나는 휠체어를 밀고 깊숙이 들어가 텔레비전을 볼 수 있는 방향으로 목사를 앉힌다. 텔레비전에서는 〈닥터 슬론〉 예전편이 방영되고 있다. 멀쩡한 정신상태로 이 시설에 왔더라도 딕 밴다이크와 그의 가족이 날마다 오버하는 걸 보고 있으면 미쳐버릴지 모른다.

그때 무언가가 내 눈에 들어온다. 텔레비전과 높은 등받이 의자에 축 늘어진 입소자들을 지나서 시선을 옮기자 바깥쪽으로 현관 유리문 바로 앞에 금방이라도 쓰러질 것 같은 사람이 앉아 있다. 두툼한 모피코트로 몸을 감싸고 자주색 터번을 아슬아슬하게 정수리에 얹었는데, 그 아래로 흰머리가 몇 가닥 삐져나왔다.

잔디밭의 할머니. 내게 비밀을 알려주었던 할머니다. 하지만 그건 거의 삼십 년 전의 일이었다. 아직까지 살아 있다니 믿기지가 않는다. 그때 당시 육십대밖에 안 됐다면 가능한 일이긴 하다. 그렇더라도 지금 나이가 구십대라는 얘기다.

나는 앞으로 걸어가 현관 유리문을 연다. 공기가 서늘하지만 반짝이는 햇살이 희미한 온기를 선사한다.

"안녕하세요?"

잔디밭의 할머니가 고개를 돌린다. 백내장 때문에 눈동자가 부옇고 탁하다. "퍼디낸드?"

"아뇨, 제 이름은 에드예요. 오래전에 여기 한 번 온 적이 있었어요, 어머니하고 같이요."

그녀는 몸을 숙여서 눈을 가늘게 뜨고 나를 쳐다본다. 쭈글쭈글한 양피지처럼 겹겹이 접힌 갈색 주름살 사이로 두 눈이 사라진다.

"기억해. 그 꼬맹이. 좀도둑."

딱 잡아떼고 싶지만 그런들 무슨 소용일까?

"맞아요." 내가 얘기한다.

"그거 다시 갖다놨니?"

"네."

"착해라."

"앉아도 될까요?" 나는 앞에 놓인 하나 남은 의자 쪽으로 손짓한다.

그녀는 머뭇거리다 고개를 끄덕인다. "하지만 금방 일어나야 해. 퍼디낸드가 곧 올 거거든."

"그럴게요."

나는 자리에 앉는다.

"그를 만나러 왔었지." 그녀가 말한다.

"퍼디낸드요?"

"아니." 그녀는 무시하는 투로 고개를 젓는다. "목사."

나는 그가 구부정하게 휠체어에 앉아 있는 쪽을 흘끗 돌아본다. *고백하라.*

"네. 그때 그러셨잖아요, 그가 사람들을 전부 속이고 있다고. 그게 무슨 뜻이었어요?"

"다리."

"네?"

그녀는 몸을 앞으로 숙여서 하얗고 뼈만 남은 손으로 내 허벅지를 움켜쥔다. 나는 움찔한다. 나는 기분이 좋을 때도 뜻밖의 스킨십을 환영하지 않는 사람이다. 그런데 오늘은 기분이 좋은 날도 아니다.

"나는 다리가 튼튼한 남자가 좋더라." 그녀가 말한다. "퍼디낸드. 그이 다리가 튼튼해. *힘이* 있지."

"그렇군요." 무슨 소린지 알 수 없지만 맞장구치는 편이 차라리 낫다. "그게 목사님이랑 무슨 상관인가요?"

"목사?" 먹구름이 다시 그녀의 얼굴을 덮는다. 총기가 사라진다. 그녀의 정신이 현재에서 과거로 돌아가는 게 느껴지는 듯하다. 그녀는 내 다리를 잡고 있던 손을 놓고 나를 노려본다. "너 누구야? 퍼디낸드 자리에서 뭐 하는 거야?"

"죄송합니다." 나는 자리에서 일어난다. 그녀에게 붙들렸던 왼쪽 다리가 살짝 욱신거린다.

"가서 퍼디낸드 불러와. 이이가 늦네."

"그럴게요. 다시 만나서…… 반가웠습니다."

그녀는 됐다는 듯이 손사래를 친다. 나는 현관 유리문을 넘어서 다시 안으로 들어간다. 좀 전에 같이 들어온 간호사가 근처에 서서 누군가의 입을 닦아주고 있다. 그녀가 고개를 든다.

"페니하고 아는 사이인 줄 몰랐네요." 그녀가 얘기한다.

"오래전에 엄마랑 같이 왔을 때 만났어요. 아직 여기 계시다니 놀랍네요."

"이제 아흔여덟이신데 아직도 튼튼하세요."

튼튼한 다리.

"계속 퍼디낸드를 기다리시고요?"

"그럼요."

"그게 진정한 사랑인가봐요. 그 오랜 세월 동안 약혼자를 기다리다니."

"그렇겠죠." 그 간호사는 허리를 펴더니 나를 보며 다시 환한 미소를 짓는다. "그런데 세상을 떠난 약혼자 이름은 사실 앨프레드였어요."

나는 성큼성큼 집으로 걸어간다. 세인트맥덜린스까지 차를 몰고 갈 수도 있었지만 걸어서 겨우 삼십 분 거리였고 생각을 정리하고 싶었다. 그런데 솔직히 별로 정리가 되지 않는다. 스노볼에 든 색종이 조각처럼 온갖 단어와 구절들이 내 머릿속을 둥둥 떠다닌다.

고백하라. 튼튼한 다리. 세상을 떠난 약혼자 이름은 사실 앨프레드였어요.

그 안에 뭔가가 있다. 흩날리는 색종이 조각 사이로 거의 보일

듯하다. 하지만 소용돌이치는 생각들을 정리해야 그걸 볼 수 있을 텐데 그게 되질 않는다.

나는 외투 옷깃을 세운다. 태양이 사라지고 잿빛 구름이 그 자리에 들어앉았다. 땅거미가 벌써부터 햇빛의 어깨 뒤에서 시커멓게 웅크리고 있다.

익숙한 환경과 풍경이 낯설게 느껴진다. 나의 세상에서 내가 이방인이라도 된 듯이. 처음부터 내 시선이 잘못돼 있었던 듯이. *제대로* 바라보지 않았던 듯이. 모든 게 더 날카롭고 딱딱하게 느껴진다. 나뭇잎을 건드리면 내 손가락이 잘릴지 모르겠다는 생각이 들 정도다.

나는 예전에는 숲이 시작되는 지점이었지만 지금은 얼기설기 뻗은 주택단지로 개발된 곳을 빙 돌아서 지난다. 바람이 불 때마다 씰룩거려가며 끊임없이 뒤를 흘끗거린다. 보이는 사람이라고는 내키지 않는 표정의 래브라도를 산책시키는 남자와 버스정거장 쪽으로 유모차를 밀고 가는 젊은 엄마뿐이다.

하지만 그게 다가 아니다. 누군가가 혹은 *무언가가* 내 뒤에서 점점 다가오는 그림자 속에 숨어 있는 걸 한두 번 본 것 같다. 스쳐 지나간 아이보리색 피부, 까만 모자챙, 희미하게 반짝이는 백발이 눈가에 언뜻 머물다 사라진다.

나는 추운 날씨에도 불구하고 땀범벅이 돼서 긴장감에 숨을 헐떡이며 집에 도착한다. 끈적끈적한 손을 문손잡이에 얹는다. 열쇠공을 불러서 열쇠를 바꿔야겠다. 하지만 먼저 술을 마시고 싶다. 아니다. 술을 *마셔야*겠다. 그것도 여러 잔을. 나는 현관홀로 들어가다 멈칫한다. 무슨 소리가 들린 것 같은데 바람 소리거나 집이 내려앉는 소리일지 모른다. 그래도…… 주변을 둘러보니…… 뭔가가 이상하다. 집안이 왠지 모르게 달라졌다. 냄새가 난다. 희미한 바닐라 향이다. 여성스러운 향이다. 어울리지 않게. 그리고 부엌문. 부엌문이 열려 있다. 내가 닫아놓고 나가지 않았던가?

나는 큰 소리로 외친다. "클로이?"

정적이 울려 퍼진다. 그럼 그렇지. 바보 같으니라고. 스트라디바리우스보다 더 팽팽하게 조여진 신경 때문이다. 나는 테이블 위로 열쇠를 던진다. 바로 그때 부엌에서 냉소적인 목소리가 느릿느릿 흘러나오자 하마터면 천장에 머리를 부딪칠 뻔한다.

"늦었네요."

2016년

그녀는 어깨까지 머리를 풀어 헤쳤다. 그 머리를 금발로 염색했다. 어울리지 않는다. 청바지에 낡은 푸 파이터스 맨투맨 티셔츠를 입고 컨버스 운동화를 신었다. 평소와 다르게 눈을 시커멓게 화장하지 않았다. 클로이다워 보이지 않는다. 내 클로이가 아니다. 하기야 내 클로이였던 적이 없지만.

"새로운 패션이니?" 내가 묻는다.

"변화를 시도해봤어요."

"예전의 네가 더 마음에 드는 것 같다만."

"알아요. 죄송해요."

"죄송할 것까지야."

"아저씨한테 상처 줄 생각은 없었어요."

"상처받지 않았어. 열 받았지."

"아저씨—"

"됐다. 내가 지금 경찰에 연락하면 안 되는 이유를 하나만 가르쳐줄래?"

"제가 아무 잘못도 저지르지 않았잖아요."

"스토킹. 협박 편지. 그리고 살인은?"

"살인요?"

"네가 그날 밤에 미키를 살금살금 따라가서 강물에 빠뜨렸잖아."

"맙소사. 아저씨." 그녀는 고개를 젓는다. "제가 뭐 하러 미키를 죽이겠어요?"

"나야 모르지."

"한심한 탐정소설처럼 제가 지금 모든 걸 실토해야 하는 시점인가요?"

"그러려고 돌아온 거 아니니?"

그녀는 한쪽 눈썹을 추켜세운다. "사실 냉장고에 진을 한 병 두고 갔거든요."

"꺼내 가라."

그녀는 냉장고 앞으로 가서 봄베이 사파이어를 꺼낸다. "한잔 드실래요?"

"두말하면 잔소리지."

그녀는 두 잔을 가득 따라서 내 맞은편 자리에 다시 앉아 잔을 든다. "건배."

"뭘 위해서 마시는 거지?"

"고백?"

고백하라.

나는 크게 한 모금 마시고 내가 사실 진을 별로 좋아하지 않는다는 사실을 기억해내지만 지금은 공업용 알코올을 마셔도 끝내주게 느껴질 것이다.

"좋아. 너 먼저. 왜 왔니? 나랑 같이 살려고?"

"어느 노땅한테 줄 선물이 있을지 몰라서요."

"예전 같았으면 노땅이 그 소리를 듣고 좋아했겠다만."

"지금은요?"

"그냥 진실을 듣고 싶다."

"좋아요. 일 년쯤 전에 아저씨 친구 미키가 저한테 연락을 했어요."

"*미키가?*" 내가 예상했던 답이 아니다. "왜? 그리고 무슨 수로 너를 찾은 거야?"

"저를 찾은 게 아니에요. 엄마를 찾았지."

"너희 엄마는 돌아가신 줄 알았는데."

"아니에요. 니키한테는 그렇게 얘기했지만."

"또 거짓말이로구만. 충격적이네."

"차라리 죽는 편이 나았을지 몰라요. 썩 좋은 엄마가 못 됐거든요. 저는 십대 시절의 절반 동안 시설을 들락거리며 지냈어요."

"신을 찾은 줄 알았더니."

"네, 뭐, 그리고 이후에 여러 가지를 찾았죠. 술, 대마초, 보드카

앤드 코크를 사줄 남자."

"저런."

"안타까워하실 필요 없어요. 아무튼 엄마는 금세 미키한테 내 친아빠가 누군지 밝혔을 거예요. 아마 스미노프 반병이면 됐을 거예요."

"그러고 나서 미키가 널 찾아갔고?"

"네."

"너는 친아빠에 대해서 알고 있었니?"

그녀는 고개를 끄덕인다. "몇 년 전에 엄마가 술 취해서 얘기해줬어요. 상관없었어요. 그는 정자를 기증한 사람, 생물학적인 우연에 불과했으니까. 하지만 미키와 만나면서 내 호기심이 동했던 것 같아요. 게다가 그가 제안을 했거든요. 자기가 쓰는 책의 자료조사를 도와주면 수입을 나눠주겠다고."

우울한 기시감이 느껴진다.

"어디서 많이 듣던 소리다."

"그렇죠. 하지만 아저씨하고 다르게 저는 선불을 요구했어요."

나는 서글픈 미소를 짓는다. "어련하겠니."

"아저씨, 이게 자랑스럽게 여길 만한 일은 아니지만 나를 위한 일이기도 하다고 생각했어요. 내 가족과 내 과거에 대해서 알아낼 수 있으니까요."

"그러면서 돈까지 챙기면 나쁠 것 없고. 그렇지?"

그녀의 표정이 굳는다. "제가 무슨 말을 했으면 좋겠어요?"

그녀가 아무 말도 하지 *않았으면* 좋겠다. 이게 다 끔찍한 악몽이었으면 좋겠다. 하지만 현실은 항상 악몽보다 더 냉정하고 잔인한 법이다.

"그러니까 미키가 너한테 돈을 주고 니키와 나를 염탐하게 했단 말이지? 어째서?"

"그는 아저씨가 이런저런 얘기를 털어놓을지 모른다고 했어요. 그러면 배경을 더 탄탄하게 설정할 수 있다고 했고요."

배경. 우리가 미키에게 그런 존재였던 것 같다. 친구가 아니라 우라질 배경이었다.

"그러다 니키한테 들켜서 쫓겨난 거니?"

"그런 셈이에요."

다만 그녀는 그 집에서 나오려고 진작부터 마음을 먹은 뒤였다. 앤더베리에 일자리를 이미 구해놓았다.

"그리고 이 집에는 마침 빈방이 있었고. 타이밍이 완벽했네."

물론 지나치게 완벽했다. 나는 들어오겠다고 한 젊은 남자(조금 뻔뻔한 의과대학생이었다)가 왜 갑자기 결정을 번복하고 계약금을 돌려달라고 했는지 이유가 궁금했었다. 그런데 이제는 알 것 같다.

"원래 이 집에 들어오겠다고 한 사람은 어떻게 처리했니?" 나는 그녀에게 묻는다.

그녀는 안경테를 손으로 더듬는다. "어떤 아가씨랑 술을 몇 잔 마셨는데, 그 아가씨한테서 아저씨가 의과대학생을 엄청 밝히는 색골이라 밤에 문을 잠그고 자야 한다는 얘기를 들었을 거예요."

"내가 무슨 변태 아저씨도 아니고."

"사실 제가 호의를 베푼 거예요. 걔 좀 등신이었거든요."

나는 고개를 젓는다. 세상에 늙은 바보보다 더 심한 바보는 없다지만 중년의 바보가 더 심하다. 나는 술병을 집어서 술잔에 가득 따른다. 절반을 한 모금에 마신다.

"편지는?"

"제가 보낸 거 아니에요."

"그럼 누구야?"

그녀가 대답할 겨를도 없이 내가 자문자답한다. "미키였구나. 그렇지?"

"딩동댕. 이번 퀴즈쇼의 특별상은 에드 애덤스 씨에게로 돌아갑니다."

어련할까. 과거를 들쑤시고. 협박하고. 어느 면으로 보나 미키의 소행이었다. 하지만 결국에는 제 꾀에 제가 넘어간 모양이다.

"네가 그 녀석을 해치지는 않았고?"

"당연하죠. 맙소사, 아저씨. 정말로 제가 누굴 죽일 수 있는 사람이라고 생각하세요?" 잠깐 말이 끊긴다. "하지만 맞아요. 그날 밤에 미키를 따라가긴 했어요."

뭔가가 머릿속에서 딱 들어맞는다.

"네가 내 외투를 입고 나갔니?"

"추웠거든요. 나가는 길에 그냥 집어서 걸쳤어요."

"왜 그랬는데?"

"뭐, 저한테 더 잘 어울리기도 했고—"

"아니, *왜* 그 녀석을 따라갔느냐고."

"제 말 안 믿으실지 모르겠지만 거짓말이라면 이제 지긋지긋했어요. 그가 아저씨 앞에서 늘어놓는 얘기를 들었거든요. 화가 났어요. 그래서 따라 나갔어요. 이제 때려치우겠다고 통보하려고."

"그랬더니?"

"내 면전에 대고 웃더라고요. 저더러 아저씨의 노리개라며 그 이야기도 책에 넣으면 다채롭고 좋겠다고 했고요."

미키답다.

"그래서 때렸어요." 그녀는 말을 잇는다. "얼굴을. 생각보다 세게 때렸나봐요. 코피가 터지더라고요. 그는 욕을 퍼붓더니 비틀거리면서 저쪽으로 걸어갔고……."

"강 쪽으로?"

"모르겠어요. 금방 자리를 떴거든요. 하지만 내가 강에 빠뜨리지는 않았어요."

"내 외투는?"

"미키의 피가 묻었더라고요. 다시 옷걸이에 걸어둘 수가 없어서 아저씨 옷장 바닥에 쑤셔 넣었어요."

"고맙다."

"아저씨가 금방 알아차리지 못할 거라고 생각했고 분위기가 잠잠해지면 빨아서 다시 걸어놓으려고 했어요."

"지금까지는 아주 설득력 있었어."

"아저씨를 설득하려고 온 거 아니에요. 믿거나 말거나 마음대로 하세요."

하지만 나는 그녀의 말을 믿는다. 물론 이후에 미키가 어쩌다 그렇게 됐는지의 문제는 여전히 남아 있지만.

"왜 떠났니?" 내가 묻는다.

"가게에서 같이 일했던 친구가 아저씨가 와서 나를 찾더라며 전화로 알려줬어요. 아저씨가 니키에 대해서 알아내면 내가 지금까지 거짓말을 하고 있었다는 것도 알게 될 거 아니에요. 그때 당장은 아저씨를 대면할 자신이 없었어요."

나는 술잔을 내려다본다. "그래서 그냥 도망친 거니?"

"다시 돌아왔잖아요."

"놓고 간 술을 가지러."

"그거 하나만을 위해서 온 건 아니에요." 그녀는 손을 내밀어 내 손 위에 얹는다. 까만색 매니큐어가 군데군데 뜯어졌다. "전부 거짓말은 아니었어요, 아저씨. 아저씨는 내 친구 맞아요. 술에 취했던 날 밤에 아저씨한테 진실을 모두 얘기하고 싶었어요."

나는 손을 치우고 싶다. 하지만 내가 그렇게 자존심이 강한 성격은 못 된다. 그래서 그녀가 손을 거두어서 자기 주머니에 넣기 전까지 창백하고 차가운 손가락이 내 손 위에 머물도록 그냥 내버려 둔다.

"저기, 제가 모든 걸 예전으로 되돌릴 수는 없겠지만 이게 도움이 될지 몰라요."

그녀는 조그만 까만색 수첩을 식탁 위에 꺼내놓는다.

"그게 뭔데?"

"미키의 수첩요."

"그걸 어떻게 구했어?"

"그날 저녁에 왔을 때 외투 주머니에 있는 걸 슬쩍했어요."

"그러면 너를 정직한 아이라고 믿을 수가 없게 되는데."

"나는 정직하다고 한 적 없어요. 전부 거짓말은 아니라고 했지."

"안에 어떤 게 적혀 있든?"

그녀는 어깨를 으쓱했다. "조금밖에 안 읽었어요. 무슨 소린지 잘 모르겠더라고요. 하지만 아저씨는 다를지 몰라요."

몇 장 넘겨본다. 미키는 나 못지않은 악필이다. 제대로 된 문장으로 적어놓지도 않았다. 메모, 단상, 이름(내 이름도 있다)의 나열에 가깝다. 나는 수첩을 다시 덮는다. 중요한 단서일 수도 있고 아닐 수도 있지만 나중에 혼자서 읽어보고 싶다.

"고맙다." 내가 얘기한다.

"별말씀을요."

내가 파악해야 하는 게 한 가지 더 남았다. "아빠는 왜 찾아갔니? 그것도 미키와 그의 책을 위해서였니?"

그녀는 놀란 표정으로 나를 흘끗 쳐다본다. "아저씨도 조사를 하고 다녔나봐요?"

"조금."

"그건 미키하고 전혀 상관없어요. 나를 위한 일이었거든요. 물론 무의미한 시도긴 했죠. 그는 내가 누군지 개털만큼도 모르니까요. 어쩌면 그게 최선이겠죠?"

그녀는 자리에서 일어나 바닥에 놓아두었던 배낭을 집는다.

"미키한테 받은 돈이 오성급 호텔에 묵을 정도는 안 되는 모양이지?"

"트래블로지 정도도 안 돼요." 그녀는 냉랭한 눈빛으로 나를 쳐다본다. "궁금해하실까봐 알려드리자면 내년에 대학 등록금으로 쓸 거예요."

그녀는 배낭을 짊어진다. 큼지막한 배낭에 눌려서 가녀리고 연약해 보인다.

그 모든 것에도 불구하고 나는 묻는다. "괜찮겠어?"

"숲속에서 하루 이틀 텐트 치고 잔다고 죽기야 하겠어요?"

"*숲이라니.* 농담이지? 호스텔이나 뭐 그런 데 가면 안 되니?"

그녀는 나를 노려본다. "걱정 마세요. 이번이 처음도 아니에요."

"하지만 위험하잖아."

"뭐가요? 늑대가 있나요? 사악한 마녀하고 과자로 만든 집이 있나요?"

"그래. 마음껏 비웃어라."

"그게 제 임무잖아요." 그녀는 문 쪽으로 걸어간다. "안녕히 계세요, 아저씨."

나는 무슨 말이라도 했어야 한다. *안녕할 수 있겠니? 말이나마 고맙다. 퍽이나.* 뭐든. 우리의 관계를 정리하기에 알맞은 말을.

하지만 나는 아무 말도 하지 않는다. 그 순간은 그렇게 지나가고, 다른 놓쳐버린 순간들이 머무는 심연의 나락으로 떨어진다. 내 삶의 한복판에 큼지막하게 뚫린 그 블랙홀에는 온갖 후회와 회한과 한탄이 머문다.

현관문이 쾅 하고 닫힌다. 나는 잔을 들지만 남은 술이 없다. 술병도 마찬가지다. 나는 자리에서 일어나 대신 버번을 한 병 꺼내 가득 따른다. 그런 다음 다시 자리에 앉아서 수첩을 펼친다. 처음에는 잠깐 훑어볼 생각이었다. 그런데 그렇게 넉 잔을 더 마신 뒤에도 계속 읽고 있다. 클로이의 말이 맞는다. 무슨 소린지 대부분 알 수가 없다. 마구잡이로 떠오른 생각, 의식의 흐름, 얼토당토않은 분노의 표출이다. 게다가 맞춤법이 글씨체보다 더 엉망이다. 그런데도 거의 마지막에 해당하는 어느 장에 계속 눈이 간다.

일라이저를 누가 죽이고 싶어 했을까?

초크맨? 아무도 없었다.

마틴 목사를 누가 해치고 싶어 했을까?

한두 명이 아님!! 용의자 : 에드의 아빠, 에드의 엄마. 니키.

해나 토머스? 마틴의 아이를 임신. 해나의 아버지?

해나?

해나 – 마틴 목사. 일라이저 – 핼로런 씨. 연관성이 있나?

일라이저를 해칠 이유가 있는 사람은 없었다 – 이게 중요함.

머리카락.

머릿속 깊숙한 곳이 근질거리는데 손이 닿지 않아서 시원하게 긁을 방법이 없다. 결국 나는 수첩을 덮고 옆으로 치운다. 늦었고 나는 취했다. 빈 술병 바닥에서 해답을 찾았다는 사람은 본 적이 없다. 그리고 그게 핵심도 아니다. 술병의 바닥을 비우는 이유는 문제를 잊기 위해서니까.

나는 불을 끄고 비틀비틀 이층으로 걸음을 옮긴다. 그러다 생각을 바꿔서 다시 부엌으로 들어간다. 미키의 수첩을 집어서 들고 나간다. 화장실에 들렀다가 수첩을 침대맡 테이블에 던지고 침대로 쓰러진다. 수마가 덮치기 전에 술기운으로 기절할 수 있으면 좋겠다. 그 둘 사이에는 중요한 차이점이 있다. 술에 취해 잠이 들면 무의식의 나락으로 곧장 떨어진다. 그냥 잠이 들면 서서히 의식을 잃고 꿈을 꾼다. 그러다 가끔은…… 도중에 깨어난다.

나는 번쩍 눈을 뜬다. 켜켜이 쌓인 잠의 장막을 헤치고 서서히 의식을 되찾은 게 아니다. 심장이 두근거리고, 온몸은 식은땀으로 젖어서 번들거리고, 눈동자는 튀어나오기 직전이다. 무언가가 나를 깨웠다. 아니다. 다시. 무언가가 나를 잠결에서 *홱 하니* 떼어냈다.

나는 방 안을 두리번거린다. 아무것도 없지만 사실 어둠으로 덮였어도 아무것도 없는 방은 없다. 그림자들이 구석에 도사리고 있거나 바닥에 고여서 꾸벅꾸벅 졸거나 가끔 위치를 바꾼다. 하지만 그 그림자들이 나를 깨운 건 아니다. 누군가가 불과 몇 초 전에 내 침대에 앉아 있었던 듯한 느낌이 든다.

나는 일어나 앉는다. 방문이 활짝 열려 있다. 방으로 들어오면서 분명히 닫았는데. 층계참에 달린 창문 사이로 스며든 희부연 달빛이 그 너머의 복도를 비추고 있다. 오늘 밤에는 보름달이 떴군. 나는 생각한다. 어울린다. 내가 침대 밖으로 다리를 내리자 꿈을 꾸는 상태에서도 깨어 있는 일말의 이성적인 부분이 그러면 안 된다고, *정말* 안 된다고, 최악의 선택이라고 속삭인다. 나는 깨어나야 한다. 지금 당장. 그런데 그럴 수가 없다. 이 꿈에서만큼은 그렇다. 살다보면 중간에 브레이크를 걸 수 없는 일이 벌어지듯 꿈도 그렇다. 그런 경우에는 깨어나더라도 나중에 또다시 찾아온다. 썩은 속까지 파고 들어가 곪아터진 뿌리를 잘라내지 않는 이상 이런 꿈들은 꼭 그렇다.

나는 슬리퍼를 신고 가운을 입는다. 허리를 질끈 동여매고 층계참으로 나간다. 아래를 내려다본다. 바닥에 흙과 또 다른 게 있다. 나뭇잎이다.

나는 좀 더 속도를 높여서 삐걱거리는 계단을 내려가고 복도를 지나서 부엌으로 들어간다. 뒷문이 열려 있다. 유령과도 같은 차가운 공기가 맨살이 드러난 내 발목을 어루만지고 문밖의 어둠은 얼음처럼 차가운 손가락을 흔들며 나를 부른다. 문틈으로 상쾌한 밤공기와 더불어 전혀 다른 냄새가 느껴진다. 눅눅하고 고약한 썩은 내다. 나는 본능적으로 손을 들어서 코와 입을 막는다. 그러는 동시에 아래를 내려다본다. 시커먼 타일이 깔린 부엌 바닥에 초크맨이 그려져 있다. 한쪽 팔로 문을 가리키고 있다. 왜 아니겠어. 길을 안내하는 초크맨. 예전과 똑같다.

나는 잠깐 더 기다리다 부엌이라는 익숙하고 편안한 공간을 아쉬워하며 마지막으로 흘끗 돌아본 다음 뒷문 밖으로 나선다.

내가 서 있는 곳은 집 앞길이 아니다. 꿈들이 원래 그렇듯 다른 곳으로 훌쩍 공간 이동을 했다. 숲이다. 그림자들이 주변에서 바스락거리며 중얼거리고, 나무들은 삐걱삐걱 신음 소리를 내며, 나뭇가지들은 야경증으로 괴로워하는 얇은 손가락을 이리저리 움직인다.

나는 언제 챙겼는지 모를 손전등을 들고 있다. 전등으로 주변을 비추며 덤불 속의 움직임을 포착한다. 앞으로 걸어간다. 미친 듯이 쿵쾅거리는 심장을 애써 모른 체하며 울퉁불퉁한 땅을 탁탁, 우드득 밟는 데 집중한다. 얼마나 걸었는지 모르겠다. 한참 된 듯이 느껴지지만 몇 초 안 됐을 수도 있다. 점점 가까워지고 있다는 느낌이 든다. 하지만 어디에 점점 가까워지고 있는 걸까?

걸음을 멈춘다. 갑자기 나무가 듬성듬성해진다. 나는 조그만 공터에 서 있다. 내가 아는 곳이다. 옛날의 그곳이다.

전등으로 이리저리 비춘다. 아무것도 없고 여기저기 조그맣게 쌓여 있는 낙엽 더미뿐이다. 예전처럼 바삭바삭한 주황색과 갈색 낙엽이 아니다. 이미 죽어서 동그랗게 말렸고 회색으로 썩었다. 거기다 움직이고 있다. 나는 이 사실을 알아차리고 다시금 경악한다. 낙엽 더미들이 모두 다 끊임없이 위치를 이동하고 있다.

"에디이이이! 에디이이이!"

션 쿠퍼의 목소리도 심지어 핼로런 씨의 목소리도 아니다. 오늘 밤에는 동행이 다르다. 여자다.

첫 번째 낙엽 더미가 와락 벌어지면서 새하얀 손 하나가 잠에서 깨어난 야행성 동물처럼 허공을 할퀸다. 다른 더미에서는 발 하나가 분홍색으로 칠한 발가락을 구부리고서 불쑥 고개를 내민다. 단절면에 피가 묻은 한쪽 다리가 질질질 앞으로 다가오고, 마지막으로 날씬하고 탄력 있는 몸통이 가장 수북한 낙엽 더미를 헤치고 튀어나와서 섬뜩한 인간 애벌레라도 되는 듯이 바닥을 데굴데굴 굴러온다.

하지만 아직 한 조각이 남았다. 내가 빤히 쳐다보는 가운데 손이 손끝으로 바닥을 짚으며 가장 멀리 있는 낙엽 더미 위로 쪼르르 달려간다. 그 손이 안으로 사라지고 잠시 후, 자기 손등 위에 올라탄 그녀가 머리칼로 절반이 무너진 얼굴을 덮고 썩은 낙엽 더미를 가르며 위풍당당하게 등장한다.

하지만 그녀는 팔이 잘렸는데. 이 섬뜩한 광경 속에서 그게 중요한 부분이라도 되는 듯 내 머릿속에서 징징거리는 소리가 들린다.

버번으로 묵직해져 있던 방광이 부끄러운 줄도 모르고 풀리자 뜨끈한 소변이 내 잠옷 바지를 타고 흐른다. 나는 거의 알아차리지도 못한다. 내 눈에 보이는 것이라고는 비단결 같은 머리칼로 커튼처럼 얼굴을 가린 채 나를 향해 땅바닥을 쪼르르 달려오는 그녀의 머리뿐이다. 나는 비틀비틀 뒷걸음질을 치다 나무뿌리에 발이 걸리는 바람에 뒤로 세게 넘어진다.

그녀의 손가락이 내 발목을 움켜쥔다. 나는 비명을 지르고 싶지만 성대가 마비됐다. 머리와 손으로 이루어진 조합이 우아하게 내 다리를 타고 축축한 사타구니를 스치듯 지나쳐 배 위에서 잠깐 숨을 돌린다. 나는 공포를 느낄 수 있는 수준을 넘어섰다. 혐오감을 느낄 있는 수준을 넘어섰다. 미치지 않을 수 있는 수준도 훨씬 넘어선 듯하다.

"*에디이이이.*" 그녀가 속삭인다. "*에디이이이.*"

그녀의 손이 내 가슴을 꿈틀꿈틀 기어서 올라온다. 그녀가 고개를 들기 시작한다. 나는 숨을 참고 그녀가 나무라는 눈빛으로 내 눈을 들여다보는 순간을 기다린다.

고백하라. 나는 생각한다. *고백하라.*

"미안해요. 정말 미안해요."

그녀의 손가락이 내 뺨을 쓰다듬고 입술을 어루만진다. 그때 나는 뭔가 알아차린다. 손톱이. 검은색 매니큐어를 바르고 있다. 이건 틀렸는데. 이건…….

그녀가 금발로 새로 염색했지만 잘린 목에서 흐른 피 때문에 빨갛게 물든 머리칼을 뒤로 젖힌다.

그때 나는 내가 어떤 착각을 저질렀는지 깨닫는다.

나는 침대 옆 바닥에서 이불을 몸에 칭칭 감고서 허우적거리며 눈을 뜬다. 꼬리뼈에 멍이 든 것 같다. 나는 숨을 헐떡이며 가만히 누워서 현실이 모든 감각 속으로 파고들길 기다린다. 하지만 효과가 없다. 꿈이 아직까지 너무 가까이 있다. 아직까지 그녀의 얼굴이 보인다. 아직까지 내 입술을 건드리는 그녀의 손가락이 느껴진다. 나는 머리칼 속으로 손을 넣어서 그 속에 엉켜 있던 나뭇가지 조각을 떼어낸다. 발치를 내려다본다. 잠옷 밑단과 슬리퍼 바닥이 흙과 밟힌 낙엽투성이다. 코를 찌르는 지린내가 느껴진다. 나는 침을 꿀꺽 삼킨다.

그것 말고 또 뭔가가 있다. 꿈속에서 거미인 양 움직이던 그 섬뜩한 머리통처럼 다시 총총히 사라지기 전에 얼른 붙잡아야 하는데…….

나는 억지로 일어나서 엉금엉금 침대를 건넌다. 침대맡의 스탠드를 켜고 곁 테이블에 던져둔 미키의 수첩을 집는다. 허둥지둥 마지막 장으로 넘긴다. 미키가 휘갈겨 써놓은 단어들을 빤히 쳐다보는데 무언가가 어처구니없을 정도로 선명하게 머릿속을 강타한다. *쨍* 하고 전구에 불이 들어오는 소리가 들리는 듯하다.

매직 아이와 같다고 보면 된다. 아무리 열심히 들여다보아도 보이는 것이라고는 연결된 점 아니면 구불구불한 선뿐이다. 그런데 아주 살짝 움직였을 뿐인데 갑자기 숨겨진 그림이 눈에 들어온다. 그 어떤 것보다 선명하게. 그리고 일단 보고 나면 도대체 *왜* 지금까지 보지 못했는지 의아해진다. 눈이 부실 정도로, 어이없을 지경으로 눈에 확 띄는데 말이다.

나는 지금까지 완전히 착각하고 있었다. 모두들 완전히 착각하고 있었다. 어쩌면 그들은 마지막 퍼즐 조각을 찾지 못했기 때문에 그랬을지 모른다. 신문과 뉴스에 소개된 일라이저의 모습이 모두 사고 *이전*의 사진이었기 때문에 그랬을지 모른다. 그 이미지, 그 사진이 숲속의 소녀 일라이저가 되었다.

하지만 그건 실제 사진이 아니었다. 미모를 잔인하게 빼앗긴 그 소녀가 아니었다. 헬로런 씨와 내가 살리려고 애를 썼던 그 소녀가 아니었다.

가장 중요하게는 최근에 달라지기로 마음먹은 일라이저가 아니었다. 머리를 염색한, 멀리서 보면 심지어 일라이저처럼 보이지도 않았던 그녀가 아니었다.

"일라이저를 해칠 이유가 있는 사람은 없었다 - 이게 중요함. **머리카락**."

1986~1990년

아홉 살에서 열 살 무렵에 나는 〈닥터 후〉의 열렬한 팬이었다. 그런데 열두 살이 됐을 즈음부터 내용이 황당하고 한심해졌다. 솔직히 열두 살짜리 팬의 진지한 의견을 밝히자면 피터 데이비슨이 알록달록 한심한 재킷에 물방울무늬 크라바트를 메고 다니는 콜린 베이커로 바뀐 다음부터 내리막길을 걷기 시작했다고 생각한다.

아무튼 그전까지는 모든 에피소드를 다 좋아했다. 그중에서도 특히 달렉*이 등장하는 에피소드와 결말을 알 수 없는 상태에서 끝나는 에피소드가 압권이었다. 그러니까 소위 말하는 '클리프행어' 말이다.

---

* 〈닥터 후〉에 등장하는 외계인이다.

사실 일주일 내내 열심히 기다린 두 번째 편보다 그 '클리프행어'가 항상 더 훌륭했다. 첫 번째 편에서 닥터는 대개 엄청난 위기에 처했다. 그를 제거하려는 달렉들에게 포위를 당하거나 우주선이 폭발 직전이거나 빠져나갈 방법이 없는 거대한 괴물과 맞닥뜨렸다.

하지만 그는 항상 위기에서 탈출했고 뚱뚱이 개브가 "엄청 짜증나는 개사기"라고 표현한 수법을 동원한 경우가 대부분이었다. 비밀 탈출구가 있었다든지, 유닛이 느닷없이 구출하러 등장했다든지, 소닉 스크류드라이버로 놀라운 묘기를 부른다든지 하는 식으로 말이다. 나는 두 번째 편도 좋아했지만 항상 조금 실망감을 느꼈다. 어쩐지 속은 기분이 들었던 것이다.

현실에서는 치트키를 쓸 수 없다. 소닉 스크류드라이버를 사이버맨의 자폭 버튼처럼 수시로 작동시켜 끔찍한 운명에서 벗어날 수도 없다.

하지만 핼로런 씨가 죽었다는 소식을 들었을 때 나는 한동안 치트키를 쓰고 싶었다. 핼로런 씨를 다시 살리고 싶었다. 그가 다시 등장해 사람들에게 이렇게 얘기해주길 바랐다. 사실 나는 죽지 않았어요. 나는 범인이 아니에요. 사실 어떻게 된 일인가 하면…….

아마 결말이 나기는 했지만 옳지 않은 결말이었기 때문에 그런 생각이 들었을 것이다. 멋지지 않은 결말이었기 때문에. 실망스러운 결말이었기 때문에. 뭔가가 남아 있는 것 같은 기분 때문에. 나는 계속 뭔가가 찜찜했다. 〈닥터 후〉를 보는 사람이라면 '플롯의 구멍'이라고 표현할 만한 게 느껴졌다. 작가는 시청자들이 모르고 지나가주길 바라지만 심지어 열두 살짜리의 눈에도 보이는 그런 것 말이다. 사실 열두 살짜리이기 때문에 특히 더 잘 보일 수밖에 없다. 열두 살 때는 속지 않으려고 눈에 불을 켜지 않는가.

나중에는 너 나 할 것 없이 핼로런 씨가 정신병자였다고 얘기하고 끝이었다. 그 한 마디면 모든 걸 설명하기에 충분한 듯이. 하지만 아무리 정신병자라도, 아무리 〈닥터 후〉에 나오는 육 척짜리 도마뱀이라도 무슨 일을 저지르는 데에는 이유가 있기 마련이다.

내가 이 얘기를 뚱뚱이 개브와 호포에게 하면(같이 시신을 발견하기는 했어도 미키와 사이가 가까워지지는 않았고 우리는 그 뒤로도 미키와 별로 어울려서 놀지 않았다) 개브는 짜증난 표정을 지으며 손가락을 옆통수에 대고 돌렸다. "또라이라서 그런 거라니까. 정신병자, 미친놈, 나사 풀린 인간, 미치광이 협회 정식 멤버라서."

호포는 별 대꾸를 하지 않았지만 뚱뚱이 개브가 한번 버럭 화를 내는 바람에 말싸움으로 번질 뻔했을 때 조용히 덧붙인 적이 있었다. "그 사람도 나름대로 이유가 있었겠지. 우리는 당사자가 아니라 이유가 뭔지 모를 뿐."

나는 그 모든 것의 밑바탕에 죄책감이 깔려 있었다고 생각한다. 그 사건에서 나의 역할, 특히 그 한심한 반지에 대해서 말이다.

내가 그날 그 반지를 가져다놓지 않았더라도 다들 핼로런 씨의 소행이라고 생각했을까? 그가 자살을 했으니 그렇게 생각했을 것이다. 하지만 반지가 없었다면 일라이저의 살인범으로 그렇게 금세 결론을 내리지 않았을지 모른다. 그렇게 금세 수사를 종결하지 않았을지 모른다. 좀 더 열심히 증거를 찾았을지 모른다. 살인에 쓰인 무기도. 그녀의 머리도.

나는 이런 궁금증과 의구심에 만족스러운 해답을 찾지 못했다. 그래서 결국에는 유치한 발상으로 간주하고 치워버렸다. 하지만 그런 게 치운다고 치워지는 건지 잘 모르겠다.

시간이 흘렀고 그해 여름의 사건들은 우리 기억 속에서 희미해지기 시작했다. 우리는 열네 살, 열다섯 살, 열여섯 살이 되었다. 시험과 호르몬과 여학생이 우리의 머릿속을 지배했다.

그리고 내게는 그 무렵에 신경 써야 하는 다른 일들이 있었다. 아빠의 병이 시작됐기 때문이다. 이후 몇 년 동안 비참하리만치 익숙해진 일과를 따라서 하루가 움직였다. 낮에는 공부를 하고 그런 다음 아르바이트를 했다. 저녁에는 퇴행성 정신질환이 점점 심해져가는 아빠와 속수무책으로 좌절하는 엄마를 상대했다. 그것이 나의 일상이 되었다.

뚱뚱이 개브는 셰릴이라는 예쁘장하고 조금 통통한 여학생을 만나기 시작했다. 그러면서 살을 빼기 시작했다. 처음에는 조금씩 뺐다. 먹는 양을 줄이고 자전거 타는 시간을 늘렸다. 그러다 조깅 동호회에 가입했고 처음에는 장난삼아 달리는 척했지만 달리는 거리와 속도를 점점 늘리면서 체중을 계속 줄였다. 꼭 환골탈태하는 느낌이었다. 아마 실제로도 그랬을 것이다. 살이 빠지면서 황당한 행동과 끊임없이 늘어놓던 말장난도 사라졌다. 진지해졌고, 좀 더 차갑고 예리한 분위기를 풍겼다. 개브는 실없는 농담을 줄이고 공부하는 시간을 늘렸고 공부를 하지 않는 시간에는 셰릴을 만났다.

그 전에 미키가 그랬듯이 우리한테서 점점 멀어지기 시작했다. 그러자 호포와 나, 이렇게 둘이 남았다.

나는 가볍게 만난 여자친구가 두어 명 있었다. 언감생심인 상대를 짝사랑한 적도 몇 번 있었는데 머리는 까맣고 두 눈은 믿기지 않을 정도로 초록색이며 조금 무서운 분위기를 풍겼던 영어 선생님도 그중 한 명이었다. 이름은 바퍼드였다.

호포는 여자한테 별로 관심을 보이지 않다가 루시라는 아이를 만났다(내가 가지 않은 파티에서 호포를 두고 미키와 눈이 맞아서 싸움을 유발한 그 아이였다).

호포는 이 일로 엄청나게 충격을 받았다. 어렸을 때 나는 왜 그랬는지 이해를 하지 못했다. 그녀가 예쁘기는 했지만 그렇게 특출하지는 않았다. 게다가 갈색 생머리에 안경을 쓰고 다녀서 심지어 조금 칙칙한 인상을 풍겼다. 옷차림도 약간 특이했다. 술이 달린 긴 치마에 큼지막한 부츠, 홀치기 염색한 티셔츠 등 온통 히피 분위기였다. 멋지다고 볼 수 없었다.

나중에서야 나는 그녀가 누굴 닮았는지 알아차렸다. 호포의 엄마였다.

아무튼 두 사람은 잘 만났고 제법 어울려 보였다. 좋아하는 것도 같았다. 연애를 하다보면 상대방을 생각해서 좋아하지 않는 것도 좋아하는 척하고 그러긴 하지만 말이다.

친구들의 경우도 마찬가지다. 나는 루시가 뭐 그리 마음에 들지 않았지만 호포를 생각해서 좋아하는 척했다. 그 무렵에 나는 한 살 어린 앤지라는 아이를 만나고 있었다. 그녀는 복슬복슬한 파마 머리였고 몸매가 제법 괜찮았다. 나는 홀딱 반하지는 않았지만 매력을 느꼈고 그녀는 만만한 성격이었다(그런 쪽으로 만만했다는 건 아니다, 솔직히 어렵지도 않았지만). 그녀는 같이 있으면 편안했다. 요구사항이 많지 않고 느긋했다. 아빠 때문에 마음고생을 하는 나에게 필요한 요소였다.

우리는 호포, 루시와 더블데이트도 몇 번 했다. 루시와 앤지가 공통점이 많았다고 볼 수는 없지만 앤지가 워낙 살갑고 붙임성 있는 성격이었다. 덕분에 내가 애를 쓸 필요가 없었으니 다행이었다.

우리는 같이 영화를 보러 갔고 술집에도 갔다. 그러던 어느 주말에 호포가 새로운 제안을 했다.

"우리, 축제에 놀러가자."

그때 우리는 술집에 있었다. 불은 아니었다. 뚱뚱이 개브의 아빠가 스네이크바이트*를 주문하도록 허락할 리 없었다. 시내 저편에 있는 위트시프라는 술집의 주인은 우리와 모르는 사이였고 우리가 열여섯 살밖에 안 됐거나 말거나 상관하지 않았다.

유월이라 우리는 야외 비어 가든에 앉아 있었다. 비어 가든이라고 해봐야 조그만 뒷마당에 흔들리는 나무 테이블과 벤치를 몇 개 가져다놓은 것에 불과했지만.

루시와 앤지는 둘 다 열렬한 반응을 보였다. 나는 잠자코 있었다. 나는 끔찍한 사건이 벌어졌던 그날 이후로 다시 축제장을 찾은 적이 없었다. 축제나 놀이공원을 적극적으로 피했다기보다 놀러갈

* 맥주와 사과주를 섞어서 만드는 칵테일.

마음이 생기지 않았다.

하지만 그건 거짓말이었다. 나는 겁이 났다. 그 전해 여름에도 소프 파크에 놀러가기로 했다가 배가 아프다고 취소한 적이 있었다. 배가 아프다는 건 어느 정도 사실이었다. 놀이기구를 타는 생각만 해도 속이 울렁거렸다. 다리는 덜렁거리고 사랑스러웠던 얼굴은 연골과 뼈만 남은 채 땅바닥에 쓰러져 있었던 댄싱 걸만 자꾸 눈앞에 어른거렸다.

"에드?" 앤지가 내 다리를 꽉 잡으며 물었다. "어때? 내일 축제 갈까?" 그녀는 살짝 취한 목소리로 내 귀에 대고 속삭였다. "고스트 트레인에서 나 만지게 해줄게."

솔깃한 제안이기는 했지만(지금까지는 내 방이라는 다소 재미없는 공간에서 만진 적밖에 없었다) 그래도 억지로 쥐어짜야 미소를 지을 수 있었다.

"응. 재밌겠네."

재미있을 리 없었지만 앤지 앞에서 겁쟁이처럼 보이고 싶지 않았고 나를 묘한 표정으로 바라보는 루시 앞에서도 마찬가지였다. 거짓말이라는 걸 아는 듯한 그 표정이 어쩐지 마음에 들지 않았다.

축제날은 더웠다. 그때와 비슷했다. 그리고 앤지는 약속을 지켰다. 덕분에 고스트 트레인에서 내렸을 때 걷기가 좀 힘들었지만 그래도 기대했던 것만큼 그렇게 짜릿하지는 않았다. 그마저도 고스트 트레인에서 빠져나왔을 때 우리의 위치를 확인한 순간 김이 빠져 버렸다. 댄싱 휠 바로 맞은편이었던 것이다.

그때까지는 어찌어찌 댄싱 휠을 피할 수 있었다. 사람들에 가려서 보이지 않았거나 내가 딴 데, 예를 들면 앤지의 손바닥만 한 스판 미니스커트와 그 몇 센티미터 안에서 기다리는 유혹 같은 데 정신을 팔고 있었다.

이제 나는 그 자리에 얼어붙은 듯이 서서 빙글빙글 구르고 돌아가는 통들을 빤히 쳐다보았다. 어느 스피커에서 본 조비의 노랫소리가 들렸다. 직원이 통을 돌리고 또 돌리자 여자아이들이 좋아서 비명을 질렀다.

"*속도를 더 높이고 싶으면 소리를 지르세요.*"

"야." 호포가 내 옆으로 다가왔고 내가 뭘 쳐다보고 있는지 확인했다. "괜찮아?"

나는 여자아이들 앞에서 등신처럼 보이고 싶지 않았기 때문에 고개를 끄덕였다. "응, 괜찮아."

"우리 이번에는 댄싱 휠 탈까?" 루시가 호포의 팔짱을 끼며 물었다.

그녀는 천진난만하게 얘기했지만 나는 그 뒤에 다른 꿍꿍이가 있었다고 장담할 수 있었다. 겉보기와 다르게 엉큼한 속셈이 있었다고 말이다. 그녀는 알고 있었다. 그리고 나를 놀리며 재밌어하고 있었다.

"별똥별 타러 가기로 하지 않았어?" 내가 물었다.

"그건 나중에 타면 되지. 저거 타자, 에디. 재밌을 거야."

그녀가 나를 에디라고 부르는 것도 싫었다. 에디는 어린애나 쓰는 이름이었다. 나는 열여섯 살이나 된 마당에 에드라고 불리고 싶었다.

“댄싱 휠은 시시할 것 같아서 그러지.” 나는 어깨를 으쓱했다. “하지만 네가 이런 재미없는 거 타고 싶다면야. 나는 상관없어.”

그녀는 미소를 지었다. “너는 어때, 앤지?”

나는 앤지가 뭐라고 대답할지 알았다. 그녀도 알았다.

“다들 그거 타고 싶은 거야? 나는 뭐든 좋아.”

그 순간만큼은 그런 그녀가 싫었다. 그녀도 주관이라는 게 있었으면, 고집이라는 게 있었으면 좋겠다는 생각이 들었다. 뭐든 좋다고 하는 사람을 부르는 다른 단어가 ‘호구’였다.

“좋았어.” 루시가 씩 웃었다. “그럼 가자.”

우리는 댄싱 휠 쪽으로 걸어가 몇 명 안 되는 사람들 뒤에 섰다. 내 심장이 두근거렸다. 손에서 땀이 났다. 아직 타지도 않았는데, 아직 토 나오도록 빙글빙글 돌지도 않았는데 벌써부터 속이 메슥거렸다.

앞에 탔던 사람들이 엉금엉금 내려왔다. 나는 신사도를 발휘하는 척 앤지의 손을 잡고 먼저 태웠다. 그런 다음 불안한 나무판에 발을 얹다말고 멈칫했다. 뭔가가 내 눈에 들어왔다. 아니, 뭔가가 내 눈가를 언뜻 스치고 지나갔다. 그 정도만 돼도 내가 고개를 돌리기에는 충분했다.

키가 크고 비쩍 마른 사람이 고스트 트레인 옆에 서 있었다. 온통 검은색 옷을 입고 있었다. 타이트한 블랙진, 헐렁한 셔츠 그리고 챙이 넓은 검은색의 카우보이모자. 그는 나를 등지고 고스트 트레인을 구경하고 있었지만 등 뒤로 기다랗게 늘어뜨린 백금발의 머리칼이 보였다.

"계속 정신 바짝 차리고 있지, 에디?"

내가 미친 모양이었다. 이건 있을 수 없는 일이었다. 헬로런 씨일 리 없었다. 그럴 리 없었다. 그는 죽었다. 눈을 감았다. 땅속에 묻혔다. 하지만 션 쿠퍼도 마찬가지였다.

"에드?" 앤지가 묻는 듯한 표정으로 나를 쳐다보았다. "괜찮아?"

"저기……."

나는 고스트 트레인 쪽을 다시 돌아보았다. 그 사람이 자리를 옮겼다. 모퉁이 너머로 사라지는 검은 그림자가 보였다.

"미안, 뭐 좀 확인하고 와야겠어."

나는 댄싱 휠에서 폴짝 뛰어내렸다.

"에드? 그런 식으로 도망치기야?"

앤지가 나를 노려보았다. 그녀로서는 그게 최대한 화를 낸 거였다. 이로써 고스트 트레인에서의 스킨십을 끝으로 앞으로 당분간 그런 행운을 누릴 수 없는 게 분명해졌지만 상관없었다. 나는 가봐야 했다. *알아내야* 했다.

"미안." 나는 다시 중얼거렸다.

나는 축제장을 다시 가로질러서 뛰어갔다. 고스트 트레인 모퉁이를 막 돌았을 때 그 인물은 솜사탕과 사탕을 파는 매점 너머로 사라졌다. 나는 뛰는 속도를 높였다. 도중에 부딪친 사람들이 혀를 차며 나에게 욕을 했지만 아랑곳하지 않았다.

내가 진짜라고 생각하고 허깨비를 쫓아갔는지 그건 잘 모르겠지만 유령을 맞닥뜨린 게 그때가 처음도 아니었다. 나는 고등학생이 된 그때까지도 션이 아래에 숨어 있을까 싶어서 자기 전에 창밖을 늘 확인했다. 그때까지도 어디에선가 악취가 느껴지면 썩어가는 손이 내 얼굴을 건드리는 건 아닐까 싶어서 불안해졌다.

나는 범퍼카와 회전바구니를 지나서 달렸다. 한때는 회전바구니가 엄청 인기가 있었는데 새로운 롤러코스터와 그보다 더 짜릿한 놀이기구들이 등장하자 이제는 좀 시시하게 느껴졌다. 거의 따라잡았다. 그때 그가 걸음을 멈추었다. 나도 걸음을 멈추고 핫도그 매점 뒤로 숨었다. 그가 주머니에 손을 넣어서 담뱃갑을 꺼내는 걸 지켜보았다.

그때 나는 나의 착각을 알아차렸다. 그 손. 손가락이 길고 새하얀 게 아니라 거칠고 짙은 갈색이었고 손톱이 길고 삐죽삐죽했다. 그가 고개를 돌렸다. 나는 초췌한 그 얼굴을 빤히 쳐다보았다. 주름살이 어찌나 깊은지 칼로 새긴 것처럼 보일 정도였다. 두 눈은 흉터 사이에 박힌 파란 돌이었다. 노란 수염이 뺨을 타고 거의 가슴까지 이어졌다. 핼로런 씨는커녕 젊은 남자도 아니고 노인이었다. 잡역부였다.

그가 녹이 슨 양동이에 자갈이 부딪치는 것 같은 목소리로 물었다. "어이, 뭘 그렇게 쳐다봐?"

"아무것도 아니에요. 죄송……합니다."

나는 몸을 돌렸고 체면이, 그 부스러기가 허락하는 한도 안에서 최대한 빠르게 종종걸음을 쳤다. 시야에서 벗어났을 만큼 멀어졌을 때 걸음을 멈추고 숨을 고르며, 나를 덮칠 듯이 달려오는 구역질의 파도를 잠재우려고 했다. 그러다 고개를 젓자 내 입에서 토사물이 아니라 웃음이 터져 나왔다. 핼로런 씨도 초크맨도 아니라 그 카우보이모자로 대머리를 덮고 있었을지도 모르는 축제장의 나이 많은 인부였다.

미쳤어, 미쳤어, 미쳤어. 〈쳐다보지 마라〉(우리가 이삼 년 전에 뚱뚱이 개브의 집에서 이 영화를 몰래 본 이유는 도널드 서덜랜드와 줄리 크리스티가 카메라 앞에서 실제로 '했다'는 얘기를 들었기 때문이었다. 그런데 실망스럽게도 줄리 크리스티는 별로 보이지 않고 서덜랜드의 하얗고 앙상한 엉덩이만 화면을 가득 채웠다)의 그 우라질 난쟁이처럼.

"에드, 무슨 일이야?"

고개를 들어보니 호포가 두 여자아이를 뒤에 매달고 내 쪽으로 달려오고 있었다. 다 같이 댄싱 휠에서 내린 모양이었다. 루시는 그 때문에 엄청 짜증이 난 눈치였다.

나는 웃던 걸 멈추고 정색했다.

"그를 본 줄 알았어. 핼로런 씨. 초크맨."

"*뭐?* 지금 농담하는 거야?"

나는 고개를 저었다. "하지만 그가 아니었어."

"당연하지." 호포가 미간을 찌푸리며 말했다. "그는 죽었잖아."

"알아." 내가 말했다. "그냥……."

나는 당황한 표정으로 걱정스러워하는 그들을 쳐다보며 천천히 고개를 끄덕였다. "알아. 내가 착각했어. 바보처럼."

"가자." 호포가 여전히 걱정하는 표정으로 말했다. "가서 술이나 마시자."

나는 앤지를 쳐다보았다. 그녀는 희미하게 미소를 지으며 손을 내밀었다. 나는 용서를 받았다. 늘 그렇듯. 너무나 쉽게.

그래도 나는 그 손을 잡았다. 덥석 잡았다. 그러자 그녀가 물었다. "초크맨이 누구야?"

우리는 그 뒤로 얼마 안 있어서 헤어졌다. 서로 공통점이 별로 없었던 것 같다. 상대방을 그리 잘 알지도 못했던 것 같다. 아니면 나는 이미 사연과 마음의 짐이 있는 청춘이라 그 짐을 나누어질 수 있는 특별한 사람이 필요했던 것일 수도 있다. 내가 지금까지 싱글을 고집하는 이유도 그 때문일지 모른다. 나는 아직까지 그런 사람을 찾지 못했다. 아직은. 어쩌면 영영 못 찾을 수도 있다.

축제장에서 나섰을 때 나는 앤지에게 굿바이 키스를 하고 여전히 숨 막히는 늦은 오후의 열기를 헤치며 힘없이 집으로 걸어갔다. 다들 비어 가든이나 뒷마당의 그늘로 피했는지 길거리에 이상하게 아무도 없었다. 심지어 도로를 지나는 차량마저 드문드문했다. 대형 깡통 안에서 한참 동안 폭염에 시달리고 싶은 사람은 없을 것이었다.

우리 집이 있는 길모퉁이를 지났을 때 나는 축제장에서 있었던 일 때문에 여전히 조금 기분이 좋지 않았다. 한심하다는 생각도 들었던 것 같다. 그렇게 쉽게 겁에 질리다니, 그일지 모른다고 그렇게 쉽게 결론을 내리다니. 바보. 당연히 그럴 리 없었다. 그일 수 없었다. 또다시 속은 거였다.

나는 한숨을 쉬며 진입로를 터벅터벅 걸어가 현관문을 열었다. 아빠는 평소에 좋아했던 거실의 안락의자에 앉아서 텔레비전을 멍하니 쳐다보고 있었다. 엄마는 부엌에서 저녁을 준비하고 있었다. 울고 있었던 것처럼 눈이 빨갰다. 엄마는 울지 않았다. 어지간해서는 그랬다. 그 점에 있어서는 내가 엄마를 닮았다.

"왜 그러세요?" 내가 물었다.

엄마는 눈을 훔쳤지만 아무것도 아니라고 하지 않았다. 엄마는 거짓말도 하지 않았다. 나는 그런 줄 알았다. 그 당시에는.

"너희 아빠 때문에." 엄마가 말했다.

그게 아닌 다른 이유가 있을 수 있을까. 부끄러운 고백이지만 나는 가끔 병에 걸린 아빠가 지독하게 싫었다. 그 때문에 하는 아빠의 말과 행동이 싫었다. 갈 곳을 잃은 멍한 눈빛이 싫었다. 아빠의 병이 엄마와 나에게 미치는 여파가 싫었다. 십대가 무엇보다 바라는 게 있다면 평범한 일상인데, 아빠와 함께 하는 일상은 어느 것 하나 평범한 구석이 없었다.

"또 무슨 짓을 하셨길래요?" 나는 경멸을 감추지도 않은 채로 물었다.

"나를 잊어버렸어." 엄마는 얘기했고 다시금 눈물이 엄마의 눈에 고였다. "점심을 갖다줬는데 모르는 사람 대하듯 나를 쳐다보더라."

"아, 엄마."

나는 엄마를 내 쪽으로 당겨서 모든 아픔을 쥐어짤 기세로 힘껏 끌어안았지만 한편으로는 잊는 것이 상대방을 위한 배려가 될 수도 있다는 생각을 했다.

기억하는 것, 어쩌면 그게 화근이었다.

2016년

"절대 예단하지 마." 예전에 아빠가 이런 말을 한 적이 있다. "예상하고 단정 짓지 말고."

내가 멍하니 쳐다보자 아빠는 말을 이었다. "이 의자 보이지? 네가 보기에는 이 의자가 아침에도 이 자리에 있을 것 같니?"

"네."

"그럼 너는 예단하는 거야."

"아마도요."

아빠는 의자를 들어서 식탁 위에 올려놓았다. "의자의 위치가 절대 바뀌지 않게 하려면 바닥에 붙여놓는 수밖에 없어."

"하지만 그건 속임수 아니에요?"

아빠의 목소리가 좀 더 진지해졌다. "사람들은 항상 속임수를 쓴다, 에디. 거짓말도 하고. 그래서 모든 것에 의문을 제기해야 하는 거야. 보이는 게 전부가 아니라는 생각으로."

나는 고개를 끄덕였다. "알았어요."

부엌문이 열리면서 엄마가 들어왔다. 엄마는 의자를 보고, 그런 다음 아빠와 나를 보고, 고개를 저었다.

"무슨 일인지 별로 알고 싶지가 않네."

예단하지 말 것. 모든 것에 의문을 제기할 것. 보이는 게 전부가 아니라는 생각으로.

우리가 예단을 하는 이유는 그게 좀 더 쉽고 게으른 방법이기 때문이다. 떠올리면 마음이 불편해지는 일들에 대해 너무 열심히 생각할 필요가 없어지기 때문이다. 하지만 생각을 하지 않으면 오해가 생길 수 있고 어떤 경우에는 비극으로 이어질 수도 있다.

예를 들어 죽음으로 막을 내린 뚱뚱이 개브의 무모한 장난만 해도 그가 결과에 대해 생각하지 않는 어린아이였기 때문에 벌어진 일이었다. 그리고 우리 엄마도 아빠에게 해나 토머스에 대해 이야기했을 때 그렇게 엄청난 사태가 벌어질 줄 몰랐고 남편이 비밀을 지켜줄 거라고 예단했다. 그리고 조그만 은반지를 훔쳤다가 돌려주려고 했던 꼬맹이도 자기가 옳은 일을 하고 있다고 생각했지만 아주, 아주 엄청난 착각이었다.

예단은 다른 방향의 실수를 유도하기도 한다. 그 때문에 상대방의 본모습을 보지 못하고 기존에 알고 지내던 사람들을 제대로 파악하지 못할 수 있다. 나는 세인트맥덜린스로 아버지를 만나러 간 사람이 니키일 거라고 예단했지만 클로이였다. 내가 축제장에서 핼로런 씨를 쫓아가고 있다고 생각했지만 그냥 나이 많은 잡역부였다. 심지어 잔디밭을 지키는 페니도 모든 사람들을 엉뚱한 예단의 길로 인도하고 있었다. 다들 그녀가 세상을 떠난 약혼자 퍼디낸드를 기다리고 있다고 생각했지만 퍼디낸드는 그녀의 약혼자가 아니었다. 딱한 약혼자의 이름은 앨프레드였다. 그 오랜 세월 동안 그녀는 애인을 기다리고 있었던 것이다.

불멸의 사랑이 아니라 불륜과 착각을 상징하는 케이스였다.

나는 다음 날 아침에 일어나자마자 몇 군데 전화부터 돌린다. 사실 일어나자마자 한 일은 아주 진한 커피를 몇 잔 끓이고 담배를 반 갑 피운 것이지만 아무튼 먼저 개브와 호포에게, 그런 다음 니키에게 전화를 건다. 예상했던 대로 그녀는 전화를 받지 않는다. 웅얼웅얼 메시지를 남기지만 그녀는 들어보지도 않고 삭제할 것 같다. 그런 다음 마지막으로 클로이에게 전화한다.

"잘 모르겠어요, 아저씨."

"해야만 하는 일이야."

"몇 년 동안 연락도 않고 지냈는걸요. 별로 가까운 사이가 아니라고요."

"이 참에 다시 만나면 좋잖아."

그녀는 한숨을 쉰다. "이번 일은 아저씨가 잘못 생각하고 있어요."

"그럴지도 모르지. 아닐 수도 있고. 하지만…… 내가 꼭 짚고 넘어가야 하는지 모르겠다만, 네가 나한테 진 빚이 있잖아."

"알았어요. 왜 그렇게 이 일에 목을 매는지 이해가 안 될 뿐이에요. 이제 와서 왜 이래요? 삼십 년이나 지난 일이잖아요. 그냥 내버려두면 안 돼요?"

"내가 못 그러겠어."

"미키 때문에 이러는 거 아니죠? *그에게는* 아저씨가 진 빚이 없잖아요."

"응." 나는 핼로런 씨와 내가 훔친 물건에 대해 생각한다. "내가 다른 사람한테 진 빚이 있는데, 이제 그걸 갚을 때가 된 것도 같아서."

엘름스는 본머스 외곽에 있는 조그만 실버타운이다. 남해안을 따라 그런 시설이 수십 개 산재해 있다. 다른 곳에 비해 조금 더 고급스러운 시설이 몇 군데 있을 뿐 사실상 남해안 자체가 하나의 거대한 실버타운이라고 볼 수도 있다.

솔직히 엘름스는 그다지 번듯하지 못한 시설에 속한다. 조그만 정사각형 모양의 단층집으로 삼면이 포위된 공간은 진부하고 조금 허름하다. 마당은 여전히 깔끔하게 관리가 되고 있지만 칠은 벗겨져 나갔고 외관은 비바람에 상했다. 밖에 주차되어 있는 자동차들도 저마다 사연을 품고 있다. 아담하고 반짝거리지만 (다들 매주 일요일마다 어김없이 세차를 할 거라는 데 내기를 걸 수도 있다) 연식이 있다. 은퇴 이후의 생을 보내기에 형편없는 곳은 아니다. 반면에 사십 년 동안의 노고를 제대로 과시할 수 있는 곳도 아니긴 하다.

우리가 살아가면서 이루려고 애를 쓰는 모든 것이 결국에는 무용지물이라는 생각이 들 때도 있다. 다들 가족을 위해 근사하고 널찍한 집을 장만하고 최신형 사륜구동 컨트리사이드 디스트로이어를 몰기 위해 열심히 일을 한다. 그러다 아이들이 다 커서 독립하면 좀 더 작고 환경 친화적인(하지만 뒷좌석에 반려견을 태울 만큼은 되는) 차로 갈아탄다. 그러다 은퇴를 하면 널찍한 주택은 닫힌 문 뒤로 방마다 먼지만 쌓이는 감옥으로 바뀌고 온 가족이 모여서 바비큐 파티를 벌이기에 좋았던 마당은 관리하려면 손이 너무 많이 가는데, 어차피 가정을 일군 아이들은 각자의 집에서 고기를 구워 먹는다. 그래서 집도 작아진다. 건사할 사람이 나 하나밖에 안 남는 순간이 예상보다 빠르게 찾아올 때도 있다. 그러면 이사하길 잘했다고 혼자 중얼거린다. 집이 작을수록 외로움으로 채우기가 더 어렵기 때문이다. 운이 좋으면 혼자 뒤를 닦지도 못해서 독방의 철책이 달린 침대에서 잠을 청하는 신세로 전락하기 전에 이승을 탈출할 수 있을 것이다.

나는 이런 유쾌한 생각을 하며 이십삼 호 앞의 조그만 공간으로 차를 몰고 들어선다. 짧은 길을 걸어 올라가 초인종을 누른다. 그러고는 잠깐 기다린다. 다시 한번 초인종을 누르려는 찰나, 젖빛 유리 너머로 누군가가 다가오는 모습이 희미하게 보이고 체인이 덜거덕거리고 잠금장치가 풀리는 소리가 들린다. 보안에 신경을 많이 쓰는 성격이로군. 나는 생각한다. 그의 전직을 감안하면 놀랄 일도 아니다.

"에드워드 애덤스?"

"맞습니다."

그가 손을 내민다. 나는 잠깐 망설이다 그 손을 잡는다.

내가 토머스 순경을 가까이서 마지막으로 본 건 삼십 년 전에 우리 집에 찾아왔을 때였다. 그는 여전히 호리호리했지만 내가 기억하는 만큼 키가 크지는 않았다. 내 키가 커진 탓도 있겠지만 사람이 나이를 먹으면 쪼그라드는 것도 사실이다. 검은 머리는 이제 거의 백발이었고 몇 가닥 남아 있지도 않았다. 네모난 얼굴은 강인하다기보다 초췌했다. 지금도 초대형 레고 조각 같은 분위기를 풍기지만 살짝 녹은 레고 조각이다.

"만나주셔서 감사합니다." 내가 얘기한다.

"솔직히 망설였지만…… 클로이의 전화를 받고 호기심이 동하더군." 그는 옆으로 비켜선다. "들어오게."

나는 작고 좁은 현관으로 들어선다. 퀴퀴한 음식 냄새가 살짝 풍기지만 방향제 냄새가 더 심하다. 진동하는 수준이다.

"거실은 걸어가다보면 왼쪽에 있네."

앞으로 걸어가 문을 열어젖히자 놀라우리만치 넓은 거실이 나온다. 푹 꺼진 베이지색 소파와 꽃무늬 커튼은 예전 안주인의 선택일 것이다.

클로이에 따르면 그녀의 할아버지는 몇 년 전에 퇴직했을 때 남부로 다시 내려갔다. 이후로 이삼 년이 지났을 때 아내가 세상을 떠났다. 그때부터 그가 집에 페인트칠을 새로 하지 않고 마당의 잡초를 뽑지 않은 걸까?

토머스가 두 소파 중에 덜 낡은 쪽을 가리키며 자리를 권한다.

"마실 것 좀 줄까?"

"어, 아뇨, 괜찮습니다. 방금 전에 커피 마셨어요." 거짓말이지만 이런 이야기를 꺼내려고 찾아온 마당에 친목을 도모하는 분위기를 풍기고 싶지는 않다.

"알았네." 그는 살짝 어쩔 줄 몰라 하는 표정을 지으며 잠깐 서 있는다.

손님을 맞을 일이 별로 없는 모양이로군. 나는 생각한다. 누가 집으로 찾아오면 어찌할 바를 모르는 거다. 나랑 살짝 비슷하다.

결국 그는 무릎에 손을 얹고 뻿뻿하게 자리에 앉는다. "그래, 일라이저 렌델 사건. 아주 오래된 사건이지. 시신을 발견한 아이들 중에 자네도 있었지?"

"네."

"그런데 그녀를 살해한 범인이 누군지 가설을 세웠다고?"

"네."

"경찰이 착각했다는 건가?"

"우리 모두가 착각했던 것 같습니다."

그는 턱을 문지른다. "정황 증거가 설득력이 있었는데. 하지만 정황 증거밖에 없었지. 핼로런이 자살하지 않았다면 아마 기소하지 못했을 거야. 물증이 반지뿐이었으니."

내 얼굴이 벌게진다. 아직까지도 그렇다. 그 반지. 그 빌어먹을 반지.

"하지만 살인에 쓰인 무기도 혈흔도 발견되지 않았지." 잠깐 정적이 흐른다. "그리고 그녀의 머리도 찾지 못했고." 그가 나를 좀 더 날카로운 눈빛으로 쳐다보자 삼십 년의 세월이 사라진 것처럼 느껴진다. 그의 눈 뒤에서 다시 불이 켜진 것처럼 느껴진다.

"그래, 자네 가설상으로는 범인이 누군가?" 그가 몸을 앞으로 기울이며 묻는다.

"그전에 먼저 몇 가지 여쭤봐도 되겠습니까?"

"그야 상관없지만 나는 그 사건 수사에 적극적으로 관여한 부분이 없다는 걸 기억해주기 바라네. 말단 순경에 불과했거든."

"사건에 대해서 여쭤보려는 게 아닙니다. 따님과 마틴 목사님에 대해서 여쭤보려는 거예요."

그의 표정이 딱딱하게 굳는다. "그게 무슨 상관인지 모르겠네만."

아주 상관이 있죠. 나는 생각한다.

"그냥 제가 하자는 대로 따라주십시오."

"자네더러 당장 나가달라고 할 수도 있어."

"압니다."

나는 기다린다. 기 싸움을 벌인다. 그가 나를 내쫓고 싶어 하는 눈치라는 걸 알겠지만 호기심과 경찰의 오래된 직감이 발휘되길 바란다.

"알겠네." 그가 얘기한다. "자네가 하자는 대로 따라주지. 하지만 클로이를 생각해서 그러는 거야."

나는 고개를 끄덕인다. "이해합니다."

"아니. 자네는 이해 못 해. 나한테 남은 거라고는 그 아이뿐이거든."

"해나는요?"

"딸은 오래전에 잃었어. 그런데 이 년여 만에 손녀가 나한테 연락을 했단 말이지. 그 아이를 다시 만날 수 있다면 자네와 대화를 나누지 못할 것도 없지. 무슨 말인지 알겠나?"

"할아버지를 만나러 가라고 그녀를 설득해달라는 말씀인가요?"

"자네 얘기는 듣는 눈치길래."

그건 아니지만 그녀가 나한테 진 빚이 있기는 하다.

"최선을 다해보겠습니다."

"좋아. 내가 부탁하는 것도 그게 전부일세." 그는 의자에 기대고 앉는다. "뭘 알고 싶은가?"

"마틴 목사님에 대해서 어떻게 생각하셨습니까?"

그는 콧방귀를 뀐다. "그야 빤할 거라고 보네만."

"해나에 대해서는요?"

"그 아이는 내 딸이야. 사랑했지. 지금도 그렇고."

"그녀가 임신을 했을 때는요?"

"실망했지. 어느 아버지라도 그럴 걸세. 그리고 화도 났지. 딸이 아이 아빠에 대해 거짓말을 한 게 그 때문이라고 생각하네만."

"션 쿠퍼 말씀이죠."

"음. 딸아이는 하면 안 되는 거짓말을 했어. 그 녀석을 두고 폭언을 퍼부어놓고 나중에 어찌나 찜찜하던지. 하지만 그 당시에는 녀석이 살아 있었다면 내 손에 죽었을 거야."

"목사님을 죽이려고 했던 것처럼요?"

"그는 받아야 할 벌을 받았을 뿐이야." 그는 엷은 미소를 지었다. "그 부분에 대해서는 자네 아버님에게 고마워해야겠지만."

"그렇겠죠."

그는 한숨을 쉰다. "해나가 완벽했다는 건 아니야. 그냥 평범한 십대였지. 우리는 다른 집처럼 서로 옥신각신했어. 화장 때문에, 치마가 너무 짧다고. 해나가 마틴의 시위대에 합류했을 때 나는 기뻐했다네. 그 아이한테 좋은 영향을 미칠 줄 알고." 그는 냉소적인 미소를 짓는다. "착각도 그런 착각이 있었을까. 그가 우리 딸을 망쳐놓았어. 그 전까지만 해도 우리는 가깝게 지냈다네. 하지만 그 이후로는 눈만 마주치면 싸웠지."

"일라이저가 살해된 날에도 싸우셨나요?"

그는 고개를 끄덕인다. "아주 심하게 싸웠지."

"왜요?"

"세인트맥덜린스로 그를 만나러 갔다 왔거든. 아이를 낳겠다고, 기다리겠다고 얘기하러."

"그를 사랑했군요."

"어린애였어. 어린애가 사랑이 뭔지 어떻게 알겠나." 그는 고개를 젓는다. "아이가 있나, 에드?"

"아뇨."

"잘 생각했군그래. 아이들은 태어나는 순간부터 부모의 심장을 사랑과…… 공포로 가득 채우지. 특히 어린 딸은. 세상 모든 것으로부터 보호하고 싶거든. 그러지 못하면 애비로서 실패한 기분이 들고. 아이를 낳지 않은 덕분에 자네는 마음고생을 많이 줄인 거야."

나는 앉은 자세를 살짝 바꾼다. 거실이 별로 따뜻하지 않은데도 덥고 숨이 막힌다. 나는 다시 화제를 돌린다.

"그러니까 해나가 그날, 일라이저가 살해당한 날 마틴 목사님을 찾아갔다는 말씀이죠?"

그는 정신을 차린다. "음. 딸아이는 나와 대판 싸우고 집을 뛰쳐나갔어. 저녁 먹을 시간이 되도록 들어오지 않았지. 그래서 그날 저녁에 내가 외출을 했던 거야. 딸아이를 찾아다니느라."

"숲 근처에 가셨죠?"

"거기 갔을지 모른다고 생각했거든. 그 둘이 가끔 거기서 만났으니까." 그는 미간을 찡그린다. "이거 다 그 당시에 얘기한 건데."

"핼로런 씨와 일라이저도 숲에서 만나곤 했죠."

"거기서 하지 말아야 할 짓을 저지르는 아이들이 많지. 아이들도 그렇고…… 변태들도 그렇고."

그는 '변태'라는 단어를 내뱉는다. 나는 바닥을 쳐다본다. "저는 예전에 핼로런 씨를 우상처럼 떠받들었어요. 하지만 그도 목사님처럼 어린 아가씨를 밝히는 나이 많은 남자에 불과했던 모양이에요."

"아니야." 토머스는 고개를 젓는다. "핼로런은 목사와 전혀 달라. 그가 저지른 짓을 용서하는 건 아니지만 둘이 서로 다르거든. 목사는 신의 말씀을 운운하면서 그걸로 젊은 여자들을 사냥한 위선자이자 거짓말쟁이였지. 그로 인해 해나가 달라졌어. 그는 우리 딸의 가슴을 사랑으로 채우는 척하면서 사실은 오염시켰고 그것만으로는 부족했는지 우리 딸의 배 속에 사생아를 심었잖은가."

파란 눈이 번뜩인다. 그의 입가에 침이 거품처럼 맺힌다. 사람들이 말하길 이 세상에 사랑보다 강한 건 없다고 한다. 맞는 말이다. 가장 극악무도한 범죄가 사랑이라는 이름으로 자행되는 이유도 그 때문이다.

"그래서 그러셨나요?" 나는 조용히 묻는다.

"뭘?"

"숲속에 들어갔을 때 따님을 보셨죠? 그를 기다리던 예전 그때처럼 서 있는 따님을요. 그때 이성을 잃으셨나요? 그녀를 붙잡고 그녀가 고개를 돌릴 틈도 없이 목을 조르셨죠? 어쩌면 그녀를 차마 쳐다보지 못했을 수도 있었겠지만, 그녀를 보았을 때는, *선생님의 실수를 알아차렸을 때는* 이미 엎질러진 물이었을 테고요.

그래서 나중에 다시 찾아가 시신을 토막 냈죠. 왜 그러셨는지 저는 잘 모르겠습니다. 시신을 감추기 위해서였을까요? 아니면 혼란을 야기하기 위해서—"

"지금 *도대체* 무슨 소릴 하는 건가?"

"선생님은 해나인 줄 알고 일라이저를 죽였죠. 그 둘은 체구가 비슷했고 심지어 일라이저는 머리를 금발로 염색까지 했거든요. 감정이 북받치고 화가 난 상태였고 주변이 어두컴컴했으니 쉽게 저지를 수 있는 실수였죠. 선생님은 일라이저가 오염되고 타락하고 목사의 사생아를 임신한 따님인 줄 알고—"

"*아니야!* 나는 해나를 사랑했어. 아이를 낳길 바랐고. *그래,* 입양을 보내야 한다고 생각하긴 했지만 내가 내 딸을 해칠 일은 절대 없었을 걸세. 절대—"

그는 벌떡 일어선다. "자네를 만나겠다고 하는 게 아니었는데. 자네가 정말로 뭔가를 알고 있는 줄 알았더니 *이건가?* *이번이야말로* 자네에게 나가달라고 해야겠군."

나는 그를 올려다본다. 그의 얼굴에서 죄책감이나 공포를 읽을 수 있길 기대했다면 나의 착각이었다. 보이는 것이라고는 분노와 고뇌뿐이다. 엄청난 고뇌뿐이다. 나는 속이 울렁거린다. 쓰레기가 된 것 같다. 무엇보다 내가 아주, 아주 엄청난 실수를 저지른 기분이다.

"죄송합니다. 제가—"

그의 눈빛에 내 등골까지 서늘해진다. "내 딸을 죽이려 했다는 혐의를 제기해서 미안하다는 건가? 그걸로 만회가 될까 싶은데, 애덤스 씨."

"네…… 네, 안 되겠죠." 나는 자리에서 일어나 문 쪽으로 걸어간다. 그때 그의 말소리가 들린다.

"잠깐."

나는 몸을 돌린다. 그가 내 쪽으로 다가온다.

"그런 소리를 하다니 자네를 한 대 쳐도 시원치 않겠는데……."

그 뒤로 '하지만'이라는 단어가 이어질 것처럼 느껴진다. 적어도 내가 바라 마지않기로는 그렇다.

"하지만 상대를 착각한 거였다? 재미있는 가설이로군."

"잘못된 가설이기도 하죠."

"영판 잘못된 건 아닐지 몰라. 상대를 잘못 짚었을 뿐."

"무슨 말씀이신지."

"일라이저를 해칠 만한 동기가 있는 사람은 헬로런 씨밖에 없었지. 하지만 해나라면? 마틴 목사에게는 그 당시 지지자들이 많았어. 그중 한 명이 그 둘의 관계와 아이에 대해 알게 됐다면 질투심에 눈이 멀어서…… *광기*에 눈이 멀어서 그를 위해 살인을 감행하러 나섰을 수도 있어."

나는 곰곰이 생각해본다. "하지만 그들의 행방을 전혀 모르시죠?"

그는 고개를 끄덕인다. "음."

"그렇군요."

토머스는 턱을 문지른다. 뭔가 고민하는 눈치다. 마침내 그가 말문을 연다. "그날 밤에 숲 근처로 해나를 찾으러 나갔을 때 내가 본 사람이 있었거든. 어두컴컴했고 먼 발치였지만 인부인 듯 작업복을 입고 있었고 다리를 절었어."

"저는 그런 용의자가 있다고 들은 기억이 없는데요."

"후속 수사가 이루어지지 않았거든."

"왜요?"

"뭐 하러 수사를 하겠나? 이미 범인을 잡은 데다 마침 알맞게 저세상 사람이라 재판 비용까지 줄였는데. 게다가 계속 파헤쳐볼 만한 인상착의도 아니었으니."

그의 말이 맞는다. 별 도움이 되지 않는다. "아무튼 감사합니다."

"삼십 년이면 긴 세월이야. 자네가 찾는 해답을 찾지 못할 수도 있어……."

"저도 압니다."

"더 안 좋게는 해답을 찾았는데 자네가 원한 해답이 아닐 수도 있고."

"그것도 압니다."

다시 차에 올라탔을 무렵, 나는 온몸을 떨고 있다. 창문을 내리고 담배를 꺼낸다. 허겁지겁 불을 붙인다. 안에 들어가면서 휴대전화를 무음 모드로 해놓았다. 이제 휴대전화를 꺼내보니 부재중 전화가 와 있다. 무려 두 통이다. 내가 이렇게 인기 있던 적이 없는데.

나는 음성사서함으로 들어가서 호포와 개브가 웅얼웅얼 남긴 메시지를 듣는다. 둘 다 똑같은 말을 하고 있다.

"에드, 미키 말이야. 미키를 살해한 범인을 찾았대."

2016년

그들은 여느 때처럼 지정석에 앉아 있지만 개브의 앞에 다이어트 콜라가 아니라 에일 맥주잔이 놓여 있다.

내가 내 맥주를 주문하자마자 그가 내 앞 테이블 위로 턱 하고 신문을 내려놓는다. 나는 헤드라인을 쳐다본다.

강변 폭행 사건으로 체포된 청소년들

15세 청소년 둘이 이 도시 출신이었던 미키 쿠퍼(42)의 사망사건과 관련해 심문을 받고 있다. 이들은 강변의 동일한 산책로에서 이틀 전에 강도 행각을 벌이려다 체포됐다. 경찰 측은 두 사건이 서로 연관성이 있는지 여부에 대해 "여러 가지 가능성을 검토 중"이라고 한다.

나는 기사의 나머지 부분을 대충 훑어본다. 강도 사건에 대해서 들은 바 없지만 내가 워낙 딴 데 정신이 팔려 있었다. 나는 미간을 찌푸린다.

"뭐 이상한 거 있냐?" 개브가 묻는다.

"이 아이들이 미키를 공격했다는 얘기는 없잖아." 내가 짚고 넘어간다. "사실상 억측일 뿐."

그는 어깨를 으쓱한다. "그래서 뭐? 앞뒤가 맞잖아. 돈을 빼앗으려다 일이 잘못된 거야. 그 녀석이 쓰려던 책이나 초크맨하고는 아무 상관 없이. 쉽게 돈을 벌려고 했던 깡패 꼬맹이들의 소행이었던 거지."

"그럴지도. 그 아이들의 신원은 밝혀졌대?"

"한 명은 너희 학교 학생이라던데. 대니 마이어스라던가?"

대니 마이어스. 놀랐어야 하는데 그렇지가 않다. 인간의 본성에 관한 한 그 어떤 것에도 나는 놀라지 않게 된 듯하다. 하지만…….

"어째 못 믿는 눈치네?" 호포가 얘기한다.

"대니가 강도짓을 한 거? 친구들 앞에서 허세를 부리느라 바보 같은 짓을 저지를 만한 녀석이긴 해. 하지만 미키를 살해했다니……."

그건 믿기지가 않는다. 너무 딱 들어맞는다. 너무 쉽다. 너무 지나친 예단이다. 그리고 뭔가가 내 머릿속 저 끝을 자꾸 간질인다.

강변의 동일한 산책로에서.

나는 고개를 젓는다. "개브 말이 맞겠지. 그게 가장 그럴듯한 설명이겠지."

"요즘 애들이란." 호포가 말한다.

"그러게." 나는 느릿느릿 맞장구를 친다. "어떤 짓까지 저지를 수 있는지 아무도 모를 일이라니까?"

정적이 찾아온다. 한참 동안 이어진다. 우리는 맥주를 한 모금 마신다.

마침내 내가 말문을 연다. "'이 도시 출신'이라고 소개가 된 걸 보았다면 미키가 노발대발했겠어. 최소한 '크게 성공한 광고회사 중역' 정도로는 불리고 싶었을 텐데."

"그러게. 하지만 '이 도시 출신'이라고 불린 것만으로도 감지덕지해야 할걸?" 개브가 얘기한다. 그의 표정이 점점 험상궂어진다. "그 자식이 클로이한테 돈을 주고 너를 염탐하게 했다니 믿기지가 않는다. *그리고* 우리한테 그런 편지를 보냈다니."

"자기 책에 극적인 요소를 더하고 싶어서 그랬을 거야." 내가 얘기한다. "편지가 녀석의 문학적 장치였던 셈이지."

"뭐, 원래부터 이야기를 만들어내는 데 일가견이 있었잖아." 호포가 말한다.

"그리고 똥통을 휘젓는 데에도." 개브가 덧붙인다. "이제는 더 이상 그럴 일이 없길 바라자고."

호포가 잔을 든다. "그러길 바라며 건배."

나는 내 잔을 향해 손을 내밀지만 딴 데 정신이 팔렸던 모양이다. 손이 잔을 쳐서 쓰러뜨린다. 잔을 잡아서 바닥으로 굴러떨어져 산산조각이 나는 사태는 막지만 쏟아진 술이 테이블 옆면으로 흘러 개브의 무릎 위로 떨어진다.

개브는 손사래를 친다. "괜찮아." 그는 청바지를 손으로 털고 쏟아진 맥주를 닦는다. 튼튼한 손과 쓸 일이 없어서 가늘어진 다리 근육의 선명한 대조가 다시금 내 뇌리에 꽂힌다.

튼튼한 다리.

그 단어가 느닷없이 떠오른다.

사람들을 전부 속이고 있어.

내가 하도 벌떡 일어나는 바람에 남은 술이 하마터면 사방으로 날아갈 뻔한다.

그 둘이 가끔 거기서 만났으니까.

개브가 자기 잔을 잡는다. "뭐 하는 짓거리야?"

"내 생각이 맞았어." 내가 얘기한다.

"무슨 생각이?"

나는 그들을 빤히 쳐다본다. "내 생각이 *틀렸지만* 맞았어. 아니, 말도 안 되긴 해. 그래서 믿기지 않지만…… 앞뒤가 맞아. 염병할. 앞뒤가 딱 맞아."

변장한 악마지 뭐니. 고백하라.

"에드, 지금 무슨 소리 하는 거야?" 호포가 묻는다.

"누가 댄싱 걸을 죽였는지 알겠어. 일라이저 말이야. 그녀가 어쩌다 그렇게 됐는지 알겠어."

"뭐라고?"

"불가항력이었어."

"전화상으로 말씀드렸잖아요, 애덤스 씨. 면회시간이 끝났다고요."

"저도 말씀드렸잖습니까, 꼭 만나야 한다고요. 중요한 일이에요."

지난번에 나를 맞이했던 그 통통하고 무서운 간호사는 우리 셋을 빤히 쳐다본다(호포와 뚱뚱이 개브도 따라오겠다고 고집을 부렸다. 예전의 그 패거리가 벌이는 마지막 모험이랄까).

"생사가 걸린 문제겠죠?"

"네."

"내일 아침까지 기다리면 안 되고요?"

"네."

"목사님이 조만간 어디 가시지도 않을 텐데요."

"저라면 그렇게 장담하지 않겠습니다."

그녀가 묘한 표정으로 나를 쳐다본다. 순간 나는 알아차린다. 그녀는 알고 있다. 그들 모두 알고 있으면서 지금까지 아무 소리도 하지 않은 거였다.

"보기 안 좋잖아요, 그렇죠?" 내가 얘기한다. "여기 입소자들이 외출을 하면. 그들이 여기저기 돌아다니다 들키면. 교회에서 비용을 계속 부담하고 있는 경우라면 특히 더 그럴 테고요."

그녀는 실눈을 뜬다. "*선생님*은 저를 따라오세요. 두 분은……" 그녀는 호포와 개브를 향해 손가락을 퉁긴다. "여기서 기다리시고요." 그녀는 나를 다시 노려본다. "오 분 드릴게요, 애덤스 씨."

나는 그녀를 따라 복도를 걸어간다. 눈부신 형광등이 위에서 번쩍인다. 낮에는 어찌어찌 단순한 병원이 아닌 척할 수 있을지 몰라도 밤에는 아니다. 이런 시설에는 밤이라는 게 없다. 늘 불이 켜져 있고 늘 소음이 들린다. 신음 소리와 앓는 소리, 문이 삐걱거리는 소리, 밑창이 폭신한 신발이 리놀륨 바닥에 찍찍 끌리는 소리.

우리는 목사의 병실에 다다른다. 친절상을 받아 마땅한 간호사는 경고하는 눈빛으로 나를 마지막으로 한 번 쳐다보고 손가락 다섯 개를 펼쳐 보인 다음 문을 두드린다.

"마틴 목사님? 손님이 오셨어요."

문득, 문이 홱 하니 열리면서 그가 냉랭한 미소를 머금고 문 앞에 서서 나를 맞이할지 모른다는 어이없는 생각이 내 머릿속을 스치고 지나간다.

"*고백하라.*"

하지만 물론 들리는 소리라고는 정적뿐이다. 간호사는 나를 향해 의기양양하게 미소를 짓고 문을 살그머니 연다.

"목사님?"

내가 그녀의 목소리에서 머뭇거리는 기미를 포착한 순간, 차가운 바람이 나를 덮친다.

나는 기다리지 않는다. 그녀를 밀치고 안으로 들어간다. 병실에는 아무도 없고 창문은 활짝 열려 있고 커튼이 밤바람을 맞으며 펄럭인다. 나는 간호사를 돌아본다.

"창문에 잠금장치를 설치하지 않았어요?"

"그럴 필요성을 못 느껴서……." 그녀는 말을 더듬는다.

"전에도 그렇게 돌아다닌 적이 있는데도요?"

그녀는 흔들림 없는 눈빛으로 나를 마주 본다. "목사님은 흥분했을 때만 돌아다녀요."

"그럼 오늘 흥분한 모양이네요."

"네, 맞아요. 손님이 왔거든요. 그 손님을 만나고 흥분했어요. 하지만 절대 멀리 가지는 않아요."

나는 창가로 달려가 밖을 내다본다. 땅거미가 급속도로 번져가고 있지만 시커먼 숲이 보이지 않을 정도는 아니다. 걸어가기에 전혀 먼 거리가 아니다. 여기서 부지를 가로질러 가면 눈에 띌 염려도 없다.

"아무 일도 없을 거예요." 그녀는 말을 잇는다. "대개 혼자서 다시 잘 찾아오시거든요."

나는 홱 하니 몸을 돌린다. "손님이 왔었다고 했죠. 누구였나요?"

"따님요."

클로이. 그녀가 작별인사를 하러 온 거였다. 공포가 스멀스멀 엄습한다.

숲속에서 하루 이틀 텐트 치고 잔다고 죽기야 하겠어요?

"경보를 울려야겠네요." 간호사가 얘기한다.

"아뇨. 경찰에 연락해야 해요. 지금 당장."

나는 창틀을 타고 넘는다.

"어디 가시려고요?"

"숲요."

숲은 우리 어렸을 때에 비해 작아졌다. 우리가 자라서 그렇게 느껴지는 게 아니다. 그 옆의 해묵은 떡갈나무와 단풍나무보다 더 빠른 속도로 택지 개발이 진행되면서 실제로 조금씩 벌채가 됐다. 하지만 오늘 저녁에는 숲이 다시 넓고 거대해 보인다. 어둠과 위험과 금지된 것들로 가득하다.

이번에는 내가 친절상을 받아 마땅한 간호사가 (마지못한 듯) 빌려준 손전등으로 앞을 비추고 낙엽과 나뭇가지들을 우드득 밟아가며 앞장을 선다. 손전등 불빛이 한 번인가 두 번 어떤 동물의 이글거리는 눈동자를 비추자 녀석은 다시 어둠 속으로 쪼르르 숨는다. 이 세상에는 밤을 좋아하는 동물과 낮을 좋아하는 동물이 있는 것 같다. 나는 불면증과 몽유병을 앓고 있지만 밤을 좋아하는 동물은 아니다.

"괜찮아?" 호포가 뒤에서 속삭이는 바람에 나는 움찔한다.

그가 나와 같이 가겠다고 고집을 부렸다. 개브는 시설에 남아서 그들이 정말로 경찰에 연락하는지 확인하기로 했다.

"응." 나도 속삭인다. "어렸을 때 숲속에서 놀던 때가 생각난다."

"응." 호포가 다시 속삭인다. "나도."

우리가 왜 속삭이고 있을까 하는 생각이 든다. 우리 말소리를 들을 사람도 없는데. 밤을 좋아하는 동물들 말고는 아무도 없는데. 어쩌면 내 짐작이 틀렸을지 모른다. 어쩌면 그가 여기 없을지 모른다. 어쩌면 클로이가 내 말대로 호스텔이나 뭐 그런 데 들어갔을지 모른다. 어쩌면…….

유령의 울음소리와도 같은 비명이 숲속에 울려 퍼진다. 나무들도 몸서리를 치는 듯하고 펄럭거리는 까만 날개들이 구름처럼 밤

하늘 위로 솟구친다.

나는 호포를 쳐다보고 같이 달리기 시작한다. 손전등 불빛이 우리 앞에서 이리저리 까딱거린다. 우리는 나뭇가지를 피하고 뒤엉킨 잡초를 뛰어넘으며…… 조그만 공터에 다다른다. 예전과 똑같다. 내 꿈속과 똑같다.

걸음을 멈추자 호포가 내 등에 와서 부딪친다. 나는 손전등을 이리저리 비춘다. 한쪽이 무너진 조그만 일인용 텐트가 우리 앞 땅바닥에 있다. 그 앞에 배낭과 옷 무더기가 있다. 그녀는 보이지 않는다. 나는 일순 안도감을 느꼈다가…… 다시 손전등을 홱 하니 돌린다. 옷 무더기. 너무 크다. 너무 거대하다. 옷이 아니다. 시신이다.

안 돼! 나는 달려가서 무릎을 꿇는다. "클로이."

나는 후드를 뒤로 젖힌다. 그녀는 얼굴에 핏기가 없고 목에 빨간 자국이 있지만 숨을 쉬고 있다. 얕고 희미하긴 해도 숨을 쉬고 있다. 죽지 않았다. 아직은.

우리가 딱 맞게 도착한 모양이다. 나는 그를 만나고 싶은 마음이, 그를 대면하고 싶은 마음이 굴뚝같지만 나중으로 미뤄야겠다. 지금은 클로이를 챙기는 게 급선무다. 나는 공터 입구에 어정쩡하게 서 있는 호포를 돌아본다.

"구급차를 불러야겠어."

그는 고개를 끄덕이고 휴대전화를 꺼내더니 미간을 찌푸린다. "신호가 거의 안 잡히네." 그래도 전화기를 귀에 갖다대는데……

전화기가 느닷없이 사라지고 보이지 않는다. 전화기뿐 아니라 귀까지 그렇다. 귀가 있던 자리에 지금은 입을 벌린 피투성이 구멍만 남아 있다. 은빛이 번뜩이고 시커먼 피가 뿜어져 나오는가 싶더니 그의 팔이 밧줄처럼 생긴 몇 가닥 근육에 대롱대롱 매달린 채 허리 높이로 떨어진다.

비명 소리가 들린다. 호포의 비명 소리가 아니다. 그는 아무 말 없이 나를 쳐다보다 거친 신음 소리와 함께 땅바닥으로 풀썩 쓰러지고 그만이다. 그건 내가 내는 비명 소리다.

목사가 엎드린 호포를 넘어온다. 한 손에 피로 물들어 번뜩이는 도끼를 들고 있다. 잠옷 위에 정원사용 작업복을 입고 있다.

인부인 듯 작업복을 입고 있었고 다리를 절었어.

그가 한쪽 다리를 질질 끌며 비틀비틀 불안하게 나를 향해 다가온다. 숨소리가 거칠고 수척한 얼굴은 밀랍 색이다. 산송장 같은데 두 눈만 예외다. 그 눈은 생생하게 살아서 내가 딱 한 번 본 적 있는 눈빛으로 번뜩인다. 션 쿠퍼의 눈빛이 그랬다. 그렇게 광기로 이글거렸다.

나는 끙끙대며 일어선다. 내 모든 신경이 도망치라고 외치고 있다. 하지만 어떻게 클로이와 호포를 두고 그럴 수 있을까. 호포가 출혈 과다로 숨지기 전까지 얼마나 더 버틸 수 있겠는가 하는 것이 그보다 더 중요한 문제이기도 하다. 멀리서 사이렌 소리가 들리는 것 같기도 하다. 내 상상일 수도 있다. 하지만 내가 계속 말을 걸면…….

"그래서, 우리를 전부 죽이시겠다? 살인은 죄 아닌가요, 목사님?"

"'범죄하는 그 영혼은 죽을지라. 의인의 의도 자기에게로 돌아가고 악인의 악도 자기에게로 돌아가리라.'"

나는 다리가 후들거리지만 번뜩이는 날에서 뚝뚝 떨어지는 호포의 핏방울을 쳐다보며 꿋꿋하게 서 버틴다. "그래서 해나를 죽이려고 했나요? 그녀가 죄인이기 때문에?"

"'음녀로 말미암아 사람이 한 조각 떡만 남게 됨이며 음란한 여인은 귀한 생명을 사냥함이니라. 사람이 불을 품에 품고서야 어찌 그의 옷이 타지 아니하겠느냐?'"

그는 마비된 쪽 다리로 낙엽을 쓸고 도끼를 계속 흔들며 점점 가까이 다가온다. 성서를 낭송하는 터미네이터와 대화를 시도하려는 것과 같다. 그래도 나는 갈라진 목소리를 무릅쓰고 계속 필사적으로 시도한다.

"그녀는 목사님의 아이를 임신하고 있었어요. 목사님을 사랑했고요. 그게 목사님한테는 아무 의미가 없었나요?"

"'만일 네 손이 너를 범죄하게 하거든 찍어버리라. 장애인으로 영생에 들어가는 것이 두 손을 가지고 지옥 곧 꺼지지 않는 불에 들어가는 것보다 나으니라. 만일 네 발이 너를 범죄하게 하거든 찍어버리라. 다리 저는 자로 영생에 들어가는 것이 두 발을 가지고 지옥에 던져지는 것보다 나으니라.'"

"하지만 목사님은 손을 찍지 않았잖아요. 해나를 죽인 것도 아니라 일라이저를 죽였고요."

그는 걸음을 멈춘다. 나는 그가 머뭇거리는 걸 보고 그 순간을 놓치지 않는다.

"착각을 하셨죠, 목사님? 엉뚱한 아가씨를 살해했죠? 아무 죄

없는 아가씨를. 하지만 목사님은 그랬다는 걸 알아요, 그렇죠? 그리고 우리, 까놓고 얘기해보자고요. 목사님도 속으로는 해나 역시 아무 죄도 없었다는 걸 알고 있죠? 죄인은 목사님이에요. 목사님이야말로 거짓말쟁이, 위선자 그리고 살인범이죠."

그가 고함을 지르며 나를 향해 휘청휘청 돌진한다. 나는 마지막 순간에 고개를 수그리고 그의 배를 어깨로 찍는다. 그의 입에서 으윽 하고 숨을 토하는 만족스러운 소리가 들리고 그가 비틀비틀 뒷걸음질을 치지만 바로 다음 순간, 도끼의 나무 손잡이가 내 옆통수를 강타하자 퍽 하는 고통스러운 소리가 들린다. 목사가 바닥으로 쓰러진다. 나는 가속도를 주체하지 못하고 그 위로 털썩 넘어진다.

몸을 일으켜서 도끼를 잡아보려고 하지만 머리가 지끈거리고 눈앞이 빙빙 돈다. 손끝이 닿을락 말락 한 곳에 도끼가 떨어져 있다. 나는 팔을 힘껏 뻗었다가 옆으로 굴러떨어진다. 목사가 내 위로 올라탄다. 손으로 내 목을 감싼다. 나는 그의 얼굴을 때리고 그를 떨쳐내려고 하지만 기운이 없어서 주먹에 힘이 실리지 않는다. 우리는 씨름을 벌인다. 뇌진탕을 일으킨 남자가 걸어 다니는 시체와 싸우고 있다. 그의 손가락이 내 목을 더 거세게 조인다. 나는 그의 손을 떼어내려고 필사적으로 버둥거린다. 심장이 터질 것 같고 눈알은 구멍에서 튕겨져 나오려는 뜨거운 석탄 같다. 누군가가 천천히 커튼을 치기라도 하는 듯 시야가 점점 좁아진다.

이런 식으로 끝날 게 아니었는데. 산소 부족으로 헐떡이는 내 머릿속으로 이런 생각이 떠오른다. 내가 계획한 대단원은 이런 게 아니었는데. 이건 속임수고 사기다. 이건…… 이때 느닷없이 퍽 하는 둔중한 소리가 들리고 그의 손이 느슨해진다. 이제 숨을 쉴 수가 있다. 나는 목에서 그의 손을 떼어낸다. 시야가 선명해진다. 목사가 충격으로 눈을 휘둥그레 뜨고 나를 쳐다보고 있다. 그가 입을 연다.

"*고백하라*……."

이 마지막 말이 시커먼 핏방울과 함께 그의 입에서 흘러나온다. 그는 계속 나를 쳐다보고 있지만 눈에서 빛이 사라졌다. 이제는 연골과 체액으로 이루어진 구슬에 불과하다. 그 뒤에 도사리고 있었던 뭔지 모를 것이 마침내 소멸했다.

나는 끙끙대며 그의 밑에서 빠져나온다. 그의 등에 도끼가 꽂혀 있다. 나는 위를 올려다본다. 니키가 자기 아버지 위에 서 있는데, 얼굴과 옷에 핏방울이 튀었고 손은 핏물을 뒤집어썼다. 그녀는 나의 존재를 그제야 알아차린 듯한 눈빛으로 나를 쳐다본다.

"정말 미안해. 몰랐어." 그녀는 자기 아버지 옆에 털썩 주저앉는다. 눈물이 핏물과 한데 뒤엉켜서 뺨을 타고 흘러내린다. "내가 좀 더 일찍 왔어야 하는 건데. 내가 좀 더 일찍 왔어야 하는 건데."

2016년

궁금한 점들이 많다. 한두 개가 아니다. '어떻게'와 '어디'와 '무엇을'은 어찌어찌 해결했지만 '왜'에 대해서는 아직 모든 해답을 찾지 못했다. 아직 한참 멀었다.

니키는 내 메시지를 확인하고 곧바로 달려온 모양이었다. 내가 집에 없는 걸 보고 술집으로 찾아갔다. 셰릴에게 우리의 행선지를 들었고 간호사들에게 그 나머지 부분을 들었다. 그러고는 니키답게 우리를 찾아나섰다. 나는 니키가 그래주었던 것을 고맙게 (사실 고마운 정도가 아니다) 생각한다.

클로이는 마지막으로 아버지를 보고 가기로 했다. 그게 패착이었다. 숲속에서 노숙하는 중이라고 얘기한 것도 패착이었다. 머리를 금발로 염색한 것도. 내가 보기에는 그게 결정타였다. 갑작스럽게 해나와 닮아져버린 것이. 그것이 그의 의식을 깨웠다.

목사의 의식 이야기가 나왔으니 말인데, 그 부분에 대해서는 아직까지도 의견이 엇갈리고 있다. 그는 긴장성 분열증에 가까운 상태였다가 일시적으로 정신을 차리고 걸어 다닌(그리고 살인을 저지른) 거였을까 아니면 그 반대였을까? 환자 행세는 말 그대로 연극이었고 처음부터 모든 걸 파악하고 있었을까?

이제는 그가 저세상 사람이 되었으니 우리로서는 알 길이 없다. 하지만 장담하건대 이 사건을 주제로 논문이나 책을 써서 이름을 날리고 어쩌면 돈까지 버는 사람이 등장할 것이다. 미키가 무덤 속에서 얼마나 원통해하고 있을까.

정신 착란 상태에서 해나를 그의 사생아를 임신해 그의 명성에 누를 끼칠 음녀로 규정한 목사가 일라이저를 그녀로 착각하고 살해했다는 것이 세간의 추측(대부분 내가 제시한 것이지만)이었다. 그녀를 토막 낸 이유는? 그가 숲속에서 나에게 인용한 성경 문구가 유일한 해답일 것이다.

"'만일 네 손이 너를 범죄하게 하거든 찍어버리라. 장애인으로 영생에 들어가는 것이 두 손을 가지고 지옥 곧 꺼지지 않는 불에 들어가는 것보다 나으니라.'"

그는 자기만의 방식으로 그녀의 천국행을 보장하기 위해서 토막 살인을 선택했을 것이다. 아마도 자신의 착각을 깨달은 이후에. 아마도 자신의 착각을 깨달았기 때문에. 아무도 모를 일이다. 하느님이 그를 심판하겠지만, 법정에서 검사와 너그럽지 않은 배심원단을 마주한 그의 모습을 감상하는 기분도 좋았을 거라는 생각이 든다.

경찰에서는 일라이저 렌델 사건을 다시 수사하자는 이야기가 나오고 있다. 요즘은 과학수사, DNA 검사 등 텔레비전에 나오는 온갖 끝내주는 기술이 발달했기 때문에 목사가 그녀를 살해한 범인이라는 사실을 확실하게 입증할 수 있을 것이다. 나는 숨을 죽이며 그 순간을 기다리지는 않는다. 그날 밤 숲속에서 그런 사건을 겪은 이후로 내 목을 조르던 목사의 손이 기억에 생생한 마당에 내가 두 번 다시 숨을 죽이는 일은 없을 것이다.

호포는 거의 다 나았다. 귀가 아주 감쪽같이 봉합되지는 않았어도 항상 머리를 조금 기르고 다니니 상관없다. 팔의 경우에는 의사들이 최선을 다하기는 했지만 신경이라는 게 워낙 까다로운 부분이다. 병원에서는 부분적으로나마 운동 기능을 회복할 수 있을지 아직 확실하지 않다고 한다. 두고 보아야 알 수 있다고 한다. 뚱뚱이 개브는 앞으로 아무 데나 꼴리는 대로 주차할 수 있다며(그리고 한쪽 팔은 멀쩡하니 그걸로 딸딸이를 치면 된다며) 위로했다.

몇 주 동안 기자들이 마을 주변을 어슬렁거리고 내 집으로 찾아오는 등 짜증나는 불청객 역할을 톡톡히 한다. 나는 상대하고 싶지 않지만 뚱뚱이 개브는 인터뷰에 응한다. 거기서 자기 술집을 여러 번 언급한다. 이제는 그의 술집에 가면 장사가 얼마나 잘 되는지 느껴진다. 그러니까 소득이 적어도 한 가지는 있었던 셈이다.

내 삶은 다시 일상 비슷한 것을 회복하지만 몇 가지 예외가 있다. 나는 학교 측에 가을 방학을 끝으로 사직하겠다는 뜻을 전하고 부동산에 연락한다.

비싼 미용실에서 머리를 자르고 저렴한 양복을 말쑥하게 차려 입은 청년이 찾아와서 집을 둘러본다. 그가 찬장을 들여다보고 마루를 세게 밟으며 "음"과 "아"를 남발하는 동안 나는 혀를 깨물며 개인적인 공간을 침범당한 심정을 겉으로 표현하지 않으려고 애를 쓴다. 그가 "약간의 리모델링"이 필요하겠지만 요 몇 년 새 집값이 상당히 올랐다며 제시한 액수에 내 눈썹이 살짝 올라간다.

그로부터 며칠 뒤, 매물 팻말이 내걸린다.

그다음 날, 나는 제일 비싼 검은색 양복을 입고 머리칼을 눌러서 정리하고 칙칙한 회색 넥타이를 조심스럽게 맨다. 막 집을 나서려는 찰나 누군가가 현관문을 두드린다. 나는 혀를 차며(*타이밍하고는*) 총총히 복도를 가로질러서 문을 연다.

니키가 문 앞에 서 있다. 그녀는 나를 위아래로 훑어본다. "쫙 빼입었구만."

"고마워." 나는 그녀가 입은 밝은 초록색 외투를 흘끗 쳐다본다. "너는 참석하지 않는 모양이네?"

"응. 변호사랑 할 애기가 있어서 오늘 잠깐 내려온 거야."

니키는 세 명의 목숨을 구했는데도 아버지 살인죄로 기소될 가능성이 있다고 한다.

"좀 더 있다 가면 안 돼?"

그녀는 고개를 젓는다. "다른 애들한테 미안하다고 전해줘. 하지만—"

"그 녀석들도 이해할 거야."

"고마워." 그녀는 손을 내민다. "그냥 너한테 작별인사를 하고 싶었어, 에드."

나는 그녀의 손을 빤히 쳐다본다. 그러다 수십 년 전에 그녀가 그랬듯이 앞으로 다가가 두 팔로 그녀를 감싸안는다. 그녀는 잠깐 긴장했다가 나를 같이 안아준다. 나는 그녀의 체취를 들이마신다. 이번에는 바닐라와 풍선껌 냄새가 아니라 사향과 담배 냄새가 난다. 그녀를 끌어안은 이유는 붙잡기 위해서가 아니라 놓아주기 위해서다.

이윽고 우리는 포옹을 푼다. 그녀의 목에서 뭔가가 반짝인다.

나는 미간을 찌푸린다. "예전에 하고 다니던 목걸이를 지금도 하고 있네?"

그녀는 아래를 내려다본다. "응. 계속 하고 다녔어." 그녀는 조그만 은색 십자가를 만지작거린다. "나쁜 기억과 뒤얽힌 물건을 버리지 않은 게 이상해 보일지 모르겠지만."

나는 고개를 젓는다. "아니야. 놓지 못하는 것들도 있는 법이잖아."

그녀는 미소를 짓는다. "건강하게 잘 지내."

"너도."

나는 그녀가 진입로를 되짚어 걸어가서 모퉁이 너머로 사라지는 것을 바라본다. 붙잡는 것. 그리고 놓는 것. 이 둘이 같은 것일 때도 있다는 생각이 든다.

나는 외투를 집고 조그만 휴대용 술병을 주머니에 넣었는지 확인한 다음 문밖으로 나선다.

시월의 공기가 쌀쌀하다. 내 뺨을 물고 할퀸다. 나는 감지덕지하며 차에 올라타 히터를 제일 세게 튼다. 실내가 아주 살짝 미지근해지기 시작했을 무렵 화장터에 도착한다.

나는 장례식이 싫다. 하긴 장의사 말고 장례식을 좋아하는 사람이 누가 있을까. 하지만 유난히 가슴 아픈 장례식도 있다. 요절한 경우, 비명횡사한 경우 그리고 갓난아이들. 인형 크기만 한 관이 어둠 속으로 묻히는 광경은 누구라도 피하고 싶을 것이다.

그 밖의 경우는 그저 불가피한 순간처럼 느껴진다. 그웬의 죽음이 충격적이기는 했다. 하지만 우리 아빠가 그랬듯이 정신과 이별을 고하면 몸과도 작별해야 하는 순간이 필연적으로 뒤따르기 마련이다.

조문객이 많지는 않다. 그웬을 아는 사람은 많았지만 친구는 별로 없었다. 우리 엄마가 참석했고 개브와 셰릴, 예전에 그녀에게 청소를 맡겼던 사람들도 몇 명 보인다. 호포의 형, 리는 작별인사를 하러 오지 못한 건지, 오지 않은 건지 알 수 없다. 호포는 너무 커 보이는 더플코트로 몸을 감싸고 산업용 벨트처럼 생긴 팔걸이를 메고 맨 앞자리에 앉아 있다. 살이 빠졌고 나이 들어 보인다. 병원에서 퇴원한 지 며칠밖에 안 됐다. 지금도 물리치료를 받으러 다니고 있다.

개브가 그 옆의 휠체어에, 셰릴은 반대편 좌석에 앉아 있다. 나는 두 친구의 뒷줄, 엄마의 옆자리로 간다. 내가 자리에 앉자 엄마가 손을 내민다. 내가 어렸을 때 그랬던 것처럼. 나는 그 손을 잡아서 꼭 쥔다.

예배는 짧게 끝난다. 다행스러운 일인 동시에 이승에서 보낸 칠십 년이 어떤 식으로 십 분의 요약과 하느님을 운운하는 불필요한 몇 마디로 압축될 수 있는지 일깨워주는 사례이기도 하다. 내가 죽었을 때 하느님을 들먹이는 사람이 있다면 지옥의 유황불로 보내버리고 싶다.

그래도 화장의 경우에는 커튼이 닫히면 그것으로 끝이다. 발을 질질 끌며 묘지까지 천천히 걸어갈 필요가 없다. 입을 떡 벌리고 있는 무덤 속으로 관이 들어가는 광경을 보고 있을 필요도 없다. 나는 션의 장례식에서 보았던 그 광경을 지금까지도 너무나 생생하게 기억하고 있다.

그 대신 우리는 모두 밖으로 빠져나와 추모공원에 옹기종기 서서 꽃을 보며 감탄하고 어색한 기분을 달랜다. 개브와 셰릴이 불에서 소규모 경야를 주관할 예정이지만 가고 싶은 사람은 아무도 없을 것이다.

나는 개브와 잠깐 이야기를 나누고 셰릴과 대화를 나누는 엄마를 내버려둔 채 슬그머니 모퉁이를 넘어간다. 일차적인 목적은 얼른 담배를 피우고 들고 온 술을 한 모금 마시는 것인데, 사람들을 피하고 싶은 마음도 있다.

나와 똑같은 생각을 한 사람이 한 명 더 있다.

유골이 어디에 묻히거나 뿌려졌는지 기록해놓은 조그만 비석이 한 줄로 늘어선 곳 근처에 호포가 서 있다. 나는 예전부터 화장터의 비석을 볼 때마다 실제 비석의 축소판 같다는 생각을 했다. 묘지의 축소판이라고 할까.

내가 다가가자 호포가 고개를 든다. "왔냐?"

"괜찮으냐고 물어보면 바보 같은 질문일까?"

"괜찮아. 내 생각에는. 이런 날이 올 줄 알고 있었지만 마음의 준비는 절대 되지가 않나봐."

그렇다. 죽음 앞에서 진심으로 마음의 준비가 되는 사람은 없다. 그러기에는 너무나 어마어마한 사건이다. 우리 인간은 삶을 통제하는 데 익숙해져 있다. 그걸 어느 정도까지 연장하는 데 익숙해져 있다. 하지만 죽음은 어떤 반론도 용납하지 않는다. 최후 변론도. 항소도. 죽음은 죽음이고 그가 모든 카드를 쥐고 있다. 그를 한 번은 속일 수 있을지 몰라도 뺑카가 두 번 허락되지 않는다.

"제일 끔찍한 게 뭔지 알아?" 호포가 얘기한다. "엄마가 세상을 떠난 걸 다행스럽게 여기는 마음이 있다는 거. 이제는 엄마의 뒤치다꺼리에서 해방된 걸 다행스럽게 여기는 마음 말이야."

"아빠가 돌아가셨을 때 나도 그랬어. 죄책감 느끼지 마. 너는 엄마가 돌아가신 걸 다행스럽게 여기는 게 아니야. 병이 끝난 걸 다행스럽게 여기는 거지."

나는 들고 온 술병을 꺼내서 그에게 건넨다. 그는 망설이다 받아서 한 모금 마신다.

"다른 건 좀 어때?" 나는 묻는다. "팔은?"

"아직 거의 감각이 없지만 의사들 말로는 시간이 걸릴 거라고 하니까."

그렇다. 우리는 항상 스스로에게 시간을 허락한다. 그러다보면 어느 날 다 쓰고 없다.

그가 술병을 돌려준다. 나는 속에서 갈증이 일지만 그래도 조금 더 마시라고 손짓한다. 그는 한 모금 더 마시고 나는 담배에 불을 붙인다.

"너는?" 그가 묻는다. "맨체스터로 성큼 건너갈 준비 다 끝났어?"

나는 당분간 임시 교사로 일할 작정이다. 맨체스터 정도면 새로운 시각을 기르기에 적당한 거리인 듯하다. 수많은 방면에서 새로운 시각을 기르기에 말이다.

"얼추." 나는 대답한다. "애들한테 산 채로 씹어먹힐 것 같은 예감이 들긴 하지만."

"클로이는?"

"클로이는 가지 않아."

"나는 너희 둘이……."

나는 고개를 젓는다. "친구로 남는 게 최선이겠다 싶더라고."

"진짜로?"

"진짜로."

클로이와 내가 모종의 관계로 발전할지 모른다고 상상하면 기분이 좋을지 몰라도 사실 그녀는 나를 그런 식으로 생각하지 않는다. 앞으로도 그럴 일은 없을 것이다. 나는 그녀가 좋아하는 타입이 아니고 그녀는 내게 알맞은 상대가 아니다. 게다가 이제는 그녀가 니키의 여동생이라는 걸 알아버렸으니 찜찜하다. 그 둘은 서로 화해해야 한다. 내가 중간에서 폭탄 역할을 하고 싶지는 않다.

"아무튼." 나는 말문을 연다. "멋진 북부 여자를 만날 수 있을지도 모르지."

"그보다 더 희한한 일들도 벌어졌으니까."

"진짜 그렇지 않냐?"

정적이 흐른다. 이번에는 호포가 술병을 돌려주자 내가 받는다.

"이제는 정말 다 끝났겠지." 그가 얘기한다. 초크맨만을 의미하는 게 아니다.

"아마도."

플롯의 구멍이 있긴 하지만. 설명이 안 되는 부분이 있긴 하지만.

"어째 안 믿는 눈치다?"

나는 어깨를 으쓱한다. "아직 이해가 안 되는 부분들이 있어서."

"예를 들면 어떤 거?"

"누가 머피한테 독극물을 먹였는지 궁금해한 적 없어? 말이 안 되잖아. 그날 목줄을 푼 사람은 분명 미키였을 거야. 자기가 마음의 상처를 받은 것처럼 너한테도 마음의 상처를 입히고 싶어서. 그리고 내가 본 그림도 미키가 그렸을 거야. 하지만 미키가 머피를 죽이는 건 상상이 되지 않아. 안 그래?"

그는 한참 동안 아무 대꾸도 하지 않는다. 대답하지 않으려는 걸까. 하지만 이윽고 그가 말문을 연다. "미키가 죽인 거 아니야. 머피를 죽인 사람은 없어. 고의로 죽인 사람은."

나는 그를 빤히 쳐다본다. "무슨 소린지 이해가 안 되네."

그는 술병을 쳐다본다. 나는 술병을 다시 건넨다. 그는 입에 대고 술을 들이붓는다.

"엄마가 그때부터 좀 정신이 오락가락하기 시작했거든. 물건을 제자리에 두지 못하고 전혀 엉뚱한 데 넣고. 한번은 커피 머그잔에 시리얼을 담고 끓는 물을 붓는 걸 내가 본 적도 있어."

어디서 많이 듣던 얘기다.

"머피가 죽고 일 년 정도 지났을 때 어느 날 저녁에 집에 들어가 보니까 엄마가 버디의 저녁을 준비하고 계시더라고. 그릇에 습식 사료를 담고 찬장에 둔 상자를 꺼내서 그 안에 든 걸 그 위에 부으셨지. 나는 그게 건식 사료인 줄 알았거든. 그런데 민달팽이 약이었어. 엄마가 상자를 헷갈린 거야."

"맙소사."

"응. 엄마가 녀석한테 밥을 주려는 걸 내가 마침맞게 말렸고 둘이서 심지어 그걸 가지고 농담도 주고받았던 것 같아. 하지만 이런 생각이 들더라. 엄마가 전에도 머피를 상대로 똑같은 실수를 저지른 적이 있었던 거 아닐까?"

나는 곰곰이 생각해본다. 고의는 아니었다. 엄청 끔찍한 실수였을 따름이다.

예단하지 말 것. 모든 것에 의문을 제기할 것. 보이는 게 전부가 아니라는 생각으로.

나는 웃음을 터뜨린다. 어쩔 수가 없다. "지금까지 헛다리를 짚고 있었네. 또다시."

"진작 얘기하지 않아서 미안해."

"얘기할 이유가 없었지."

"아무튼 이제는 궁금증이 해결됐겠네."

"하나는."

"그것 말고 또 있어?"

나는 담배를 좀 더 세게 빤다. "파티. 사고가 났던 날 말이야. 미키는 줄곧 그랬잖아, 누가 자기 음료수에 술을 탔다고."

"미키야 거짓말을 밥 먹듯이 했잖아."

"그건 거짓말이 아니었어. 그 녀석은 술을 마시고 절대 운전을 하지 않았어. 그 차를 워낙 애지중지했거든. 그 차를 망가뜨릴 만한 짓은 절대 저지르지 않았을 거야."

"그럼?"

"그날 밤에 누군가가 정말로 그 녀석의 음료수에 술을 탔다고 봐. 녀석이 사고를 당하길 바랐던 사람이. 녀석을 증오했던 사람이. 하지만 개브도 같이 탈 줄은 몰랐던 거지."

"무슨 그런 한심한 친구가 다 있냐?"

"미키의 친구가 아니었을 거야. 그 당시에도 그랬고. 지금도 그렇고."

"그게 무슨 소리야?"

"미키가 앤더베리로 내려왔을 때 네가 지나가다 만났잖아. 첫날에 말이야. 너는 개브한테 그 녀석이 말을 걸더라고 얘기했고."

"그런데?"

"다들 미키가 그날 밤, 술에 취해서 죽은 형을 떠올리다 발길이 공원으로 향했을 거라고 생각하는데 내 생각은 달라. 녀석은 일부러 공원에 갔어. 만날 사람이 있어서."

"누굴 만나긴 만났지. 십대 강도단."

나는 고개를 젓는다. "그 아이들은 기소되지 않았어. 증거가 부족해서. 게다가 그날 밤에는 공원 근처에 가지도 않았다고 했고."

그는 곰곰이 생각한다. "그럼 내가 애초에 얘기했던 것처럼 미키가 술에 취해서 발을 헛디딘 거 아닐까?"

나는 고개를 끄덕인다. "'그쪽 길에는 가로등도 없어서.' 미키가 강물에 빠져서 죽었다고 내가 맨 처음 소식을 전했을 때 네가 한 말이야. 그렇지?"

"맞아."

내 심장이 손톱만큼 내려앉는다.

"미키가 어디쯤에서 강물에 빠졌는지 어떻게 알았어? 네가 그 옆에서 보지 않은 이상."

그는 넋 빠진 표정을 짓는다. "내가 뭣 때문에 미키를 죽이려고 했겠어?"

"사고를 유도한 게 너였다는 걸 녀석이 드디어 알아냈기 때문이었을까? 개브한테 폭로하고 책에다가도 넣겠다고 했기 때문이었을까? 나는 모르겠네."

그는 조금 불편하다 싶을 정도로 길게 나를 쳐다본다. 그러더니 술병을 내 가슴에 대고 세게 누른다.

"있잖아, 에드…… 가끔은 해답을 모르는 편이 나을 때도 있어."

이주 뒤

신기하게도 두고 떠나보면 삶이 얼마나 별 볼일 없게 느껴지는지 모른다.

나는 마흔두 해나 살았으니 내가 이 땅에서 차지했던 공간은 더 넓어지고 시간 속에 만들었던 구멍은 조금 더 커졌을 줄 알았다. 하지만 아니다. 남들처럼 내 삶도, 적어도 물질적인 부분은 커다란 이삿짐 트럭 한 대에 넉넉히 실린다.

나는 단단히 포장해서 라벨을 붙인 마지막 상자(뭐, 거의 마지막 상자라고 볼 수 있다)가 안에 실리고 문이 쾅 닫히는 것을 지켜본다. 유쾌하고 서글서글하게 보일 수 있길 바라며 이삿짐센터 직원들에게 미소를 짓는다. "그럼 다 된 건가요?"

"네." 남들보다 나이가 많고 세월의 역풍을 더 심하게 맞은 직원이 대답한다. "다 끝났습니다."

"좋습니다, 좋습니다."

나는 집을 흘끗 돌아본다. 거래 완료라고 적힌 팻말이 실패한 거라고, 패배를 인정한 거라고 얘기하는 듯 나를 나무라는 눈빛으로 노려보고 있다. 내가 집을 팔겠다고 하면 엄마가 못마땅하게 여길 줄 알았더니 오히려 안심하는 눈치였다. 그리고 집을 판 돈은 한 푼도 받지 않겠다고 했다.

"너한테 필요할 거야, 에드. 정착하려면. 새로운 시작이잖니. 인간은 누구나 가끔 새롭게 시작할 필요가 있어."

나는 멀어져가는 이삿짐트럭을 향해 손을 든다. 방 하나짜리 아파트를 빌렸기 때문에 소지품이 대부분 창고로 직행할 것이다. 나는 천천히 집 쪽으로 다시 발걸음을 옮긴다.

소지품을 정리했을 때 내 삶이 작아진 것처럼 느껴진다면 집은 넓어진 것처럼 느껴질 수밖에 없다. 나는 현관 앞에서 정처 없이 서성이다 내 방으로 계단을 터벅터벅 올라간다.

서랍장이 있었던 창가 아래편 바닥이 유독 시커멓다. 나는 그쪽으로 걸어가 무릎을 꿇고 주머니에서 조그만 드라이버를 꺼낸다. 헐거운 마룻장 밑으로 드라이버를 끼워서 마룻장을 들어 올린다. 안에 남은 건 두 개뿐이다.

조심스럽게 첫 번째 물건을 들어서 꺼낸다. 큼지막한 플라스틱 통이다. 그 밑에 두 번째 물건이 차곡차곡 접혀 있다. 오래된 배낭이다. 축제장에서 벨트가방을 잃어버렸을 때 엄마가 사준 배낭이다. 내가 그 얘기를 했던가? 나는 이 배낭을 좋아했다. 넌자 터틀이 그려져 있었고 벨트가방보다 더 멋지고 실용적이었다. 뭘 수집하기도 더 좋았다.

화창하고 살을 에는 듯이 추웠던 그날 아침에 숲으로 자전거를 타러 갔을 때도 이 배낭을 메고 나섰다. 그날 나는 혼자였다. 한참 이른 시각이었고 나 혼자 자전거를 타고 숲까지 다녀오는 경우는 거의 없었는데, 특히 겨울에는 더 그랬는데, 그날은 왜 그랬는지 모르겠다. 어떤 예감을 느꼈던 모양이다. 언제 뭔가 흥미로운 걸 발견할 수 있을지 아무도 모르는 법이다.

그리고 그날 아침에 나는 정말 흥미로운 걸 발견했다.

나는 그야말로 손에 걸려서 넘어졌다. 충격이 가신 이후에 좀 더 찾아보니 그녀의 발이 나왔다. 그 뒤를 이어서 왼손, 두 다리, 몸통이 나왔다. 마지막으로 인간이라는 퍼즐을 이루는 가장 중요한 조각이랄 수 있는 머리가 나왔다.

그녀의 머리는 낙엽 더미 위에 얹혀서 차양처럼 하늘을 덮은 나무들을 올려다보고 있었다. 벌거벗은 나뭇가지 사이로 햇빛이 스며들었다. 햇빛이 땅바닥에 황금빛 웅덩이를 만들었다. 나는 그녀의 옆에 무릎을 꿇고 앉았다. 손을 뻗어서(기대감으로 살짝 떨렸다) 그녀의 얼굴을 덮고 있는 머리칼을 뒤로 넘겼다. 이제는 흉터가 그렇게 심해 보이지 않았다. 핼로런 씨가 부드러운 붓놀림으로 누그러뜨렸듯이 죽음이 뼈만 앙상한 그 서늘한 손길로 누그러뜨린 것이었다. 그녀는 다시 아름다워 보였다. 하지만 슬퍼 보였다. 망연자실한 듯이 보였다.

나는 그녀의 얼굴을 손끝으로 훑다가 거의 아무 생각 없이 들어

올렸다. 짐작했던 것보다 무거웠다. 그녀에게 손을 댔더니 놓을 수가 없었다. 녹이 슨 낙엽 사이에 그렇게 두고 갈 수가 없었다. 그녀는 죽음으로 인해 다시 아름다워졌을 뿐 아니라 특별해졌다. 그리고 그걸 볼 수 있는 사람은 나뿐이었다. 그걸 지킬 수 있는 사람은 나뿐이었다.

나는 조심스럽고 공손하게 낙엽을 털고 그녀를 내 배낭에 담았다. 그 안은 따뜻하고 보송보송했고 태양을 올려다보고 있을 필요가 없었다. 그녀가 어둠을 쳐다보거나 분필 조각이 그녀 눈에 들어가는 것도 싫었다. 그래서 안으로 손을 넣어서 눈을 감겼다.

나는 숲을 나서기 전에 분필을 꺼내 경찰이 찾을 수 있도록, 나머지 부분들이 너무 오랫동안 방치되지 않도록 시신이 있는 위치를 그림으로 알렸다.

집으로 돌아가는 길에 아무도 나한테 말을 건네거나 나를 붙잡지 않았다. 만약 그런 사람이 있었다면 나는 고백했을 것이다. 하지만 없었으니 집에 들어가서 새로 입수한 보물이 든 배낭을 마룻장 밑에 숨겼다.

두말하면 잔소리지만 그러고 났더니 문제가 생겼다. 나도 경찰에 당장 알려야 한다는 건 알았다. 하지만 머리는 보지 못했느냐고 경찰이 물으면 난감해졌다. 나는 거짓말에 재주가 없었다. 내가 들고 갔다는 걸 들키면 어쩐다? 그 죄로 감옥에 갇히면 어쩐다?

그래서 좋은 수를 생각해냈다. 나는 분필갑을 들고 나가서 초크맨을 그렸다. 호포 몫으로, 뚱뚱이 개브 몫으로, 미키 몫으로. 하지만 누가 그렸는지 알 수 없게 색깔을 섞었다.

내 초크맨도 그려놓고 자고 일어나보니 그려져 있었던 것처럼 (혼자) 연극을 했다. 그런 다음 자전거를 타고 놀이터로 갔다.

미키가 이미 와 있었다. 다른 친구들도 이내 등장했다. 예상한 대로였다.

나는 플라스틱 통의 뚜껑을 열고 안을 들여다본다. 텅 빈 눈구멍이 나를 마주 쳐다본다. 솜사탕처럼 얇아서 금방이라도 바스러지게 생긴 머리카락이 누렇진 해골에 몇 가닥 들러붙어 있다. 자세히 들여다보면 광대뼈에 아직까지 조그만 홈이 남아 있다. 댄싱 휠에서 떨어져 나온 쇳조각이 그녀의 살을 갈랐을 때 생긴 흉터다.

그녀가 처음부터 줄곧 여기서 휴식을 취했던 건 아니다. 몇 주가 지나자 내 방에서 나는 냄새가 참을 수 없는 지경에 이르렀다. 십대 남자아이의 방은 원래 악취가 진동하지만 그 정도는 아니다. 나는 마당 맨 끝에 구멍을 파서 몇 달 동안 그녀를 거기에 두었다. 하지만 다시 들고 왔다. 가까이 두기 위해서. 안전하게 두기 위해서.

나는 손을 내밀어 그녀를 한 번 더 만져본다. 그런 다음 손목시계를 확인한다. 내키지 않지만 뚜껑을 덮고 통을 배낭에 넣고 일층으로 내려간다.

배낭을 자동차 트렁크에 넣고 외투와 다른 가방들을 그 위에 쌓는다. 멀쩡히 가다가 검문 수색을 당할 일은 없겠지만 아무도 모를 일이다. 대비를 하지 않았다가 난처해질 수 있다.

운전석에 올라타려는 순간 집 열쇠가 생각난다. 부동산 업자가 한 벌을 가지고 있지만 새 집주인에게 내 열쇠를 주고 가기로 했다. 나는 저벅저벅 진입로를 다시 걸어가서 열쇠를 꺼내고 우편물…….

나는 동작을 멈춘다. 우편물ㅡ?

그 뒤에 붙는 단어가 뭔지 열심히 기억을 더듬지만 애를 쓰면 쓸수록 그 단어는 점점 더 빠른 속도로 슬금슬금 나를 피해 달아난다. 우편물ㅡ? 젠장, 우편물 뭐였더라?

짜증과 당황이 뒤엉킨 표정으로 문손잡이를 쳐다보며 빤한데 도무지 떠오르지 않는 단어 때문에 끙끙대던 아빠의 모습이 떠오른다. *생각해, 에드. 생각해.*

퍼뜩 생각이 난다. 우편물…… *투입구*. 맞다, 우편물 투입구다.

나는 고개를 젓는다. 바보 같긴. 내가 겁에 질렸다. 그뿐이다. 이사를 하느라 피곤하고 스트레스를 받아서 그렇다. 모든 게 아무 문제 없다. 나는 아빠가 아니다.

나는 우편물 투입구로 열쇠를 넣고 쿵 하며 바닥으로 떨어지는 소리를 확인한 다음 다시 차를 세워놓은 곳으로 걸어가서 올라탄다.

우편물 *투입구*지. 그렇고말고.

나는 시동을 걸고 출발한다. 맨체스터와 나의 미래를 향해.

THE
CHALK
MAN

감사의 말

먼저 이 책을 읽어주신 독자 여러분에게 감사의 뜻을 전하고 싶다. 힘들게 번 돈으로 샀든 도서관에서 대출했던 친구에게 빌렸든, 어떤 경로를 통해 이 작품을 만나게 됐든 감사하고 또 감사하다.

수많은 원고 더미 중에서 내 원고를 채택했고 가능성을 알아봐 준 나의 탁월한 에이전트 매들린 밀번에게도 고맙다는 얘기를 하고 싶다. 그녀로 말할 것 같으면 지구상에서, 가장 뛰어난, 에이전트다. 성실하고 능력 있는 헤일리 스티드, 터리스 코언, 애나 호거티, 가일스 밀번에게도 감사 인사를 전한다. 그들은 환상적인 팀이었다.

아이 응가를 주제로 나와 신나게 대화를 나누었던 MJ 북스의 맥신 히치콕은 나에게 자극을 주는 통찰력 있는 편집자였다. 크라운 미국 지사의 네이선 로버슨에게도 똑같은 이유에서 감사 인사를 전한다(아이 웅가를 주제로 신나게 대화를 나눈 건 아니지만). 교열을 맡은 새러 데이와 펭귄 랜덤하우스의 모든 분들에게도.

이 책을 출간한 전 세계의 모든 출판사에도 감사의 뜻을 전한다. 언젠가 직접 만나서 인사할 수 있는 날이 찾아오길!

저녁마다 노트북 덮개에 대고 대화를 나누더라도 오랫동안 참아주고 사랑과 응원을 아끼지 않은 파트너 닐에게도 고맙다는 말을 전하고 싶다. 온갖 배려를 아끼지 않은 팻과 팀에게도, 엄마와 아빠에게도.

이제 거의 끝나간다.

개를 산책시키러 나간 길에 내가 작품에 대해 떠들어대도 묵묵히 들어주었던 칼. 당근도 고마웠어요!

그리고 마지막으로 우리 딸의 두 번째 생일에 색분필을 한 통 가득 선물한 클레어와 매트에게도 감사 인사를 전한다.

그 놀라운 선물이 이런 결과물로 이어졌다.

옮긴이의 말

이 책의 저자 C. J. 튜더는 데뷔작으로 2018년 가장 주목 받는 신예 작가의 반열에 올랐지만 십 년 동안 수습기자, 라디오작가, 광고회사 카피라이터 등 여러 직업을 거치며 기고하는 원고마다 숱하게 거절을 당했다고 한다. 그러다 엄청난 인생 역전의 계기가 될 이 『초크맨』의 아이디어가 번쩍 떠오른 것은, 그녀가 감사의 글에서도 밝혔다시피 딸아이가 두 살 때 생일선물로 받은 분필 덕분이었다. 딸과 함께 오후 내내 집 앞 진입로에 온갖 막대인간을 그려놓고 집으로 들어갔다가 밤에 현관문을 열었는데, 방범등 불빛에 비친 그 막대인간들이 그렇게 섬뜩해 보일 수가 없었던 것이다. 그녀는 그길로 당장 집필에 들어갔고 그렇게 탄생된 원고가 바로 이 『초크맨』이었다.

1986년. 이제 막 사춘기로 접어든 열두 살의 에디와 친구들은 앤더베리라는 작은 마을에서 일견 평화롭고 목가적인 분위기로 지내고 있다. 그들이 저지르는 가장 짓궂은 장난이라고 해보아야 분필로 친구의 집 앞에 막대인간을 그려서 자기들만 아는 비밀 메시지를 주고받는 정도다. 하지만 그 초크맨이 난데없이 등장할 때마다 섬뜩한 사건이 벌어지고, 급기야 초크맨의 인도에 따라 숲속으로 들어간 에디와 친구들의 앞에 살해당한 소녀의 토막 난 시신이 등장하면서 그들의 일상은 세게 흔들고 다시 내려놓은 스노볼처럼 모든 게 달라져버린다.

시간은 흘러서 2016년. 아이들을 가르치는 교사가 된 에디는 어린 시절에 살았던 그 집을 계속 지키며 별 일 없는 하루하루를 보내고 있다. 하지만 과거의 늪에서 벗어났다고 생각하는 그의 앞에 분필 조각과 초크맨이 그려진 편지가 배달되고, 예전에 시신을 같이 발견했던 한 친구가 강물에 빠져 죽는 사건이 벌어지자 그는 삼십 년 전에 벌어진 사건의 진상을 파헤치지 않는 이상 게임을 끝낼 수 없음을 깨닫는다.

이런 식으로 접근하면 『초크맨』이 섬뜩한 미스터리처럼 느껴지지만 사실 이 작품은 성장소설로 읽을 수도 있다. 저자가 그린 어린아이들의 세계는 결코 밝고 환하지만은 않다. 누구나 비밀을 간직하고 있고(이 책에서 에디의 친구 개브도 이런 말을 한다. "예전에 누가 그러더라. 비밀은 똥구멍이랑 같다고. 없는 사람이 없다고. 남들보다 더 더러운 사람만 있을 뿐.") 아무리 어린아이라도 백 퍼센트 순진한 사람은 없다. 어린 에디는 표면적인 것만 보고 듣고 이해할 수 있다. 그가 용기를 내서 물어보더라도 어른들은 제대로 가르쳐 주지 않는다. 하지만 어른이 된 에디는 이 세상이 겉보기와는 다르다는 것을 안다. 그렇기에 동일한 인물, 동일한 사건이지만 어른이 된 에디와 열두 살의 에디가 그 사건을 바라보는 관점은 다를 수밖에 없다. 그의 눈에는 현상의 이면에 숨겨져 있는 질투와 죄책감과 증오와 온갖 감정들이 보일 테니 말이다.

이 『초크맨』은 이미 서른아홉 개 나라에 판권이 팔렸고 영화 제작도 논의되고 있다는데, 데뷔작으로 대형 홈런을 날린 저자는 벌써 후속작의 원고를 완성해놓았다고 한다. 이십오 년 전에 누이가 사라졌다가 돌아온 적 있는 조그만 고향마을로 복귀한 주인공에게 닥치는 사건들을 그린 작품이다. 저자가 장담하기로는 『초크맨』보다 더 섬뜩하고 음울하며 더 엄청난 반전이 기다리고 있다는데, 그게 과연 가능한 얘긴지 모르겠지만 아무튼 벌써부터 기대가 된다.

2018년 칠월

이은선

옮긴이 **이은선**

연세대학교에서 중어중문학을, 국제학대학원에서 동아시아학을 전공했다. 편집자, 저작권 담당자를 거쳐 전문 번역가로 활동 중이다. 옮긴 책으로는 『불안한 사람들』 『불타는 소녀들』 『디 아더 피플』 『애니가 돌아왔다』 『초크맨』 『나보다 소중한 사람이 생겨버렸다』 『불안한 사람들』 『일생일대의 거래』 『우리와 당신들』 『베어타운』 『하루하루가 이별의 날』 『할머니가 미안하다고 전해달랬어요』 『브릿마리 여기 있다』 『위시』 『미스터 메르세데스』 『사라의 열쇠』 『셜록 홈즈:모리어티의 죽음』 『딸에게 보내는 편지』 『11/22/63』 『통역사』 『그대로 두기』 『누들 메이커』 『몬스터』 『리딩 프라미스』 『노 임팩트 맨』 등이 있다.

초크맨

초판 1쇄 발행 2018년 7월 23일
초판 8쇄 발행 2021년 11월 4일

지은이 C. J. 튜더
옮긴이 이은선
펴낸이 김선식

경영총괄 김은영
콘텐츠사업2팀장 김보람 **콘텐츠사업2팀** 이은혜, 박하빈, 이상화
마케팅본부장 이주화 **마케팅3팀** 이미진, 박태준, 배한진
미디어홍보본부장 정명찬 **홍보팀** 안지혜, 김재선, 이소영, 김은지, 박재연, 오수미, 이예주
뉴미디어팀 허지호, 임유나 **리드카펫팀** 김선욱, 염아라, 김혜원, 이수인, 석찬미, 백지은
저작권팀 한승빈, 김재원 **편집관리팀** 조세현, 백설희
경영관리팀 허대우, 하미선, 박상민, 윤이경, 김소영, 이소희, 이우철, 김재경, 최완규, 이지우, 김혜진, 오지영
외부스태프 디자인 김형균

펴낸곳 다산북스 **출판등록** 2005년 12월 23일 제313-2005-00277호
주소 경기도 파주시 회동길 490
대표전화 02-704-1724 **팩스** 02-703-2219 **이메일** dasanbooks@dasanbooks.com
홈페이지 www.dasanbooks.com **블로그** blog.naver.com/dasan_books
종이 한솔피앤에스 **인쇄** 민언프린텍 **제본** 정문바인텍 **후가공** 평창P&G

ISBN 979-11-306-1846-3 (03840)

★ 『초크맨』을 미리 읽은 전 세계 언론과 독자의 추천사 ★

재미있는 작품을 읽고 싶은가? 내 스타일을 좋아하는 독자라면 이 작품도 좋아할 것이다.
_스티븐 킹(작가)

서늘한 칼날이 내 뒷덜미를 누르는 듯 제대로 섬뜩하다. **_리 차일드(작가)**

끝까지 계속 궁금증을 유발하는 미로와 같은 작품이다. **_발 맥더미드(작가)**

강렬한 도입부에서 충격적인 엔딩까지 계속해서 심장을 쥐락펴락한다. 당신이 올해 단 한 권의 책만 읽는다면 바로 이 책이 될 것이다. **_선데이타임스**

단순히 벌어진 사건을 통해서 긴장감이 연출되는 게 아니라 가장 엄청난 수수께끼와 공포가 숨어 있는 인간의 머릿속, 그 어두컴컴한 곳에서까지 긴장감을 느낄 수 있는 스릴러물이다. C. J. 튜더의 매우 독창적인 이 작품은 마지막 페이지까지 독자들을 붙잡고 놓아주지 않을 것이다.
_조이스 메이너드, 〈뉴욕타임스〉 베스트셀러 『언더 더 인플루언스』와 『투 다이 포』 저자

그야말로 빠져든다. 빛과 그림자 사이로 쫓고 쫓기는 스토리 속에서 심장박동이 빨라지고 피가 얼어붙는다. 다크 스타의 탄생이다. **_A. J. 핀, 뉴욕타임스 베스트셀러 『우먼 인 더 윈도우』 저자**

이 자신감 넘치는 데뷔작에는 스티븐 킹의 피가 아주 많이 흐르고 있다. 위협이 넘치고 으스스하다.
_가디언

생생하고 흥미진진하게 읽힌다. 튜더는 재능 있는 작가다. **_타임스**

장래가 촉망되는 기대작…… 섬뜩한 이야기의 악몽과도 같은 필연적 결말…… 이야기를 풀어나가는 능력이 압도적이다. **_퍼블리셔스 위클리**

『스탠 바이 미』와 『그것』의 아이들이 연상될 수밖에 없는 작품. 일인칭 시점에서 과거와 현재를 오가며 장이 끝날 때마다 클리프행어를 충분히 활용한다. 섬 같은 조그만 마을의 살짝 불길한 분위기를 제대로 담은 탄탄한 데뷔작. 1980년대에 어린 시절을 보낸 세대라면 향수를 느낄 수 있을 것이다.
_커커스 리뷰

예리한 반전이 있는 심리 스릴러에 중독된 독자라면 이 『초크맨』을 놓치지 말아야 한다. **_헬로 기글스**

이렇게 훌륭할 수 있을까. 끊임없는 반전과 섬뜩한 결말이 인상적인 스릴러물이다. 별 다섯 개가 아깝지 않다. **_새러 핀버러, 뉴욕타임스 베스트셀러 『비하인드 허 아이즈』 저자**

독창적이고 환상적인 양쪽 세계에 걸쳐진 전제가 흥미진진하다. 긴장감이 물씬 묻어나며 심오하고 매혹적이다. 아찔하고 신나는 롤러코스터 같다. **_스티브 베리, 뉴욕타임스 베스트셀러 『열네 번째 식민지』 저자**

C. J. 튜더는 아직까지 우리 안에 남아 있는 열두 살짜리에 대해서 너무나 잘 안다. 숲속 아니면 자기 방 옷장에 뭐가 숨어 있는지 상상하느라 파랗게 질린 그 아이에 대해서 말이다. 그리고 『초크맨』은 과거와 현재, 어린 시절의 단순한 공포와 현실 속의 소름 끼치는 범죄를 오가는 동안 독자의 뒷덜미에 얹어놓은 그 차가운 손을 절대 치우지 않는다. 십대들의 순수한 사랑과 성에 대한 호기심이 어른들 세계의 집착, 욕망, 폭력과 교차하고…… 그 안에서 우정, 상실, 인간의 나약한 육체와 정신을 둘러싼 이야기가 꽃핀다. **_팀 존스턴, 뉴욕타임스 베스트셀러 『디센트』 저자**

끈질긴 과거의 그늘과 끊을 수 없는 어린 시절의 우정을 다룬 흥미진진한 스릴러물이자 C. J. 튜더의 인상적인 데뷔작이다. 결말은 충격, 그 자체다. 한 마디도 놓치지 말 것!
_데이비드 벨, 베스트셀러 『브링 허 홈』과 『섬바디 아 유스 투 노우』 저자

독자들이 선택한 보람을 느낄 수 있는 복잡하고 놀라운 작품이다.
_토머스 페리, 뉴욕타임스베스트셀러 『올드 맨』 저자

긴장감 넘치고 잘 만들어진 이야기다. **_알리 랜드, 『굿 미 배드 미』 저자**

새벽 다섯시까지 읽었다. 탄탄하다. 재미있다! **_킴벌리 챔버스, 베스트셀러 『백스태버』와 『더 롱드』 저자**

최근에 이렇게 인상적인 데뷔작을 접한 게 언제였나 싶다. 이야기는 완벽하게 계산이 된 속도로 진행되고, 캐릭터 구축은 환상적이며, 프롤로그와 함께 시작된 불안감이 점점 증폭된다. 그리고 그 엔딩이란! 엄청난 인기를 누려 마땅한 신선한 작품이다. **_제임스 오스윌드, 베스트셀러 『맥린 경위』 시리즈 저자**

눈부신 데뷔작! 발상이 기발하고 독창적이다. 첫 페이지에서부터 빨려 들어갔다. 1986년과 현재를 오가는 짜임새 있는 구성과 잊을 수 없는 뜻밖의 엔딩이 인상적이다. 흥미진진하고 긴장감 넘치며 아주, 아주 으스스하다. 나중에 두고두고 생각이 날 만한 작품이다!
_클레어 더글러스, 베스트셀러 『래스트 신 얼라이브』 저자

영리한 구성과 솜씨를 자랑하는 작품. 중간에 내려놓을 수가 없다.
_라그나르 요나손, 베스트셀러 『다크 아이스랜드』 시리즈 저자

C. J. 튜더의 『초크맨』은 과거와 현재를 환상적으로 오가며 잊히지 않을 생생한 상상의 세계로 우리를 인도한다. 단순한 살인 미스터리가 아니라 어린 시절 친구의 유대감과 한계, 묻히길 거부하는 비밀을 예리하고 섬뜩하게 파헤친다. 마지막 페이지까지 끊임없는 반전이 기다리고 있으니 각오할 것.
_미셸 리치먼드, 『거의 완벽에 가까운 결혼』 저자

이 독창적이고 가차 없이 몰아붙이는 심리 스릴러 소설에서는 현재 위로 드리워진 과거의 그림자가 이보다 더 불길하고 섬뜩할 수가 없다. 『초크맨』은 끝까지 내 궁금증을 유발한다.
_피오나 닐, 『비트레이얼스』 저자

예측이 불가능하고 매력적인 스릴러 소설이다. 섬뜩하고 비극적이며 시간과 공간이 아름답게 구현됐다. 마지막 페이지가 아직까지 내 기억에서 떠날 줄 모른다. **_헬렌 캘러헌, 베스트셀러 『디어 에이미』 저자**

펑크스타일의 문장과 박진감 넘치는 속도, 배배 꼬인 구성…… 현실이 불길하고 짜릿하게 섬뜩한 피날레로 한데 뭉뚱그려지는 대목에서 스티븐 킹의 그림자가 느껴진다. **_데일리 메일**

미치도록 재미있게 읽히는 이 스릴러 소설에는 향수를 불러일으키는 분위기에서부터 유머, 감동에 이르기까지 모든 게 들어 있다…… 엄청난 저력을 보유한 신예 작가의 환상적인 데뷔작이다.
_선데이 미러

이 작품을 읽는 동안 선인장을 깔고 앉은 듯이 몇 번을 움찔거렸는지 모른다. **_선데이 익스프레스**

탄탄한 미스터리에 『스탠 바이 미』 분위기의 섬뜩함을 제대로 추가한 매혹적인 데뷔작. **_북리스트**

환상적이다. 처음부터 끝까지 그 매력에서 벗어날 수가 없었다. 불을 환하게 켜고 읽어야 하는 섬뜩한 공포물을 기대했는데 그 이상이다. 재치 넘치고 통찰력이 번뜩이며 영리하고 용의주도하며 신비롭고 흥미진진하며 향수를 자극하고 강렬하다. '소설계의 매력적인 신예 작가'를 운운하는 출판사들이 많지만 나는 진심으로 C. J. 튜더가 엄청난 작가가 될 거라고 생각한다. 이 작품은 베스트셀러의 모든 요소를 갖추었다. 1위를 차지하지 못하면 범죄소설작가로서 내 손에 장을 지지겠다.
_C. L. 테일러, 베스트셀러 『이스케이프』 저자

책을 읽느라 밤을 새워본 게 얼마 만인지 모르겠다. 『초크맨』 덕분이다. **_피오나 바턴**

걸작을 만났다! 일분, 일초도 긴장의 끈을 놓을 수가 없었다. 정말 대박이다!
_에이미 로이드, 『이노센트 와이프』

열네 살 때 스티븐 킹의 『그것』을 처음 본 이래 가장 재미있게 읽은 책 중 한 권이다. 강력 추천한다!
_레이첼 버턴, 『매니 칼라스 오브 어스』 저자

이 훌륭한 데뷔작은 몇 명의 십대 친구들이 우연히 맞닥뜨린 끔찍한 사건을 중심으로 이야기가 전개된다. 그 사건으로 인해 그들의 동심이 파괴되고 온 마을이 충격에 휩싸인다. 이십 년이 지난 지금, 그 오래전에 벌어진 일을 잊지 않은 미지의 인물이 목에 올가미를 매단 막대인간을 분필로 그린 그림과 함께 익명의 편지를 보낸다. 기억은 믿을 수가 없고 해묵은 비밀은 곪아터져서 썩어가는 시체처럼 악취를 풍기려는 가운데 과거가 생생하게 되살아난다. 사소한 부분도 놓치지 않는 저자의 예리한 눈매와 대화를 구성하는 능력 덕분에 어린 시절의 장면들이 아주 가깝고 정확하게 느껴진다. 긴박감 넘치는 이야기를 통해 우정과 외로움이 뭔지 환기시키는 『초크맨』은 머리칼이 쭈뼛서게 만드는 결말을 갖춘 흡인력 있는 작품이다. _**캐런 페리**

『초크맨』은 데뷔작이라는 사실로 인해 더욱 특별해지는, 아주 인상적인 작품이다. 튜더는 소름이 돋는 긴박한 상황들로 스릴감을 연출하는 데 일가견이 있다…… 한 편의 영화를 보는 것과도 같아서 모든 장면을 생생하게 상상할 수 있을 뿐 아니라 음산한 사운드트랙까지 느낄 수 있다…… 여기에 잃어버린 사랑의 아픔까지 가미돼서 더욱 만족스러운 작품이 되었다…… 끝까지 해답을 궁금해하던 독자들 앞에 마침내 공개된 진실은 충격적이지만 섬뜩하고 어둡기만 한 것은 아니라 진지한 유머가 곁들여져 있다. _**셀프 어웨어니스**

지금까지 읽어본 서스펜스 스릴러 중에 최고다. 별 다섯 개는 물론이고 백 퍼센트 추천이다.
_**Compulsivereaders.com**

새벽까지 잠 못 이루게 만드는 환상적인 데뷔작. _**BookLiterati**

『초크맨』이 2018년의 대표작이 될 수 있겠느냐고 누가 묻는다면 나는 '그렇다'고 세 번을 외치겠다. 등골이 오싹하다는 게 뭔지 느낄 수 있는…… 끝내주는 걸작이다!!! _**Pageturnersnook**